REBECCA

Née à Londres en 1907, Daphné Du Maurier a vécu dès son enfance dans une ambiance de raffinement et de culture. Son grand-père, George, l'auteur de Peter Ibbetson, *compte parmi les célébrités littéraires de l'Angleterre. Gerald, son père, était acteur. A l'un et à l'autre, elle consacrera une étude attendrie,* Les Du Maurier.
Venue à la littérature vers 1931, elle manifeste très vite des dons d'analyste sensible. Elle excelle à créer un climat étrange, à dresser un décor exotique, à prêter vie à ses personnages jusqu'à les rendre obsédants. L'Auberge de la Jamaïque (1936) *et surtout* Rebecca (1938) *lui ont assuré une réputation mondiale. On lui doit, en plus de romans (*Le Général du Roi, La Maison sur le rivage*) et de pièces de théâtre, bon nombre de nouvelles (*Les oiseaux*) et un essai,* Le Monde infernal de Branwell Brontë.

En épousant Maxim de Winter, la narratrice a-t-elle pris conscience qu'elle liait désormais son existence à une mystérieuse demeure, Manderley, et à un fantôme, Rebecca, la première épouse de Maxim ? A travers Manderley, par la voix de Mrs. Danvers, la gouvernante, dans les réactions de Maxim, à l'occasion d'événements apparemment futiles, il semble que Rebecca continue d'exercer une influence à la limite du surnaturel et du morbide. Peu à peu l'angoisse se précise. Rebecca est morte noyée et plusieurs indices permettent de supposer qu'il ne s'agit ni d'un suicide ni d'un accident.

Avec une puissance d'évocation tout en nuances, Daphné Du Maurier fascine le lecteur et l'entraîne à la découverte d'inquiétantes réalités sans quitter le domaine familier de la vie quotidienne. Les moindres détails se chargent de signification, l'atmosphère de sourde hostilité dessine peu à peu les contours d'un drame dont la défunte Rebecca est à la fois la victime et l'inspiratrice.

Paru dans Le Livre de Poche :

DAPHNÉ DU MAURIER

Rebecca

ROMAN

TRADUIT DE L'ANGLAIS
PAR DENISE VAN MOPPÈS

ALBIN MICHEL

CHAPITRE PREMIER

J'ai rêvé l'autre nuit que je retournais à Manderley. J'étais debout près de la grille devant la grande allée, mais l'entrée m'était interdite, la grille fermée par une chaîne et un cadenas. J'appelai le concierge et personne ne répondit ; en regardant à travers les barreaux rouillés, je vis que la loge était vide.

Aucune fumée ne s'élevait de la cheminée et les petites fenêtres mansardées bâillaient à l'abandon. Puis je me sentis soudain douée de la puissance merveilleuse des rêves et je glissai à travers les barreaux comme un fantôme. L'allée s'étendait devant moi avec sa courbe familière, mais à mesure que j'y avançais, je constatais sa métamorphose : étroite et mal entretenue, ce n'était plus l'allée d'autrefois. Je m'étonnai d'abord, et ce ne fut qu'en inclinant la tête pour éviter une branche basse que je compris ce qui était arrivé. La Nature avait repris son bien, et, à sa manière insidieuse, avait enfoncé dans l'allée ses longs doigts tenaces. Les bois toujours menaçants, même au temps passé, avaient fini par triompher. Ils pullulaient, obscurs et sans ordre sur les bords de l'allée. Les hêtres nus aux membres blancs se penchaient les uns vers les autres, mêlant leurs branches en d'étranges embrassements et construisant au-dessus de ma tête une voûte de cathédrale. Et il y avait d'autres arbres encore, des arbres dont je ne me souvenais pas, des chênes rugueux et des ormes torturés qui se pressaient joue à joue avec les bouleaux, jaillissant de la terre en compagnie de buissons monstrueux et de plantes que je ne connaissais pas.

L'allée n'était plus qu'un ruban, une trace de son ancienne existence — le gravier aboli —, gagnée par l'herbe, la mousse et des racines d'arbres qui ressemblaient aux serres des oiseaux de proie. Je reconnaissais çà et là, parmi cette jungle, des buissons, repères d'autrefois : c'étaient des plantes gracieuses et cultivées, des hydrangéas, dont les fleurs bleues avaient été célèbres. Nulle main ne les disciplinait plus et elles étaient devenues sauvages : leurs rameaux sans fleurs, noirs et laids, atteignaient des hauteurs monstrueuses.

La pauvre piste qui avait été notre allée ondulait et même se perdait par instants, mais reparaissait derrière un arbre abattu ou bien à travers une flaque de boue laissée par les pluies d'hiver. Je ne croyais pas ce chemin si long. Les kilomètres devaient s'être multipliés en même temps que les arbres et ce sentier menait à un labyrinthe, une espèce de brousse chaotique, et non plus à la maison. Mais voici qu'elle m'apparut tout à coup ; les abords en étaient masqués par ces proliférations végétales et lorsque je me trouvai enfin en face d'elle, je m'arrêtai le cœur battant, l'étrange brûlure des larmes derrière les paupières.

C'était Manderley, notre Manderley secret et silencieux comme toujours avec ses pierres grises luisant au clair de lune de mon rêve, les petits carreaux des fenêtres reflétant les pelouses vertes et la terrasse. Le temps n'avait pas pu détruire la parfaite symétrie de cette architecture, ni sa situation qui était celle d'un bijou au creux d'une paume.

La terrasse descendait vers les pelouses et les pelouses s'étendaient jusqu'à la mer ; en me retournant, je la vis, feuille d'argent paisible sous la lune. Aucune vague n'agiterait cette eau de rêve, aucun nuage poussé par le vent d'ouest n'obscurcirait ce ciel pâle. Je me tournai de nouveau vers la maison et, bien qu'elle se dressât intacte comme si nous l'avions quittée la veille, je vis que le jardin avait obéi tel le bois à la loi de la jungle. Les rhododendrons atteignaient plusieurs mètres et ils s'étaient mésalliés avec une foule de broussailles sans nom. Un lilas s'était marié avec un hêtre et, comme pour les unir plus étroitement, le lierre malveillant, éternel ennemi de la grâce, emprisonnait le couple dans ses filets. Le lierre avait une place de choix dans ce jardin, ses longues branches traînaient à travers les pelouses et s'agrippaient aux murs mêmes de la maison.

Je quittai l'allée et gagnai la terrasse défendue par les orties, mais j'avançais dans l'enchantement du rêve et rien ne pouvait me retenir. Je m'arrêtai, silencieuse, au pied de la maison et j'aurais juré que ce n'était pas une coquille vide, mais qu'elle vivait et respirait comme autrefois.

Les fenêtres étaient éclairées, les rideaux ondulaient doucement dans l'air nocturne, et là, dans la bibliothèque à la porte entrebâillée, mon mouchoir devait être resté sur la table à côté de la coupe remplie de roses d'automne.

Les témoins de notre présence marquaient sans doute la pièce : le *Times* chiffonné, les cendriers avec leurs bouts de cigarettes, les coussins gardant l'empreinte de nos têtes, les cendres de notre feu de bois. Et Jasper, le bon Jasper avec ses yeux tendres et sa grande mâchoire, devait être étendu par terre, la queue dressée au bruit des pas de son maître.

Un nuage invisible jusqu'alors passa devant la lune, et s'y arrêta un instant comme une main sombre devant un visage. L'illusion s'évanouit, et les lumières des fenêtres s'éteignirent. Je n'avais plus devant moi que des murs silencieux et sans âme.

La maison était un sépulcre, notre peur et notre souffrance étaient enterrées dans ses ruines. Il n'y aurait pas de résurrection. Quand, éveillée, je penserais à Manderley, je n'éprouverais pas d'amertume. Je me rappellerais l'été dans la roseraie et les chants d'oiseaux à l'aube, le thé sous le marronnier et le murmure de la mer derrière la courbe des pelouses.

Je penserais au lilas en fleur et à la Vallée Heureuse. Ces choses-là étaient éternelles et ne pouvaient pas disparaître. Il y a des souvenirs qui ne font pas mal. Je décidai tout cela dans mon rêve tandis que le nuage cachait la lune, car, comme il arrive dans le sommeil, je savais que je rêvais. Je me trouvais, en réalité, à des centaines de kilomètres de là, sur une terre étrangère, et me réveillerais avant que beaucoup de secondes se fussent écoulées dans la petite chambre d'hôtel nue dont l'impersonnalité même était réconfortante. Je soupirerais un peu, et ouvrant les yeux, m'étonnerais de cet éclatant soleil, de ce ciel intense et pur si différent du doux clair de lune de mon rêve. La journée s'étendrait devant nous deux, longue sans doute et monotone, mais dotée d'un certain calme, d'une chère sérénité que nous ne connaissions pas autrefois. Nous ne parlerions pas de Manderley, je ne raconterais pas mon rêve. Car Manderley n'est plus à nous. Manderley n'est plus.

CHAPITRE II

Nous ne pouvons pas y retourner : c'est sûr. Le passé est encore trop proche. Les choses que nous avons essayé d'oublier se remettraient à s'agiter et cette sensation d'inquiétude, cette lutte contre une terreur irraisonnée — apaisée à présent, Dieu merci — pourrait renaître sans que nous sachions comment et redevenir notre vivante compagne.

Il est merveilleusement patient et ne se plaint jamais, même lorsqu'il se souvient... ce qui doit arriver beaucoup plus souvent qu'il ne veut me le laisser croire.

Je m'en aperçois à son air soudain vacant, perdu, son cher visage déserté de toute expression, comme lavé par une invisible main et devenu un masque, une froide chose sculptée, toujours belle mais sans vie. Il fume alors sans arrêt en parlant avec animation de n'importe quoi, saisissant le premier sujet de conversation comme un dérivatif à son chagrin. On dit que les humains sortent meilleurs et plus forts de la souffrance et que, pour progresser en ce monde ou en tout autre, il faut subir l'épreuve du feu. Nous avons tous deux connu la peur, la solitude et une grande détresse. Je crois que l'heure de l'épreuve sonne dans toutes les existences. Nous avons tous notre démon particulier qui nous chevauche et nous tourmente et il faut bien finir par le combattre. Nous avons vaincu le nôtre ; du moins, nous le croyons.

Le démon ne nous tourmente plus. Certes, nous ne sommes pas sortis de la crise sans dommage ; et je puis dire que nous avons payé notre libération. Mais j'en ai assez du mélodrame pour cette vie. Le bonheur n'est pas un objet à posséder, c'est une qualité de pensée, un état d'âme. Certes, nous avons nos moments de dépression, mais il y en a d'autres où les heures que l'horloge ne mesure pas s'écoulent vers l'infini et où, en le voyant sourire, je sais que nous sommes d'accord.

Nous n'avons plus de secrets l'un pour l'autre. Nous partageons tout. Il est entendu que notre petit hôtel manque d'éclat, que la nourriture y est médiocre et que tous les jours se ressemblent, mais nous ne demandons rien d'autre. Dans les grands hôtels, nous rencontrerions trop de gens de connaissance. Nous avons tous deux des goûts simples et s'il nous arrive de nous ennuyer, eh bien, l'ennui vaut mieux que la peur. Nous avons nos habitudes et je me suis découvert un grand talent pour la lecture à haute voix. Il ne s'impatiente que lorsque le courrier d'Angleterre est en retard. Nous avons essayé de la T.S.F., mais le bruit nous agaçait et nous préférons attendre notre plaisir : le résultat d'un match de cricket disputé plusieurs jours auparavant garde son intérêt à nos yeux.

Oh ! les matches qui nous ont sauvés de l'ennui, les assauts de boxe, même les concours de billard ! Parfois un vieux numéro de *Field* me tombe entre les mains et me transporte loin de cette rive indifférente dans la réalité d'un printemps anglais.

Un jour, j'y ai trouvé un article sur les pigeons des bois et, tandis que je le lisais tout haut, il me semblait que j'étais de nouveau dans les bois profonds de Manderley, les pigeons volant au-dessus de ma tête. J'entendais leur doux appel, si rafraîchissant par les après-midi d'été ; dans un instant, Jasper les mettrait en fuite en venant me rejoindre à travers les buissons, son museau flairant le sol.

Quelle chose étrange qu'un article sur les pigeons

des bois puisse évoquer le passé au point d'altérer ma voix ! Ce fut l'expression morne de son visage qui m'obligea à m'arrêter et à tourner les pages du magazine jusqu'à ce que j'eusse trouvé un article sur le cricket, bien terne et de tout repos. Comme je bénis ces braves joueurs en flanelle car, au bout de quelques minutes, son visage avait retrouvé son repos, ses couleurs et il critiquait l'équipe du Surrey avec une saine indignation.

Nous étions sauvés d'un retour dans le passé, et la leçon me profita. Lis-lui des nouvelles d'Angleterre, oui, des nouvelles du sport, de la politique et des solennités britanniques, mais, à l'avenir, garde pour toi seule les choses qui font mal... Les couleurs, les senteurs, les sons, la pluie et le murmure de l'eau, même les brouillards de l'automne, et l'odeur de la marée, autant de souvenirs de Manderley impossibles à nier. Il y a des gens qui lisent des guides pour le plaisir d'imaginer d'impossibles voyages. Mon vice est peut-être aussi étrange. Je suis une mine de renseignements concernant la vie de campagne anglaise. Je sais le nom de tous les propriétaires d'un bout de lande britannique, et même celui de leurs fermiers. Je sais combien de grouses ont été tuées, combien de perdreaux, combien de cerfs. Je sais où l'on élève des truites et où l'on pêche le saumon. J'assiste à tous les banquets, je suis toutes les courses. J'absorbe avidement les nouvelles sur l'état de la récolte, le prix du bétail, et les maladies mystérieuses des porcs. Pauvre distraction sans doute et guère intellectuelle, mais je respire, en lisant ces choses, l'air de l'Angleterre, et j'y puise plus de courage pour affronter ce ciel éclatant.

Les vignobles rabougris et les chemins pierreux n'ont plus d'importance puisque je puis, au gré de mon imagination, cueillir des gueules-de-loup et de pâles campanules le long d'une haie humide et feuillue.

Grâce à quoi, je rentre souriante et fraîche pour prendre ma part des menus rites de notre goûter. L'ordonnance n'en varie jamais. Deux toasts beurrés pour chacun et du thé de Chine. Sur ce balcon net, blanchi par des siècles de soleil, je songe à l'heure du thé de Manderley et à la table dressée devant la cheminée de la bibliothèque. La porte s'ouvrant toute grande à quatre heures et demie tapant et l'apparition du plateau d'argent, de la bouilloire, de la nappe blanche. Jasper repliait ses oreilles d'épagneul et feignait l'indifférence à l'arrivée des gâteaux. Quel déploiement de choses succulentes, mais comme nous mangions peu !

Je revois ces croissants luisants de beurre, le bord croustillant des toasts et les scones brûlants. Il y avait des sandwiches aux mystérieuses saveurs et un pain d'épice extraordinaire, un cake à l'angélique qui fondait dans la bouche, et un autre plus épais aux amandes et aux raisins. Il y avait assez de denrées pour assurer la subsistance de toute une famille une semaine durant. Je n'ai jamais su ce qu'on faisait des restes, et l'idée de ce gaspillage me tourmentait parfois.

Mais je n'aurais jamais osé en parler à Mrs. Danvers. Elle m'aurait regardée avec mépris, souriant de son sourire glacial et supérieur, et je l'entends dire : « Je n'ai jamais reçu de reproches à ce sujet du vivant de Mme de Winter. » Mrs. Danvers... je me demande ce qu'elle est devenue, elle, et Favell aussi. Je crois que c'est l'expression avec laquelle elle me regardait qui m'a donné ma première sensation d'inquiétude. D'instinct, je me suis dit : « Elle me compare à Rebecca » ; et, aiguë comme une lame, l'ombre surgit entre nous...

C'est lorsque je me rappelle ces choses que je me retourne avec soulagement vers le paysage que domine notre balcon. Aucune ombre ne flotte sur ce ciel de lumière, les vignes rocailleuses étincellent au soleil et les bougainvillées sont blanches de poussière. Peut-être les regarderai-je un jour avec affection. Pour l'instant, elles m'inspirent sinon de l'amour, du moins un instant d'assurance. Et l'assurance est une qualité que j'apprécie, bien qu'elle me soit venue un peu tard. Je crois que c'est la façon dont mon compagnon se repose sur moi qui m'a enfin rendue hardie. En tout cas, j'ai perdu ma timidité, ma gêne devant les étrangers. J'ai bien changé depuis le jour où j'entrais pour la première fois à Manderley, pleine d'ardents espoirs, et paralysée par une gaucherie désespérée en même temps qu'habitée par un immense désir de plaire. C'est mon manque d'assurance évidemment qui faisait si mauvaise impression sur les gens comme Mrs. Danvers. De quoi avais-je l'air après Rebecca ? Ma mémoire enjambe les années comme un pont et je me revois avec mes raides cheveux courts, mon visage juvénile et sans poudre, vêtue d'un costume tailleur mal coupé et d'un chandail fabriqué par moi, traînant dans le sillage de Mrs. Van Hopper comme un poulain timide et mal à l'aise. Elle entrait devant moi dans la salle à manger, sa courte silhouette mal équilibrée sur ses hauts talons, sa blouse fanfreluchée étoffant encore son buste épais et ses hanches onduleuses, son chapeau en arrière exposant un large front nu comme un genou d'écolier. Elle tenait dans une main un sac gigantesque de l'espèce de ceux qui contiennent des passeports, des carnets de visite et des marques de bridge ; l'autre main jouait avec son inévitable face-à-main, instrument d'indiscrétion.

Elle se dirigeait vers sa table habituelle, dans le coin du restaurant, près de la fenêtre, puis, levant son face-à-main à la hauteur de ses petits yeux porcins, se mettait à observer ce qui se passait à sa droite et à sa gauche ; après quoi elle le laissait retomber de toute la longueur de son ruban noir avec un petit soupir dégoûté : « Pas une personne connue. Je demanderai à la direction de me diminuer ma note. Pour quoi donc s'imaginent-ils que je viens ici ? Pour regarder les grooms ? »

Comme le petit restaurant où nous mangeons aujourd'hui diffère de la vaste et pompeuse salle à manger de l'hôtel *Côte-d'Azur* à Monte-Carlo, et comme mon présent compagnon, pelant méthodiquement une mandarine de ses mains calmes et bien modelées, en levant de temps en temps les yeux pour me sourire, diffère de Mrs. Van Hopper, entourant de ses mains potelées et chargées de bagues une assiette pleine de raviolis et s'assurant d'un œil soupçonneux que je n'étais pas mieux servie qu'elle ! Crainte vaine, car le garçon, avec la gênante lucidité de sa caste, avait depuis longtemps reconnu ma situation inférieure et posait devant moi une assiette de viande froide que quelqu'un avait refusée une demi-heure auparavant parce qu'elle était mal coupée.

Je me rappelle cette assiette de jambon et de langue, mets desséché et peu appétissant, mais que je n'avais pas eu le courage de refuser. Nous mangions en silence, Mrs. Van Hopper toute à sa nourriture, et je savais, à la façon dont la sauce lui coulait sur son menton, que son plat de raviolis lui plaisait.

Je détournai les yeux de ce spectacle peu agréable, et m'aperçus que la table voisine, demeurée vacante pendant trois jours, était de nouveau occupée. Le maître d'hôtel, avec le salut spécial destiné aux clients de marque, y installait un nouvel arrivé.

Mrs. Van Hopper abandonna sa fourchette pour son face-à-main. Je rougis pour elle tandis qu'elle lorgnait le nouveau convive qui, inconscient de l'intérêt qu'il éveillait en elle, parcourait des yeux le menu. Puis, Mrs. Van Hopper referma son face-à-main d'un coup sec et, se penchant vers moi avec des yeux brillants, me dit un tout petit peu trop haut :

« C'est Max de Winter. Le propriétaire de Manderley. Vous en avez entendu parler, naturellement. Il a mauvaise mine, n'est-ce pas ? Il paraît qu'il ne se console pas de la mort de sa femme... »

CHAPITRE III

Je me demande ce que serait ma vie aujourd'hui si Mrs. Van Hopper n'avait pas été snob.

C'est drôle de penser que mon destin était suspendu comme par un fil à ce trait de son caractère. Son indiscrétion tenait de la manie. J'en avais été choquée et affreusement embarrassée au début ; je ressentais les affres du menin du dauphin condamné à subir les châtiments de son maître, lorsque je voyais les gens rire derrière son dos, quitter précipitamment la pièce où elle entrait et même disparaître dans le corridor derrière une porte de service. Il y avait plusieurs années qu'elle venait à l'hôtel *Côte-d'Azur* et, en dehors du bridge, son seul plaisir, notoire à présent dans tout Monte-Carlo, était de se vanter de l'amitié des touristes de marque, pour peu qu'elle les eût aperçus une fois à l'autre bout du bureau de poste. Elle s'arrangeait pour se présenter à eux, et avant que la victime eût pu parer au danger, elle la bombardait d'une invitation. Sa méthode d'attaque était si directe et soudaine qu'il était difficile d'y échapper. A l'hôtel, elle avait élu comme son fief un certain divan de la galerie, à mi-chemin du hall et du restaurant ; elle y prenait son café et tout un chacun était obligé de passer devant elle. Elle m'employait parfois comme un hameçon pour attirer sa proie et force m'était alors, malgré ma répugnance, de traverser la galerie, porteuse d'un message, d'un livre ou d'un journal, de l'adresse d'un magasin ou de la découverte d'un ami commun. Il lui fallait sa ration de célébrités et, bien qu'elle préférât les gens titrés, n'importe quel personnage dont elle avait vu la photo dans un magazine à la page des mondanités, ou le nom dans une colonne de potins — auteur, artiste, acteur, même des plus médiocres — faisait l'affaire.

Je la revois comme si c'était hier en cet inoubliable après-midi, assise sur son divan favori et méditant son offensive. Elle avait renoncé à l'entremets et avalé ses fruits en vitesse afin de quitter la table avant le nouvel arrivé et s'être installée dans la galerie à son passage.

« Montez vite, me dit-elle, et cherchez-moi la lettre de mon neveu. Vous savez, celle de son voyage de noces, avec les photos. Rapportez-la-moi tout de suite. »

Je compris que son plan était arrêté et que le neveu devait servir d'introducteur. Et moi, que cela me plût ou non, je jouais le rôle de l'assistant du jongleur qui lui tend ses accessoires puis le regarde faire ses tours en silence. J'étais sûre que le nouvel arrivé n'avait aucun goût pour l'indiscrétion. Du peu que j'avais appris sur lui pendant le déjeuner, un ramassis de on-dit récoltés par elle dix mois auparavant dans les journaux, je pouvais imaginer, malgré ma jeunesse et mon ignorance du monde, que cette intrusion soudaine dans sa solitude lui déplaisait.

J'aurais voulu avoir le courage de redescendre par l'escalier de service et, gagnant de là le restaurant, le prévenir du piège. Mais le souci des convenances me paralysait et puis je ne savais pas comment formuler mon avertissement. Il n'y avait rien d'autre à faire que de m'asseoir à côté de Mrs. Van Hopper, tandis que, semblable à une grosse araignée satisfaite, elle tisserait son filet d'ennui autour de l'étranger.

Quand je revins dans la galerie, je vis qu'il avait déjà quitté le restaurant et qu'elle, redoutant de le perdre, avait, sans attendre la lettre, risqué une introduction à visage découvert. Il était même assis à côté d'elle sur le divan. Je vins à eux et remis la lettre à Mrs. Van Hopper. Il se leva aussitôt, tandis qu'elle, tout animée par sa réussite, faisait un geste vague dans ma direction en murmurant mon nom.

« M. de Winter prend le café avec nous. Voulez-vous aller demander une tasse de plus au garçon ? » me dit-elle, sur un ton juste assez détaché pour lui faire comprendre ma situation. Cela signifiait que j'étais une jeune personne sans importance et que point n'était besoin de prendre garde à moi dans la conversation. Elle usait de ce ton par mesure de précaution, car on m'avait prise une fois pour sa fille, à notre grand embarras à toutes deux. Sa façon de me présenter laissait entendre qu'il n'y avait pas à faire attention à moi ; les femmes m'adressaient un bref salut et les hommes apprenaient avec plaisir qu'ils pouvaient se renfoncer dans leurs grands fauteuils sans manquer aux bienséances.

Aussi fut-ce une surprise de voir le nouvel arrivé demeurer debout et faire lui-même signe au garçon.

« Excusez-moi de vous contredire, madame, dit-il, c'est vous deux qui prenez le café avec moi », et, avant que j'eusse pu comprendre ce qui se passait, il était assis sur la petite chaise qui m'était généralement réservée, et moi sur le divan à côté de Mrs. Van Hopper.

Elle parut ennuyée tout d'abord, ce n'était pas ce qu'elle avait prévu, mais elle composa vite son visage et, penchant sa large personne vers notre hôte, elle se mit à lui parler très haut avec animation, en agitant la lettre dans sa main.

« Je vous ai reconnu dès que vous êtes entré à la salle à manger, et je me suis dit : mais c'est M. de Winter, l'ami de Billy. Il faut que je lui montre les photos de Billy et de sa femme en voyage de noces. Et les voici. Ça, c'est Dora. N'est-ce pas qu'elle est adorable ? Cette taille fine, ces yeux immenses. Les voilà prenant leur bain de soleil à Palm-Beach. Billy en est fou, vous savez. Il ne la connaissait pas encore quand il a donné cette grande soirée au Claridge où je vous ai rencontré. Mais vous ne devez pas vous rappeler une vieille femme comme moi ? »

Cela fut dit avec un regard provocant et un sourire.

« Au contraire, je me rappelle très bien », dit-il, et, prévenant les souvenirs de leur première rencontre où elle n'allait pas manquer d'essayer de l'entraîner, il lui tendit son étui et elle se tut le temps d'allumer une cigarette. « Je n'aime pas beaucoup Palm-Beach », dit-il en secouant l'allumette. Je le regardai en pensant que le décor d'une plage de Floride ne lui conviendrait guère en effet. Il évoquait les perspectives fortifiées d'une cité du XVe siècle. Son visage était intéressant, sensible, avec je ne sais quoi de médiéval, et je me rappelai un portrait vu dans un musée, je ne sais où, un certain gentilhomme inconnu... Dépouillé de ses tweeds anglais et vêtu de noir avec de la dentelle au col et aux poignets, il eût regardé notre monde du fond d'un lointain passé... un passé où les hommes sortaient la nuit, masqués, et se cachaient dans l'ombre des vieux portails, un passé d'escaliers étroits et de sombres donjons, de chuchotements dans l'obscurité, de luisantes épées et d'exquise courtoisie.

Cependant, j'avais perdu le fil de leur conversation. « Non, même il y a vingt ans, disait-il. Ce genre de choses ne m'a jamais amusé. »

J'entendis le rire gras et complaisant de Mrs. Van Hopper. « Si Billy avait une maison comme Manderley, lui non plus n'aurait pas envie d'aller à Palm-Beach, dit-elle. Il paraît que c'est une vraie féerie. »

Elle se tut, quêtant un sourire, mais il continua de fumer et je remarquai une ligne ténue entre ses sourcils.

« J'ai vu des photos, naturellement. Je me demande comment vous pouvez vous décider à en sortir. »

Son silence était devenu pénible et n'importe qui s'en serait aperçu, mais elle allait de l'avant, comme une chèvre maladroite qui foule un terrain réservé, et je me sentais rougir, partageant une humiliation dont elle-même n'avait pas conscience.

Je crois qu'il s'aperçut de ma confusion car il se pencha vers moi et me demanda gentiment si je ne voulais pas encore un peu de café, et comme je refusais en secouant la tête, je sentis ses yeux s'arrêter sur moi, pensifs, interrogateurs.

« Que pensez-vous de Monte-Carlo ? » me demanda-t-il.

Cette invitation à la conversation me surprit sous mon plus mauvais jour, écolière aux coudes rouges et aux cheveux filasse, et je dis quelque chose de banal et d'idiot sur le côté artificiel de l'endroit, mais Mrs. Van Hopper m'interrompit.

« Elle est trop gâtée, monsieur de Winter, voilà l'affaire. Pour moi, je suis fidèle à Monte-Carlo. L'hiver anglais me déprime. Je ne le supporte pas. Et vous, que venez-vous faire ici ? Vous n'êtes pas un habitué. Avez-vous l'intention de jouer au golf ?

— Je ne sais pas encore, dit-il. Je suis parti un peu précipitamment. »

A ces paroles, son visage s'assombrit de nouveau et il fronça légèrement les sourcils. Elle reprit son babillage, sans rien voir.

« Bien sûr, vous regretterez les brouillards de Manderley ; ça c'est autre chose : ces régions de l'ouest doivent être délicieuses au printemps. »

Il écrasa sa cigarette dans le cendrier et je remarquai une nuance nouvelle dans son regard, une expression indéfinissable qui y flotta un instant, et je sentis que j'avais surpris quelque chose qui lui était personnel et qui ne me regardait pas.

« Oui, dit-il sèchement. Manderley est plus beau que jamais. »

Un silence tomba sur nous, chargé de je ne sais quelle gêne, et, jetant un regard vers lui, je me rappelai avec plus de force encore mon gentilhomme inconnu drapé dans son manteau au fond d'une galerie nocturne. La voix de Mrs. Van Hopper perça mon rêve comme une sonnerie électrique.

« Vous devez connaître un monde fou ici, quoique, il faut le dire, Monte-Carlo soit très morne cet hiver. Très peu de visages connus... »

Elle se mit à dévider un chapelet de potins sans s'apercevoir qu'il ignorait tous les noms qu'elle citait et qu'il devenait de plus en plus froid et silencieux à mesure qu'elle bavardait. Enfin, un chasseur vint le délivrer en annonçant à Mrs. Van Hopper que la couturière l'attendait dans son appartement.

Il se leva aussitôt en repoussant sa chaise.

« Je ne veux pas vous retenir. La mode change si vite, de nos jours. Il faut vous dépêcher de monter. »

Cette précipitation ne la froissa pas, elle n'y vit qu'une plaisanterie.

« Quelle chance de vous avoir rencontré, monsieur de Winter, dit-elle en s'attardant encore devant l'ascenseur. Maintenant que j'ai été assez brave pour rompre la glace, j'espère que je vous verrai de temps en temps. Il faudra venir prendre un verre dans mon appartement. J'aurai peut-être un ou deux amis demain soir. Voulez-vous être des nôtres ? »

Il détourna la tête et je ne pus l'observer tandis qu'il cherchait un prétexte :

« Je regrette, dit-il, demain j'irai probablement à Sospel, je ne sais pas à quelle heure je rentrerai. »

Et, sans attendre sa réponse, il nous planta là.

« Comme c'est curieux, dit Mrs. Van Hopper se décidant enfin à entrer dans l'ascenseur. Croyez-vous que ce départ brusqué soit une forme d'humour ? Les hommes ont de ces façons si étranges. Je me rappelle un écrivain très connu qui se précipitait dans l'escalier de service du plus loin qu'il me voyait. Je crois qu'il avait un penchant pour moi et craignait de le montrer. C'est vrai que j'étais plus jeune dans ce temps-là. »

L'ascenseur s'arrêta à notre étage. Le chasseur ouvrit la porte.

« A propos, ma chère, me dit-elle dans le couloir, ne m'en veuillez pas de vous parler ainsi, mais vous vous êtes mise un tout petit peu trop en avant tout à l'heure. Vos efforts pour monopoliser la conversation m'ont gênée, et lui aussi certainement. Les hommes ont horreur de ce genre de choses. »

Je ne répondis pas. Que répondre ?

« Allons, ne boudez pas, fit-elle en haussant les épaules avec un rire. Après tout, je suis responsable de vous et vous pouvez bien accepter les conseils d'une femme qui pourrait être votre mère. J'arrive, Blaize, j'arrive... », et elle entra en fredonnant dans la chambre à coucher où la couturière l'attendait.

Je me mis à la fenêtre et regardai dehors. Le soleil était encore très brillant et il y avait un grand vent joyeux. Dans une demi-heure, nous serions installées pour notre bridge, les fenêtres soigneusement fermées et le radiateur poussé à plein. Je pensais aux cendriers qu'il me faudrait vider de leurs bouts de cigarettes tachés de rouge à lèvres, écrasés parmi des miettes de bonbons de chocolat. Le bridge n'est pas facile pour un esprit habitué au nain jaune et au jeu des familles ; d'ailleurs, cela ennuyait ses amis de jouer avec moi.

Je sentais que ma présence juvénile pesait sur leur conversation ; ils n'osaient pas se jeter avec autant d'élan dans la chaudière aux scandales et aux insinuations. Les hommes affichaient une espèce de cordialité forcée et me posaient des questions taquines sur l'histoire ou la peinture, dans l'idée que je n'avais pas quitté l'école depuis bien longtemps et que je ne devais pas avoir d'autres sujets de conversation.

Je soupirai et quittai la fenêtre. Le soleil était plein de promesses et la mer fouettée de blanc par un vent joyeux. Je songeais à ce coin de Monaco où j'étais passée un jour ou deux auparavant et où une maison délabrée surplombait une petite place mal pavée. Tout en haut, sous son toit vermoulu, s'ouvrait une étroite fenêtre. Elle aurait pu encadrer un personnage médiéval. Je pris un papier et un crayon sur la table et me mis à griffonner rêveusement un profil aquilin. Un œil sombre, un nez hautain, une lèvre méprisante. J'ajoutai une barbe en pointe et un col de dentelle à la manière des peintures d'autrefois.

On frappa à la porte et le garçon de l'ascenseur entra portant une lettre : « Madame est dans sa chambre », dis-je, mais il secoua la tête et dit que l'enveloppe était pour moi. Je l'ouvris et y trouvai une feuille de papier contenant quelques mots d'une écriture inconnue :

« *Excusez-moi. J'ai été très impoli tout à l'heure.* » C'était tout. Pas de signature, pas de « Chère mademoiselle... ». Mais mon nom était sur l'enveloppe et dans une orthographe correcte, ce qui était rare.

« Y a-t-il une réponse ? » demanda le chasseur.

Je quittai des yeux les mots griffonnés. « Non, dis-je. Non, il n'y a pas de réponse. »

Quand il fut parti, je remis la lettre dans ma poche et repris mon dessin, mais il ne me plaisait plus. Je trouvais le visage raide et sans vie, le col de dentelle et la barbe avaient l'air d'un déguisement de cirque.

CHAPITRE IV

Le lendemain du bridge, Mrs. Van Hopper se réveilla avec un mal de gorge et la fièvre. Je téléphonai au docteur qui vint aussitôt et diagnostiqua une grippe. « Vous ne vous lèverez pas avant que je vous le permette, dit-il. Je n'aime pas le son de votre cœur, et cela n'ira pas mieux si vous ne vous reposez pas complètement. Je préférerais, ajouta-t-il en se tournant vers moi, que Mrs. Van Hopper eût une véritable infirmière. Vous ne pouvez pas la soulever. Ce sera l'affaire d'une quinzaine de jours. »

Je trouvai cela stupide et protestai, mais à mon grand étonnement, la malade se rangea à l'avis du médecin. Je pense que l'idée de se rendre intéressante lui plaisait, elle imaginait la compassion des gens, les visites et les coups de téléphone des amis, l'arrivée des fleurs. Monte-Carlo commençait à l'ennuyer et cette petite maladie ferait diversion.

Aussitôt installée l'infirmière qui devait lui faire des piqûres, de légers massages et surveiller son régime, je la laissai toute contente, soulevée sur ses oreillers, la température en baisse, parée de sa plus jolie matinée et d'un bonnet à rubans. Un peu honteuse de mon allégresse, je téléphonai à ses amis afin de contremander la petite réunion qui devait avoir lieu le soir et descendis au restaurant une bonne demi-heure avant le moment habituel de notre repas. Je m'attendais à trouver la salle vide, personne ne déjeunant généralement avant une heure. Elle était vide, à l'exception de la table voisine de la nôtre. Je n'étais pas préparée à cette rencontre. Je le croyais à Sospel. Sans doute ne déjeunait-il si tôt que dans l'espoir de nous éviter à une heure. J'étais déjà au milieu de la salle et ne pouvais revenir en arrière. Je ne l'avais pas vu depuis son départ devant l'ascenseur, la veille, car il avait sagement évité de dîner au restaurant pour la même raison sans doute qui lui faisait à présent avancer l'heure de son déjeuner.

Je ne me sentais pas à la hauteur de la situation ; j'aurais voulu être différente, plus âgée. Je gagnai notre table, les yeux fixés droit devant moi et payai sur-le-champ le prix de ma gaucherie, car, en dépliant ma serviette, je renversai le vase rempli de raides anémones. L'eau trempa la nappe et coula sur mes genoux. Le garçon était à l'autre bout de la salle et n'avait rien vu. Mais en moins d'une seconde mon voisin venait à mon secours, sa serviette à la main.

« Vous ne pouvez rester à cette table mouillée, me dit-il brusquement. Cela vous couperait l'appétit. Levez-vous. »

Il se mit à éponger la nappe tandis que le garçon, s'apercevant de l'accident, venait à la rescousse.

« Cela ne fait rien, dis-je, cela n'a aucune importance. Je suis toute seule. »

Il ne répondit rien. Le garçon ramassait le vase et les fleurs renversées.

« Laissez cela, dit-il tout à coup, et mettez un autre couvert à ma table, mademoiselle déjeunera avec moi. »

Je le regardai, très gênée.

« Oh ! non, dis-je, je ne peux accepter.

— Pourquoi ? » demanda-t-il.

J'essayai de trouver une excuse. Je savais qu'il n'avait pas envie de déjeuner avec moi. Il ne faisait cela que par politesse. J'allais lui gâcher son repas. Je décidai d'être hardie et de dire la vérité.

« S'il vous plaît, priai-je, ne vous croyez pas obligé d'être aimable. C'est très gentil à vous, mais je serai très bien à ma table quand le garçon aura essuyé la nappe.

— Mais je ne suis pas aimable, insista-t-il. J'ai envie de vous avoir à déjeuner avec moi. Même si vous n'aviez pas renversé ce vase si maladroitement, je vous aurais invitée. » Sans doute mon visage trahit-il un doute car il sourit. « Vous ne me croyez pas, tant pis, venez et asseyez-vous. Nous ne parlerons que si nous en avons envie. »

Nous nous assîmes et il me tendit le menu. Son détachement était très particulier, je me rendais compte que nous pourrions passer tout le repas sans parler et que cela n'aurait pas d'importance. Nous ne nous sentirions pas gênés. Il ne m'interrogerait pas en histoire.

« Qu'est-il arrivé à votre amie ? » me demanda-t-il. Je lui parlai de la grippe. « Quel dommage », fit-il, puis, au bout d'un moment : « Vous avez dû recevoir mon mot. J'étais vraiment honteux de ma conduite. Ma seule excuse est que je suis devenu bourru à vivre seul. Aussi est-ce très gentil à vous de déjeuner avec moi aujourd'hui.

— Vous n'aviez pas été impoli, dis-je. En tout cas, elle ne s'en est pas aperçue. Elle est d'une indiscrétion ! Elle n'y voit pas malice. Elle est comme cela avec tout le monde, enfin, avec tous les gens d'importance.

— Je devrais donc être flatté, dit-il. Mais pourquoi me considérerait-elle comme de quelque importance ? »

J'hésitai un instant :

« Je crois que c'est à cause de Manderley », dis-je.

Il ne répondit pas, et j'eus de nouveau cette sensation pénible, l'impression de pénétrer sur un terrain défendu. Je me demandai pourquoi la mention de son domaine, dont tant de gens, et même moi avaient entendu parler, provoquait inévitablement son silence, élevant une barrière entre lui et les autres.

Nous mangeâmes quelque temps en silence et je songeais à une carte postale illustrée que j'avais achetée, petite fille, pendant les vacances, dans une boutique de village de l'ouest. L'image en teintes crues représentait une maison, mais la grossièreté même du coloriage ne parvenait pas à abîmer la symétrie de l'architecture, le large perron de la terrasse, les pelouses vertes qui s'étendaient jusqu'à la mer. J'avais payé cette carte postale cinq sous, la moitié de mon argent de poche de la semaine, puis j'avais demandé à la vieille marchande ce qu'elle représentait. Elle avait paru surprise de mon ignorance.

« Mais c'est Manderley », m'avait-elle dit, et je me rappelais être sortie de la boutique un peu vexée, et guère moins ignorante.

« Votre amie.... reprit-il. Elle est beaucoup plus âgée que vous. C'est une parente ? Vous la connaissez depuis longtemps ? »

Je compris que notre assemblage l'étonnait.

« Ce n'est pas vraiment une amie, expliquai-je. Elle fait mon apprentissage de demoiselle de compagnie et elle me paie quatre-vingt-dix livres par an.

— Je ne savais pas que la compagnie pût s'acheter. Vous n'avez pas grand-chose de commun avec elle. » Il rit, ce qui le changeait beaucoup, il avait l'air plus jeune en quelque sorte et moins détaché. « Pourquoi faites-vous cela ? me demanda-t-il.

— Quatre-vingt-dix livres, c'est beaucoup pour moi.

— Vous n'avez pas de parents ?

— Non, ils sont morts.

— Vous avez un nom charmant et original.

— Mon père était un être charmant et original. » Je le regardai au-dessus de mon verre de citronnade. Il n'était pas facile de donner une idée de mon père et en général je m'abstenais de parler de lui. Il était mon bien secret. Réservé pour moi, comme Manderley pour mon voisin.

Je ne sais quel air d'irréalité flottait autour de ce déjeuner. Lorsque je m'y reporte à présent, il brille pour moi d'une étrange lumière. Ma timidité m'avait quittée, ma langue réticente se déliait, lui livrant tous les petits secrets de mon enfance, les plaisirs et les peines. Il me semblait qu'il comprenait à travers mes pauvres descriptions quelque chose de la vibrante personnalité de mon père et aussi de l'amour que ma mère lui portait. Je me rappelle m'être tue, un peu essoufflée, un peu étourdie. Le restaurant était à présent plein de gens qui bavardaient et riaient sur un fond d'orchestre et de tintements de vaisselle, et, levant les yeux vers le cartel qui surmontait la porte, je vis qu'il était deux heures. Nous avions passé une heure et demie ensemble et j'avais fait tous les frais de la conversation.

Je revins à la réalité, les mains brûlantes, toute confuse, les joues en feu, et je me mis à balbutier des excuses. Il ne voulut pas les entendre.

« Je vous ai dit tout à l'heure, commença-t-il, que vous aviez un nom charmant et original. J'irai plus loin, si vous le permettez, et je dirai qu'il vous va aussi bien qu'il allait à votre père. Cette heure passée avec vous m'a fait un plaisir comme je n'en avais pas éprouvé depuis bien longtemps. Vous m'avez distrait de moi-même, et délivré de la solitude qui est mon démon depuis un an. »

Je le regardai et compris qu'il disait vrai. Il avait l'air moins réservé qu'auparavant, plus moderne, plus humain, il n'était plus environné d'ombres.

« Vous savez, dit-il, nous avons quelque chose en commun, vous et moi. Nous sommes tous deux seuls au monde. Oh ! j'ai bien une sœur, et une vieille grand-mère à qui je fais par an trois visites officielles, mais ni l'une ni l'autre ne constituent une compagnie. Il faudra que je félicite Mrs. Van Hopper. Vous n'êtes pas chère pour quatre-vingt-dix livres par an.

— Vous oubliez, dis-je, que vous avez une maison et moi pas. »

J'avais à peine parlé que je le regrettai, car l'expression secrète, impénétrable, gagnait de nouveau son regard et une fois de plus, je souffris l'intolérable gêne d'avoir manqué de tact. Il baissa la tête pour allumer une cigarette et ne répondit pas tout de suite.

« Une maison vide peut être aussi solitaire qu'un hôtel rempli, dit-il enfin. Le mal, c'est qu'elle est moins impersonnelle. »

Il hésita, et je pus croire un instant qu'il allait enfin parler de Manderley, mais quelque chose le retint, une interdiction qui luttait à la surface de son esprit et finit par triompher, car il souffla son allumette et du même coup son étincelle de confiance.

« Alors, la demoiselle de compagnie a congé ? dit-il, revenant au ton d'aimable camaraderie. Qu'a-t-elle l'intention de faire ? »

Je songeai à la petite place mal pavée de Monaco et à la maison avec sa fenêtre étroite. Je pourrais y être vers trois heures, portant mon carnet de croquis, et je le lui dis, avec la timidité d'un amateur sans talent.

« Je vous y conduirai en voiture », dit-il sans écouter mes protestations.

Je me rappelai l'avertissement de Mrs. Van Hopper la veille sur ma façon de me mettre en avant, et je craignis qu'il ne prît mes paroles sur Monaco pour un subterfuge afin de m'y faire conduire. C'eût été exactement le style de Mrs. Van Hopper, et je redoutais qu'il nous confondît dans son esprit. Mon déjeuner en sa compagnie m'avait déjà donné de l'importance, car, lorsque nous quittâmes la table, le petit maître d'hôtel se précipita pour écarter ma chaise. Il s'inclina en souriant et ramassa mon mouchoir qui était tombé. Jusqu'au chasseur qui, en nous ouvrant la porte, s'inclina respectueusement devant moi. Mon compagnon trouvait cela fort naturel, évidemment. Il ne savait rien du jambon mal coupé de la veille. Je trouvais ce changement déprimant : je n'en étais pas fière. Je me rappelais mon père et son mépris pour les vanités.

« A quoi pensez-vous ? » Nous nous dirigions vers

la galerie. En levant les yeux je vis son regard fixé sur moi avec un air de curiosité. « Quelque chose vous a déplu ? » dit-il.

Les attentions du maître d'hôtel avaient éveillé en moi une série de pensées et, tout en prenant le café, je lui parlai de Blaize, la couturière. Elle était ravie d'avoir vendu, la veille, trois robes à Mrs. Van Hopper, et moi, en la raccompagnant ensuite à l'ascenseur, je l'imaginais travaillant dans sa petite arrière-boutique sans air, avec un fils anémique couché sur le divan. Je la voyais tirant l'aiguille, les yeux fatigués ; autour d'elle le sol était jonché de bouts d'étoffes.

« Eh bien, fit-il en souriant. Votre imagination vous trompait-elle ?

— Je ne sais pas, dis-je. Je n'ai pas vérifié. »

Et je lui racontai comment, tandis que j'appuyais sur la sonnette de l'ascenseur, elle avait fouillé dans son sac et m'avait tendu un billet de cent francs. « Voilà, m'avait-elle dit dans un chuchotement intime et déplaisant. C'est votre petite commission pour avoir amené votre patronne dans mon magasin. » Comme je refusais, rouge de confusion, elle avait haussé les épaules. « Comme vous voudrez, mais c'est l'habitude, vous savez. Peut-être préféreriez-vous une robe. Passez au magasin sans madame un de ces jours et je vous en donnerai une pour rien. » Je ne sais pourquoi l'incident m'avait remplie de ce sentiment de malaise que j'avais éprouvé enfant en tournant les pages d'un livre défendu. La vision du fils malade s'était évanouie, remplacée par l'image de moi-même, si j'eusse été différente, empochant ce billet malpropre avec un sourire de connivence et, peut-être, profitant aujourd'hui de mon après-midi de congé pour me glisser dans la boutique de Blaize et en sortir avec une robe que je n'aurais pas payée.

Je pensais qu'il allait rire de cette histoire que je lui avais racontée, Dieu sait pourquoi, mais il me regarda pensivement en remuant son café.

« Je crois que vous avez fait une grande faute, dit-il au bout d'un moment.

— En refusant ces cent francs ? demandai-je indignée.

— Non... juste Ciel, pour qui me prenez-vous ? Je pense que vous avez fait une faute en venant ici, en vous alliant à Mrs. Van Hopper. Vous n'êtes pas faite pour ce métier. Vous êtes trop jeune, d'abord, et trop sensible. Blaize et sa commission sont sans importance. Ce n'est là que le premier de nombreux incidents analogues. Qui a pu vous conseiller ce métier ? »

Il me semblait tout naturel qu'il m'interrogeât. On eût dit que nous nous connaissions depuis longtemps et nous rencontrions de nouveau après avoir cessé de nous voir pendant quelques années.

« Avez-vous jamais pensé à l'avenir ? me demandat-il, et à l'existence que ce genre de choses vous prépare ? Imaginez que Mrs. Van Hopper se lasse de sa demoiselle de compagnie, que deviendrez-vous ? »

Je souris et lui dis que cela ne me désolerait pas. Il y avait d'autres Mrs. Van Hopper et j'étais jeune, confiante et forte.

« Quel âge avez-vous ?» dit-il et quand je lui eus répondu il se mit à rire et quitta son fauteuil. « Je sais que c'est l'âge de l'obstination, dit-il, et de la confiance en l'avenir. Quel dommage que nous ne puissions changer ! Maintenant, montez mettre votre chapeau, je vais sortir la voiture. »

Tandis qu'il m'accompagnait à l'ascenseur, je songeais à notre rencontre de la veille, aux bavardages de Mrs. Van Hopper et à la froide courtoisie avec laquelle il les écoutait. Je l'avais mal jugé, il n'était ni dur ni sarcastique, il était mon ami depuis des années, le frère que je n'avais jamais eu. J'étais de bonne humeur, cet après-midi-là, et il m'en souvient bien. Je revois le ciel où flottaient de petits nuages blancs, et la mer. Je sens le vent sur mon visage et j'entends mon rire, et le sien qui y faisait écho. Ce n'était pas le Monte-Carlo que j'avais connu jusquelà. Il avait un éclat que je ne lui avais jamais vu. Peutêtre est-ce que je le regardais auparavant avec des yeux mornes. Le port était un spectacle dansant avec des petits bateaux de papier, et les marins du quai souriaient, aussi joyeux que le vent. Je me rappelle, comme si je le portais encore, mon costume de flanelle commode et mal coupé, mon chapeau fané à trop grands bords, et mes souliers à talons plats. Une paire de gants à crispin froissés dans une main, jamais je n'avais paru plus jeune, jamais je ne m'étais sentie plus vieille. Mrs. Van Hopper et sa grippe n'existaient plus. Le bridge et les cocktails étaient oubliés et, avec eux, mon humble situation.

Le vent était trop fort pour me permettre de dessiner, il soufflait en allègres rafales autour de ma petite place mal pavée ; nous revînmes donc à la voiture et roulâmes je ne sais où. La longue route montait, la voiture montait avec elle et nous tournions au sommet de la colline comme les oiseaux dans le ciel. Je riais et le vent emportait au loin mon rire. Mais, en le regardant, je m'aperçus que lui ne riait plus : il était de nouveau l'homme silencieux et détaché de la veille, enveloppé dans son secret.

Je m'avisais aussi que la voiture ne montait plus. Nous avions atteint le sommet ; à pic au-dessous de nous s'étendait la route en corniche par laquelle nous étions montés. Il arrêta la voiture et je vis que le bord de la route suivait un précipice. Nous descendîmes et regardâmes en bas. Cela me dégrisa enfin, je compris que bien peu de mètres nous séparaient de l'abîme. La mer léchait le pied rocailleux de la colline et, tout en bas, les maisons ressemblaient à des coquillages dans une grotte ronde, éclairés çà et là par un grand soleil orangé. Une lumière différente baignait le sommet où nous nous trouvions, et le silence la rendait plus dure et plus austère. Un changement était survenu en notre après-midi, elle avait perdu son allégresse. Le vent tomba et il fit soudain froid.

Quand je parlai, ma voix était beaucoup trop indifférente, c'était la voix sotte et conventionnelle d'une personne mal à l'aise. « Vous connaissez cet endroit ? demandai-je. Vous y êtes déjà venu ? » Il me regarda sans paraître me reconnaître et je me dis avec une petite angoisse qu'il m'avait oubliée déjà depuis un long moment et qu'il était perdu dans un tel labyrinthe de pensées inquiètes que je n'existais plus. Il avait un visage de somnambule et, l'éclair d'un instant, l'idée me vint qu'il n'était peut-être pas normal. Il y a des gens qui ont des espèces de transes, j'en avais entendu parler, ils obéissent à d'étranges lois dont nous ne pouvons rien connaître, ils suivent les ordres compliqués de leur subconscient. Peut-être était-il de ceux-là, et je me trouvais seule avec lui au-dessus d'un abîme.

« Il est tard ; est-ce qu'il ne faudrait pas rentrer ? » dis-je sur un ton insouciant et avec un pauvre petit sourire qui n'aurait pas trompé un enfant.

Je l'avais calomnié, évidemment, il n'y avait rien d'anormal en lui, car il sortit aussitôt de son rêve et s'excusa. J'avais dû pâlir et il s'en était aperçu.

« Je suis impardonnable », dit-il, et prenant mon bras, il me ramena vers la voiture ; nous montâmes et il ferma la portière. « N'ayez pas peur, le tournant est bien moins dangereux qu'il n'en a l'air. »

Et, tandis que je me cramponnais des deux mains à la banquette, il manœuvra doucement, très doucement, la voiture pour la mettre dans la bonne direction.

« Vous êtes donc déjà venu ici ? lui dis-je, délivrée de mon angoisse à mesure que la voiture descendait l'étroite route en lacet.

— Oui », dit-il, puis après un moment de silence : « Mais il y a plusieurs années. Je voulais voir si cela avait changé.

— Et alors ? demandai-je.

— Non, répondit-il, non, cela n'a pas changé. »

Je me demandais ce qui l'avait incité à ce retour vers le passé, avec moi comme témoin. Quel fleuve de temps s'étendait entre lui et cet autrefois, quels faits de pensée et d'action, quelle différence de tempérament ? Je ne voulais pas le savoir. Je regrettais d'être venue.

Nous descendions les lacets de la route sans un heurt, sans un mot ; une grande masse de nuages s'étendait devant le soleil couchant et l'air était froid et pur. Tout à coup, il se mit à parler de Manderley. Il ne me dit rien de sa vie là-bas, pas un mot sur lui-même, mais il me décrivit comment le soleil s'y couche, les après-midi de printemps, en laissant son reflet sur les pentes. Il me demanda si j'aimais le seringa. Il y en avait un au bord de la pelouse dont il respirait le parfum à travers la fenêtre de sa chambre. Sa sœur, qui était une personne vive et pratique, se plaignait qu'il y eût trop de parfums à Manderley, cela l'enivrait. Elle avait peut-être raison. Tant pis. C'était la seule forme d'ivresse qu'il goûtât. Son plus ancien souvenir était celui de grandes branches de lilas dans des vases blancs, remplissant la maison d'un parfum nostalgique et poignant.

Le petit sentier du parc qui descendait à la mer était planté d'azalées et de rhododendrons, et quand on le suivait après dîner par une soirée de mai, on eût dit que ces buissons remplissaient l'air. On pouvait se pencher, ramasser un pétale tombé, le froisser entre ses doigts, et l'on tenait alors dans le creux de sa main l'essence de milliers de parfums insupportables et délicieux. Tout cela dans un pétale fané et froissé. Et l'on arrivait au bord de la vallée un peu étourdi, devant l'étendue blanche de la grève et la mer calme. Etrange contraste et presque trop soudain...

Tandis qu'il parlait, la voiture avait rejoint la grande route, la nuit était tombée sans que je m'en aperçusse et nous nous trouvions au milieu des lumières et des bruits des rues de Monte-Carlo. Le fracas des voitures jouait sur mes nerfs et les lumières étaient beaucoup trop brillantes, trop jaunes.

Bientôt, nous arriverions à l'hôtel. Je cherchai mes gants dans la poche de la voiture ; ce faisant, mes doigts se refermèrent sur un livre dont le mince format annonçait un poème. Je me penchai pour déchiffrer le titre, tandis que la voiture ralentissait devant l'entrée de l'hôtel.

« Prenez-le pour le lire si cela vous fait plaisir», dit-il d'une voix indifférente.

La promenade était terminée, nous étions de retour, et Manderley à des centaines de kilomètres de là...

J'étais contente d'emporter ce livre serré dans ma main avec mes gants. J'avais besoin d'un objet qui lui appartînt, maintenant que cette journée prenait fin.

« Descendez, dit-il. Il faut que j'aille ranger la voiture. Je ne vous verrai pas au restaurant ce soir, je ne dîne pas là. Mais merci pour cette journée. »

Je montai seule le perron de l'hôtel avec le sentiment d'abandon d'un enfant dont la récompense prend fin. Mon après-midi me gâtait les heures qui restaient et je me dis que le temps allait me paraître long jusqu'au moment de me mettre au lit, et que mon dîner solitaire serait bien ennuyeux. Pourtant, je ne pouvais me décider à affronter les joyeux propos de l'infirmière et, peut-être, les indiscrètes questions de Mrs. Van Hopper. Aussi m'installai-je dans un coin du hall, derrière une colonne, et commandai-je du thé.

Esseulée et triste, je me renversai dans mon fauteuil et pris le livre de poèmes. Le volume avait été souvent feuilleté, il s'ouvrit de lui-même à cette page sans doute souvent lue :

> *Je l'ai fui au long des nuits, au long des jours,*
> *Je l'ai fui sous les arceaux des airs,*
> *Je l'ai fui à travers les labyrinthes*
> *De mes pensées, au milieu des larmes,*
> *Je me suis caché de lui, et dans la fuite du rire,*
> *J'ai dévalé les pentes*
> *Abruptes, et me suis précipité*
> *A travers des abîmes d'horreur gigantesques*
> *Interminablement suivi par ces pas robustes.*

J'avais l'impression de regarder par le trou d'une serrure et je reposai le livre avec un scrupule. Quelle meute céleste le chassait cet après-midi sur la colline ?

Le garçon m'apporta mon thé d'un air ennuyé, car j'étais seule, et, tout en mangeant des tartines qui avaient un goût de cendre, je songeais au sentier qu'il m'avait décrit, au parfum des azalées et à la clarté blanche de la baie. S'il aimait tant tout cela, que venait-il chercher dans l'éclat superficiel de Monte-Carlo ? Il avait dit à Mrs. Van Hopper qu'il était venu sans projets et de façon assez précipitée. Je l'imaginais descendant en courant ce sentier de son parc, la meute céleste à ses talons.

Je repris le livre et l'ouvris cette fois à la page de garde. J'y lus cette dédicace : « *A Max, Rebecca, 17 mai* » d'une curieuse écriture penchée. Un petit pâté tachait la page opposée comme si la scriptrice impatiente y avait secoué son stylo pour en dégager l'encre, qui s'était écoulée ensuite un peu vite, épaississant à la fin l'écriture, si bien que la signature, Rebecca, s'étalait noire et vigoureuse, avec sa grande R inclinée surplombant les autres lettres.

Je fermai le livre d'un coup sec et le remis sous mes gants ; puis, étendant le bras, je pris un numéro de *L'Illustration* sur un fauteuil voisin et me mis à le feuilleter. Il y avait de jolies photos des châteaux de la Loire. Je lus consciencieusement l'article qui les accompagnait, mais sans en comprendre un mot. Ce n'était pas Blois avec ses tours et son escalier qui m'apparaissait à travers la page imprimée. C'était le visage de Mrs. Van Hopper, la veille, au restaurant, épiant de ses petits yeux porcins la table voisine, et tenant en l'air sa fourchette chargée de raviolis.

« Une tragédie atroce, disait-elle. Les journaux en étaient pleins. On dit qu'il n'en parle jamais, qu'il ne prononce jamais son nom. Vous savez qu'elle s'est noyée dans une baie près de Manderley. »

CHAPITRE V

Je suis contente qu'on ne puisse l'avoir deux fois, la fièvre du premier amour. Car c'est une maladie et c'est un fardeau, quoi qu'en puissent dire les poètes. Ils ne sont pas gais, les jours de la vingt et unième année. Ils sont remplis de petites lâchetés, de petites craintes sans fondement, et l'on est si facilement brisé, si vite blessé, on tombe sur les premiers barbelés. Aujourd'hui, revêtu de la facile armure de la proche maturité, les minuscules piqûres quotidiennes vous effleurent superficiellement et sont vite oubliées, mais quel poids avait à cette époque une parole insouciante, et comme elle s'imprimait avec des lettres de feu, et comme un regard par-dessus l'épaule s'incrustait en vous pour l'éternité ! Un refus annonçait le triple chant du coq, un mensonge ressemblait au baiser de Judas. L'âme adulte peut mentir avec une conscience tranquille et un air joyeux, mais en ce temps-là, une ruse minime écorchait la langue.

« Qu'avez-vous fait ce matin ? » Je la vois encore, accoudée à ses oreillers avec l'irritabilité à fleur de peau d'une malade qui n'est pas vraiment souffrante et garde le lit depuis trop longtemps, tandis que je prenais le paquet de cartes dans la commode et que je sentais le rouge de la culpabilité s'étendre sur mon cou.

« J'ai joué au tennis avec le professeur », répondis-je, prise de panique devant mon propre mensonge car que deviendrais-je si le professeur de tennis montait à l'appartement cet après-midi pour se plaindre que je manquais mes leçons ?

Je n'avais pas joué au tennis avec le professeur, je n'avais pas joué depuis qu'elle s'était alitée, et cela faisait maintenant un peu plus de quinze jours. Je me demandais pourquoi je m'accrochais à ce prétexte, et pourquoi je ne lui disais pas que je me promenais tous les matins dans la voiture de Max de Winter, et déjeunais avec lui au restaurant.

J'ai oublié beaucoup de choses de Monte-Carlo, de ces excursions matinales, et même de nos conversations, mais je n'ai pas oublié comment mes doigts tremblaient en enfonçant mon chapeau et comment je courais dans le couloir et en descendant l'escalier, trop impatiente pour attendre la lente arrivée de l'ascenseur.

Il m'attendait, assis au volant, lisant un journal qu'il jetait en souriant sur la banquette du fond dès qu'il m'apercevait, pour m'ouvrir la portière en disant : « Comment va ma demoiselle de compagnie ce matin, et où désire-t-elle aller ? » Il aurait pu tourner indéfiniment en rond que je ne m'en serais pas souciée, car j'étais dans ce premier état d'éblouissement où grimper à côté de lui et me pencher vers le pare-brise en repliant mes genoux était déjà presque excessif. J'étais comme un petit collégien timide, amoureux d'un grand.

« Le vent est froid ce matin, vous feriez mieux de mettre mon manteau. »

Je me rappelle cela, car j'étais assez jeune pour trouver du bonheur à mettre ses vêtements, toujours comme le petit collégien qui porte triomphalement le sweater de son héros.

La langueur et la subtilité que j'avais lues dans les romans n'étaient pas pour moi, ni le défi, ni les escarmouches, ni le sourire provocant. L'art de la coquetterie m'était inconnu, et je restais immobile, sa carte sur mes genoux, le vent soufflant dans mes cheveux ternes, heureuse dans son silence et pourtant avide de ses paroles. Qu'il parlât ou non ne changeait rien à mon humeur. Ma seule ennemie était la pendule du tableau de bord, dont la petite aiguille se rapprochait peu à peu du un. Nous roulions vers l'est, nous roulions vers l'ouest, parmi des myriades de villages accrochés à la côte méditerranéenne, et je ne me rappelle pas un seul d'entre eux.

Je ne me rappelle que le contact des sièges de cuir, la forme de la carte sur mes genoux, ses bords déchirés, ses pliures usées, et comment, un jour, regardant la pendule, je me dis : « Cet instant présent, à onze heures vingt, ne devra jamais être perdu. » Et je fermai les yeux pour vivre plus profondément l'expérience. Quand je les rouvris, nous étions à un tournant de la route, et une jeune paysanne, en châle noir, nous saluait de la main : je la revois avec sa jupe poussiéreuse, son sourire amical et gai ; cela dura une seconde, le tournant était loin et nous ne pouvions plus la voir. Elle appartenait déjà au passé, elle n'était plus qu'un souvenir.

« Si seulement on pouvait inventer quelque chose, dis-je vivement, qui conserve un souvenir dans un flacon, comme un parfum, et qui ne s'évapore, ne s'affadisse jamais. Quand on en aurait envie, on pourrait déboucher le flacon et on revivrait l'instant passé. »

Je levai les yeux pour voir ce qu'il allait dire. Il ne se tourna pas vers moi ; il continuait à regarder la route.

« Quel instant particulier de votre jeune existence

voulez-vous déboucher ? dit-il, sans que je pusse discerner à sa voix s'il me taquinait ou non.

— Je ne sais pas », commençai-je, puis je me lançai un peu follement sans écouter ce que je disais : « Je voudrais conserver cet instant-ci et ne jamais le perdre.

— Est-ce un hommage à la beauté du jour ou à la façon dont je conduis ? » dit-il en riant comme un frère moqueur.

Je me tus, accablée soudain par la largeur du fossé qui nous séparait, et que sa bonté pour moi ne faisait qu'élargir encore.

Je compris alors que je ne parlerais jamais à Mrs. Van Hopper de ces excursions matinales, car son sourire me blesserait comme son rire à lui venait de le faire. Elle ne serait pas fâchée, ni choquée, elle lèverait seulement très légèrement les sourcils, comme si elle ne croyait pas complètement à mon histoire, puis elle dirait avec un haussement d'épaules indulgent : « C'est extrêmement aimable et gentil à lui de vous emmener dans ses promenades, ma chère petite, seulement... êtes-vous bien sûre que cela ne l'ennuie pas terriblement ? » Puis elle m'enverrait acheter du Taxol en me tapotant l'épaule. Quelle humiliation d'être jeune, songeai-je, et je me mis à me ronger les ongles.

« Je voudrais, dis-je violemment, encore ulcérée par son rire et jetant toute discrétion au vent, je voudrais être une femme de trente-six ans en satin noir avec un collier de perles.

— Si vous étiez ainsi, vous ne seriez pas dans cette voiture avec moi, et cessez de ronger vos ongles, ils sont suffisamment laids comme cela.

— Vous allez me trouver indiscrète, impolie, je le sais, continuai-je, mais je voudrais savoir pourquoi vous m'emmenez avec vous tous les jours. Vous êtes bon, c'est certain, mais pourquoi me choisissez-vous comme objet de votre charité ? Tout cela est très bien, vous savez tout ce qu'il y a à savoir de moi ; ce n'est d'ailleurs pas grand-chose. Mais vous, je n'en sais pas plus sur vous que le jour de notre rencontre.

— Et que saviez-vous, ce jour-là ?

— Eh bien, que vous habitiez Manderley et... et que vous aviez perdu votre femme. »

Je l'avais prononcé enfin ce mot qui pesait sur ma langue depuis des jours. Votre femme. Cela sortit très naturellement, sans résistance, comme si le fait de la nommer était la chose la plus indifférente du monde. Votre femme. Une fois prononcé, le mot demeure suspendu dans l'air, dansant devant moi, et comme il l'avait reçu en silence sans y répondre, le mot s'élargit, devenant quelque chose de sinistre et de dangereux, un terme défendu, anormal. Et je ne pouvais pas le reprendre, je ne pourrais jamais. Une fois encore, je revis la dédicace sur la page de garde du livre de poèmes, et la curieuse R surplombant. J'avais mal au cœur, j'avais froid. Il ne me pardonnerait jamais et ce serait la fin de notre amitié.

Je regardais le pare-brise, je me rappelle, ne voyant rien de la route qui fuyait, mes oreilles pleines encore du son de ce mot prononcé. Le silence devenait minutes, et les minutes, kilomètres ; et tout est fini maintenant, me disais-je, je ne sortirai plus jamais avec lui. Demain, il partira. Et Mrs. Van Hopper sera de nouveau debout. Elle et moi nous nous promènerons sur la terrasse comme avant. Le portier descendra ses malles, je les apercevrai dans le monte-charge, avec leurs étiquettes fraîchement collées.

J'étais si absorbée par ces imaginations, que je ne m'aperçus pas du ralentissement de la voiture, et c'est seulement quand elle s'arrêta au bord de la route que je revins à la réalité. Il était assis, immobile, ressemblant plus que jamais, avec son feutre et son foulard blanc, à un personnage médiéval dans un cadre.

L'ami était parti avec sa bonté, sa camaraderie facile, le frère aussi qui se moquait de la façon dont je rongeais mes ongles. Cet homme était un étranger. Je me demandais ce que je faisais dans sa voiture.

Alors il se tourna vers moi et se mit à parler :

« Tout à l'heure, vous imaginiez un procédé pour conserver le souvenir, dit-il. Vous voudriez à certains moments, m'avez-vous dit, pouvoir revivre le passé. Je crains d'être assez différent de vous à cet égard. Tous les souvenirs sont amers et je préfère les ignorer.

Quelque chose est arrivé il y a un an qui a changé toute ma vie, et je désire oublier toutes les phases de mon existence, jusqu'à ce moment-là. Ces jours sont finis. Ils sont effacés. Je dois recommencer complètement à vivre. Je n'y réussis pas toujours, évidemment ; parfois le parfum est trop fort pour le flacon, trop fort aussi pour moi. Et puis, il y a en moi un démon qui veut déboucher le flacon. C'est ce qui est arrivé lors de notre première promenade, quand nous avons grimpé la colline et regardé le précipice. J'étais venu là, il y a quelques années, avec ma femme. Vous m'avez demandé si l'endroit était toujours le même ou s'il avait changé. Il était toujours le même, mais — et j'en fus heureux — singulièrement impersonnel. Il n'avait gardé aucune trace d'elle ni de moi. C'est peut être parce que vous étiez là. Vous avez effacé le passé, bien plus effectivement que toutes les lumières de Monte-Carlo, où j'étais venu pour cela. Sans vous, il y a longtemps que je serais parti, j'aurais été en Italie, en Grèce, plus loin peut-être. Vous m'avez épargné tous ces voyages. J'en ai assez de vos petits discours puritains. J'en ai assez de vos idées sur ma bonté et ma charité. Si je vous demande de m'accompagner, c'est que j'ai besoin de vous et de votre société, et si vous ne me croyez pas, vous pouvez descendre immédiatement de cette voiture et rentrer seule. Allez-y, ouvrez la portière. »

Je restai immobile, mes mains sur mes genoux, ne sachant pas s'il pensait vraiment ce qu'il disait.

« Eh bien, dit-il, que décidez-vous ? »

Eussé-je eu un an ou deux de moins, je crois que j'aurais éclaté en sanglots. Les larmes des enfants sont à fleur de peau et jaillissent à la première occasion. Les miennes n'étaient d'ailleurs pas bien loin, je les sentais sourdre derrière mes paupières, je sentais mon visage s'empourprer et, jetant un coup d'œil au miroir surmontant le pare-brise, je mesurai dans toute son étendue le lamentable spectacle de mes yeux troublés et de mes joues écarlates, avec mes cheveux raides, bouffant sous mon grand chapeau de feutre.

« Je veux rentrer », dis-je d'une voix dangereusement prête à trembler.

Il remit en marche, sans un mot, et fit tourner la voiture.

Nous roulions rapidement sur le chemin du retour, beaucoup trop rapidement à mon gré, beaucoup trop facilement. Nous repassâmes au tournant de la route dont j'aurais voulu emprisonner le souvenir, la paysanne n'était plus là, et les couleurs étaient ternes, et ce n'était pas autre chose, après tout, qu'un tournant de route où passent des centaines de voitures. Ma fierté d'adulte se désagrégea et mes méprisables larmes, heureuses de leur victoire, remplirent mes yeux et se mirent à couler sur mes joues.

Je pensais à toutes les héroïnes de romans que les pleurs embellissent, moi, avec mon visage boursouflé et mes yeux rougis. Ainsi finissait cette matinée et la journée qui s'étendait devant moi serait longue. Il me faudrait déjeuner avec Mrs. Van Hopper dans sa chambre, car c'était le jour de sortie de l'infirmière, après quoi elle me ferait jouer au bésigue avec l'inlassable énergie de la convalescence. J'étoufferais dans cette chambre. Il y avait quelque chose de sordide dans les draps chiffonnés, les couvertures tombantes, l'oreiller affaissé, et cette table de chevet tachée de poudre de riz, de parfum renversé, et de rouge gras. Son lit était jonché de feuilles de journaux pliés n'importe comment, de romans français aux coins cornés et à la couverture déchirée et de magazines américains. Les mégots écrasés traînaient un peu partout : dans les pots de crème de beauté, dans la coupe de raisin et par terre à côté du lit. Les visiteurs étaient prodigues de fleurs, et les vases se pressaient côte à côte, remplis de toutes sortes de corolles, les fleurs de serre étouffées par des gerbes de mimosa, entourant un grand panier enrubanné où s'empilaient des fruits confits. Les amis viendraient d'ailleurs un peu plus tard et je leur préparerais des cocktails, détestant ma besogne, timide, mal à l'aise dans mon coin environné par leur caquetage de perroquets, et je me sentirais une fois de plus le menin du dauphin, rougissant pour elle lorsque, excitée par la petite bande, elle rirait trop fort, assise dans son lit, parlerait trop longuement, étendrait le bras vers le phonographe, y poserait un disque en balançant ses larges épaules au rythme de la mélodie. Je l'aimais encore mieux irritable et agressive, des bigoudis dans ses cheveux et me réprimandant pour avoir oublié son Taxol. Tout cela m'attendait dans l'appartement, tandis que lui, après m'avoir quittée devant l'hôtel, s'en irait tout seul vers la mer, sentant le vent sur ses joues, suivant le soleil ; et il lui arriverait peut-être de se perdre dans ses souvenirs dont je ne savais rien, que je ne pouvais pas partager, et de remonter ses années passées...

« Assez ! » fit-il tout à coup, comme animé par l'agacement, par l'ennui, et il m'attira à lui, passant son bras autour de mes épaules, sans cesser de regarder devant lui, sa main droite sur le volant. Il conduisait encore plus vite, je me rappelle. « Je crois que vous seriez assez jeune pour être ma fille, et je ne sais comment m'y prendre avec vous », dit-il. La route approchait d'un virage et il dut donner un coup de volant pour éviter un chien. Je pensais qu'il allait me lâcher, mais il continuait à conduire en me tenant contre lui et le virage une fois passé, la route redevenue droite, il ne retira pas son bras. « Vous pouvez oublier tout ce que je vous ai dit ce matin, dit-il. Tout cela est fini, aboli. N'y pensons plus jamais. Ma famille m'appelle toujours Maxim, j'aimerais que vous aussi m'appeliez comme cela. Vous avez gardé assez longtemps le ton officiel. » Sa main s'approcha en tâtonnant du bord de mon chapeau, me l'enleva et le jeta sur la banquette arrière par-dessus son épaule, puis il se pencha et m'embrassa sur le dessus de la tête. « Promettez-moi de ne jamais porter de satin noir », dit-il. Je souris alors, et il rit en me regardant ; le matin avait retrouvé sa gaieté, le matin resplendissait. Mrs. Van Hopper et l'après-midi n'avaient plus l'ombre d'importance. Tout cela allait passer très vite et ce serait bientôt le soir, et demain matin.

J'étais encore assez enfant pour être fière d'un prénom comme d'une plume à mon chapeau, bien qu'il m'eût dès le premier jour appelée par le mien. Ce matin, malgré ses sombres instants, m'avait promue à un nouveau grade d'amitié. Je n'étais pas aussi bas que je l'avais cru. Et puis, il m'avait embrassée d'un air naturel, réconfortant et tranquille. Rien de dramatique comme dans les livres. Rien d'embarrassant. Cela semblait mettre une aisance nouvelle dans nos relations, cela faisait paraître tout plus simple. Le fossé qui nous séparait était franchi après tout. Je devais l'appeler Maxim. Et cet après-midi de bésigue avec Mrs. Van Hopper ne fut pas aussi ennuyeux qu'il eût pu l'être, bien que le courage me manquât pour lui parler de ma matinée. Car, lorsque rassemblant les cartes à la fin de la partie pour les remettre dans leur boîte, elle me demanda négligemment : « Dites-moi donc, est-ce que Max de Winter est toujours à l'hôtel ? », j'hésitai un instant comme le plongeur sur son tremplin, puis perdis ma belle assurance et dis : « Oui, je crois. Il vient prendre ses repas au restaurant. »

Quelqu'un lui a dit, pensais-je, quelqu'un nous a vus ensemble, le professeur de tennis s'est plaint, le directeur a envoyé un mot, et j'attendis l'attaque. Mais elle continuait à ranger les cartes dans la boîte en bâillant légèrement, tandis que je retapais le lit défait. Je lui donnai le pot à poudre, le fard compact et le rouge à lèvres, et elle posa la boîte de bridge pour prendre la glace à main sur la table de chevet. « C'est un être séduisant, dit-elle, mais de caractère entier, je crois, difficile à connaître. Je trouve qu'il aurait pu m'inviter à le voir à Manderley, mais il en était bien près l'autre jour dans la galerie. »

Je ne dis rien. Je la regardais prendre le bâton de rouge et dessiner un arc sur sa bouche dure. « Je ne l'ai jamais vue, reprit-elle, éloignant sa glace pour juger de l'effet, mais je crois qu'elle était très jolie. Délicieusement arrangée et brillante à tous points de vue. Ils donnaient des fêtes splendides à Manderley. Ç'a été très soudain et tragique, et je crois qu'il l'adorait. Il me faut la poudre la plus ocre avec ce rouge-là, ma chère. Passez-la-moi, s'il vous plaît, et remettez cette boîte dans le tiroir. »

Nous fûmes ainsi occupées de poudre, de parfum et de rouge, jusqu'à l'arrivée des visiteurs. Je leur servis les cocktails sans guère parler. Je changeais les disques du gramophone, je jetais les bouts de cigarettes.

« Avez-vous fait des croquis, ces temps-ci, petite mademoiselle ? »

La cordialité forcée d'un vieux banquier, son monocle balancé au bout d'une ganse et mon large sourire sans sincérité.

« Non, pas depuis quelque temps. Voulez-vous une cigarette ? »

Ce n'était pas moi qui parlais. Je n'étais pas là. Je suivais dans ma pensée un fantôme dont l'ombre venait enfin de s'incarner. Ses traits étaient flous, ses couleurs indistinctes, la forme de ses yeux et la qualité de ses cheveux restaient encore incertaines, encore à définir.

Elle avait la beauté qui dure et un sourire qu'on n'oubliait pas. Sa voix continuait à flotter quelque part et le souvenir de ses paroles. Il y avait des lieux qu'elle avait visités et des choses qu'elle avait touchées. Peut-être des placards contenaient-ils encore des vêtements qu'elle avait portés, retenant son parfum. Dans ma chambre, sous mon oreiller, j'avais un livre qu'elle avait tenu dans ses mains et je la voyais l'ouvrant à cette première page blanche, souriant tout en écrivant et secouant son stylo. « A Max, Rebecca. » Ce devait être son anniversaire, et elle avait posé ce livre parmi d'autres cadeaux, sur la table du petit déjeuner. Et ils avaient ri ensemble tandis qu'il arrachait le papier et la ficelle. Elle se penchait peut-être sur son épaule pendant qu'il lisait. Max. Elle l'appelait Max. C'était familier, gai, facile à prononcer. La famille pouvait bien l'appeler Maxim si elle y tenait. Les grand-mères et les tantes. Et les gens comme moi, calmes, ternes et jeunes, et qui ne comptaient pas. Max était à elle, elle avait choisi ce nom, et avec quelle assurance elle l'avait tracé sur la page de garde de ce livre !

Combien de fois avait-elle dû lui écrire ainsi, dans combien de circonstances diverses !

De petits billets griffonnés sur des bouts de papier, des lettres lorsqu'il était en voyage, des pages et des pages intimes, *leurs* nouvelles. Sa voix résonnait à travers la maison et dans le jardin, insouciante, familière et sûre d'elle comme son écriture.

Et moi, je devais l'appeler Maxim.

CHAPITRE VI

Les bagages. Le souci pressant du départ. Clefs égarées, étiquettes neuves, papier de soie épars sur le sol. Je déteste tout cela. Même maintenant où j'en ai tellement l'habitude, où je vis, comme on dit, sans défaire mes malles. Même maintenant où fermer les tiroirs et ouvrir une armoire d'hôtel ou le placard indifférent d'une villa meublée font partie de mes gestes familiers, j'éprouve une impression de tristesse, le sentiment d'une perte. Ici, dis-je, nous avons vécu, nous avons été heureux. Ceci était à nous, pour si peu de temps que ce fût. Nous avons beau ne passer que deux nuits seulement sous un toit, nous y laissons derrière nous quelque chose de nous-mêmes. Rien de matériel, pas une épingle à cheveux, sur une coiffeuse, pas un tube vide d'aspirine, pas un mouchoir derrière un oreiller, mais quelque chose d'indéfinissable, un moment de notre vie, une façon d'être...

J'ai vu dans un journal, l'autre jour, que l'hôtel *Côte-d'Azur* de Monte-Carlo changeait de direction et de nom. Les chambres ont une décoration nouvelle et tout a été réaménagé. Peut-être l'appartement de Mrs. Van Hopper au premier étage n'existe-t-il plus. Peut-être n'y a-t-il plus trace de la petite chambre qui fut mienne. Je savais, le jour où, à genoux par terre, je me débattais avec la serrure compliquée de la malle, que je n'y retournerais plus jamais.

L'épisode se terminait avec le claquement de cette serrure. Je regardai par la fenêtre et j'eus l'impression de tourner la page d'un album de photographies. Ces toits en terrasse, cette mer n'étaient plus à moi. Cela se rattachait à hier, au passé. Les chambres dépouillées de nos objets personnels paraissaient déjà abandonnées, et tout l'appartement avait quelque chose d'avide, comme s'il nous eût voulu parties déjà et remplacées par les nouveaux qui arriveraient le lendemain. Les gros bagages étaient déjà fermés et empilés dans le corridor. On finirait plus tard les petites valises. Les corbeilles à papier s'affaissaient sous le poids des bouteilles de médicaments à moitié pleines, des pots à crème disloqués, des factures et des lettres déchirées. Les tiroirs béaient, le bureau était nu.

Elle m'avait lancé une lettre, le matin précédent, au petit déjeuner, tandis que je lui versais son café. « Helen s'embarque samedi pour New York. La petite Nancy est menacée d'appendicite et on lui a télégraphié de rentrer. Cela me décide. Nous partons aussi. J'en ai jusque-là de l'Europe. Cela vous plaît de voir New York ? »

L'idée d'aller en prison m'eût plu davantage. Quelque chose de ma détresse dut paraître sur mon visage, car elle sembla d'abord surprise, puis ennuyée.

« Quelle enfant bizarre et difficile vous faites. Je ne vous comprends pas. Vous ne vous rendez donc pas compte qu'en Amérique une fille de votre situation, sans argent, peut s'amuser énormément ? Des tas de jeunes gens et de distractions. Et dans votre propre classe. Vous pourrez avoir votre petit cercle d'amis, vous n'aurez pas besoin d'être toujours pendue à mes jupes comme ici. Je croyais que vous n'aimiez pas Monte-Carlo ?

— Je m'y étais habituée, dis-je lamentablement, ma pensée en tourbillon.

— Eh bien, vous vous habituerez à New York, voilà tout. Nous rattraperons Helen au bateau, il faut donc s'occuper immédiatement de nos passages. Descendez tout de suite au bureau et secouez le petit employé. Votre journée va être si remplie que vous n'aurez pas le temps de vous attendrir sur notre départ de Monte-Carlo. »

Elle rit désagréablement en écrasant sa cigarette dans le beurrier et s'en alla téléphoner à ses amis.

Je ne pouvais affronter les employés du bureau, dans l'état où j'étais. J'allai dans la salle de bains, fermai la porte à clef et m'assis sur le tapis de liège, ma tête entre mes mains. Elle avait sonné enfin, l'heure de ce départ. Tout était fini... Demain soir je serais dans le train, portant son coffret à bijoux et sa couverture comme une femme de chambre ; elle, assise en face de moi dans le sleeping, avec son énorme manteau de fourrure et ce monstrueux chapeau neuf garni d'une plume. Nous ferions notre toilette et nous laverions les dents dans cet étouffant compartiment, avec les portes grinçantes, la cuvette éclaboussée, la serviette humide, le savon incrusté d'un cheveu, la carafe à moitié vide, tandis que chaque grincement, chaque ronflement, chaque cahot du train me répéterait que des kilomètres m'éloignaient de lui, assis seul dans le restaurant, à la table que j'avais connue, lisant un livre, indifférent, oublieux.

Je lui dirais au revoir dans la galerie peut-être, avant de partir. Un au revoir furtif, à cause d'elle, et il y aurait un silence et un sourire, et des mots comme : « Mais oui, écrivez-moi », et « Je ne vous ai jamais assez remercié pour toutes vos gentillesses », et « Il faudra m'envoyer ces photos. — A quelle adresse ? — Eh bien, je vous l'écrirai. » Puis il allumerait nonchalamment une cigarette, demandant du feu à un garçon, tandis que je penserais : « Encore quatre minutes et demie et je ne le reverrai plus jamais. »

Parce que je serais sur le point de partir, parce que tout était fini, il ne me resterait soudain plus rien à dire, nous serions des étrangers, tandis que mon âme douloureuse crierait : « Je vous aime tant ! Je suis horriblement malheureuse. Cela ne m'était pas encore arrivé, cela ne m'arrivera plus jamais. »

« Alors, dirais-je, un lamentable sourire tirant mon visage, encore mille fois merci, ça a été épatant... », employant des mots qui m'étaient inhabituels. Epatant : qu'est-ce que cela signifie ? Dieu sait que je ne m'en souciais pas ; c'est le genre de mots dont usent les adolescents pour qualifier une partie de hockey, combien impropre à définir ces semaines passées dans la détresse et l'exaltation ! Puis les portes de l'ascenseur s'ouvriraient devant Mrs. Van Hopper et je traverserais la galerie à sa rencontre tandis qu'il retournerait dans son coin en dépliant un journal.

Assise ainsi ridiculement sur le tapis de liège de la salle de bains, j'imaginais tout cela, et aussi notre voyage et notre arrivée à New York. La voix aiguë d'Helen, édition réduite de sa mère, et Nancy, son affreuse petite fille.

Les collégiens que Mrs. Van Hopper aimerait me voir fréquenter, et les jeunes employés de banque correspondant à ma situation : « Sortons ensemble mercredi... Aimez-vous le jazz-hot ? » Garçons aux nez retroussés, aux joues luisantes. Il faudrait être polie. Et j'aurais tellement envie d'être seule avec mes pensées, comme maintenant enfermée dans la salle de bains.

Elle vint et frappa à la porte.

« Que faites-vous donc ?

— Excusez-moi. Je viens. »

Et je fis semblant de tourner un robinet et de froisser une serviette sur le séchoir.

Elle me regarda curieusement quand j'ouvris la porte.

« Que vous avez été longue ! Vous n'avez pas le temps de rêver ce matin, vous savez, il y a trop à faire. »

Il retournerait à Manderley dans quelques semaines, j'en étais sûre. Il y aurait toute une pile de lettres qui l'attendrait dans le hall, et la mienne parmi celles-ci, griffonnée sur le bateau. Une lettre qui s'efforcerait d'être amusante, avec des descriptions de mes compagnons de voyage. Elle traînerait dans son buvard et il y répondrait des semaines plus tard, en hâte, avant le déjeuner, un dimanche matin où il la retrouverait en classant des factures. Et puis plus rien. Rien jusqu'à l'humiliation finale de la carte de Noël représentant Manderley même peut-être sur un fond de neige. Le message gravé dirait : « Joyeux Noël et bonne année, de Maximilien de Winter. » En lettres d'or. Mais pour être gentil, il barrerait le nom gravé et ajouterait à l'encre au-dessous : « de Maxim » et, s'il restait assez de place, quelques mots comme : « J'espère que vous vous plaisez à New York. » L'enveloppe collée, un timbre, et le message s'empilerait parmi des centaines d'autres semblables.

Mrs. Van Hopper descendit déjeuner au restaurant pour la première fois depuis sa grippe, et j'avais un poids au creux de l'estomac en l'y suivant. Il passait la journée à Cannes, cela je le savais, car il m'avait prévenue la veille, mais je redoutais que le garçon commît une indiscrétion et dît : « Mademoiselle dînera-t-elle ce soir avec monsieur, comme d'habitude ? » J'avais un peu mal au cœur chaque fois qu'il s'approchait de notre table, mais il ne dit rien.

Le jour se passa à faire les bagages, et, le soir, des gens vinrent dire au revoir. Nous dînâmes dans le petit salon et elle se coucha aussitôt après. Je ne l'avais toujours pas vu. Je descendis dans la galerie vers neuf heures et demie sous prétexte de chercher des étiquettes, mais il n'était pas là. L'odieux chef de réception sourit en me voyant. « Si c'est M. de Winter que vous cherchez, nous avons eu de lui un message disant qu'il ne rentrerait pas de Cannes avant minuit.

— Je voudrais un paquet d'étiquettes pour les malles », dis-je, mais je vis à ses yeux qu'il ne me croyait pas.

Je sais que je pleurai cette nuit-là d'amères et juvéniles larmes que je ne pourrais plus verser aujourd'hui. Cette façon de pleurer en pressant son oreiller n'existe plus, passé vingt et un ans. La tête bourdonnante, les yeux gonflés, la gorge contractée. Et l'angoisse au matin avec laquelle on essaie de dérober au monde toute trace de douleur, les lotions à l'eau froide, les tamponnements à l'eau de Cologne, le nuage de poudre par lui-même révélateur. La terreur aussi de recommencer à pleurer, et que, les larmes s'écoulant d'elles-mêmes, le tremblement fatal de la bouche vous conduise au désastre. Je me rappelle avoir ouvert ma fenêtre en grand, dans l'espoir que la fraîcheur matinale effacerait l'écarlate visible sous la poudre ; jamais le soleil n'avait paru si radieux, ni le jour si plein de promesses. Monte-Carlo était ainsi toute bonté, tout charme, le seul lieu sincère du monde. Je l'aimais. J'étais submergée de tendresse. J'aurais voulu y passer toute ma vie. Et je partais ce jour-là. C'est la dernière fois que je brosse mes cheveux devant cette glace, la dernière fois que je lave mes dents dans cette cuvette. Ne plus jamais dormir dans ce lit. Ne plus jamais tourner ce commutateur. J'étais là, en robe de chambre, répandant des flots de sentiments sur une banale chambre d'hôtel.

« Vous ne vous êtes pas enrhumée ? me demanda-t-elle au petit déjeuner.

— Non, lui dis-je, du moins je ne crois pas, m'accrochant à cette planche qui pourrait me sauver plus tard au cas où j'aurais les yeux trop rouges.

— J'ai horreur de traîner quand tout est emballé, grommela-t-elle, nous aurions dû décider de prendre un train plus tôt. Nous pourrions l'attraper en nous dépêchant, et nous aurions alors plus de temps à passer à Paris. Télégraphiez à Helen de ne pas venir nous chercher et arrangez un autre rendez-vous. Je me demande... (elle regarda sa montre). Oui, ils doivent pouvoir changer les places réservées. En tout cas, cela vaut la peine d'essayer. Descendez au bureau vous renseigner.

— Oui », dis-je, esclave de ses caprices, en retournant dans ma chambre pour y jeter mon peignoir, agrafer mon inévitable jupe de flanelle, enfiler mon chandail fait à la maison.

Mon indifférence pour elle tournait à la haine. Ainsi, c'était fini, il fallait qu'on me vole jusqu'à mon matin. Pas de dernière demi-heure sur la terrasse, pas même dix minutes peut-être pour dire au revoir. Parce qu'elle avait fini son petit déjeuner plus tôt qu'elle n'avait prévu, parce qu'elle s'ennuyait. Eh bien, je jetterais au vent réserve et modestie, je ne ferais plus de dignité. Je claquai la porte du petit salon et courus le long du couloir.

Je n'attendis pas l'ascenseur, je grimpai l'escalier quatre à quatre jusqu'au troisième étage. Je connaissais le numéro de sa chambre : 148, et je tambourinai à sa porte, le visage en feu, hors d'haleine.

« Entrez », cria-t-il, et j'ouvris la porte, regrettant déjà mon audace, le cœur défaillant à l'idée qu'il venait peut-être juste de se réveiller, car il s'était couché tard la veille, et que j'allais le trouver encore au lit, ébouriffé, irritable...

Il se rasait à la fenêtre ouverte, une veste en poil de

chameau sur son pyjama, et je me sentis gauche et trop habillée dans mon costume de flanelle et mes gros souliers. Je m'étais crue tragique, je n'étais que ridicule.

« Que voulez-vous ? dit-il. Qu'est-ce qu'il se passe ?

— Je suis venue vous dire au revoir. Nous partons ce matin. »

Il me regarda, puis posa son rasoir sur le lavabo.

« Fermez la porte », dit-il.

Je la fermai derrière moi, et restai debout, assez intimidée, les mains pendantes.

« Que diable me racontez-vous là ? demanda-t-il.

— C'est la vérité, nous partons aujourd'hui. Nous devions prendre le dernier train et maintenant elle veut que nous prenions le premier, et j'ai eu peur de ne plus vous revoir. Je sentais qu'il fallait que je vous voie avant de partir, pour vous remercier. »

Ils sortirent en bégayant, ces mots idiots, exactement comme je l'avais imaginé. J'étais raide et gênée ; dans un moment je dirais que ça avait été épatant.

« Pourquoi ne m'en avez-vous pas parlé plus tôt ? dit-il.

— Elle ne s'est décidée qu'hier.

— Elle vous emmène à New York ?

— Oui, et je n'ai pas envie d'y aller. Je vais me déplaire horriblement là-bas ; je serai très malheureuse.

— Pourquoi y allez-vous, au nom du Ciel ?

— Il le faut bien, vous le savez. Je travaille pour de l'argent. Je n'ai pas les moyens de la quitter. »

Il reprit son rasoir et essuya le savon de son visage.

« Asseyez-vous, dit-il. Je n'en ai pas pour longtemps. Je vais m'habiller dans la salle de bains, je serai prêt dans cinq minutes. »

Il prit ses vêtements sur une chaise, les lança par terre dans la salle de bains et y entra en claquant la porte. Je m'assis sur le lit et me mis à me ronger les ongles. Je me demandais ce qu'il pensait, ce qu'il allait faire. Je regardai la chambre ; c'était n'importe quelle chambre d'homme, impersonnelle et en désordre. Quantité de chaussures, bien plus qu'on ne pouvait en avoir besoin, et rangées de cravates. La coiffeuse était nue, à part une grande bouteille de lotion capillaire et une paire de brosses en ivoire. Pas de photos, pas même d'instantanés, rien de ce genre. J'en cherchais d'instinct, pensant qu'il devait y en avoir au moins une à côté de son lit ou au milieu de la cheminée. Une grande dans un cadre de cuir. Mais il n'y avait que des livres et une boîte de cigarettes.

Il fut prêt en cinq minutes comme il l'avait promis.

« Descendez avec moi sur la terrasse, pendant que je prends mon petit déjeuner », dit-il.

Je regardai ma montre.

« Je n'ai pas le temps, dis-je. Je devrais déjà être dans le bureau pour changer les places réservées.

— Ne vous occupez pas de cela. J'ai à vous parler. »

Nous suivîmes le couloir et il sonna l'ascenseur. Il ne se rend pas compte, pensais-je, que le train part dans une heure et demie. Mrs. Van Hopper va téléphoner au bureau d'une minute à l'autre et demander si je suis là. Nous descendîmes en ascenseur sans parler, puis sortîmes sur la terrasse, où les tables étaient disposées pour le petit déjeuner.

« Qu'est-ce que vous prenez ? me demanda-t-il.

— J'ai déjà déjeuné, et d'ailleurs je n'ai que cinq minutes.

— Apportez-moi du café, un œuf à la coque, des toasts, des confitures et une mandarine », dit-il au garçon, puis il sortit une lime de sa poche et se mit à limer ses ongles.

« Alors Mrs. Van Hopper en a assez de Monte-Carlo, dit-il, et elle a envie de rentrer chez elle. Moi aussi. Elle, à New York, et moi à Manderley. Qu'est-ce que vous préférez ? Vous avez le choix.

— Ne plaisantez pas, ce n'est pas chic, dis-je. Et puis, je ferais mieux de m'occuper de ces tickets et de vous dire au revoir.

— Si vous croyez que je suis de ces gens qui plaisantent au petit déjeuner, vous vous trompez, fit-il. Je suis toujours de mauvaise humeur le matin. Je vous répète que vous avez le choix. Ou bien vous allez à New York avec Mrs. Van Hopper, ou bien vous venez à Manderley avec moi.

— Vous voulez dire que vous avez besoin d'une secrétaire, ou quelque chose comme cela ?

— Non, nigaude, je vous demande de m'épouser. »

Le garçon vint apporter le petit déjeuner, et je restai assise, mes mains sur mes genoux, à le regarder poser la cafetière et le pot de lait.

« Vous ne comprenez pas, dis-je, quand le garçon se fut éloigné. Je ne suis pas de celles qu'on épouse.

— Que diable voulez-vous dire ? » fit-il en me regardant et posant sa cuiller.

Je regardais une mouche s'installer sur la confiture, il la chassa d'un geste impatient.

« Je ne sais pas bien, dis-je avec lenteur. Je ne peux pas expliquer. D'abord, je ne fais pas partie de votre monde.

— Qu'est-ce que c'est que mon monde ?

— Eh bien... Manderley. Vous savez bien ce que je veux dire. »

Il reprit sa cuiller et se servit de confiture.

« Vous êtes presque aussi ignorante que Mrs. Van Hopper, et aussi inintelligente. Que savez-vous de Manderley ? C'est à moi de juger si vous pouvez en faire partie ou non. Vous pensez que je vous demande ça sans y avoir réfléchi, n'est-ce pas ? Parce que vous dites que vous n'avez pas envie d'aller à New York. Vous pensez que je vous demande en mariage, pour la même raison qui, selon vous, me faisait vous promener en voiture, et vous inviter à dîner le premier soir. Par bonté, n'est-ce pas ?

— Oui, fis-je.

— Un jour, continua-t-il en tartinant son toast, vous vous rendrez peut-être compte que la philanthropie n'est pas mon fort. Pour l'instant, je crois que vous ne vous rendez compte de rien. Vous n'avez pas répondu à ma question. Voulez-vous m'épouser ? »

Je ne crois pas que j'avais, en mes heures les plus hardies, imaginé seulement cette possibilité. Une fois, en voiture avec lui, comme nous nous taisions depuis plusieurs kilomètres, j'avais commencé une histoire dans ma tête : il serait très malade, il aurait le délire et il m'appellerait et je le soignerais. J'en étais au point de mon histoire où je lui versais de l'eau de

Cologne sur la tête, quand nous étions arrivés à l'hôtel, et j'en étais restée là. Cette soudaine demande en mariage m'ahurit, me choqua même, je crois. C'était comme si le roi vous demandait. Ça n'avait pas l'air vrai. Et lui continuait à manger sa confiture comme si tout était naturel. Dans les livres, les hommes s'agenouillent devant les femmes, et il y a un clair de lune. Cela ne se passe pas au petit déjeuner, pas comme cela.

« Ma proposition ne semble pas avoir beaucoup de succès, dit-il. Tant pis. Je croyais un peu que vous m'aimiez. C'est un coup pour ma vanité.

— Je vous aime, dis-je. Je vous aime terriblement. Vous m'avez rendue très malheureuse et j'ai pleuré toute la nuit parce que je croyais ne plus vous revoir jamais. »

Comme je disais cela, il rit, je me rappelle, et me tendit la main par-dessus la table du petit déjeuner. « Soyez bénie pour cela, dit-il. Un jour, lorsque vous atteindrez cet âge exaltant de trente-cinq ans dont vous m'avez confié qu'il était le sommet de vos rêves, je vous rappellerai cet instant. Et vous ne me croirez pas. Quel dommage de penser que vous grandirez ! »

J'étais déjà confuse et fâchée contre lui parce qu'il riait. Donc, les femmes n'avouaient pas ces choses aux hommes. J'avais beaucoup à apprendre.

« Alors, c'est entendu, n'est-ce pas ? dit-il, sans poser son toast couvert de confiture. Au lieu de tenir compagnie à Mrs. Van Hopper, vous me tiendrez compagnie à moi, et vos obligations seront à peu près les mêmes. Moi aussi j'aime les livres nouveaux, les fleurs dans le salon, et le bésigue après dîner. Et quelqu'un qui me verse mon thé. »

Je tambourinais des doigts sur la nappe, doutant de moi et de lui. Est-ce qu'il continuait à se moquer de moi, est-ce que tout cela était une plaisanterie ? Il me regarda et vit l'anxiété sur mon visage.

« Je me conduis comme une brute avec vous, n'est-ce pas ? dit-il. Ce n'est pas ainsi que vous imaginiez une demande en mariage. Nous devrions être dans une serre, vous en robe blanche, une rose à la main, tandis qu'un violon jouerait une valse au loin.

Et je vous ferais furieusement la cour derrière un palmier. Vous trouveriez alors que vous en avez pour votre argent. Pauvre chou, quelle honte ? Ça ne fait rien, je vous emmènerai à Venise pour notre voyage de noces, et nous nous tiendrons les mains en gondole. Mais nous n'y resterons pas trop longtemps, parce que j'ai envie de vous montrer Manderley. »

Il avait envie de me montrer Manderley... Et je compris soudain que tout cela arriverait, je serais sa femme, nous nous promènerions ensemble dans le jardin, nous descendrions le sentier qui mène à la grève. Je savais comment je serais sur le perron après le petit déjeuner, regardant le jour, jetant des miettes aux oiseaux, et comment, un peu plus tard, coiffée d'une capeline, un sécateur à la main, je cueillerais des fleurs pour la maison. Je savais maintenant pourquoi j'avais acheté cette carte illustrée dans mon enfance, c'était une prémonition, un pas aveugle vers l'avenir.

Il avait envie de me montrer Manderley... Mon esprit prenait la course à présent, des silhouettes venaient à ma rencontre, les images succédaient aux images, tout cela pendant qu'il mangeait sa mandarine en m'en tendant une tranche de temps en temps sans me quitter des yeux. Nous serions parmi des tas de gens et il dirait : « Je ne crois pas que vous connaissiez ma femme : Mme de Winter. » Je serai Mme de Winter.

Descendre à la loge un panier au bras rempli de raisins et de pêches pour la vieille femme malade. Ses mains tendues vers moi. « Le Seigneur vous bénisse, madame, vous êtes si bonne ! » et moi : « Envoyez chercher à la maison tout ce dont vous avez besoin. » Mme de Winter. Je serai Mme de Winter. Je voyais la table polie dans la salle à manger et les hautes bougies. Maxim en face de moi. Vingt-quatre couverts. Des fleurs dans mes cheveux. Tout le monde tourné vers moi, les coupes levées. « Buvons à la santé de la jeune épouse », et Maxim plus tard : « Je ne t'avais jamais vue si jolie. » Grandes pièces fraîches pleines de fleurs. Ma chambre en hiver avec son feu de bois. Quelqu'un frappe à la porte. Une femme entre en souriant. C'est la sœur de Maxim et elle dit : « C'est vraiment merveilleux, comme vous le rendez heureux ; tout le monde est si content ; vous avez tant de succès. »

« Est-ce moi qui annonce la nouvelle à Mrs. Van Hopper, ou bien vous ? » dit-il.

Il pliait sa serviette, repoussait son assiette, et je m'étonnai de l'entendre parler d'un ton si indifférent, comme s'il s'agissait de faits peu importants, d'un simple ajustement de projets, alors que c'était là pour moi l'éclatement d'une bombe.

« Dites-le-lui, fis-je, elle va être si fâchée. »

Nous nous levâmes de table ; j'étais énervée, rouge, déjà tremblante par anticipation. Je me demandais s'il allait annoncer la nouvelle au garçon, me prendre le bras en souriant et dire : « Il faut nous féliciter : mademoiselle et moi, nous allons nous marier. » Et tous les autres garçons entendraient, nous salueraient, souriraient, et nous passerions dans la galerie suivis par une onde d'excitation, par un frémissement d'attente. Mais il ne dit rien. Il quitta la terrasse sans un mot et je le suivis dans l'ascenseur. Nous passâmes devant le bureau et personne ne leva seulement la tête. Le chef de réception examinait une liasse de papiers en parlant à son second par-dessus son épaule. Il ne sait pas, pensais-je, que je vais être Mme de Winter. Je vais vivre à Manderley. Manderley m'appartiendra. L'ascenseur nous déposa au premier étage, et nous nous engageâmes dans le couloir. Il me prit la main et la balança tout en marchant.

« Ça vous paraît très vieux, quarante-deux ans ? dit-il.

— Oh ! non, répondis-je vivement, trop vivement peut-être. Je n'aime pas les jeunes gens.

— Vous n'en avez jamais connu », dit-il.

Nous arrivions à la porte de l'appartement.

« Je crois que je ferais mieux de m'occuper de cela tout seul, fit-il, mais, dites-moi, cela vous ennuierait que nous nous mariions très vite ? Vous n'avez pas besoin d'un trousseau, n'est-ce pas, ou de bêtises de ce genre ? Parce que cela pourrait se faire facilement en quelques jours. Au consulat. Et puis en voiture pour Venise ou bien où vous voudrez.

— Pas à l'église ? demandais-je. Pas en blanc avec des demoiselles d'honneur, et des cloches, et des enfants de chœur ? Mais votre famille et tous vos amis ?

— Vous oubliez, dit-il, que j'ai déjà subi ce genre de cérémonie. »

Nous étions arrêtés devant l'entrée de l'appartement, et je remarquai que le journal du jour était encore sur la boîte aux lettres. Nous n'avions pas pris le temps de le lire au petit déjeuner.

« Eh bien, fit-il, qu'en dites-vous ?

— Bien sûr, répondis-je. Je pensais d'abord que nous nous marierions en Angleterre. Mais bien sûr que je ne tiens ni à l'église, ni aux gens, ni à rien de ce genre. »

Il tourna le bouton de la porte, l'ouvrit, et nous nous trouvâmes dans la petite entrée.

« C'est vous ? cria du salon Mrs. Van Hopper. Que diable faisiez-vous ? J'ai téléphoné deux fois au bureau et on m'a dit qu'on ne vous avait pas vue. »

Je fus prise d'un soudain désir de rire, de pleurer, le tout ensemble, et j'avais mal aussi au creux de l'estomac. L'éclair d'un instant, j'aurais voulu que rien de ceci ne se fût passé, j'aurais voulu être seule, me promener en sifflant.

« J'ai bien peur que tout ne soit ma faute », dit-il en entrant dans le salon, dont il referma la porte derrière lui, et j'entendis l'exclamation de surprise qu'elle poussa.

Puis j'allai dans ma chambre et m'assis près de la fenêtre ouverte. Cela ressemblait à l'attente dans une clinique. J'aurais dû feuilleter un magazine, regarder des photos, lire des articles dont je ne me souviendrais jamais, jusqu'à l'entrée d'une nurse active et capable, dépouillée de toute humanité par des années d'antisepsie. « Tout va très bien, l'opération a parfaitement réussi. Ne vous faites aucun souci. A votre place, je rentrerais chez moi et je ferais un bon somme. »

Les murs de l'appartement étaient très épais, je

n'entendais aucun murmure. Je me demandais ce qu'il lui disait, en quels termes il lui annonçait la nouvelle. Peut-être : « Je suis tombé amoureux d'elle à notre première rencontre. Nous nous sommes vus tous les jours. » Et elle, en réponse : « Eh bien, monsieur de Winter, voilà la chose la plus romanesque que j'aie jamais entendue. » Romanesque, c'est cela que les gens diraient. Cela s'est fait de façon très soudaine et romanesque. Ils ont décidé comme cela tout d'un coup de se marier. Quelle aventure ! Je souriais à moi-même en remontant mes genoux, assise sur le rebord de la fenêtre, songeant combien tout cela était merveilleux, combien j'allais être heureuse. J'allais épouser l'homme que j'aimais. J'allais être Mme de Winter. C'était fou de continuer à avoir mal ainsi au creux de l'estomac, alors que j'étais si heureuse. Les nerfs, évidemment. Cette attente, comme dans l'antichambre d'une clinique. Cela aurait été mieux en somme, plus naturel d'entrer dans le salon, la main dans la main, riant, nous souriant l'un à l'autre, et qu'il dise : « Nous allons nous marier, nous sommes très amoureux. »

Amoureux. Il ne m'avait pas encore parlé d'amour. Pas le temps, sans doute. Tout cela avait été si précipité à la table du petit déjeuner. La confiture et le café, et cette mandarine partagée. Non, il n'avait pas dit qu'il était amoureux. Seulement qu'il voulait m'épouser. Bref, précis, très original. Les demandes originales valaient beaucoup mieux. C'était plus authentique. Pas comme les autres. Pas comme les très jeunes gens qui disent des bêtises dont ils ne croient peut-être pas la moitié. Pas comme ces très jeunes gens très incohérents, très passionnés, faisant d'impossibles serments. Pas comme lui la première fois, lorsqu'il demandait Rebecca en mariage... Il ne faut pas que je pense à cela. C'est une pensée défendue, inspirée par les démons. Arrière, Satan ! Il ne faut pas que je pense à cela, jamais, jamais, jamais ! Il m'aime, il veut me montrer Manderley. Leur conversation ne finira-t-elle jamais ? Ne vont-ils pas enfin m'appeler dans le salon ?

Le livre de poèmes était à côté de mon lit. Il avait oublié qu'il me l'eût jamais prêté. C'est donc qu'il n'y attachait pas d'importance. « Vas-y, souffla le démon, ouvre la page de garde. N'est-ce pas que tu en as envie ? Ouvre la page. »

J'arrachai la page d'un seul coup, sans laisser de marge déchirée. Le livre apparut net et blanc avec cette page en moins. Un livre neuf. Je déchirai la page en menus morceaux et les jetai dans la corbeille à papier. Puis je revins m'asseoir sur le bord de la fenêtre. Mais je continuais à penser à ces bouts de papier tombés dans la corbeille, et je fus obligée de me lever et d'aller les regarder. Maintenant encore, l'encre apparaissait sur les fragments déchirés, épaisse et noire, l'écriture n'était pas abolie. Je pris une boîte d'allumettes et y mis le feu. La flamme donna une jolie lumière, salit le papier, en roula les bords, rendant l'écriture illisible. Les bouts de papier voletèrent, cendre grise. La lettre R fut la dernière à disparaître, elle ondula un instant, plus grande que jamais, puis elle se recroquevilla aussi ; la flamme l'avala. Ce n'était même plus des cendres, c'était une impondérable poussière... J'allai me laver les mains. Je me sentais mieux, bien mieux. J'avais ce sentiment de nouveauté, de netteté qui accompagne généralement le calendrier neuf accroché au mur au début de l'année. Premier janvier. J'éprouvais la même sensation de fraîcheur, de joyeuse confiance. La porte s'ouvrit et il entra dans ma chambre.

« Tout va bien, dit-il ; le choc lui a d'abord coupé la parole, mais elle est en train de se remettre et je descends au bureau m'assurer qu'elle attrapera le premier train. Je crois qu'elle a espéré un instant être notre témoin, mais je me suis montré très ferme. Allez lui parler. »

Il ne dit pas qu'il était content, qu'il était heureux. Il ne me prit pas le bras pour m'emmener dans le salon. Il sourit, me fit un signe de la main et s'en alla tout seul dans le couloir. Je me rendis auprès de Mrs. Van Hopper, hésitante, un peu intimidée, comme une femme de chambre qui a fait donner ses huit jours par un ami.

Elle était debout près de la fenêtre en train de fumer, drôle de petite silhouette trapue que je ne verrais plus, sa jaquette bridant sur sa large poitrine, son chapeau ridicule de travers sur sa tête.

« Eh bien, dit-elle d'une voix sèche et dure qui n'était pas celle dont elle avait dû se servir avec lui. Il faut vous accorder que c'est du beau travail. L'eau qui dort va vite, dans votre cas. Comment vous y êtes-vous prise ? »

Je ne savais que répondre. Je n'aimais pas son sourire.

« C'est une chance pour vous que j'aie eu la grippe, dit-elle, je comprends maintenant comment vous passiez votre temps et pourquoi vous oubliiez mes commissions. Les leçons de tennis, mon œil. Vous auriez pu m'en parler, vous savez.

— Je vous demande pardon », fis-je.

Elle me regarda curieusement, m'examinant de haut en bas.

« Et il m'a dit qu'il désirait vous épouser d'ici quelques jours. Encore une chance que vous n'ayez pas de famille pour poser des questions. Bah, cela ne me regarde plus. Je me lave les mains de toute cette histoire. Je me demande pourtant ce que ses amis vont en penser, mais c'est son affaire. Vous vous rendez compte qu'il est bien plus âgé que vous ?

— Il n'a que quarante-deux ans, dis-je, et je suis vieille pour mon âge. »

Elle rit, jeta la cendre de sa cigarette par terre.

« Pour cela, oui », dit-elle.

Elle continuait à m'examiner comme elle ne l'avait jamais fait, avec le regard inquisiteur d'un membre du jury à un concours de bétail. Il y avait quelque chose d'avide dans ses yeux, quelque chose de déplaisant.

« Dites-moi, fit-elle sur un ton intime qui signifiait " entre amies ", avez-vous fait quelque chose que vous ne deviez pas ? »

Elle ressemblait à Blaize, la couturière, qui m'avait offert dix pour cent.

« Je ne sais pas ce que vous voulez dire », répondis-je.

Elle haussa les épaules.

« Bah !... qu'importe ! Mais j'ai toujours pensé que

les jeunes filles anglaises étaient des sournoises, malgré leurs grands airs de joueuses de hockey. Donc, je m'en vais voyager seule jusqu'à Paris, et vous laisser ici pendant que votre galant se procure la licence de mariage ? J'ai remarqué qu'il ne m'a pas invitée à la cérémonie.

— Je crois qu'il ne veut personne, et d'ailleurs vous serez partie, dis-je.

— Hum, hum », fit-elle. Elle prit son poudrier et se mit à se poudrer le nez. « Je pense que vous savez ce que vous faites, continua-t-elle ; en somme, tout cela s'est passé très vite. L'affaire de quelques semaines. Je ne crois pas qu'il soit très commode et il faudra vous faire à ses manières. Vous avez mené une vie très protégée jusqu'à présent, vous savez, et vous ne pouvez pas dire que j'ai abusé de vous. Vous aurez une rude besogne comme maîtresse de Manderley. Pour être tout à fait franche, ma chère, je ne vois pas du tout comment vous vous en tirerez. »

Ses paroles sonnaient comme l'écho de celles que j'avais dites une heure auparavant.

« Vous n'avez pas l'expérience, continua-t-elle, vous ne connaissez pas le milieu. Vous êtes pour ainsi dire incapable de prononcer deux paroles à mes bridges ; qu'allez-vous dire à tous ses amis ? Les fêtes de Manderley étaient célèbres quand elle vivait. Il vous en a parlé, naturellement ? »

J'hésitai, mais, grâce au Ciel, elle continua sans attendre ma réponse.

« Bien sûr, je souhaite votre bonheur, et je vous accorde que c'est un être très séduisant, mais... oui, je regrette ; et personnellement je pense que vous faites une grosse faute, une faute que vous regretterez amèrement. »

Elle reposa son poudrier et s'avança vers le miroir pour y ajuster son champignon de chapeau. Je levai les yeux et surpris son reflet dans la glace. Elle me regardait, un petit sourire indulgent sur les lèvres. Je me dis qu'elle allait se montrer généreuse pour finir, me tendre la main et me souhaiter bonne chance. Mais elle continuait à sourire en renfonçant un cheveu échappé sous son chapeau.

« Bien sûr, dit-elle, vous savez pourquoi il vous épouse, n'est-ce pas ? Vous ne vous flattez pas qu'il soit amoureux de vous ? Le fait est que cette maison vide l'énerve au point qu'il en a presque perdu la tête. Il ne peut absolument pas continuer à y vivre seul... »

CHAPITRE VII

Nous arrivâmes à Manderley au début de mai. Comme dit Maxim : avec les premières hirondelles et les jacinthes. C'était le plus beau moment avant le plein éclat de l'été ; dans la vallée, les azalées répandraient leur parfum et les rhododendrons rouge sang seraient en fleur. Nous quittâmes Londres en voiture, sous une grosse averse, il m'en souvient, le matin, afin d'arriver à Manderley vers cinq heures pour le thé. Je me revois, mal habillée comme d'habitude, bien que jeune mariée de sept semaines, dans une robe de jersey beige, une petite fourrure jaune autour du cou, et par-dessus le tout un imperméable sans forme beaucoup trop grand pour moi et traînant sur mes chevilles. Je pensais être ainsi en harmonie avec le temps, et que la longueur du vêtement me grandirait. Je serrais une paire de gants à crispin dans mes mains et portais un grand sac de cuir.

« C'est une pluie de Londres, dit Maxim comme nous partions. Attends un peu : le soleil se mettra à briller pour toi quand nous arriverons à Manderley. »

Il disait vrai, car les nuages nous quittèrent à Exeter, s'enroulant derrière nous, laissant un grand ciel bleu sur notre tête et une route blanche devant nous.

Je fus heureuse de voir le soleil, car une idée superstitieuse me faisait considérer la pluie comme un mauvais présage et le ciel plombé de Londres m'avait rendue silencieuse.

« Ça va mieux ? » dit Maxim, et je lui souris et lui pris la main, en songeant combien il était facile pour lui de rentrer dans sa maison, de traverser le hall en y prenant ses lettres, de sonner pour le thé, et je me demandais jusqu'à quel point il devinait ma nervosité, et si sa question « Ça va mieux ? » prouvait qu'il comprenait.

« Ça ne fait rien, nous arrivons bientôt. Tu dois avoir envie de ton thé », dit-il, et il quitta ma main parce que nous arrivions à un tournant et qu'il lui fallait ralentir.

Je compris alors qu'il avait pris mon silence pour de la fatigue, et qu'il ne soupçonnait pas que je redoutais cette arrivée à Manderley autant que je l'avais désirée en théorie.

« Plus que deux kilomètres, dit Maxim. Tu vois cette grande masse d'arbres sur la colline, s'abaissant vers la vallée, avec la mer derrière ? C'est là qu'est Manderley. Ça, ce sont les bois. »

Je m'efforçai de sourire et ne lui répondis pas, prise d'un accès de panique, d'un insurmontable malaise. Disparu mon joyeux plaisir, évanouie mon heureuse fierté. J'étais comme un enfant qu'on emmène à l'école pour la première fois, ou une petite servante inexpérimentée qui n'était jamais sortie de chez elle, cherchant une place. Toute l'assurance que j'avais pu acquérir pendant ces sept brèves semaines de mariage n'était plus qu'une loque flottant au vent ; il me semblait que j'ignorais jusqu'au plus élémentaire savoir-vivre, que je ne reconnaîtrais pas ma droite de ma gauche, que je ne saurais pas si je devais m'asseoir ou rester debout, ni de quelle fourchette et de quelle cuiller me servir à dîner.

« A ta place, j'enlèverais cet imperméable, dit-il en me regardant. Il n'a pas plu ici. Et remets ta drôle de petite fourrure droite. Pauvre chou, je t'ai bousculée et tu aurais probablement voulu t'acheter des tas de robes à Londres.

— Cela m'est égal, du moment que tu n'y attaches pas d'importance.

— La plupart des femmes ne pensent qu'à leur toilette », dit-il distraitement.

Nous tournâmes et arrivâmes à un carrefour où commençait un grand mur.

« Nous y voici », dit-il, une nouvelle note de plaisir

dans sa voix et moi je m'agrippais des deux mains au siège de cuir de la voiture.

La route s'incurvait et, devant nous, à gauche, à côté d'une maisonnette de gardien, les deux hauts vantaux d'une grille s'écartaient largement, donnant accès à une longue allée. Je vis à notre passage des visages qui épiaient à travers la sombre fenêtre de la maisonnette, et un enfant en sortit en courant, regardant avec curiosité. Je me reculai sur la banquette, mon cœur battant à coups redoublés, car je savais pourquoi les visages étaient à la fenêtre et pourquoi l'enfant regardait.

Ils voulaient voir comment j'étais. Je les imaginais maintenant parlant avec animation et riant dans la petite cuisine. « Je n'ai vu que le bord de son chapeau, diraient-ils, elle ne voulait pas montrer sa figure. Oh ! nous saurons bien demain. Les gens de la maison nous diront. » Sans doute devina-t-il enfin quelque chose de ma timidité car il me prit la main et l'embrassa et rit un peu tout en parlant.

« Il ne faudra pas faire attention s'il y a un peu de curiosité, dit-il. Tout le monde voudra savoir comment tu es. Ils ne parlent probablement que de cela depuis des semaines. Tu n'auras qu'à être toi-même et ils t'adoreront tous. Et n'aie pas de soucis pour la maison, Mrs. Danvers s'occupe de tout. Remets-t'en entièrement à elle. Elle sera un peu raide avec toi pour commencer ; je dois dire que c'est un caractère particulier, mais il ne faut pas te tourmenter pour cela. C'est sa manière, voilà tout. Tu vois ces buissons ? C'est comme un mur d'azur tout du long quand les hydrangéas sont en fleur. »

Je ne lui répondis pas, car je songeais à la petite fille qui avait acheté une carte postale illustrée dans une boutique de village, et en était sortie dans le radieux soleil, la balançant au bout de ses doigts, contente de son emplette, songeant : « Ce sera pour mon album. Manderley, quel joli nom. » Et maintenant, j'en faisais partie, c'était ma maison, j'écrirais des lettres à des gens, disant : « Nous passerons tout l'été à Manderley, il faudra venir nous voir. » Et je marcherais dans cette allée étrange et nouvelle pour moi maintenant, avec une connaissance totale, consciente de chaque courbe, de chaque détour, remarquant et approuvant les interventions du jardinier : ici, l'alignement des buissons ; là, la taille d'une branche. J'entrerais à la loge, en passant, pour dire : « Eh bien, comment va cette jambe aujourd'hui ? » tandis que la vieille femme à qui je n'inspirerais plus de curiosité me ferait entrer dans sa cuisine. J'enviais Maxim, insouciant, à l'aise, et le petit sourire sur ses lèvres qui disait son bonheur de rentrer chez lui.

Il me semblait éloigné, bien trop éloigné, le moment où moi aussi je sourirais et me sentirais à l'aise, et je souhaitais d'y arriver vite, d'être déjà une vieille, au besoin avec des cheveux gris et un pas lent, vivant ici depuis de longues années. Tout plutôt que la sotte et timide personne que je me sentais être.

Les grilles s'étaient refermées derrière nous avec un craquement, la grande route poussiéreuse avait disparu et je m'aperçus que cette allée n'était pas celle que j'avais imaginée en pensant à Manderley : ce n'était pas une large avenue de gravier bordée de parterres réguliers de chaque côté, bien balayée et ratissée.

L'allée ondulait et tournait comme un serpent, à peine plus large par endroits qu'un sentier, et une grande colonnade d'arbres s'élevait au-dessus de nos têtes, entremêlant leurs branches noueuses, nous faisant une voûte comme une entrée de cathédrale. Même le soleil de midi ne devait pas pénétrer l'entrelacs de ces feuilles vertes, elles étaient trop touffues et entremêlées les unes aux autres ; seules, de petites taches scintillantes de lumière devaient se glisser en vagues intermittentes pour parsemer d'or le sol de l'allée. C'était très silencieux, très calme.

Sur la grand-route, un joyeux vent d'ouest me soufflait au visage, faisait danser l'herbe des talus à l'unisson, mais ici il n'y avait pas de vent. Même le moteur de la voiture donnait un autre son, ronflant plus bas, plus tranquille qu'avant. Nous passâmes un petit pont jeté sur un étroit ruisseau, et cette allée qui n'était pas une allée continua à onduler comme un ruban enchanté à travers les bois silencieux et sombres, pénétrant toujours plus loin, jusqu'au cœur de la forêt sûrement, et il n'y avait toujours pas trace de clairière, pas de place pour une maison...

Et soudain, je vis une clarté devant nous, au bout de l'allée obscure, et une tache de ciel, un moment encore, et les arbres étaient plus écartés, les buissons avaient disparu, et de chaque côté de nous, un mur coloré, rouge sang, s'élevait bien plus haut que nous. Nous étions au milieu des rhododendrons. Il y avait quelque chose de stupéfiant, de choquant presque dans la soudaineté de leur apparition. Les bois ne m'y avaient pas préparée. Ils me frappèrent avec leurs visages cramoisis massés les uns au-dessus des autres dans une profusion incroyable, ne laissant voir ni feuille ni rameau, rien que ce rouge éclatant, luxuriant, fantastique, qui ne ressemblait à aucun rhododendron que j'eusse vu jusqu'alors.

Je regardai Maxim. Il souriait.

« Ça te plaît-il ? demanda-t-il.

— Oui », dis-je, un peu oppressée, ne sachant pas si je disais vrai ou non, car, pour moi, un rhododendron était une plante familière domestique, bien conventionnelle, de couleur mauve ou rose, sagement alignée autour d'un massif. Mais ceux-là étaient des monstres brandis vers le ciel, massés comme un bataillon, trop beaux, songeais-je, trop puissants ; ce n'étaient même plus des plantes.

Nous approchions de la maison ; je voyais l'allée s'élargir vers la courbe que j'attendais et toujours flanqués de la double muraille pourpre, nous tournâmes le dernier coin et arrivâmes en vue de Manderley. Oui, c'était bien là le Manderley que j'attendais, le Manderley de ma carte postale d'autrefois. Une architecture de grâce et de beauté, exquise et sans défaut, plus ravissante encore que je ne l'avais rêvée au creux de ses douces prairies et de ses mousseuses pelouses, les terrasses descendant aux jardins et les jardins à la mer. Comme nous roulions vers le large perron et nous arrêtions devant la porte ouverte, je vis à travers les petits carreaux d'une fenêtre que le hall était plein de monde et j'entendis Maxim jurer tout bas. « Sacrée bonne femme, dit-il, elle sait parfaitement que j'ai horreur de ce genre de choses », et il stoppa brusquement.

« Qu'est-ce que c'est ? dis-je. Qui sont tous ces gens ?

— Il va falloir que tu en passes par là, dit-il avec agacement. Mrs. Danvers a cru malin de réunir tout le personnel de la maison et du domaine pour nous souhaiter la bienvenue. Ça ira très bien, tu n'auras rien à dire, laisse-moi faire. »

Je cherchais en tâtonnant la poignée de la portière, j'avais froid et légèrement mal au cœur après cette longue étape ; pendant que je me débattais avec la poignée, le maître d'hôtel descendit le perron suivi par un valet de pied et m'ouvrit la portière.

Il était vieux, il avait une bonne figure et je lui souris en lui tendant la main, mais je ne crois pas qu'il le vit car il se contenta de prendre la couverture et ma petite mallette, se tournant vers Maxim tout en m'aidant à descendre.

« Eh bien, nous voilà, Frith, dit Maxim en ôtant ses gants. Nous avons eu de la pluie en quittant Londres. Il ne me semble pas que vous en ayez eu ici. Tout le monde va bien ?

— Oui, monsieur. Merci, monsieur. Non, nous avons eu un mois plutôt sec dans l'ensemble. Je suis heureux de voir monsieur de retour. J'espère que monsieur va bien. Et madame aussi.

— Oui, très bien, merci, Frith. Un peu fatigués par la route. Nous avons hâte de prendre notre thé. Je ne m'attendais pas à toute cette histoire, ajouta-t-il avec un signe de tête vers le hall.

— Ordres de Mrs. Danvers, monsieur, dit l'homme, le visage fermé.

— J'aurais dû m'en douter, fit Maxim avec brusquerie. Viens, fit-il, en se tournant vers moi, cela ne sera pas long et tu auras ton thé après. »

Nous montâmes ensemble le perron, suivis par Frith et le valet de pied portant la couverture et mon imperméable, et je sentais une petite douleur au creux de l'estomac et une contraction nerveuse dans la gorge.

Aujourd'hui je puis fermer les yeux, me reporter en

arrière, et me voir comme je devais être, debout sur le seuil de la maison, mince silhouette gauche dans ma robe de jersey, serrant une paire de gants à crispin dans mes mains moites. Je revois le grand hall de pierre, les larges portes ouvertes sur la bibliothèque, les Peter Lely et les Van Dyck aux murs, le ravissant escalier conduisant à la galerie des troubadours, et là, en vagues alignées les unes derrière les autres, débordant dans les couloirs de pierre et dans la salle à manger, une mer de visages aux bouches ouvertes, aux yeux curieux, me regardant comme une foule autour d'un échafaud, moi la victime aux mains liées. Quelqu'un se détacha de cette mer humaine, une personne grande et maigre, vêtue de noir mat, et dont les pommettes saillantes et les grands yeux creux lui faisaient une tête de mort d'un blanc de parchemin.

Elle vint à moi et je lui tendis la main, enviant son air de dignité, mais lorsqu'elle prit ma main je sentis la sienne molle et lourde, d'un froid mortel, posée sur mes doigts comme un objet inanimé.

« Je te présente Mrs. Danvers », dit Maxim, et elle se mit à parler, laissant cette main morte dans la mienne, ses yeux cernés ne quittant pas les miens qui, au bout d'un instant, voulurent fuir, mais alors sa main s'agita dans la mienne, la vie y revint, et j'éprouvais une sensation de malaise et de honte.

Je ne puis aujourd'hui me rappeler ses paroles, mais je sais qu'elle me souhaita la bienvenue à Manderley en son nom et en celui du personnel. Quand elle eut fini son petit discours raide et impersonnel prononcé d'une voix froide, elle attendit ma réponse et il me souvient d'être devenue toute rouge et d'avoir bégayé une espèce de remerciement en laissant tomber mes gants, dans ma confusion. Elle se baissa pour les ramasser, et quand elle me les tendit, je vis un petit sourire de mépris sur ses lèvres et je compris immédiatement qu'elle ne me trouvait pas à la hauteur de ma situation. Quelque chose dans son expression me donnait un sentiment d'inquiétude, et même quand elle fut allée reprendre sa place parmi les autres, je continuais à distinguer cette silhouette noire du reste de la foule, et, malgré son silence, je savais que ses yeux ne me quittaient pas. Maxim me prit le bras et fit un petit discours de remerciements, avec une aisance parfaite et sans la moindre trace d'effort, puis il m'emmena dans la bibliothèque dont il referma les portes sur nous, et nous nous retrouvâmes seuls.

Deux épagneuls quittèrent la cheminée pour nous accueillir. Ils mirent leurs pattes sur les jambes de Maxim, leurs longues oreilles soyeuses affectueusement repliées en arrière, leur museau flairait ses mains, puis ils le quittèrent et vinrent à moi reniflant mes talons, un peu hésitants, un peu soupçonneux. C'étaient la mère et le fils ; la vieille chienne borgne fut vite lasse de moi et retourna près du feu en grognant, mais Jasper, le petit, enfouit son nez dans ma main et posa son menton sur mes genoux, ses yeux pleins d'expression, sa queue en panache lorsque je caressais ses oreilles de soie.

Je me sentais mieux après avoir ôté mon chapeau et ma misérable petite fourrure et les avoir jetés avec mes gants et mon sac sur le bord de la fenêtre. La pièce était haute et confortable, avec des livres alignés le long des murs jusqu'au plafond, de massifs fauteuils près d'une grande cheminée, et des corbeilles pour les deux chiens, mais ceux-ci ne devaient jamais s'y asseoir, à en juger par les creux qu'ils avaient laissés aux coussins des fauteuils. Les larges fenêtres regardaient les pelouses, et derrière les pelouses on apercevait le lointain scintillement de la mer.

Il y avait une vieille et tranquille odeur dans cette pièce, comme si l'air n'était pas souvent renouvelé malgré tout le parfum des lilas et des roses qui y pénétrait pendant l'été. Que l'air entrant dans cette pièce vînt du jardin ou de la mer, il y perdait sa première fraîcheur, devenait part de la pièce elle-même avec ses livres moisis et jamais lus, part du plafond armorié, des boiseries sombres, des lourds rideaux.

Le thé fut servi presque aussitôt, petite cérémonie solennelle accomplie par Frith et le jeune valet de pied et où je ne jouai aucun rôle jusqu'à ce qu'ils se fussent retirés ; puis, tandis que Maxim examinait une grande pile de lettres, je grignotai deux bouts de toasts, émiettai une tranche de cake entre mes doigts et avalai mon thé bouillant.

De temps en temps, il levait les yeux et me souriait, puis retournait à son courrier accumulé sans doute depuis plusieurs mois, et je songeais que je connaissais bien peu de chose de sa vie à Manderley dans son déroulement quotidien, des gens qu'il connaissait, de ses amis, hommes et femmes, des factures qu'il payait, des ordres qu'il donnait dans sa maison. Les dernières semaines avaient passé si vite, et moi, roulant à son côté à travers la France et l'Italie, je n'avais pensé qu'à mon amour pour lui, voyant Venise à travers ses yeux, répétant ses paroles, ne posant pas de questions sur le passé ni l'avenir, heureuse dans le rayonnement de ce petit présent vivant.

Car il était plus gai que je n'avais cru, plus tendre que je n'avais rêvé, ardent et juvénile de cent heureuses manières, non le Maxim de notre première rencontre, non l'étranger assis seul à sa table de restaurant, regardant devant lui, enveloppé dans son univers secret. Mon Maxim à moi riait et chantait, jetait des pierres dans l'eau, me tenait par la main, n'avait pas de rides entre les sourcils, ne portait pas de fardeau sur ses épaules. Je le connaissais comme un amant, comme un ami, et, pendant ces semaines, j'avais oublié qu'il avait une existence ordonnée, méthodique, une existence qu'il faudrait reprendre, continuer comme par le passé, faisant de ces semaines évanouies de fugitives vacances.

Je le regardai lire ses lettres, le vis s'assombrir à l'une, sourire à l'autre, rejeter la suivante, et je songeais que, sans la grâce de Dieu, ma lettre pourrait être là, écrite de New York et qu'il la lirait avec la même indifférence, un peu intrigué tout d'abord par la signature, puis la repousserait avec un bâillement parmi les autres pour prendre sa tasse de thé. Cette idée me glaça : quelle étroite chance il y avait eu entre moi et ce qui aurait pu être, car lui aurait été assis devant son thé exactement de la même façon et il n'aurait peut-être pas beaucoup pensé à moi, pas avec regret en tout cas, tandis que moi à New York où je jouerais au bridge avec Mrs. Van Hopper, j'attendrais chaque jour une lettre qui ne viendrait jamais.

Je m'adossai dans mon fauteuil, regardant la pièce autour de moi, essayant de me donner une certaine confiance, la conscience authentique que j'étais là, à Manderley, la maison de la carte postale, le célèbre Manderley, et que tout cela était à moi parce que j'étais mariée avec Maxim.

Nous vieillirions ici ensemble, nous prendrions notre thé comme des vieux, Maxim et moi, avec d'autres chiens, successeurs de ceux-ci, et la bibliothèque aurait la même odeur vétuste et moisie qu'à présent. Elle connaîtrait une période de glorieux désordre, pendant la jeunesse des garçons — nos garçons — que je voyais se jeter sur le divan avec des bottines boueuses, traînant avec eux tout un butin de ficelles, de battes de criquet, de canifs, d'arcs et de flèches.

Sur cette table aujourd'hui nette et bien cirée, il y aurait une vilaine boîte contenant des papillons, et une autre pleine d'œufs d'oiseaux enveloppés dans de l'ouate. « Je ne veux pas de ce fourbi ici, dirais-je, emportez-le dans la salle d'étude, mes chéris », et ils sortiraient en courant, criant, s'appelant, mais le plus petit resterait ici, jouant à ses jeux à lui, moins tumultueux que les leurs.

Ma vision s'interrompit au bruit de la porte ouverte : Frith entrait avec le valet de pied pour desservir le thé.

« Mrs. Danvers demande si madame veut voir sa chambre », me dit-il.

Maxim leva les yeux de dessus ses lettres.

« Qu'ont-ils fait dans l'aile est ? demanda-t-il.

— C'est très joli, monsieur, à mon avis. Les ouvriers ont mis tout en l'air pendant qu'ils travaillaient, naturellement, et pendant quelque temps Mrs. Danvers avait presque peur que ce ne soit pas fini à temps. Mais ils sont repartis lundi dernier. Je crois que monsieur et madame seront très bien là ; ce côté de la maison est bien plus gai évidemment.

— Tu as fait des changements ? demandais-je.

— Oh ! pas grand-chose ; j'ai seulement fait redécorer et peindre l'appartement de l'aile est que je voulais prendre pour nous. Comme dit Frith, c'est beaucoup plus gai de ce côté, et il y a une vue charmante sur la roseraie. C'était l'aile des chambres d'amis, du vivant de ma mère. Je finis ces lettres et je te rejoins. Va vite faire connaissance avec Mrs. Danvers, c'est une bonne occasion. »

Je me levai lentement, reprise par ma vieille timidité, et j'allai dans le hall. J'aurais voulu l'attendre et, prenant son bras, visiter les chambres avec lui. Je n'avais pas envie d'y aller seule avec Mrs. Danvers. Que le grand hall paraissait vaste à présent qu'il était vide ! Mes pas résonnaient sur les dalles et le plafond les renvoyait en écho, et j'étais gênée de faire tant de bruit, comme dans une église, intimidée, mal à mon aise ; mes pieds faisaient un son stupide en marchant et je pensais que Frith, avec ses semelles de feutre, devait mal me juger.

« C'est très grand, n'est-ce pas ? dis-je avec une animation forcée d'écolière, mais il me répondit très cérémonieusement.

— Oui, madame, Manderley est une vaste maison. Ce hall servait autrefois pour les banquets. On y dresse encore des tables aux grandes occasions, comme les dîners de cérémonie ou les bals. Et le public y est admis une fois par semaine. »

Une silhouette noire m'attendait en haut de l'escalier, et les yeux cernés me regardaient intensément du fond de la tête de mort. Je cherchai d'instinct le solide Frith, mais il avait disparu dans le couloir à l'autre bout du hall.

J'étais seule avec Mrs. Danvers. Je gravis le grand escalier à sa rencontre, tandis qu'elle m'attendait, immobile, ses mains croisées devant elle, les yeux fixés sur mon visage. Je m'efforçai de lui adresser un sourire qu'elle ne me rendit pas ; je ne lui en voulus pas, mon sourire était sans raison, sot, trop large et artificiel.

« J'espère que je ne vous ai pas fait attendre, dis-je.

— Je suis à vos ordres, madame », répondit-elle, et elle me précéda sous la voûte de la galerie vers un couloir qui y faisait suite. Nous traversâmes un large palier couvert d'un tapis puis, tournant à gauche et franchissant une porte de chêne, descendîmes un étroit escalier, en remontâmes un autre en haut duquel était une porte qu'elle ouvrit, s'effaçant pour me laisser passer. Je pénétrai dans un petit boudoir meublé d'un divan, de fauteuils et d'un bureau, qui ouvrait sur une large chambre à deux lits, avec de larges fenêtres et une salle de bains contiguë. J'allai droit à la fenêtre et regardai dehors. La roseraie s'étendait à mes pieds ainsi que le côté est de la terrasse ; au-delà de la roseraie, un doux talus gazonné montait vers les bois.

« On ne voit pas la mer d'ici, fis-je.

— Non, pas de cette aile, répondit Mrs. Danvers. On ne l'entend même pas. On ne croirait pas qu'elle est si près ; au moins de cette aile-ci. »

Elle accentua particulièrement « cette aile-ci », comme pour insinuer que l'appartement où nous nous trouvions avait quelque chose d'inférieur.

« C'est dommage, dis-je, j'aime la mer. »

Elle ne répondit pas, continuant à me regarder, ses deux mains croisées devant elle.

« Mais c'est une très jolie chambre, dis-je, et je suis sûre que je m'y plairai. Il paraît qu'elle a été réinstallée pour notre retour. Comment était-elle avant ?

— Elle avait un papier mauve et d'autres rideaux ; M. de Winter ne la trouvait pas gaie. On ne s'en servait guère que comme chambre d'amis quelquefois. Mais M. de Winter nous a écrit de l'installer pour vous.

— Il n'habitait pas cette chambre, avant ? dis-je.

— Non, madame, il n'avait jamais habité cette aile-ci.

— Oh ! fis-je, je ne savais pas. »

Je m'approchai de ma coiffeuse et me mis à me peigner. Mes bagages étaient déjà défaits, mes brosses sur la coiffeuse. J'étais contente que Maxim m'eût offert cette brosserie et de la trouver étalée ici sous les yeux de Mrs. Danvers. Elle était neuve, elle avait coûté cher, je n'avais pas à en rougir.

« Alice a défait vos bagages. C'est la fille de service. Elle s'occupera de vous en attendant l'arrivée de votre femme de chambre, dit Mrs. Danvers.

— Je n'ai pas de femme de chambre, dis-je gauchement. Mais je suis sûre qu'Alice fera très bien l'affaire. »

Elle eut l'expression que je lui avais vue au moment où j'avais fait tomber mes gants si maladroitement.

« Je crains que cela ne puisse aller longtemps, dit-elle. Il est d'usage qu'une dame dans votre position ait sa femme de chambre. »

Je rougis. Je devinais trop bien la pointe cachée sous ses paroles.

« Si vous croyez cela nécessaire, peut-être pourriez-vous m'en procurer une, fis-je en évitant son regard, quelque jeune fille peut-être qu'on pourrait former.

— Comme vous voudrez », dit-elle.

Il y eut un silence. J'aurais voulu qu'elle s'en allât. Je me demandais pourquoi elle restait là à m'épier, ses mains croisées sur sa jupe noire.

« Vous devez être à Manderley depuis longtemps, dis-je en faisant un nouvel effort de conversation, plus longtemps que n'importe qui ?

— Moins longtemps que Frith, dit-elle. Frith était déjà là du temps du vieux monsieur, quand M. de Winter était enfant.

— Ah !... fis-je. Et vous n'êtes venue que plus tard ?

— Oui, plus tard. Je suis venue quand la première Mme de Winter s'est mariée », dit-elle, et sa voix jusqu'alors sourde et sans vie s'animait étrangement tout à coup, tandis qu'une tache de couleur montait à ses joues maigres.

Ce changement était si soudain que j'en fus frappée et un peu effrayée. Je ne savais que dire, ni que faire. C'était comme si elle eût prononcé des paroles défendues, des paroles cachées au fond d'elle-même depuis longtemps et qu'elle ne pouvait réprimer davantage. Ses yeux ne quittaient pas mon visage. Je voyais bien qu'elle me méprisait, marquant avec tout le snobisme de sa classe que je n'étais pas une grande dame, que j'étais humble et timide. Mais il y avait autre chose que du mépris dans ses yeux, quelque chose d'hostile, de malveillant...

Il fallait lui parler, je ne pouvais pas continuer à

jouer ainsi avec mes brosses, et à lui laisser voir combien je la craignais et me méfiais d'elle.

« Mrs. Danvers, m'entendis-je dire, j'espère que nous nous entendrons. Il vous faudra être patiente avec moi car ce genre de vie est nouveau pour moi. Et je désire y réussir et surtout rendre M. de Winter heureux. Je sais que je peux vous laisser toute l'organisation du ménage. M. de Winter me l'a dit.

— Très bien, répondit-elle. J'espère que vous serez satisfaite. Je dirige cette maison depuis plus d'un an et M. de Winter ne s'est jamais plaint de rien. C'était autre chose, évidemment, du vivant de la première Mme de Winter, on s'amusait beaucoup ici, il y avait tout le temps réception, et, tout en me laissant faire, elle tenait à surveiller les choses elle-même. »

Cette fois encore, j'avais l'impression qu'elle choisissait ses mots avec soin, qu'elle cherchait à pénétrer ma pensée, et suivait l'effet de ses paroles sur mon visage.

« Je m'en remettrai à vous, répétai-je, je préfère. » Et je revis sur ses traits l'expression que j'avais déjà remarquée dans le hall, un air de dérision, d'absolu dédain. Elle savait que je ne lui résisterais pas, et aussi qu'elle me faisait peur.

« Si M. de Winter réclame sa grande armoire, dit-elle soudain, vous lui direz qu'il a été impossible de la déménager. Nous avons essayé, mais elle ne passait pas par ces portes étroites. Les pièces ici sont plus petites que celles de l'aile ouest. Si l'arrangement de cet appartement ne lui plaît pas, qu'il me le dise. C'était difficile de savoir comment le meubler.

— Ne vous tourmentez pas, Mrs. Danvers, dis-je. Je suis sûr que cela lui plaira. Mais je regrette qu'on vous ait donné tant de mal. Je suis sûre que j'aurais été aussi bien dans l'aile ouest. »

Elle me regarda curieusement, et posa la main sur le bouton de la porte.

« M. de Winter m'a écrit que vous vous plairiez mieux ici, dit-elle. Les pièces de l'aile ouest sont très vastes. La chambre à coucher du grand appartement est deux fois comme celle-ci. C'est une très belle pièce avec un plafond armorié. Les fauteuils de tapisserie ont une grande valeur, et la cheminée sculptée aussi. C'est la plus belle pièce de la maison. Et toutes les fenêtres donnent sur les pelouses et la mer. »

Je me sentais gênée. Je ne comprenais pas pourquoi elle parlait avec cet arrière-ton de rancune ; elle avait l'air de dire que la pièce où je me trouvais installée avait quelque chose d'inférieur, n'était pas digne de Manderley, comme si c'eût été une chambre de second ordre, pour une personne de second ordre.

« Je suppose que M. de Winter réserve les plus belles pièces pour être montrées au public », dis-je.

Elle se mit à tourner le bouton de la porte, puis me regarda de nouveau, épiant mes yeux, hésitant avant de répondre, et quand elle parla, sa voix était encore plus calme, plus froide qu'au début.

« Les chambres à coucher ne sont jamais visitées par le public, dit-elle. Seulement le hall, la galerie et les pièces du bas. » Elle se tut un instant, m'examinant du regard. « Du vivant de Mme de Winter, ils habitaient l'aile ouest. Cette grande chambre, dont je vous parlais, qui donne sur la mer, était celle de Mme de Winter. »

Puis je vis une ombre passer sur son visage et elle s'effaça contre le mur tandis qu'un pas résonnait dans le couloir et que Maxim entrait dans la chambre.

« Alors, c'est bien ? me demanda-t-il. Tu crois que tu t'y plairas ? »

Il regarda autour de lui avec enthousiasme, heureux comme un collégien.

« J'ai toujours trouvé cette chambre très jolie, dit-il. On l'avait abandonnée pendant des années, mais j'ai toujours pensé qu'on pourrait en faire quelque chose. Vous avez très bien réussi, Mrs. Danvers, je vous donne un bon point.

— Merci, monsieur », dit-elle avec un sourire sans expression, et elle sortit de la pièce en refermant la porte sur elle.

Maxim vint se pencher à la fenêtre.

« J'aime cette roseraie, dit-il. Une des premières choses dont il me souvienne est d'y avoir suivi ma mère sur de toutes petites jambes mal assurées tandis qu'elle coupait les fleurs fanées. Cette pièce a quelque chose de paisible et d'heureux, et puis elle est silencieuse. On ne croirait jamais qu'ici on est à cinq minutes de la mer.

— C'est ce que disait Mrs. Danvers. »

Il quitta la fenêtre, se promena à travers la chambre, touchant aux bibelots, regardant les tableaux, ouvrant les armoires, caressant mes robes déjà suspendues.

« Comment est-ce que tu t'entends avec la vieille Danvers ? » dit-il brusquement.

Je me détournai et recommençai à me coiffer devant le miroir.

« Elle est un petit peu raide, dis-je au bout d'un moment. Elle craignait peut-être que je ne me mêle de la direction du ménage ?

— Je ne crois pas que cela lui déplairait », dit-il.

Je levai les yeux et vis qu'il observait mon image dans le miroir, puis il retourna à la fenêtre en sifflotant tout bas.

« Ne fais pas attention à elle, dit-il. C'est un drôle de type à bien des égards, et d'un caractère peut-être difficile pour une autre femme. Ne te tourmente pas pour cela. Si elle devient réellement ennuyeuse, nous nous débarrasserons d'elle. Mais elle est très capable, et te déchargera de tous les soucis du ménage. Je crois qu'elle est un peu tyrannique avec le personnel. Moi, elle n'a jamais osé me tyranniser. Je l'aurais mise dehors depuis longtemps, si elle avait essayé.

— J'espère que nous nous entendrons quand elle me connaîtra mieux, dis-je vivement. Après tout, c'est assez naturel qu'elle m'en veuille un peu pour commencer.

— Qu'elle t'en veuille ! Que diable veux-tu dire ? » fit-il.

Il se retourna vers la chambre, les sourcils froncés, une expression bizarre, un peu irritée, sur son visage. Je me demandai pourquoi, et regrettai mes paroles.

« Je veux dire, fis-je, qu'il doit être bien plus facile pour une femme de charge de servir un homme seul. Sans doute s'y était-elle habituée et a-t-elle peur que je devienne encombrante.

— Encombrante, juste Ciel, commença-t-il, si tu crois... »

Puis il s'arrêta, vint à moi et m'embrassa dans les cheveux.

« Oublions Mrs. Danvers, fit-il. Je dois dire qu'elle ne m'intéresse pas beaucoup. Viens que je te montre Manderley. »

Je ne revis pas Mrs. Danvers ce soir-là et nous ne parlâmes plus d'elle. Je me trouvais plus heureuse après l'avoir chassée de mes pensées, moins intruse, et tandis que nous nous promenions dans les salles du rez-de-chaussée et regardions les tableaux, le bras de Maxim autour de mes épaules, je me sentis davantage semblable à celle que je désirais devenir, celle que j'avais imaginée dans mes rêves et qui était chez elle à Manderley.

Mes pas ne sonnaient plus absurdement sur les dalles du hall, car les gros souliers de Maxim faisaient bien plus de bruit que les miens, et les pattes des deux chiens y ajoutaient un accompagnement agréable.

Je fus heureuse aussi parce que, la visite des tableaux ayant duré assez longtemps, Maxim regarda la pendule et dit qu'il était trop tard pour s'habiller avant dîner ; j'évitais ainsi l'embarrassant tête-à-tête avec Alice, la fille de service, qui m'aurait demandé quelle robe je mettrais, et m'aurait aidée à m'habiller ; j'évitais la longue descente de l'escalier, frissonnante, les épaules nues dans une robe que Mrs. Van Hopper m'avait donnée parce qu'elle n'allait pas à sa fille. Je redoutais la cérémonie du dîner dans cette austère salle à manger, mais il suffit du petit fait que nous ne nous étions pas habillés pour rendre tout agréable et facile comme lorsque nous dînions ensemble dans des restaurants. J'étais à l'aise dans ma robe de jersey, je riais et parlais de ce que nous avions vu en Italie et en France ; nous regardions même des photos tout en mangeant et Frith et le valet de pied étaient aussi impersonnels que des garçons d'hôtel ; ils ne m'épiaient pas à la manière de Mrs. Danvers.

Après dîner, nous nous installâmes dans la bibliothèque ; les rideaux étaient fermés ; on avait remis des bûches dans la cheminée ; il faisait frais pour mai, et j'étais heureuse de cette chaleur.

C'était nouveau pour moi de me trouver assise ainsi au calme, auprès de lui après dîner, car en Italie nous nous promenions à pied on en voiture, entrions dans des petits cafés, nous accoudions au parapet des ponts. Maxim se dirigea d'instinct vers le fauteuil qui se trouvait à gauche de la cheminée et tendit le bras pour prendre les journaux. Il plaça l'un des grands coussins derrière sa tête et alluma une cigarette. « Voilà ses habitudes, songeai-je, voilà ce qu'il fait toujours, depuis des années. »

Il ne me regardait pas, il lisait son journal, satisfait, confortable, ayant repris son existence de maître en sa maison. Et tandis que je rêvais, mon menton dans ma main, caressant les douces oreilles d'un des épagneuls, il me vint à l'esprit que je n'étais pas la première à me reposer dans ce fauteuil, quelqu'un en avait pris possession avant moi, qui avait sûrement laissé l'empreinte de sa personne sur les coussins et sur l'accoudoir où sa main s'était appuyée. Une autre avait versé le café de cette même cafetière d'argent, avait porté cette tasse à ses lèvres, s'était penchée vers ce chien, tout comme je faisais.

Je frissonnai involontairement comme si quelqu'un eût ouvert une porte derrière moi et laissé entrer un filet d'air froid dans la pièce. J'étais assise dans le fauteuil de Rebecca. Je m'appuyais au coussin de Rebecca et le chien était venu poser sa tête sur mes genoux parce que c'était son habitude et qu'il se rappelait la main qui autrefois lui donnait du sucre...

Je n'avais jamais imaginé que la vie à Manderley serait si ordonnée et méthodique. Je me rappelle à présent le premier matin où Maxim levé, habillé, avait déjà écrit des lettres avant le petit déjeuner et où, descendant à neuf heures passées, un peu affolée par l'impérieux appel du gong, je le trouvai ayant presque fini et déjà en train de peler un fruit.

Il me regarda et sourit.

« Il faut m'excuser, dit-il. Tu t'habitueras à cela. Je n'ai pas le temps de flâner à cette heure-ci. Administrer un domaine comme Manderley est une besogne assez absorbante, tu sais. Le café et les plats chauds sont sur la desserte. Nous nous servons toujours nous-mêmes au petit déjeuner. »

Je dis quelque chose à propos de ma montre qui retardait, du bain où j'étais restée trop longtemps, mais il n'écoutait pas, il lisait une lettre en fronçant les sourcils.

Que j'étais impressionnée, il m'en souvient, impressionnée et un peu effrayée par la munificence de ce petit déjeuner ! Il y avait du thé dans une grande théière d'argent, et du café aussi, et sur le réchaud, des plats d'œufs brouillés, de lard, de poisson. Il y avait aussi une petite coupe d'œufs à la coque dans leur réchaud spécial, et du porridge dans une soupière d'argent. Sur une autre desserte, il y avait un jambon et un grand morceau de lard froid. Il y avait aussi des scones sur la table et des toasts et divers pots de confitures, de marmelade et de miel, tandis que des coupes débordantes de fruits complétaient le couvert. Cela me semblait drôle que Maxim qui, en France, ne mangeait qu'un croissant et un fruit en buvant une tasse de café, s'installât chez lui devant ce petit déjeuner suffisant pour douze personnes, tous les jours au long des années, sans y apercevoir aucun ridicule, aucun gaspillage.

Je vis qu'il avait mangé un peu de poisson. Je pris un œuf à la coque. Et je me demandai ce que devenaient les autres mets, tous ces œufs brouillés, ce lard grillé, ce porridge, les restes du poisson. Y avait-il des pauvres que je ne connaîtrais jamais, que je ne verrais jamais, attendant derrière les portes de la cuisine l'aubaine de notre petit déjeuner ? Ou bien tout cela était-il jeté pêle-mêle à la boîte à ordures ? Je ne le saurais jamais évidemment, je n'oserais jamais le demander.

« Dieu merci, me dit Maxim, je n'ai pas une nombreuse famille à t'imposer : une sœur que je vois rarement et une grand-mère presque aveugle. A propos, Béatrice s'invite à déjeuner. Je m'y attendais un peu. Je pense qu'elle veut voir comment tu es.

— Aujourd'hui ? dis-je, mon humeur tombant à zéro.

— Oui, d'après la lettre que j'ai reçue ce matin. Elle ne restera pas longtemps. Je crois qu'elle te plaira. Elle est très franche, elle aime dire ce qu'elle pense. Pas de chichis. Si tu ne lui plais pas, elle te le dira carrément. »

Je ne trouvais pas cela très rassurant, et me demandai s'il n'y avait pas quelque vertu dans l'hypocrisie. Maxim se leva et alluma une cigarette.

« J'ai une foule de choses à faire ce matin ; crois-tu que tu trouveras à te distraire toute seule ? dit-il. J'aurais aimé te faire faire le tour du jardin, mais il faut que je vois Crawley, mon agent. J'ai abandonné tout cela depuis longtemps. A propos, il viendra déjeuner lui aussi. Cela ne te fait rien, cela ne t'ennuie pas ?

— Mais non, dis-je, au contraire. »

Puis il ramassa son courrier et sortit de la pièce, et je me rappelle m'être dit que ce n'était pas ainsi que je me figurais ma première matinée ; je nous avais imaginés nous promenant ensemble bras dessus, bras dessous, jusqu'à la mer, rentrant tard, fatigués, heureux ; pour trouver un déjeuner froid que nous aurions pris tête à tête et après lequel nous aurions été nous asseoir sous le marronnier que j'avais vu par la fenêtre de la bibliothèque.

Je m'attardai longuement à ce petit déjeuner afin de tuer le temps, et ce n'est qu'en apercevant Frith qui me regardait derrière le paravent du service que je m'aperçus qu'il était plus de dix heures. Je me levai aussitôt, me sentant dans mon tort, et m'excusai d'être restée là si tard ; il s'inclina sans rien dire, très poli, très correct, mais je surpris une lueur d'étonnement dans ses yeux. Peut-être n'aurais-je pas dû m'excuser. Peut-être cela me faisait-il baisser dans son estime. J'aurais voulu savoir que dire, que faire. Je me demandais si, comme Mrs. Danvers, il soupçonnait que l'assurance, la grâce, l'aisance, n'étaient pas des qualités innées chez moi, mais des choses qu'il me faudrait acquérir, péniblement peut-être, et lentement, au prix de mainte amertume.

Et voici qu'en quittant la pièce, je trébuchai sans regarder devant moi, heurtant du pied la marche du seuil ; Frith accourut à mon secours et ramassa mon mouchoir, tandis que derrière le paravent, Robert, le jeune valet de pied, se détournait pour cacher son sourire.

J'entendais le murmure de leurs voix en traversant le hall, l'un d'eux riait, Robert, sans doute. Peut-être riait-il de moi. Je remontai vers le refuge de ma chambre ; lorsque j'en ouvris la porte, une femme balayait le sol, une autre essuyait la coiffeuse. Elles me regardèrent avec étonnement. Je me dépêchai de ressortir. Je ne devais donc pas aller dans ma chambre à cette heure-là. On ne s'y attendait pas. C'était contraire aux habitudes du ménage. Je redescendis silencieusement, contente de mes pantoufles qui ne résonnaient pas sur les marches de pierre, et me rendis dans la bibliothèque où je trouvai les fenêtres grandes ouvertes sur le froid matinal, le feu préparé, mais non allumé.

Je fermai les fenêtres et regardai autour de moi à la recherche d'une boîte d'allumettes. Je n'en trouvai pas. Je ne savais que faire. Je ne voulais pas sonner. Mais la bibliothèque, si chaude et si douillette la veille au soir avec sa belle flambée, était une glacière à présent. Il y avait des allumettes dans la chambre à coucher, mais je ne voulais pas monter les chercher pour ne pas déranger les filles de service. Je ne pouvais affronter de nouveau le regard de leurs visages ahuris. Je décidai d'aller prendre les allumettes de la desserte lorsque Frith et Robert auraient quitté la salle à manger. Je passai dans le hall sur la pointe des pieds et prêtai l'oreille. Ils n'avaient pas fini de desservir, j'entendais le bruit de leurs voix et le tintement de l'argenterie. Puis tout se tut ; ils devaient être rentrés à l'office par la porte de service ; je traversai donc le hall et retournai dans la salle à manger. Oui, il y avait une boîte d'allumettes sur la desserte comme je m'y attendais. Je traversai rapidement la pièce et la pris mais à ce moment Frith rentra dans la salle à manger. J'essayai de glisser furtivement la boîte dans ma poche, mais je le vis arrêter un regard étonné sur ma main.

« Madame cherche quelque chose ? demanda-t-il.

— Oh ! Frith, dis-je gauchement, je ne trouvais pas d'allumettes. »

Il m'en tendit aussitôt une boîte, de même qu'une boîte de cigarettes. Nouvel embarras pour moi car je ne fumais pas.

« Non, dis-je, ce n'est pas pour ça. Je trouve qu'il fait très frais dans la bibliothèque, c'est sans doute parce que je viens du Midi, et j'ai eu idée d'allumer le feu.

— En général, on n'allume le feu dans la bibliothèque que l'après-midi, dit-il. Mme de Winter se tenait toujours dans le petit salon le matin. Il y a un bon feu d'allumé. Mais, naturellement, si madame désire du feu dans la bibliothèque également, je donnerai ordre qu'on l'allume.

— Oh non ! fis-je, à aucun prix. J'irai dans le petit salon. Merci, Frith.

— Madame y trouvera du papier à lettres, des plumes et de l'encre. Mme de Winter faisait toujours son courrier et donnait ses coups de téléphone après le petit déjeuner. Le téléphone intérieur de la maison y est également, au cas où madame voudrait parler à Mrs. Danvers.

— Merci, Frith. »

Je revins dans le hall en fredonnant une petite chanson pour me donner l'air désinvolte. Pouvais-je lui dire que je n'avais jamais vu le petit salon, que Maxim ne me l'avait pas montré ? Je savais qu'il se tenait sur le seuil de la salle à manger, me suivant des yeux, et qu'il fallait que je fisse semblant de savoir où j'allais. Il y avait une porte à gauche du grand escalier, et je m'y dirigeai bravement en priant qu'elle conduisît à mon but, mais quand j'y arrivai et l'ouvris, je vis qu'elle donnait accès à un vestiaire, une espèce de lieu de débarras, avec une table pour arranger les fleurs, des chaises longues de jardin, et quelques imperméables pendus à une patère. J'en sortis, un peu gênée, et vis Frith qui continuait à me regarder et à qui mon assurance n'en avait donc pas imposé une seconde.

« Le petit salon est de l'autre côté du salon, madame, dit-il, par cette porte à droite, de ce côté-ci

80

de l'escalier. Madame n'a qu'à traverser le grand salon et tourner à gauche.

— Merci, Frith », dis-je humblement, n'essayant plus de crâner.

Je traversai le grand salon comme il me l'avait indiqué : c'était une pièce magnifique aux belles proportions, donnant sur les pelouses et sur la mer. Mais je n'avais pas envie de m'y attarder, je ne me voyais pas m'asseyant jamais dans ces fauteuils probablement sans prix, devant cette cheminée sculptée, reposant un livre sur cette table. On eût dit d'un salon dans un musée où les alcôves sont fermées par une corde et où un gardien en uniforme, comme dans les châteaux français, est assis sur une chaise, près de la porte. Je traversai donc cette pièce et, tournant à gauche, atteignis le petit salon que je ne connaissais pas.

Je fus contente d'y trouver les chiens assis devant le feu : Jasper, le petit, vint aussitôt à moi en agitant la queue et enfouit son museau dans ma main. La mère leva le nez à mon approche et me regarda avec ses yeux à demi aveugles, mais quand elle eut reniflé l'air et compris que je n'étais pas celle qu'elle avait cru, elle se détourna avec un grognement et se remit à regarder le feu. Puis Jasper me quitta aussi et s'installa à côté de sa mère en se léchant les flancs. J'étais sûre, avant d'avoir regardé, que la fenêtre donnait sur les rhododendrons. Oui, ils étaient bien là, rouges et luxuriants, comme je les avais vus la veille au soir, leurs grands buissons massés au pied de la fenêtre ouverte empiétant sur l'avenue. Il y avait une petite clairière entre les buissons, une prairie en miniature au centre de laquelle s'élevait une petite statue représentant un faune jouant avec un chalumeau.

Les rhododendrons de pourpre lui servaient de fond et la clairière elle-même était comme une petite scène sur le tapis gazonné de laquelle il dansait et jouait son rôle. On ne respirait pas dans cette pièce l'odeur légèrement moisie qui régnait dans la bibliothèque, elle ne contenait pas de vieux fauteuils fatigués, de tables couvertes d'anciens magazines.

C'était une pièce féminine, gracieuse, délicate, le décor d'un être qui avait choisi chaque objet avec un grand soin afin que le moindre siège, le moindre vase, le plus minuscule bibelot, s'harmonisât avec l'ensemble et avec sa propre personne. L'être qui avait arrangé cette pièce devait avoir dit : « Je veux ceci, et ceci, et cela », choisissant un à un, parmi les trésors de Manderley, les objets qui lui plaisaient, posant toujours la main avec un infaillible instinct sur les choses de qualité. Le résultat était étrangement parfait, sans rien de la froide solennité du salon, mais vivant, avec une espèce d'éclat qui rappelait celui des rhododendrons massés sous la fenêtre. Et je m'aperçus alors que ceux-ci, non contents de former leur théâtre sur la petite pelouse, avaient leur entrée dans la pièce elle-même. Leurs grands visages chaleureux me regardaient du haut de la cheminée, flottaient dans une coupe sur la petite table près du divan, se dressaient sur le bureau entre les candélabres de vermeil.

Ils remplissaient la chambre, les murs mêmes rappelaient leur teinte sous le soleil du matin. C'étaient les seules fleurs qu'il y eût dans la pièce et je me demandais si la pièce avait été arrangée pour eux, car ils ne pénétraient nulle part ailleurs dans la maison. Il y avait des fleurs dans la salle à manger, des fleurs dans la bibliothèque, mais ordonnées, conventionnelles ; rien qui ressemblât à cette profusion. Je m'assis au bureau et m'étonnai de voir que cette pièce si charmante et colorée était en même temps si bien organisée pour un travail méthodique. Il me semblait qu'un décor d'un goût aussi exquis, malgré l'extravagance des fleurs, dût être celui de la langueur et de l'intimité.

Mais ce bureau, si beau qu'il fût, n'était pas un de ces jolis joujoux où une femme griffonne de petits billets en suçant le bout d'un porte-plume qu'elle abandonne pendant des jours entiers en travers de son sous-main. Le classeur était étiqueté : « lettres sans réponse », « lettres à conserver », « ménage », « domaine », « menus », « divers », de cette même écriture pointue que je connaissais déjà. Et je fus frappée en la reconnaissant car je ne l'avais pas vue depuis que j'avais détruit la page de garde du volume de poèmes et je ne pensais pas la revoir.

J'ouvris un tiroir au hasard et y retrouvai cette écriture en ouvrant un carnet de cuir dont le titre « Invités à Manderley » indiquait tout de suite, classés par semaines et par mois, quels visiteurs étaient venus et repartis, quelles chambres ils avaient occupées, quels menus leur avaient été servis. Il y avait aussi du papier à lettres dans ce tiroir avec l'adresse du domaine et des cartes de visite d'un blanc d'ivoire dans des petites boîtes.

J'en pris une et la regardai en retirant sa couverture de papier de soie : « Mr. M. de Winter » et, dans un coin : « Manderley ». Je la remis dans la boîte et fermai le tiroir, me sentant soudain coupable, indélicate, comme si j'habitais chez quelqu'un et que mon hôtesse m'eût dit : « Mais oui, bien sûr, installez-vous à mon bureau pour faire votre correspondance », et que j'eusse impardonnablement fouillé dans ses affaires. A tout moment, elle pouvait revenir dans la pièce et elle me trouverait là assise devant son tiroir ouvert auquel je n'avais pas le droit de toucher.

Aussi, quand le téléphone se mit à sonner tout à coup devant moi sur le bureau, mon cœur sursauta et je frémis de peur à la pensée que j'étais découverte. Je décrochai le récepteur d'une main tremblante et : « Qui parle ? dis-je. Que demandez-vous ? » Il y eut un étrange bourdonnement au bout de la ligne puis j'entendis une voix sourde et assez grave dont je ne pouvais distinguer si elle appartenait à un homme ou à une femme et qui disait :

« Mme de Winter ? Mme de Winter ?

— Vous devez vous tromper, fis-je, Mme de Winter est morte il y a plus d'un an. »

J'étais assise là, regardant stupidement le téléphone, et ce n'est que lorsque le nom eut été répété une fois encore d'une voix incrédule et légèrement plus haute, que je me rendis compte avec un flot de sang aux joues que j'avais fait une horrible gaffe.

« C'est Mrs. Danvers, madame, dit la voix. Je vous parle par le téléphone intérieur. »

Ma stupidité était si évidente, si énorme, si impardonnable, que feindre de l'ignorer m'aurait donné l'air plus idiot encore si c'était possible.

« Je vous demande pardon, Mrs. Danvers, balbutiai-je, le téléphone m'a surprise et je ne savais pas ce que je disais. Je n'avais pas compris que l'appel était pour moi, et je ne savais pas qu'il venait de la maison.

— Je regrette de vous avoir dérangée, madame », dit-elle, et moi je pensais : elle devine que j'étais en train de regarder dans le tiroir. « Je voulais seulement vous demander si vous aviez besoin de moi et si vous approuviez les menus de la journée... Ils sont sur le sous-main à côté de vous. »

Je cherchai fébrilement autour de moi sur le bureau et finis par trouver une feuille de papier que je n'avais pas vue tout d'abord. Je la parcourus hâtivement : crevettes au curry, rôti de veau, asperges, mousse froide au chocolat. Etait-ce le déjeuner ou le dîner ? Je ne savais pas, le déjeuner probablement.

« Oui, Mrs. Danvers, dis-je, c'est très bien, tout à fait bien, vraiment.

— Si vous voulez changer quelque chose, il faut me le dire, répondit-elle, et je donnerai immédiatement des ordres. Vous remarquerez que j'ai laissé un blanc à côté du mot sauce pour que vous indiquiez votre préférence. Je ne sais pas quelle sauce vous avez l'habitude de faire servir avec le rôti de veau. Mme de Winter était très difficile pour les sauces, je lui demandais toujours ce qu'elle voulait.

— Oh ! fis-je, eh bien... voyons, Mrs. Danvers, je ne sais pas. Faites comme vous avez l'habitude, comme vous pensez que Mme de Winter aurait fait.

— Je vous demande pardon de vous avoir dérangée, madame.

— Mais vous ne m'avez pas dérangée du tout.

— Le courrier part à midi ; Robert viendra prendre vos lettres, dit-elle. Si vous avez quelque chose d'urgent à expédier, il vous suffira de l'appeler par ce téléphone et il fera en sorte que ce soit posté sur-le-champ.

— Merci, Mrs. Danvers », dis-je.

J'écoutai encore, mais elle ne dit plus rien, puis j'entendis un petit déclic au bout de la ligne et je raccrochai également mon récepteur. Devant moi, le classeur étiqueté était un reproche à mon oisiveté. Celle qui s'asseyait ici avant moi ne perdait pas son temps ainsi. Elle décrochait le téléphone intérieur, donnait ses ordres pour la journée, rapide, capable. Elle ne disait pas : « Oui, Mrs. Danvers » et « Bien sûr, Mrs. Danvers » comme moi. Puis elle se mettait à écrire des lettres : cinq, six, sept peut-être, de cette curieuse écriture penchée que je connaissais si bien. Elle arrachait feuille après feuille l'épais et doux papier de ce bloc, en usant des quantités à cause des longs traits de cette écriture, et elle terminait chaque lettre par sa signature « Rebecca », la grande lettre R surplombant ses compagnes.

Je pianotais sur le bureau. Si j'avais quelque chose d'urgent, avait dit Mrs Danvers... Je me demandais combien de messages urgents Rebecca avait coutume d'envoyer et à qui. A des couturiers peut-être : « Il me faut la robe de satin blanc mardi sans faute », ou au coiffeur : « Je viendrai vendredi et désire un rendez-vous avec M. Antoine lui-même. Shampooing, massage, mise en plis et manucure. » Non, de telles lettres auraient été une perte de temps. Elle devait faire téléphoner à Londres par Frith qui disait : « de la part de Mme de Winter ». Je continuais à pianoter sur le bureau. Je n'avais personne à qui écrire. Sinon à Mrs. . Van Hopper. Il y avait vraiment quelque chose de comique, d'ironique dans l'idée que je me trouvais assise à mon bureau et que je n'avais rien de mieux à faire qu'à écrire une lettre à Mrs. Van Hopper, une femme que je détestais et que je ne reverrais jamais. Je pris une feuille de papier, une plume mince et élancée au bout luisant. « Chère Mrs. Van Hopper », commençai-je. Et tout en écrivant de façon laborieuse pour dire que j'espérais qu'elle avait fait bon voyage, quelle avait trouvé sa fille en bonne santé et qu'il faisait beau à New York, je remarquai pour la première fois combien mon écriture était gauche et informe, sans personnalité, sans allure, sans culture même, l'écriture de l'élève médiocre d'un collège de second ordre.

CHAPITRE VIII

Quand j'entendis le bruit de l'auto dans l'allée, je fus prise d'une soudaine panique en regardant la pendule, car je savais que c'était Béatrice et son mari qui arrivaient. Il était tout juste midi, je ne pensais pas qu'ils viendraient si tôt. Et Maxim qui n'était pas rentré ! Je me demandais si je pourrais sortir sans être vue par la porte-fenêtre. Frith, alors, leur dirait en les introduisant dans le petit salon : « Madame doit être sortie », et cela paraîtrait tout naturel. Les chiens levèrent la tête d'un air intrigué en me voyant courir à la porte-fenêtre. Elle ouvrait sur la terre et, au-delà, sur la petite clairière gazonnée, mais comme je me préparais à m'élancer en rasant les rhododendrons, un bruit de voix s'approcha et je rentrai dans le petit salon. Ils arrivaient par le jardin, Frith leur ayant sans doute dit où j'étais. Je me sauvai à travers le grand salon, ouvris une porte à gauche. Elle donnait sur un long couloir de pierre où je pris ma course, pleinement consciente de ma stupidité, me méprisant pour cet accès de nerfs intempestif, mais je me sentais incapable d'affronter ces gens, pour le moment du moins. Le couloir semblait mener vers les communs. Je rencontrai près d'un escalier une servante que je n'avais pas encore vue, armée d'un seau et d'un balai. Elle me regarda d'un air ahuri, comme une vision inattendue dans cette partie de la maison.

Je me dépêchai de monter l'escalier, pensant qu'il me conduirait vers l'aile de l'est et mon appartement et que je pourrais m'y reposer jusque vers l'heure du déjeuner, où la civilité exigerait ma présence.

Je dus me fourvoyer, car en franchissant une porte en haut de l'escalier, j'arrivai à un long corridor que je n'avais pas encore vu, assez semblable à celui de l'aile est, mais plus large et plus obscur, assombri qu'il était par les boiseries des murs.

Il n'y avait personne. Si les filles de service étaient passées par là dans la matinée, elles avaient dû terminer leur besogne et redescendre. Il n'y avait aucune trace de leur présence, rien de cette odeur de poussière qui s'attarde dans les lieux où l'on vient de balayer des tapis, et je pensais, tout en hésitant sur le chemin à prendre, que cette immobilité avait ce quelque chose d'étrange et d'un peu angoissant qu'on trouve dans les maisons vides quand les propriétaires sont partis.

J'ouvris une porte au hasard, et trouvai une pièce plongée dans une profonde obscurité, aucun rai de lumière ne filtrant entre les volets joints, mais je distinguais vaguement au centre de la chambre la masse des meubles recouverts de housses. Cela sentait le renfermé. Les rideaux n'avaient pas dû s'écarter depuis l'été précédent, et si on les ouvrait à présent pour replier les volets vermoulus, une mite morte emprisonnée derrière eux depuis des mois tomberait sur le tapis près d'une épingle oubliée et d'une feuille sèche, poussée là par le vent avant qu'on eût clos les fenêtres pour la dernière fois.

Je refermai doucement la porte, suivis d'un pas hésitant le couloir flanqué sur chaque côté des portes closes et atteignis enfin un petit renfoncement creusé dans le mur où une large fenêtre m'éclaira. Je regardai dehors et vis au-dessous de moi l'herbe unie des pelouses s'étendant jusqu'à la mer, et la mer enfin d'un vert brillant aux vagues coiffées de crêtes blanches et fouettées par le vent d'ouest.

Elle était plus près que je n'avais imaginé, bien plus près ; elle devait être à cinq minutes à peine, juste derrière ce petit bouquet d'arbres au pied de la pelouse ; j'écoutai, l'oreille collée à la fenêtre, et j'entendis le bruit des vagues brisées sur la rive d'une petite baie qui m'était cachée. Je me rendis compte alors que j'avais fait le tour de la maison et me trouvais dans le couloir de l'aile ouest. Oui, Mrs. Danvers avait raison : d'ici on entendait la mer. On pouvait l'imaginer, inondant l'hiver les pelouses vertes et menaçant la maison, car même maintenant il y avait une buée sur les vitres de la fenêtre comme si quelqu'un y eût soufflé. Une buée salée, venant de la mer. Un rapide nuage cacha un instant le soleil, et la mer changea aussitôt de couleur, s'obscurcissant tandis que les crêtes blanches prenaient un aspect sinistre ; elle n'avait plus rien de la mer scintillante et joyeuse que j'avais vue tout d'abord.

J'étais contente en somme que ma chambre fût située à l'est. Je préférais la roseraie au bruit de la mer. Je revins à l'escalier et m'apprêtais à descendre, une main sur la rampe, lorsque j'entendis une porte s'ouvrir derrière moi. C'était Mrs. Danvers. Nous nous regardâmes un instant sans rien dire, et je ne savais pas si c'était de la colère ou de la curiosité que j'avais lue dans ses yeux, car son visage se changea en masque presque instantanément. Bien qu'elle ne dît rien, je me sentis coupable et confuse comme si j'avais été surprise en un lieu où je n'avais pas le droit de me trouver, et je sentis un rouge révélateur envahir mes joues.

« Je me suis perdue, dis-je. Je cherchais ma chambre.

— Vous êtes de l'autre côté de la maison. C'est l'aile ouest ici.

— Oui, je sais, dis-je.

— Etes-vous entrée dans une des chambres ? me demanda-t-elle.

— Non. Je n'ai fait qu'ouvrir une porte : je ne suis pas entrée, tout était noir et couvert de housses. Je regrette. Je ne voulais rien déranger. Je pense que vous tenez à garder ces pièces fermées.

— Si vous voulez qu'on les ouvre, je le ferai, dit-elle. Vous n'aurez qu'à me le dire. Toutes les pièces sont meublées et habitables.

— Oh ! non, dis-je, ce n'est pas la peine.

— Peut-être aimeriez-vous que je vous fasse visiter l'aile ouest ? »

Je secouai la tête. « Non, dis-je, on m'attend en bas », et je me mis à descendre l'escalier ; elle descendit à mon côté, comme si elle eût été mon gardien, et moi un prisonnier.

« Quand vous n'aurez rien à faire, demandez-moi et je vous montrerai les pièces de cette aile », insista-t-elle, m'emplissant d'un vague malaise que je ne m'expliquais pas.

Son ton évoquait pour moi une visite chez des amis, quand j'étais enfant, et où la petite fille de la maison, un peu plus âgée que moi, m'avait prise par le bras en me chuchotant à l'oreille : « Je connais un livre enfermé dans le placard de la chambre de ma mère. Veux-tu que nous allions le regarder ? » Je me rappelai son visage pâle et animé, ses petits yeux brillants et la façon dont elle me pinçait le bras.

« Je vous remercie, Mrs. Danvers, dis-je. Vous êtes très aimable. »

Nous traversâmes un palier et je reconnus enfin que nous nous trouvions en haut du grand escalier, derrière la galerie des troubadours.

« Je me demande comment vous avez pu perdre votre chemin, dit-elle, la porte qui mène à l'aile ouest ne ressemble pas du tout à celle-ci.

— Je ne suis pas montée par là, dis-je.

— Alors, vous avez dû passer par derrière, dans le couloir de pierre.

— Oui, dis-je, en évitant ses yeux, j'ai suivi un couloir de pierre. »

Elle continuait à m'observer, comme si elle attendait que je lui racontasse la soudaine panique qui m'avait chassée du petit salon à travers les communs, et je sentis tout à coup qu'elle savait, qu'elle avait dû m'épier, qu'elle m'avait peut-être regardée errer dans l'aile ouest, l'œil collé à la fente d'une porte.

« Mme Lacy et le major Lacy sont là depuis un moment, dit-elle. J'ai entendu leur voiture, il était midi juste.

— Oh ! fis-je, je ne savais pas.

— Frith doit les avoir fait entrer au petit salon, dit-elle. Il est près de midi et demi. Vous connaissez le chemin, maintenant, n'est-ce pas ? »

Il fallait entrer dans le petit salon et faire la connaissance de la sœur de Maxim et de son mari. Je ne pouvais plus me cacher dans ma chambre. En entrant dans le grand salon, je regardai par-dessus mon épaule et vis Mrs. Danvers debout en haut de l'escalier qui me surveillait comme une sombre sentinelle. Je m'attardai un instant, la main sur la porte du petit salon, écoutant le brouhaha de voix qui l'emplissait. Maxim devait être rentré, ramenant son agent, pendant que j'étais là-haut, car il me sembla que la pièce était pleine de monde. J'éprouvais la même sensation de malaise et d'insécurité que je connaissais si bien dans mon enfance, lorsque, appelée pour dire bonjour à des visiteurs, je tournais le bouton de la porte et me précipitais au-devant de ce qui me paraissait une mer de visages et un silence général.

« Enfin, la voici, dit Maxim. Où te cachais-tu ? Nous allions envoyer une expédition à ta recherche. Voici Béatrice, et Giles, et Frank Crawley. Fais attention : un peu plus tu marchais sur le chien. »

Béatrice était grande, large d'épaules, elle avait beaucoup d'allure et ressemblait à Maxim par les yeux et la mâchoire, mais elle était moins élégante que je ne m'y attendais ; c'était une personne vêtue de tweed qui devait soigner ses chiens, s'y connaître en chevaux, bien tirer. Elle ne m'embrassa pas. Elle me donna une énergique poignée de main en me regardant droit dans les yeux, puis, se tournant vers Maxim : « Très différente de ce que j'attendais. Pas du tout conforme à ta description. »

Ils se mirent tous à rire et je fis comme eux, ne sachant pas très bien si ce rire était à mes dépens ou non, et me demandant secrètement ce qu'elle attendait et quelle était la description de Maxim.

« Je te présente Giles », dit-il en me poussant par le bras, et Giles me tendit une énorme patte et me secoua la main en m'écrasant les doigts, avec un regard cordial derrière ses lunettes d'écaille.

« Frank Crawley », dit Maxim, et je me tournai vers l'agent, un homme mince et sans couleur, à la pomme d'Adam proéminente et dans les yeux duquel je lus un sentiment de soulagement lorsqu'il les posa sur moi. Je me demandai pourquoi, mais je n'eus pas le temps d'y penser, car Frith venait d'entrer et m'offrait du porto tandis que Béatrice recommençait à me parler :

« Maxim me dit que vous êtes rentrés hier soir seulement. Je ne savais pas, sans quoi nous ne nous serions pas jetés sur vous si vite. Et alors, que pensez-vous de Manderley ?

— Je n'ai encore presque rien vu, dis-je, mais c'est très beau. »

Elle me regardait en long et en large, comme je m'y

attendais, mais d'une façon directe et franche et sans rien de la malveillance, de l'hostilité de Mrs. Danvers. Elle avait le droit de me juger, étant la sœur de Maxim, et Maxim lui-même s'approchait de moi, passant son bras rassurant sous le mien.

« Tu as meilleure mine, mon vieux, lui dit-elle, en l'examinant, la tête penchée. Tu n'as plus les traits tirés, Dieu merci. J'imagine que c'est à vous que nous le devons, ajouta-t-elle en me saluant.

— Je me suis toujours très bien porté, fit vivement Maxim. Je n'ai jamais rien eu, de toute mon existence. Tu te figures que tous les gens qui ne sont pas aussi gros que Giles sont malades.

— Allons, fit Béatrice, tu sais parfaitement que tu étais à faire peur, il y a six mois. Je croyais que tu allais devenir neurasthénique. Giles, ton avis ? Est-ce que Maxim n'était pas effrayant la dernière fois que nous sommes venus, et est-ce que je ne t'ai pas dit qu'il était sur le point de devenir neurasthénique ?

— Ça, mon vieux, je dois dire que tu es un autre homme, fit Giles. Tu as joliment bien fait de partir. N'est-ce pas, Crawley, qu'il a bonne mine ? »

Je sentais au durcissement des muscles de Maxim contre mon bras qu'il s'efforçait de ne pas se mettre en colère. Pour une raison ou une autre, cette conversation sur sa santé lui était désagréable, l'irritait même, et je trouvais que Béatrice manquait de tact en insistant ainsi.

« Maxim est très hâlé, dis-je timidement. C'est un vice. Il fallait le voir à Venise prendre son petit déjeuner sur le balcon, essayant de brunir exprès. Il trouve que ça le rend plus beau. »

Tout le monde rit, et la conversation prit un tour plus facile, et M. Crawley me demanda s'il était vrai que les canots automobiles avaient remplacé les gondoles. Je crois que cela lui était parfaitement indifférent, mais il demandait cela pour me venir en aide, c'était sa contribution au petit effort que j'avais tenté pour détourner la conversation de la santé de Maxim et je lui en fus reconnaissante, sentant en lui un allié malgré sa terne apparence.

« Jasper aurait besoin d'exercice, dit Béatrice en

caressant le chien du pied ; il est beaucoup trop gros et il a à peine deux ans. Comment donc le nourris-tu, Maxim ?

— Je l'aimerais mieux obèse qu'à moitié mort de faim comme ton espèce de crétin de chien, dit Maxim.

— Ce que tu dis n'est pas très malin. Tu sais que Lion a gagné deux courses à Crufts en février dernier. »

L'atmosphère était de nouveau assez tendue, je le voyais au pli mince de la bouche de Maxim, et je me demandais si tous les frères et sœurs se chamaillent ainsi, mettant mal à l'aise ceux qui les écoutent. J'aurais voulu que Frith vînt annoncer le déjeuner.

« Vous habitez loin d'ici ? demandai-je à Béatrice en m'asseyant à côté d'elle.

— Quarante kilomètres, ma chère, de l'autre côté de Trowchester. Notre région est bien meilleure pour la chasse. Il faudra venir si Maxim veut bien se passer de vous un moment. Giles vous emmènera.

— Je ne chasse pas, avouai-je, j'ai appris à monter à cheval dans mon enfance, mais très peu, et je crois que j'ai tout oublié.

— Il faudra réapprendre, dit-elle. Vous ne pouvez pas vivre à la campagne et ne pas monter à cheval. Vous ne sauriez que faire de vous. Maxim m'a dit que vous peigniez. C'est très joli, mais ce n'est pas un exercice. Bon pour les jours de pluie quand on n'a rien de mieux à faire.

— Ma chère Béatrice, nous ne sommes pas tous aussi avides de grand air que toi, dit Maxim.

— Je ne te parlais pas, mon vieux. Tout le monde sait que tu te contentes parfaitement de te promener à petits pas dans les jardins de Manderley.

— J'aime bien me promener, moi aussi, dis-je vivement. Je suis sûre que je ne me lasserai pas de parcourir Manderley. Et puis je pourrai me baigner quand il fera chaud.

— Vous êtes optimiste, ma chère, dit Béatrice. Je ne me rappelle guère m'être baignée ici. Il fait beaucoup trop froid.

— Cela ne m'effraie pas, dis-je. J'adore nager, à

condition que les courants ne soient pas trop forts. Est-ce que la baie est dangereuse ? »

Personne ne répondit et je m'avisai tout à coup de ce que je venais de dire. Mon cœur se mit à battre à grands coups et je sentis mes joues brûlantes. Je me penchai pour caresser les oreilles de Jasper, dans un abîme de confusion.

« J'ai horriblement faim ; pourquoi diable ne sert-on pas ? dit Maxim.

— Il est à peine une heure, si j'en crois la pendule de la cheminée, remarqua M. Crawley.

— Et cette pendule a toujours avancé, dit Béatrice.

— Elle marche parfaitement depuis plusieurs mois », répliqua Maxim.

A ce moment, la porte s'ouvrit et Frith annonça le déjeuner.

Nous nous levâmes, tous très soulagés, et traversâmes le salon et le hall, Béatrice et moi en tête, elle, me tenant le bras.

« Ce brave vieux Frith, dit-elle. Il ne change pas, je me retrouve petite fille en le voyant. Ne m'en veuillez pas de vous dire cela, mais vous avez l'air encore plus jeune que je m'y attendais. Maxim m'avait dit votre âge, mais vous êtes une véritable enfant. Dites-moi, est-ce que vous êtes très amoureuse de lui ? »

Je ne m'attendais pas à cette question et elle dut lire la surprise sur mon visage, car elle eut un léger rire et me serra le bras.

« Ne répondez pas, dit-elle. Je comprends ce que vous éprouvez. Je suis ennuyeuse et indiscrète, n'est-ce pas ? Il ne faut pas m'en vouloir. J'adore Maxim, vous savez, bien que nous soyons comme chien et chat chaque fois que nous nous rencontrons. Je vous félicite encore sur sa mine. Nous étions tous très inquiets à cause de lui, l'année dernière. Mais vous savez toute l'histoire, évidemment. »

Nous arrivions à ce moment dans la salle à manger et je ne dis rien, car les domestiques étaient là et les hommes nous avaient rejointes, mais je me demandai, tout en m'asseyant et en dépliant ma serviette, ce que Béatrice dirait si elle apprenait que je ne savais rien de cette année précédente, aucun détail de la tragédie qui s'était déroulée ici dans la baie, que Maxim gardait ces choses-là pour lui et que je ne l'interrogeais jamais.

Le déjeuner se passa mieux que je n'osais l'espérer. Il n'y eut guère de discussion ; peut-être Béatrice témoignait-elle enfin d'un peu de tact ; en tout cas, Maxim et elle bavardaient de questions concernant Manderley, les chevaux de Béatrice, le jardin, leurs amis communs, tandis que Frank Crawley, à ma gauche, entretenait avec moi une conversation banale dont je lui savais gré, car elle n'exigeait aucun effort. Giles était plus attentif aux mets qu'aux propos, bien qu'il se rappelât de temps à autre mon existence et me lançât une remarque au hasard.

« Toujours la même cuisinière, sans doute, Maxim ? dit-il, lorsque Robert lui eut passé le soufflé froid, pour la seconde fois. Je dis toujours à Béa que Manderley est la seule maison d'Angleterre où l'on mange encore convenablement. Il y a longtemps que je connais ce soufflé, je ne l'avais pas oublié.

— Je crois que nous changeons périodiquement de cuisinière, répondit Maxim, mais la cuisine reste la même. Mrs. Danvers a toutes les recettes, elle leur dit ce qu'elles doivent faire.

— Quelle femme étonnante que cette Mrs. Danvers, vous ne trouvez pas ? dit Giles en s'adressant à moi.

— Oh ! si, fis-je. Mrs. Danvers doit être une personne remarquable. »

On servit le fromage et le café et je me demandais si je devais me lever de table pour indiquer que le déjeuner était fini. Je regardai Maxim mais il ne me fit aucun signe, puis Giles s'embarqua dans une histoire un peu compliquée d'auto prise dans la neige — quelle association d'idées l'y avait amené, je ne sais — et je l'écoutai poliment en hochant la tête de temps à autre avec un sourire, sentant qu'à l'autre bout de la table Maxim commençait à s'agacer. Giles se tut enfin et je saisis le regard de Maxim. Il fronça légèrement le sourcil et tourna les yeux vers la porte.

Je me levai aussitôt en heurtant maladroitement la table, ce qui renversa le verre de vin de Giles.

« Mon Dieu, dis-je, ne sachant que faire et prenant inutilement ma serviette.

— Ça ne fait rien, laisse ça à Frith, dit Maxim, n'ajoute pas à la confusion. Emmène-la dans le jardin, Béatrice, c'est à peine si elle l'a vu jusqu'à présent. »

Il avait l'air las. J'aurais voulu qu'aucun d'eux ne fût venu. Ils nous avaient gâché notre journée. C'était un trop gros effort, dès notre retour. Moi aussi je me sentais lasse, lasse et déprimée. Maxim avait un air presque irrité en nous conseillant d'aller dans le jardin. Que j'avais donc été maladroite de renverser ce verre !

Nous sortîmes par la terrasse et descendîmes les douces pelouses vertes.

« Je trouve dommage que vous soyez rentrés si tôt à Manderley, dit Béatrice. Il aurait beaucoup mieux valu continuer à vous balader en Italie encore deux ou trois mois, puis revenir ici en plein été. Cela aurait fait le plus grand bien à Maxim et cela aurait mieux valu pour vous aussi. Cela va tout de même être assez dur pour vous au début.

— Oh ! je ne crois pas, dis-je. Je sais bien que je me plairai à Manderley. »

Elle ne répondit pas. Nous nous promenions de long en large sur les pelouses.

« Parlez-moi un peu de vous, dit-elle enfin. Qu'est-ce que vous faisiez dans le Midi ? Vous étiez avec une espèce d'Américaine. Maxim m'a raconté. »

J'expliquai ce qu'était Mrs. Van Hopper et comment j'en étais venue à l'accompagner. Béatrice m'écoutait avec sympathie, mais avec un air un peu vague, comme si elle pensait à autre chose.

« Oui, fit-elle, quand j'eus fini, cela s'est passé de façon très soudaine, comme vous dites. Mais nous nous en sommes réjouis, ma chère, et j'espère que vous serez heureuse.

— Merci, Béatrice, dis-je, merci beaucoup. »

Je me demandais pourquoi elle disait qu'elle espérait que nous serions heureux au lieu de dire qu'elle le savait. Elle était bonne, sincère, elle me plaisait beaucoup, mais il y avait dans sa voix un léger doute qui me faisait peur.

« Quand Maxim m'a écrit pour m'annoncer la nouvelle, continua-t-elle en me prenant le bras, et qu'il m'a raconté qu'il vous avait découverte dans le Midi et que vous étiez très jeune et très jolie, je dois avouer que cela m'a donné une espèce de choc. Nous nous attendions tous, évidemment, à un papillon mondain, très moderne, très maquillé, le genre de fille enfin qu'on a l'habitude de rencontrer dans ces endroits-là. Quand vous êtes entrée dans le petit salon avant déjeuner, je n'en croyais pas mes yeux. »

Elle rit et je ris avec elle. Mais elle ne dit pas si mon aspect l'avait déçue ou rassurée.

« Ce pauvre Maxim, soupira-t-elle, il en a passé de dures ; espérons que vous lui avez fait oublier tout cela. »

Une partie de moi-même souhaitait qu'elle continuât dans cet ordre d'idées et me mît davantage au courant du passé, comme cela, tout naturellement, sans effort ; et quelque chose cependant, tout au fond de moi, désirait ne pas savoir, désirait ne pas entendre.

« Nous ne nous ressemblons pas du tout, continua-t-elle. Nos caractères sont absolument opposés. Moi, on peut tout lire sur mon visage : si les gens me plaisent ou pas, si je suis contente ou fâchée. Je ne cache rien. Maxim est tout différent. Très silencieux, très réservé. On ne sait jamais ce qui se passe dans sa drôle de cervelle. Je me mets en colère pour un rien, je m'emporte, et puis tout est fini. Maxim se met en colère une ou deux fois par an, mais alors c'est pour de vrai. Je ne pense pas que cela lui arrivera avec vous. Vous avez l'air d'une personne placide. »

Elle sourit en me serrant le bras, et je réfléchissais au mot placide, un mot tranquille et confortable, évoquant une femme au front lisse, assise, son tricot sur ses genoux. Une femme jamais inquiète, jamais torturée par le doute et l'hésitation, une femme qui ne reste jamais debout, comme moi, secouée par l'espérance, l'impatience ou l'effroi, en se rongeant les ongles, indécise sur la route à prendre, l'étoile à suivre.

« Vous ne m'en voudrez pas de vous dire ça, n'est-ce

pas ? continua-t-elle, mais je trouve que vous ne devriez pas laisser vos cheveux comme ça. Pourquoi ne les faites-vous pas onduler ? Ils sont tellement plats, vous ne trouvez pas ? Cela doit être affreux sous un chapeau. Pourquoi ne les rejetez-vous pas derrière les oreilles ? »

Je le fis docilement et attendis son approbation. Elle me regardait d'un œil critique, la tête penchée.

« Non, dit-elle, non. Je crois que c'est pire. C'est trop sévère et ça ne vous va pas. Non, tout ce qu'il vous faut, c'est une ondulation qui les remonte. Je n'ai jamais beaucoup aimé cette mode à la Jeanne d'Arc. Qu'en dit Maxim ? Est-ce qu'il trouve que ça vous va ?

— Je ne sais pas, fis-je, il ne m'en a jamais parlé.

— Après tout, dit-elle, peut-être que ça lui plaît. Ne vous occupez pas de ce que je dis. Et alors, vous vous êtes fait faire des robes à Londres, à Paris ?

— Non, dis-je. Nous n'avions pas le temps. Maxim était pressé de rentrer. Je pourrai toujours faire venir des catalogues.

— Je peux dire, à la façon dont vous vous habillez, que vous ne vous souciez guère de la toilette », fit-elle.

Je jetai sur ma jupe de flanelle un regard d'excuse.

« Mais si, dis-je, j'aime beaucoup les jolies choses, mais je n'avais pas beaucoup d'argent à dépenser pour mes robes, jusqu'ici.

— Je m'étonne que Maxim ne soit pas resté une semaine ou deux à Londres, le temps de vous habiller convenablement. Je trouve ça très égoïste de sa part. Et ça ne lui ressemble pas. Il est si difficile en général.

— Oui ! fis-je. Il ne m'a jamais paru difficile. Je ne crois même pas qu'il remarque ce que je porte. Je ne crois pas qu'il y fasse attention.

— Oh ! dit-elle, eh bien, c'est qu'il a changé. »

Elle détourna les yeux et siffla Jasper, les mains dans ses poches, puis leva les yeux vers la maison.

« Comment vous entendez-vous avec Mrs. Danvers ? » demanda-t-elle tout à coup.

Je me penchai et me mis à tapoter la tête de Jasper et à lui caresser les oreilles.

« Je ne l'ai pas beaucoup vue, répondis-je. Elle me

fait un peu peur. Je n'avais jamais rencontré personne qui lui ressemblât.

— Je m'en doute. »

Jasper leva vers moi ses graves yeux humides. J'embrassai sa tête soyeuse et mis ma main sur son museau noir.

« Vous n'avez pas à avoir peur d'elle, dit Béatrice, et en tout cas il ne faut pas le lui laisser voir. C'est vrai que je n'ai jamais rien eu à faire avec elle et je n'en ai d'ailleurs nulle envie. Mais elle a toujours été très polie avec moi. »

Je continuai à tapoter la tête de Jasper.

« Est-elle aimable ?

— Non, dis-je, pas très.

— Oh ! elle s'y fera avec le temps, dit Béatrice, mais cela doit être assez désagréable pour vous comme début. Elle est folle de jalousie, évidemment. C'est ce que je craignais.

— Pourquoi ? demandai-je en levant les yeux vers elle. Pourquoi serait-elle jalouse ? Maxim n'a pas l'air de l'aimer particulièrement.

— Ce n'est pas à Maxim qu'elle pense, ma chère enfant, dit Béatrice. Je crois qu'elle le respecte, mais c'est tout... Non, voyez-vous... », reprit-elle, puis elle se tut un instant, en me regardant avec un air indécis, avec un léger froncement de sourcils. « Elle vous en veut d'être ici, tout simplement. C'est cela qui est ennuyeux.

— Pourquoi ? dis-je. Pourquoi m'en voudrait-elle ?

— Je pensais que vous saviez. Je pensais que Maxim vous avait mise au courant. Elle adorait Rebecca, voilà.

— Oh ! fis-je, oh ! je comprends. »

Nous continuions toutes les deux à caresser Jasper qui, guère habitué à tant d'attentions, se roulait par terre de délices.

« Voilà les hommes, dit Béatrice, prenons des fauteuils et asseyons-nous sous le marronnier. Comme Giles grossit ! Il en est dégoûtant, à côté de Maxim surtout. Je suppose que Frank Crawley va retourner au bureau. Quel être terne, il n'a jamais rien d'intéressant à dire... Bonjour, vous trois. Que discutiezvous ? De la meilleure manière de mettre le monde en pièces, probablement. »

Elle rit tandis que les autres s'approchaient. Giles lança un caillou pour faire courir Jasper. Nous le suivîmes tous des yeux. M. Crawley regarda sa montre.

« Il faut que je m'en aille, dit-il, merci beaucoup pour cet excellent déjeuner, madame.

— Il faudra revenir souvent », dis-je en lui serrant la main.

Je me demandais si les autres allaient partir aussi. Je ne savais pas très bien s'ils étaient venus déjeuner seulement ou passer la journée. J'espérais qu'ils allaient partir. J'avais envie de me retrouver seule avec Maxim et que ce fût comme en Italie. Mais nous nous installâmes tous les quatre sous le marronnier. Robert apporta des fauteuils et des couvertures. Giles s'étendit tout de son long et rabattit son chapeau sur ses yeux. Au bout d'un moment, il se mit à ronfler, la bouche ouverte.

« Tais-toi, Giles, dit Béatrice.

— Mais je ne dors pas », murmura-t-il, en ouvrant des yeux qu'il referma tout de suite.

Je le trouvais peu séduisant. Je me demandais pourquoi Béatrice l'avait épousé. Elle n'avait jamais dû être amoureuse de lui. Peut-être s'étonnait-elle de même du mariage de son frère. Je surpris son regard sur moi à diverses reprises, un regard étonné, méditatif (elle avait l'air de se dire : « Je me demande ce que Maxim peut bien lui trouver »), mais bon, en même temps, sans malveillance. Ils parlaient de leur grand-mère.

« Il faudra que nous allions la voir, disait Maxim.

— Elle devient gâteuse, dit Béatrice, elle laisse couler ce qu'elle mange sur son menton, la pauvre chère vieille. »

Je les écoutais, penchée contre le bras de Maxim, frottant mon menton sur sa manche. Il me caressait distraitement de la main tout en parlant avec Béatrice.

« C'est ce que je fais avec Jasper, songeai-je. Je suis comme Jasper en ce moment, appuyée contre lui. Il me donne une caresse de temps à autre, quand il y pense, et je suis contente, je suis plus près de lui pour un instant. Il m'aime comme j'aime Jasper. »

Le vent était tombé. L'après-midi était somnolent et paisible. L'herbe avait été récemment tondue, elle sentait bon et fort comme en été. Une abeille bourdonna au-dessus du front de Giles et il la chassa avec son chapeau. Le soleil brillait sur les petits carreaux des fenêtres et j'y voyais se refléter les pelouses vertes et la terrasse. Une mince fumée ondulait au-dessus d'une cheminée proche, et je me demandai si on avait allumé le feu dans la bibliothèque comme tous les jours. « C'est bien ce que j'avais imaginé, pensais-je. C'est bien la vie de Manderley comme je l'espérais. »

J'aurais voulu rester ainsi, sans parler, sans écouter les autres, retenant ce précieux moment pour toujours, parce que nous étions tous paisibles, satisfaits, et même un peu somnolents, comme l'abeille qui ronflait autour de nous. Dans quelques instants, ce serait différent ; demain viendrait, puis après-demain, puis l'année prochaine. Et nous serions changés peut-être, nous ne nous retrouverions jamais plus assis exactement ainsi. Les uns s'en iraient, ou seraient malades, ou mourraient ; l'avenir s'étendait devant nous, inconnu, invisible, autre peut-être que ce que nous désirions, que ce que nous prévoyions. Mais cet instant était assuré, on ne pouvait pas y toucher. Nous étions assis ensemble, Maxim et moi, la main dans la main, et le passé et le futur n'avaient aucune importance. Cela, c'était sûr, ce drôle de fragment de temps qu'il ne se rappellerait jamais, auquel il ne penserait jamais. Il ne le tiendrait pas pour sacré, il parlait de faire couper certains buissons dans l'allée, et Béatrice l'approuvait, l'interrompant pour lui donner des conseils, tout en jetant une motte de gazon à Giles. Pour eux, c'était tout simplement trois heures et quart, après le déjeuner, par un après-midi quelconque, comme n'importe quelle heure, n'importe quel jour. Ils n'avaient pas le désir de retenir cet instant, de l'emprisonner, de s'en assurer, comme moi. Ils n'avaient pas peur.

« Il doit être l'heure de nous mettre en route, dit Béatrice, époussetant les brins d'herbe restés sur sa jupe. Je ne veux pas rentrer tard, nous avons les Cartright à dîner.

— Comment va le vieux Véra ? demanda Maxim.

— Oh ! comme d'habitude, il parle toujours de sa santé. Il vieillit beaucoup. Ils vont sûrement nous demander des tas de choses sur vous deux.

— Fais-leur mes amitiés », dit Maxim.

Nous nous levâmes ; Giles secoua la poussière de son chapeau. Maxim bâilla et s'étira. Le soleil disparut. Je regardai le ciel. Il avait changé, il était tacheté comme la peau d'un maquereau. De petits nuages s'amoncelaient par places.

« Le vent se lève, dit Maxim.

— J'espère que nous n'aurons pas de pluie », dit Giles.

Nous nous dirigeâmes lentement vers l'allée où la voiture attendait.

« Tu n'as pas vu ce qu'on a fait dans l'aile est, dit Maxim.

— Venez, proposai-je, ce ne sera pas long. »

Nous entrâmes dans le hall et montâmes le grand escalier, suivies par les hommes.

C'était drôle de penser que Béatrice avait vécu ici tant d'années. Elle avait descendu ces mêmes marches, petite fille avec sa nourrice. Elle était née ici, elle avait été élevée ici, elle y connaissait tout, elle y était plus chez elle que je n'y serais jamais. Elle devait avoir beaucoup de souvenirs enfermés dans son cœur. Je me demandais si elle pensait jamais aux jours passés, si elle se rappelait jamais la longue enfant, coiffée de nattes, qu'elle avait dû être, si différente de la femme qu'elle était devenue, dans sa quarante-sixième année à présent, robuste et sûre d'elle-même, une autre personne...

Nous entrâmes dans notre appartement et Giles dit en se penchant sous la porte basse :

« Comme c'est joli ! C'est beaucoup mieux, n'est-ce pas, Béa ?

— Mais dis donc, mon vieux, tu as fait des folies, dit Béatrice. Des rideaux neufs, des lits neufs, tout est neuf ! Tu te rappelles, Giles, nous avons habité cette chambre au moment de ta jambe cassée ? C'était très délabré en ce temps-là. Il faut dire que maman n'a jamais eu un grand sens du confort. Et puis, vous n'y logiez jamais personne, n'est-ce pas, Maxim ? Seulement quand la maison était bondée. Alors on entassait ici les célibataires. Eh bien, je dois dire que c'est ravissant. Et puis cela donne sur la roseraie, ce qui est aussi un avantage. Est-ce que je peux me refaire une beauté ? »

Les hommes descendirent et Béatrice s'examina dans la glace.

« Est-ce que c'est la vieille Danvers qui a arrangé tout cela ? demanda-t-elle.

— Oui, dis-je. Je trouve qu'elle s'en est très bien tirée.

— Evidemment, elle avait été dressée, dit Béatrice. Je me demande ce que ça a pu coûter. Une jolie somme, je parie. Vous avez demandé ?

— Non, je n'ai pas demandé.

— Je ne crois pas que cela inquiète Mrs. Danvers, fit Béatrice. Je peux me servir de votre peigne ? Quelle jolie brosserie ! Cadeau de noces ?

— C'est Maxim qui me l'a donnée.

— Hum... Je la trouve très jolie. Il faut que nous vous fassions un cadeau, nous aussi. Qu'est-ce qui vous ferait plaisir ?

— Oh ! je ne sais vraiment pas. Ce n'est pas la peine, dis-je.

— Ne dites pas de bêtises, ma chère. Je ne suis pas femme à vous souffler votre cadeau, bien que nous n'ayons pas été invités à votre mariage.

— J'espère que vous ne nous en avez pas voulu. Maxim désirait qu'il eût lieu à l'étranger.

— Mais naturellement que non. Vous avez eu tout à fait raison. Après tout, ce n'était pas comme si... » Elle s'arrêta au milieu de sa phrase et fit tomber son sac. « Zut ! Est-ce que le fermoir est cassé ? Non, tout va bien. »

Elle se leva de la coiffeuse et tira sa jupe.

« Vous avez l'intention de recevoir beaucoup ? dit-elle.

— Je ne sais pas. Maxim n'en a pas parlé.

— Drôle de garçon, on ne sait jamais tout à fait

avec lui. Il fut un temps où il n'y avait pas un lit de libre dans toute la maison. C'était archibondé. Mais je ne vois pas très bien... »

Elle s'arrêta net et me tapota le bras.

« Bah, fit-elle, on verra bien. C'est dommage que vous ne montiez pas à cheval et ne chassiez pas, vous perdez beaucoup. Vous ne faites pas de bateau, par hasard ?

— Non, dis-je.

— Dieu merci. »

Elle se dirigea vers la porte et je l'accompagnai dans le couloir.

« Venez nous voir quand vous en aurez envie, dit-elle, J'attends toujours que les gens s'invitent. La vie est trop courte pour envoyer des cartes.

— Merci beaucoup », dis-je.

Nous arrivions au palier et regardâmes dans le hall. Les hommes étaient debout sur le seuil.

« Allons, viens, Béa, cria Giles, j'ai senti une goutte d'eau, nous avons fermé la voiture. »

Béatrice me prit la main et se pencha pour me donner un petit baiser bref sur la joue.

« Au revoir, ma chère, dit-elle, et pardonnez-moi, je vous ai posé un tas de questions indiscrètes et dit toutes sortes de choses que je n'aurais pas dû. Le tact n'a jamais été mon fort, Maxim vous le dira. Et, comme je vous l'ai dit tout de suite, vous ne ressemblez pas du tout à ce que j'imaginais. » Elle me regarda dans les yeux, les lèvres froncées en un petit sifflement, puis prit une cigarette dans son sac et ouvrit son briquet. « Voyez-vous, dit-elle en commençant à descendre l'escalier. Vous êtes tellement différente de Rebecca. » Nous sortîmes sur le perron, le soleil avait disparu derrière un banc de nuages ; il tombait une petite pluie fine et Robert traversait la pelouse en courant pour rentrer les fauteuils.

CHAPITRE IX

Nous regardâmes l'auto disparaître au tournant de l'allée, puis Maxim me prit le bras et dit :

« Voilà une bonne chose de faite. Mets vite un manteau et sortons. Zut pour la pluie, j'ai envie de marcher. Je ne peux pas supporter cette inaction. »

Il était pâle et tendu, et je me demandais comment la visite de sa sœur et de son beau-frère avait pu le fatiguer à ce point.

« Attends-moi, je vais chercher mon manteau, dis-je.

— Il y a un tas d'imperméables dans le vestiaire, dit-il avec impatience. Les femmes restent toujours une demi-heure quand elles montent dans leur chambre. Robert, apportez un imperméable à madame, s'il vous plaît. »

Il était déjà dans l'allée, appelant Jasper.

Robert revint en courant, portant un manteau que je me dépêchai d'enfiler. Il était trop grand, naturellement, mais je n'avais pas le temps d'en changer et nous nous dirigeâmes vers les bois à travers la pelouse, Jasper courant devant.

« Je trouve que ma famille exagère un peu, dit Maxim. Béatrice est une des meilleures filles du monde, mais elle manque de finesse. »

Je ne voyais pas très bien quelle gaffe avait pu commettre Béatrice, et pensai que mieux valait ne pas le demander. Peut-être lui en voulait-il encore de ses propos d'avant déjeuner sur sa santé.

« Comment la trouves-tu ? continua-t-il.

— Elle me plaît beaucoup, elle a été très gentille avec moi.

— De quoi t'a-t-elle parlé ici, après déjeuner ?

— Oh ! je ne sais pas. Je crois que c'est surtout moi qui parlais. Je lui ai raconté Mrs. Van Hopper, notre rencontre et tout ça. Elle m'a dit que je n'étais pas du tout ce qu'elle m'imaginait.

— Qu'est-ce qu'elle pouvait bien imaginer ?

— Quelqu'un de plus élégant, de plus artificiel,

sans doute. Un papillon mondain, c'est son expression. »

Maxim ne répondit pas tout de suite, il se pencha et jeta une branche à Jasper.

« Béatrice peut être parfois infernale d'inintelligence. »

Nous grimpâmes le talus gazonné qui dominait la pelouse et nous enfonçâmes dans les bois. Les arbres étaient très rapprochés et il faisait sombre. Nous marchions sur des rameaux brisés et des feuilles de l'année précédente, avec çà et là les pousses vertes des jeunes plantes et le gonflement des jacinthes tout près de fleurir. Jasper se taisait, flairant le sol. Je pris le bras de Maxim.

« Est-ce que tu aimes mes cheveux ? » demandai-je.

Il me regarda avec étonnement

« Tes cheveux ? répéta-t-il. Pourquoi me demandes-tu cela ? Bien sûr que je les aime. Qu'est-ce qu'ils ont ?

— Oh ! rien, fis-je. Je me demandais, c'est tout.

— Que tu es drôle ! »

Nous arrivions à une clairière d'où partaient deux sentiers opposés. Jasper prit celui de droite, sans hésiter.

« Non, cria Maxim, pas par là. »

Le chien tourna la tête et s'arrêta en remuant la queue.

« Pourquoi veut-il aller par là ? demandai-je.

— Parce qu'il en a l'habitude, probablement, dit brièvement Maxim, cela mène à une petite crique où nous avions un bateau. Ici, mon vieux Jasper. »

Nous prîmes le sentier de gauche, sans rien dire. Je regardai par-dessus mon épaule et vis que Jasper nous suivait.

« Ce chemin mène à la vallée dont je t'avais parlé, dit Maxim. Tu vas sentir les azalées ; tant pis s'il pleut, les fleurs n'en auront que plus de parfum. »

Il paraissait tout à fait bien maintenant, heureux et gai, le Maxim que je connaissais, que j'aimais ; il se mit à parler de Frank Crawley, disant que c'était un très brave garçon, si sérieux et sûr, et tellement dévoué à Manderley.

« Cela va mieux, me disais-je. Nous voici de nouveau comme en Italie », et je lui souris en lui serrant le bras, soulagée de voir que son visage était détendu, et, tout en disant : « Oui » et « Vraiment ? » et « Mon Dieu, chéri ! », ma pensée retournait à Béatrice et je me demandais en quoi sa présence avait pu le troubler et ce qu'elle avait fait, et je songeais aussi à tout ce qu'elle m'avait dit de son caractère à lui, et des colères qui le prenaient une ou deux fois par an.

Elle devait le connaître, évidemment, elle était sa sœur. Mais cela ne correspondait pas à mon idée de Maxim. Je pouvais l'imaginer de mauvaise humeur, difficile, irritable peut-être, mais pas emporté, pas violent. Peut-être avait-elle exagéré, les gens connaissent souvent très mal leur famille.

« Voilà, dit soudain Maxim, regarde cela. »

Nous nous trouvions au sommet d'un coteau boisé, et le sentier ondulait devant nous en suivant un ruisseau qui descendait dans une vallée. Ici pas d'arbres sombres, ni de buissons touffus, mais, de chaque côté de l'étroit sentier, des azalées et des rhododendrons, non pas rouge sang comme les géants de l'allée, mais corail, blanc et or, penchant gracieusement leurs têtes charmantes et délicates sous la douce pluie d'été.

Leur parfum remplissait l'air et il me semblait que leur essence s'était mêlée aux ondes du ruisseau et confondue sous l'averse avec la mousse épaisse que nous foulions. Il n'y avait pas d'autre bruit que le murmure du petit ruisseau et de la calme pluie. Quand Maxim parla, sa voix était douce aussi, comme s'il prenait garde à ne pas troubler le silence.

« Nous appelons cela la Vallée Heureuse », dit-il.

Il ramassa un pétale tombé et me le donna. Il était froissé et déchiré, bruni au bord, mais lorsque je le frottai sur ma main, un parfum s'en éleva, doux et fort, vivace comme l'arbuste vivant où il était né.

Puis les oiseaux commencèrent. D'abord la note claire et fraîche d'un merle au-dessus du ruisseau, puis ses camarades cachés dans le bois lui répondirent, et bientôt l'air s'anima de chants qui nous poursuivaient tandis que nous descendions vers la vallée, où le parfum des pétales blancs nous accompagnait aussi. On éprouvait là le sentiment de dépaysement d'un lieu enchanté. Je n'avais pas imaginé que ce pût être aussi beau.

Nous arrivâmes au bout du sentier, les fleurs formant un arceau au-dessus de nos têtes. Nous nous baissâmes pour y passer, et quand je me redressai en secouant les gouttes de pluie de mes cheveux, je vis que la vallée était derrière nous, et les azalées et les arbres, et que nous nous trouvions, comme Maxim me l'avait décrit quelques semaines auparavant à Monte-Carlo, dans une petite crique déserte, des galets durs et blancs sous nos pieds, la mer se brisant sur la grève devant nous.

Maxim me sourit, suivant ma surprise sur mon visage.

« C'est un choc, n'est-ce pas ? dit-il. Personne ne s'y attend. Le contraste est si soudain que c'est presque trop. »

Il ramassa un galet qu'il lança à travers la plage, et Jasper s'élança à sa poursuite, ses longues oreilles noires flottant au vent.

L'enchantement était évanoui, le charme rompu. Nous étions redevenus de simples mortels, des gens qui jouent sur une plage. Nous lancions des galets, courions au bord de l'eau. Maxim se tourna vers moi en riant, rejetant ses cheveux en arrière, et je roulai les manches de mon imperméable mouillées d'écume. Puis nous nous aperçûmes que Jasper avait disparu. Nous appelâmes et sifflâmes et il ne vint pas. Je regardai anxieusement vers le bout de la crique où les vagues se brisaient sur les rochers.

« Non, dit Maxim, nous l'aurions vu, il ne peut pas être tombé. Jasper, idiot, où es-tu ? Jasper ! Jasper !

— Il est peut-être retourné dans la Vallée Heureuse ?

— Il était près de ce rocher il y a une minute, en train de renifler une mouette morte », dit Maxim.

Nous remontâmes vers la vallée.

« Jasper ! Jasper ! » appelait Maxim.

J'entendis un bref et lointain aboiement venant de la droite de la plage, au-delà des rochers.

« Tu entends ? Il a grimpé par là, dis-je en commençant l'escalade du rocher.

— Descends, dit sèchement Maxim. Nous n'allons pas par là. Que cet idiot de chien se débrouille tout seul.

— Il est peut-être tombé, le pauvre chou, dis-je, hésitante sur mon rocher. Laisse-moi aller le chercher.

— Ne t'occupe donc pas de lui, dit Maxim agacé. Il connaît son chemin. »

Je feignis de ne pas entendre et poursuivis mon ascension, glissant et butant sur les rocs mouillés. Je trouvais que Maxim manquait de cœur à l'égard de Jasper et je ne pouvais le comprendre. Sans compter que la marée montait. Arrivée au sommet de la haute roche qui me masquait la vue, je regardai autour de moi. A ma grande surprise, je vis une autre crique qui ressemblait à celle que je venais de quitter, mais plus grande et plus arrondie. Un petit brise-lames de pierre la traversait, ménageant un minuscule port naturel. Une bouée y était ancrée, mais pas de bateau. La grève était de galets blancs comme celle qui s'étendait derrière moi, mais plus en pente. Le bois descendait jusqu'à la frange d'algues qui marquait la limite des grandes marées, poussant leur racine presque jusque dans les rochers. A la lisière de ce bois se dressait une construction longue et basse qui tenait de la maisonnette et du hangar à bateaux.

Il y avait un homme sur la grève, quelque pêcheur sans doute, en bottes et suroît, et Jasper courait autour de lui en aboyant. L'homme n'y faisait pas attention ; plié en deux, il fouillait le sable.

« Jasper, criai-je. Ici, Jasper. »

Le chien leva la tête et remua la queue mais n'obéit pas. Il continuait à aboyer autour de l'inconnu.

Je regardai derrière moi. Pas de Maxim. Je descendis le long des rochers dans la crique que je venais de découvrir. Mes pieds faisaient crisser le sable de la grève et l'homme leva la tête à ce bruit. Je vis alors qu'il avait les petits yeux fixes et la bouche rouge et mouillée d'un crétin. Il sourit en montrant ses gencives édentées.

« B'jour, dit-il. Sale temps.

— Bonjour, fis-je. Oui, il ne fait pas très beau. »

Il me regarda avec intérêt, souriant toujours.

« Cherche des coques, dit-il. Pas de coques.

— Ici, Jasper ! dis-je. Il est tard. Allons, viens, mon vieux. »

Mais Jasper était très excité. Le vent et la mer devaient lui monter à la tête. Il se sauva à mon appel en aboyant pour rien. Je m'adressai à l'homme qui, de nouveau penché, avait repris ses vaines fouilles.

« Avez-vous de la ficelle ? demandai-je.

— Hé ? fit-il.

— Avez-vous de la ficelle ? répétai-je.

— Pas de coques, dit-il en secouant la tête. Cherche depuis ce matin. »

Il hocha la tête et essuya ses yeux bleu pâle et larmoyants.

« Il me faut quelque chose pour attacher le chien, expliquai-je. Il ne veut pas me suivre.

— Hé ? » dit l'inconnu, avec son pauvre sourire d'idiot, puis, se penchant en avant, il me toucha l'estomac du bout de son index.

« Je connais le chien, dit-il. Il vient de la maison.

— Oui, dis-je. Je veux le ramener.

— N'est pas à vous.

— C'est le chien de M. de Winter, dis-je doucement. Je veux le ramener à la maison. »

J'appelai Jasper une fois de plus, mais il poursuivait une plume chassée par le vent. Je pensai qu'il y avait de la ficelle dans le hangar à bateau et m'y dirigeai. Il devait y avoir eu là un jardin, mais l'herbe et les orties l'avaient envahi. Les volets étaient clos. La porte était sans doute fermée à clef, et c'est sans grand espoir que je tournai le bouton. A ma grande surprise, elle s'ouvrit et j'entrai en courbant la tête. Je m'attendais à trouver un hangar à bateau, sale, poussiéreux et encombré, avec des planches hors d'usage, des cordes et des rames par terre. La poussière y était bien, mais il n'y avait ni cordes ni rames. La pièce était meublée. Il y avait un bureau dans un coin, une table, des chaises et un divan-lit contre le mur. Il y avait aussi un bahut garni de tasses et d'assiettes, et des étagères chargées de livres et surmontées de modèles de bateaux. Un instant, je crus la maisonnette habitée par le pauvre homme de la grève, mais je regardai mieux et je ne découvris aucune trace de vie récente. Cette grille rouillée ignorait le feu ; ce sol poussié-reux, les pas ; et la porcelaine sur le bahut était bleue d'humidité. L'étoffe du divan avait été grignotée par des souris ou des rats, elle était trouée et effrangée. Il faisait froid dans la maisonnette, froid et humide, sombre aussi. Je n'aimais pas cette atmosphère oppressante. Je n'avais pas envie d'y rester. Je détes-tais le bruit creux de la pluie sur le toit. Il semblait résonner dans la pièce même et j'entendais l'eau s'égoutter dans la grille rouillée de la cheminée.

Je cherchai des yeux une ficelle ou quelque chose qui pût en tenir lieu. Je ne trouvai rien. Il y avait une porte à l'autre bout de la pièce, j'y allai et l'ouvris, un peu craintive à présent, un peu effrayée, car j'avais l'impression étrange et désagréable que j'allais peut-être tomber à l'improviste sur quelque chose que j'aurais préféré ne pas voir. Quelque chose qui pour-rait me faire du mal, quelque chose d'horrible.

C'était stupide, évidemment, et j'ouvris la porte. Ce n'était tout de même qu'un hangar à bateau, avec les cordes et les planches que j'attendais, deux ou trois voiles, un petit canot, des pots de peinture, tous les ustensiles propres à l'usage du bateau. Une pelote de ficelle était posée sur une planche près d'un canif rouillé. C'était tout ce qu'il me fallait pour Jasper. J'ouvris le canif, coupai un morceau de ficelle et revins dans la pièce où la pluie continuait à s'égoutter par la cheminée. Je sortis en hâte de la maisonnette, sans regarder derrière moi, essayant de ne pas voir le divan déchiré, la porcelaine humide, et les toiles d'araignées autour des modèles de bateau.

Sur la plage, l'homme ne cherchait plus de coquilla-ges ; il me regardait, Jasper à son côté.

« Ici, Jasper, dis-je. Viens, mon bon chien. »

Je me penchai, et cette fois il me laissa le toucher et le prendre par le collier.

« J'ai trouvé de la ficelle dans la maisonnette »,
dis-je à l'homme.

Il ne répondit pas. Je nouai la ficelle autour du collier de Jasper.

« Au revoir », dis-je en tirant le chien.

L'homme me regarda avec ses petits yeux idiots.

« V's ai vue y aller, dit-il.

— Oui, dis-je.

— Elle n'y va plus maintenant.

— Non, plus maintenant.

— Elle est dans la mer, hein ? N'reviendra plus ?

— Non, elle ne reviendra plus.

— J'ai jamais rien dit, hein ? fit-il.

— Mais non, rien, ne vous tourmentez pas »,
répondis-je.

Il reprit ses fouilles en se parlant à lui-même. Je
traversai la grève et vis Maxim qui m'attendait en
haut des rochers, les mains dans les poches.

« Excuse-moi, dis-je. Jasper ne voulait pas venir. Il
a fallu que je cherche de la ficelle. »

Il tourna brusquement sur ses talons et se dirigea
vers le bois.

« Nous ne rentrons pas par les rochers ? demandai-
je.

— Pour quoi faire ? Maintenant que nous sommes
là », dit-il sèchement.

Nous montâmes au-dessus de la maisonnette et prîmes un sentier à travers bois.

« C'est la faute de Jasper si je suis restée si longtemps, dis-je. Il ne voulait pas cesser d'aboyer autour
de cet homme. Qui est-ce ?

— Ben, dit Maxim. Un pauvre diable, tout à fait
inoffensif. Son père était gardien à Manderley, près de
la ferme. Où as-tu trouvé cette ficelle ?

— Dans la maisonnette sur la plage.

— La porte était ouverte ?

— Oui, je n'ai eu qu'à la pousser. J'ai trouvé la
ficelle dans le hangar, là où il y a des voiles et un canot.

— Ah !... ah ! oui », dit-il, puis il ajouta au bout
d'un moment : « Cette maisonnette devrait être fermée. »

Je ne répondis pas. Ce n'était pas mon affaire.

« C'est Ben qui t'a dit que la porte était ouverte ?

— Non, dis-je. Il n'avait d'ailleurs pas l'air de comprendre ce que je lui demandais.

— Il se donne pour plus bête encore qu'il ne l'est. Il parle très intelligemment quand il veut. Sans doute est-il entré des tas de fois dans la maisonnette, mais il ne tenait pas à ce que tu le saches.

— Je ne crois pas. La pièce avait l'air désert, intact. Il y avait de la poussière partout et aucune trace de pas. Il fait très humide là-dedans. J'ai peur que les livres ne finissent par y pourrir, et les chaises et le divan. Et puis, il y a les rats qui font des trous dans la couverture. »

Maxim ne répondit pas. Il marchait terriblement vite et la remontée de la plage était très dure. Cela ne ressemblait pas à la Vallée Heureuse. Les arbres étaient sombres ici et denses, et il n'y avait pas d'azalées au bord du chemin. La pluie s'égouttait lourdement des branches épaisses. Elle éclaboussait mon col et glissait le long de ma nuque. Je frissonnai sous ce contact déplaisant comme un doigt froid. J'avais mal aux jambes après mon escalade inaccoutumée. Et Jasper traînait derrière, la langue pendante, fatigué par son exubérance.

« Avance, Jasper, pour l'amour de Dieu, dit Maxim. Fais-le avancer, tire sur la ficelle, arrange-toi. Béatrice a raison. Ce chien est beaucoup trop gros.

— C'est ta faute, dis-je. Tu marches tellement vite. Nous ne pouvons te suivre.

— Si tu m'avais écouté au lieu de te lancer à travers ces rochers, tu serais à la maison, à l'heure qu'il est. Jasper savait parfaitement le chemin. Je ne comprends pas pourquoi tu as couru après lui comme ça.

— Je pensais qu'il avait pu tomber et je craignais la marée.

— Alors, tu crois que j'aurais abandonné le chien s'il y avait eu le moindre danger ? Je t'avais dit de ne pas grimper sur les rochers, et maintenant tu grognes parce que tu es fatiguée.

— Je ne grogne pas. N'importe qui, à moins d'avoir des jambes d'acier, serait fatigué de marcher à ce pas.

D'ailleurs, je croyais que tu me suivais quand j'ai été chercher Jasper.

— Pourquoi me serais-je éreinté à courir après le cabot ?

— Ce n'était pas plus éreintant de courir après Jasper sur les rochers qu'après des galets sur la plage, répondis-je. Tu dis cela pour t'excuser.

— Mais, ma pauvre enfant, de quoi ai-je donc à m'excuser ?

— Oh ! je ne sais pas, dis-je avec lassitude. Finissons-en.

— Pas du tout, c'est toi qui as commencé. Que veux-tu dire quand tu prétends que je cherche à m'excuser ? M'excuser de quoi ?

— De ne pas m'avoir accompagnée dans les rochers, probablement.

— Bien. Et pourquoi crois-tu que je ne voulais pas aller sur l'autre plage ?

— Mais comment veux-tu que je le sache, Maxim ? Je ne lis pas dans les pensées. Je dis que tu ne voulais pas, c'est tout. Je l'ai vu à ta figure.

— Vu quoi à ma figure ?

— Je viens de te le dire. J'ai vu que tu ne voulais pas y aller. Oh ! finissons-en. Je suis malade de cette discussion.

— Toutes les femmes disent cela quand elles se sentent dans leur tort. Parfaitement, je ne voulais pas aller sur l'autre plage. Tu es contente ? Je ne vais jamais près de cet affreux endroit et de cette ignoble maisonnette. Et si tu avais les mêmes souvenirs que moi, toi non plus tu n'aurais pas envie d'y aller, ni d'en parler, ni même d'y penser. Voilà. Tu peux méditer là-dessus si le cœur t'en dit et j'espère que ça te suffira. »

Son visage était pâle et ses yeux avaient le même regard sombre et perdu que je lui avais vu à notre première rencontre. Je lui tendis la main, pris la sienne et la tins serrée.

« Je t'en prie, Maxim, je t'en prie, dis-je.

— Qu'est-ce qu'il y a ? demanda-t-il sèchement.

— Je ne veux pas que tu fasses cette figure, dis-je. Cela me fait très mal. Je t'en prie, Maxim. Oublions ce que nous venons de dire. C'est une querelle idiote. Je te demande pardon, chéri, je te demande pardon. N'y pensons plus.

— Nous aurions dû rester en Italie, dit-il. Nous n'aurions jamais dû rentrer à Manderley. Dieu ! quel idiot j'ai été de rentrer ! »

Il continuait son chemin, d'un pas impatient, plus rapide encore, et j'étais obligée de courir pour le suivre, essoufflée, sentant mes larmes toutes proches et tirant le pauvre Jasper par la ficelle.

Nous arrivâmes enfin au carrefour où notre sentier rejoignait celui qui menait à la Vallée Heureuse. Nous étions donc remontés par le chemin que Jasper voulait prendre au début de notre promenade. Je savais maintenant pourquoi il l'attirait. Il menait à la plage qu'il connaissait le mieux et à la maisonnette. C'était une vieille habitude pour lui.

Nous traversâmes la pelouse sans dire un mot. Le visage de Maxim était dur et serré. Il entra dans la maison et se dirigea vers la bibliothèque sans me regarder. Frith était dans le hall.

« Le thé tout de suite », lui dit Maxim, et il ferma la porte de la bibliothèque.

Je luttais contre mes larmes. Il ne fallait pas que Frith les vît. Il penserait que nous nous étions querellés et il irait à l'office annoncer à tous les domestiques : « Mme de Winter pleurait dans le hall, à l'instant. On dirait que le ménage ne va pas trop bien. » Je me détournai pour qu'il ne vît pas mon visage. Mais il s'approcha de moi et m'aida à ôter mon imperméable.

« Je vais le mettre au vestiaire, madame, dit-il.

— Merci, Frith, répondis-je sans le regarder.

— Ce n'était pas un très beau temps pour la promenade.

— Non, dis-je. Non, pas très beau.

— Votre mouchoir, madame, dit-il, en ramassant quelque chose qui venait de tomber à terre.

— Merci », fis-je en le mettant dans ma poche.

Je balançais si j'allais monter dans ma chambre ou rejoindre Maxim dans la bibliothèque. Frith alla reporter le manteau au vestiaire. Je restais debout, hésitante, à me ronger les ongles. Frith revint et parut surpris de me retrouver là.

« Il y a un bon feu dans la bibliothèque maintenant, madame.

— Merci, Frith. »

Je traversai lentement le hall, j'ouvris la porte de la bibliothèque et j'entrai. Maxim était dans son fauteuil, Jasper à ses pieds, la vieille chienne dans le panier. Maxim ne lisait pas son journal posé sur le bras du fauteuil à sa portée. Je vins m'agenouiller à côté de lui et mis mon visage contre le sien.

« Ne sois pas fâché contre moi », murmurai-je.

Il prit ma tête dans ses mains et me regarda de ses yeux las et inquiets.

« Je ne suis pas fâché contre toi, dit-il.

— Si tu es malheureux par ma faute, c'est la même chose que d'être fâché. Tu es tout blessé et froissé à l'intérieur. Je ne peux pas supporter de te voir ainsi. Je t'aime tant.

— C'est vrai ? dit-il. C'est vrai ? »

Il me tenait très serrée et ses yeux m'interrogeaient, sombres et incertains, les yeux d'un enfant qui a du chagrin, d'un enfant qui a peur.

« Qu'y a-t-il, chéri ? dis-je. Pourquoi me regardes-tu ainsi ? »

J'entendis la porte s'ouvrir avant qu'il pût répondre, et je me rejetai sur mes talons, feignant de prendre une bûche pour la mettre au feu, tandis que Frith entrait suivi de Robert ; et le rite du thé commença.

La cérémonie se répéta exactement comme la veille. La table devant la cheminée, le déploiement de la nappe blanche, l'arrivée des cakes et des toasts, la petite flamme allumée sous la bouilloire d'argent, tandis que Jasper, remuant la queue, les oreilles retroussées en attente, observait mon visage. Il se passa bien cinq minutes avant que nous nous retrouvions seuls, et lorsque je regardai Maxim, je vis la couleur revenue à ses joues, l'expression lasse et perdue évanouie ; il tendait la main vers les sandwiches.

« C'est la faute de tout ce monde à déjeuner, dit-il. Cette pauvre vieille Béatrice m'horripile toujours. Nous nous battions comme des chiffonniers quand nous étions petits. Je l'aime beaucoup d'ailleurs. Mais c'est une chance qu'elle n'habite pas trop près. A propos, il faudra aller voir grand-mère un de ces jours. Verse-moi du thé, mon amour, et pardonne-moi de m'être conduit comme un ours. »

C'était fini. L'incident était clos. Il ne fallait plus en parler. Il me sourit par-dessus sa tasse de thé puis prit son journal sur le bras de son fauteuil. Le sourire était ma récompense. Comme une petite tape sur la tête de Jasper. Là, tu es un bon chien, couché, ne me dérange plus. J'étais de nouveau Jasper. Je me retrouvais au même point. Je pris un toast et le partageai entre les chiens. Je n'avais pas envie de le manger, je n'avais pas faim. Je me sentais très fatiguée, très lasse, très triste, épuisée. Je regardai Maxim, mais il lisait son journal, il avait tourné la dernière page. Mes doigts qui avaient touché le journal étaient gras de beurre et je fouillai dans ma poche à la recherche d'un mouchoir. J'en sortis un tout petit chiffon bordé de dentelles. Je le regardai en fronçant les sourcils car il n'était pas à moi. Je me rappelai alors que Frith l'avait ramassé sur les dalles du hall. Il avait dû tomber de la poche de l'imperméable. Je le tournai dans ma main. Il était chiffonné, des petits flocons de poussière amassés au fond de la poche étaient collés après. Il devait être depuis longtemps dans cet imperméable. Il y avait des initiales dans le coin. Un grand R penché, enlaçant un W. Ce n'était qu'un petit mouchoir, un bout de chiffon. On l'avait roulé en boule, fourré dans la poche, oublié.

Je devais être la première à revêtir cet imperméable depuis qu'on s'était servi du mouchoir. Celle qui portait ce manteau alors était grande, mince, plus large d'épaules que moi, car je l'avais trouvé trop ample et trop long, et les manches me tombaient sur les mains. Quelques boutons manquaient. Elle n'avait pas pris la peine de le fermer. Elle l'avait jeté sur ses épaules, comme une cape, ou l'avait porté négligemment ouvert, les mains dans les poches. Il y avait une trace rose sur le mouchoir. Un peu de rouge à lèvres. Elle s'était essuyé les lèvres avec, puis l'avait roulé en boule et remis dans sa poche. Je m'essuyai les doigts au mouchoir et, ce faisant, sentis un vague parfum en émaner. Un parfum que je reconnaissais, un parfum que j'avais déjà respiré. Je fermai les yeux, essayant de me rappeler. C'était quelque chose de fugitif, une odeur lointaine que je ne pouvais nommer. Je l'avais déjà respirée, j'en étais sûre, cet après-midi même.

Et je m'aperçus alors que le parfum évanescent du mouchoir était le même que celui des pétales d'azalée froissés de la Vallée Heureuse.

CHAPITRE X

Le temps resta humide et froid pendant toute une semaine comme il arrive souvent dans les régions de l'ouest au début de l'été et nous ne retournâmes pas sur la plage. Je pouvais voir la mer du haut de la terrasse et des pelouses. Elle paraissait grise et peu engageante, roulant de grandes vagues. Je les imaginais montant vers la petite crique et se brisant bruyamment contre les roches, puis dévalant, rapides et fortes, la grève en pente. Sur la terrasse, en prêtant l'oreille, j'entendais le murmure de la mer au-dessous de moi, lointain et assourdi. C'était un bruit morne qui ne cessait jamais. Les mouettes volaient vers la terrasse, chassées par le vent. Elles tournoyaient autour de la maison en criant. Je commençais à comprendre pourquoi il y a des gens qui ne peuvent pas supporter le bruit de la mer. Elle a parfois une note désolée et sa persistance même, ces éternels roulements, tracas et glissements, portent sur les nerfs. J'étais contente que notre appartement fût dans l'aile est ; je pouvais me pencher à la fenêtre et regarder la roseraie. Il m'arrivait de ne pas dormir, en effet, et, me levant doucement de mon lit dans la nuit tranquille, j'allais à la fenêtre et m'accoudais sur la balustrade dans l'air très paisible et très silencieux.

Je n'entendais pas la mer agitée et comme je ne l'entendais pas, mes pensées elles aussi se faisaient paisibles. Elles ne m'entraînaient pas dans ce sentier abrupt à travers bois vers la crique grise et la maisonnette abandonnée. Je ne voulais pas penser à la maisonnette. Je ne me la rappelais que trop souvent dans la journée. Son souvenir m'assaillait chaque fois que, de la terrasse, j'apercevais la mer. Je revoyais alors les taches bleues sur la porcelaine, les toiles d'araignées au mât des petits bateaux et les trous faits par les rats sur le divan. Je me rappelais le piétinement de la pluie sur le toit. Et je pensais aussi à Ben avec ses yeux délavés, son sourire rusé d'idiot. Ces choses me troublaient. Je voulais les oublier mais j'aurais aussi voulu savoir pourquoi elles me troublaient, pourquoi elles me rendaient malheureuse. Tout au fond de ma conscience, il y avait un petit grain de curiosité craintive, furtive, qui — j'avais beau le nier — se développait lentement, et je connaissais tous les doutes et les tourments de l'enfant à qui l'on a dit : « On ne parle pas de ces choses, c'est défendu. »

Je ne pouvais oublier le regard égaré de Maxim dans le sentier et je ne pouvais oublier ses paroles : « Oh ! Dieu, quel idiot j'ai été de revenir ! » Tout cela était ma faute, je n'aurais pas dû descendre dans la crique. J'avais rouvert un chemin vers le passé. Maxim était de nouveau lui-même, certes, et nous vivions de concert, dormant, mangeant, nous promenant, écrivant des lettres, descendant au village en voiture, mais je savais qu'il y avait entre nous une barrière depuis ce jour-là.

Il suivait son chemin de l'autre côté de cette barrière qui me séparait de lui. Et je vivais dans la crainte qu'un mot inconsidéré, un détour imprévu dans une conversation ramenât de nouveau cette expression dans ses yeux. Je me mis à redouter toute allusion à la mort, craignant que de la mer on en arrivât à parler bateaux, accidents, noyades... Frank Crawley lui-même, un jour qu'il déjeunait avec nous, me donna un petit accès de frayeur en parlant des régates du port de Kerrith, à trois milles de là. Je baissai le nez dans mon assiette, une pointe dans le cœur, mais Maxim continuait à parler le plus naturellement du monde, tandis que je me taisais, inondée de sueur, me demandant ce qui allait arriver et où la conversation s'arrêterait.

J'avais tort évidemment, j'étais stupide, déséquilibrée. Mais je n'y pouvais rien. Ma timidité, ma gaucherie empiraient aussi, et me terrassaient lorsqu'on venait nous voir. Car on vint nous voir, il m'en souvient, pendant les premières semaines, et la réception de ces voisins de campagne, les poignées de main échangées, l'écoulement de ces demi-heures de visites officielles m'étaient plus pénibles encore que je n'avais imaginé, à cause de cette nouvelle crainte que j'avais de voir la conversation effleurer les sujets interdits. L'angoisse de ce bruit de roues dans l'allée, de cette sonnette, ma fuite vers ma chambre, le nuage de poudre jeté d'une main tremblante sur mon nez, le peigne passé en hâte dans mes cheveux, puis l'inévitable coup frappé à ma porte et les cartes présentées sur un plateau d'argent.

« C'est bien, je descends. »

Le claquement de mes talons dans l'escalier et à travers le hall, la porte ouverte sur la bibliothèque ou, pire encore, sur ce long salon froid et sans vie, et la femme inconnue qui m'attendait. Parfois même il y en avait deux, ou bien un couple : mari et femme.

« Comment allez-vous ? Que je regrette ! Maxim est au jardin. Frith va essayer de le trouver.

— Nous avons tenu à présenter nos hommages à la jeune épouse. »

Un petit rire, un petit flot de bavardages, un silence, un regard autour de la pièce.

« Manderley est toujours aussi ravissant. Vous vous y plaisez ?

— Oh ! naturellement... »

Et dans ma timidité, mon désir de plaire, des phrases d'écolière m'échappaient de nouveau, de ces mots que je n'employais jamais, sauf dans les circonstances de ce genre : « C'est formidable » et « C'est épatant » et « Je vous crois ».

Mon soulagement à l'entrée de Maxim était gâté par la crainte d'une indiscrétion et je redevenais muette, un sourire stéréotypé sur mes lèvres, mes mains sur mes genoux. Les visiteurs s'adressaient alors à Maxim, parlaient de gens et de lieux que je ne connaissais pas ; de temps à autre, je sentais leur regard s'arrêter sur moi, hésitant, perplexe.

Je les imaginais sur le chemin du retour, se disant : « Quelle personne ennuyeuse, ma chère ! C'est à peine si elle ouvre la bouche », puis la phrase que j'avais entendue pour la première fois des lèvres de Béatrice et qui ne cessait de me hanter depuis, une phrase que je lisais dans tous les yeux, sur toutes les bouches : « Comme elle est différente de Rebecca ! »

Je glanais parfois des bribes d'information qui venaient s'ajouter à ma provision secrète. Un mot prononcé au hasard, une question, une phrase en passant. Et si Maxim n'était pas là, cette phrase me faisait une espèce de plaisir clandestin, me donnait l'impression d'une science coupable acquise en cachette.

Je rendais les visites, car Maxim était strict en ces matières et ne m'épargnait pas ; lorsqu'il ne pouvait pas m'accompagner, je devais braver seule l'épreuve. « Recevrez-vous beaucoup à Manderley ? » me demandait-on, et je répondais : « Je ne sais pas. Maxim n'en a guère parlé jusqu'à présent. — Oui, évidemment, c'est encore un peu tôt. La maison était littéralement pleine autrefois. » C'est la femme du pasteur de la cathédrale d'une petite ville voisine qui me dit : « Pensez-vous que votre mari ait l'intention de reprendre la tradition des bals costumés à Manderley ? Quel beau spectacle ! Je ne l'oublierai jamais »

Je dus sourire comme si j'étais au courant et dire :

« Nous n'avons encore rien décidé. Il y a eu tant de choses à faire, à organiser.

— Je m'en doute. Mais j'espère qu'il n'y renoncera pas. Il faudra user de votre influence. Il n'y en a pas eu l'année dernière, évidemment. Mais je me rappelle celui d'il y a deux ans où nous étions, le pasteur et moi ; c'était un enchantement. Manderley se prête tellement bien à ce genre de choses. Le hall était une splendeur. C'est là qu'on dansait et l'orchestre était dans la galerie. Une grosse affaire à organiser, mais tout le monde en était ravi.

— Oui, dis-je. Oui, il faudra que je demande à Maxim. »

Je songeais au classeur étiqueté sur le bureau du petit salon, je me représentais les piles de cartes d'invitation, la longue liste de noms, les enveloppes, et je voyais une femme assise à ce bureau, marquant d'une croix les noms élus, trempant sa plume dans l'encre et écrivant les adresses d'une main rapide et sûre de cette longue écriture penchée.

« Il y a eu aussi une garden-party où nous avons été invités un été, dit la femme du pasteur. Tout était toujours absolument magnifique. Un temps radieux, je me rappelle. Le thé par petites tables dans la roseraie, c'était une idée si charmante et originale. Oh ! elle était très intelligente... »

Elle s'arrêta, rosit un peu, craignant d'avoir manqué de tact, mais je renchéris aussitôt pour la tirer d'embarras et je m'entendis dire avec hardiesse, avec chaleur :

« Rebecca devait être une personne remarquable. »

Je ne comprenais pas comment j'avais pu enfin prononcer ce nom. J'attendis, me demandant ce qui allait se passer. J'avais prononcé ce nom. J'avais prononcé tout haut le nom de Rebecca. C'était un extraordinaire soulagement. J'avais l'impression de m'être purgée d'une souffrance intolérable. Rebecca. J'avais dit cela tout haut.

Je ne sais si la femme du pasteur vit la rougeur couvrir mon visage, mais elle continua tout doucement la conversation, et je l'écoutai avidement.

« Vous ne l'avez pas connue ? » demanda-t-elle, et comme je secouais la tête, elle hésita un instant, pas très sûre de son terrain. « Oh ! nous n'avions pas de relations très personnelles avec elle, vous savez, le pasteur n'est installé ici que depuis quatre ans, mais naturellement elle s'occupait de nous quand nous venions au bal ou à la garden-party. Nous y avons aussi dîné, un hiver. Oui, c'était une charmante créature. Si vivante !

— Il paraît qu'elle était douée pour tout, dis-je d'une voix suffisamment détachée tout en jouant avec la manchette de mon gant. C'est assez rare de rencontrer une personne qui soit à la fois belle, intelligente et sportive.

— C'est vrai, dit la femme du pasteur. Elle était sûrement très douée. Je la revois debout au pied de l'escalier, la nuit du bal, recevant les invités ; ce nuage de cheveux sombres contre sa peau très blanche... et son costume lui allait si bien. Oui, elle était très belle.

— Et c'est elle qui dirigeait entièrement la maison », dis-je en souriant, comme pour dire : « Je suis tout à fait à mon aise. J'ai l'habitude de parler d'elle », et je continuai : « Cela devait lui coûter beaucoup de temps et de peine. J'avoue que j'abandonne tout cela à la femme de charge.

— On ne peut pas tout faire, n'est-ce pas ? Et puis vous êtes très jeune. Avec le temps sûrement, quand vous serez installée... D'ailleurs vous avez vos occupations. On m'a dit que vous dessiniez.

— Oh ! fis-je, cela n'est pas grand-chose.

— C'est un très joli petit talent, dit la femme du pasteur. N'en est pas capable qui veut. Manderley doit être plein de jolis coins à dessiner.

— Oui, oui, sûrement », dis-je, déprimée par ce qu'elle venait de dire et me voyant soudain en train de traverser les pelouses, un pliant et une boîte de crayons sous un bras et mon « petit talent », comme elle disait, sous l'autre. Cela ressemblait à une légère maladie.

« Vous ne faites pas de sport, le cheval, la chasse ? me demanda-t-elle.

— Non, dis-je. Je n'aime pas cela. J'adore marcher, ajoutai-je comme une lamentable revanche.

— C'est le meilleur exercice, déclara-t-elle avec énergie, le pasteur et moi marchons beaucoup. »

Je me demandais s'il faisait le tour de la cathédrale avec son chapeau haut de forme et ses guêtres, donnant le bras à son épouse. Elle se mit à me parler de vacances dans les Pennines, il y avait plusieurs années de cela, où ils faisaient quinze kilomètres par jour en moyenne, et je hochai la tête en souriant poliment, sans savoir ce que c'était que les Pennines, me représentant cela un peu comme les Andes, jusqu'au moment où je me rappelai que c'était cette chaîne de collines marquée en brun au milieu de l'Angleterre rose de ma géographie. Et lui toujours en chapeau haut de forme...

L'inévitable silence, le regard à ma montre, superflu car la pendule de son salon sonnait quatre heures d'un timbre aigu. Je me levai : « Je suis si contente de vous avoir trouvée. J'espère que vous viendrez nous voir.

— Ce serait avec le plus grand plaisir... Mais le pasteur est toujours tellement occupé, hélas ! Rappelez-moi au souvenir de votre mari et n'oubliez pas de lui demander de reprendre les bals costumés. »

Et je répondis : « Oui, oui, sûrement », mentant, feignant d'être au courant, et, dans le coin de l'auto qui me ramenait, je mangeais l'ongle de mon pouce et voyais le grand hall de Manderley plein de gens costumés, j'imaginais le brouhaha, les bavardages, les rires de la foule animée, l'orchestre dans la galerie, le souper dans le salon, sans doute, avec de longues tables de buffet contre les murs, et je me représentais Maxim debout au pied de l'escalier, riant, serrant des mains, se tournant vers quelqu'un à son côté, quelqu'un de grand et de mince, avec des cheveux sombres, avait dit la femme du pasteur, des cheveux sombres encadrant un visage très blanc, quelqu'un dont les yeux avisés prenaient soin du confort de ses invités, qui donnait un ordre par-dessus l'épaule à un domestique, quelqu'un qui n'était jamais gauche, jamais sans grâce, et qui, en dansant, laissait dans l'air un sillage de parfum comme une azalée blanche.

« Recevrez-vous beaucoup à Manderley, madame de Winter ? »

J'entendais de nouveau la voix insinuante, presque indiscrète de cette femme à qui j'avais été rendre visite de l'autre côté de Kerrith, et je voyais son œil soupçonneux qui m'examinait, inventoriant mes vêtements des pieds à la tête, se demandant, avec ce rapide regard dont on enveloppe toutes les jeunes épouses, si j'attendais un bébé.

Je ne ferai plus de visites de ce genre, décidai-je. Je le dirai à Maxim. Tant pis si on me trouvait impolie. Cela serait un aliment de plus pour la critique. On pourrait dire que j'étais mal élevée. « Cela ne

m'étonne pas, dirait-on, après tout, d'où sort-elle ? »
Puis un rire et un haussement d'épaules : « Comment,
ma chère, vous ne savez donc pas ? Il l'a ramassée à
Monte-Carlo ou je ne sais où. Elle n'avait pas le sou.
Elle était demoiselle de compagnie d'une vieille
dame. » Nouveaux rires, regards surpris. « Ce n'est
pas possible ! Ah ! les hommes sont extraordinaires.
Et Maxim, Maxim qui était si difficile ! Comment
a-t-il pu, après Rebecca ? »

Tant pis. Ça m'était bien égal. On en dirait ce qu'on
voudrait. Comme la voiture passait devant la loge, je
me penchai pour sourire à la gardienne. Je ne pense
pas qu'elle savait qui j'étais.

A l'un des détours de l'allée, j'aperçus devant nous
un homme qui la montait à pied. C'était l'agent Frank
Crawley. Il s'arrêta en entendant l'auto, et le chauffeur
ralentit. Frank Crawley ôta son chapeau et me sourit.
Il avait l'air content de me voir. Je lui souris aussi.
C'était gentil à lui d'être content de me voir. J'aimais
bien Frank Crawley. Je ne le trouvais ni terne ni
ennuyeux, malgré l'opinion de Béatrice ; peut-être
était-ce parce que j'étais terne moi-même. Nous
étions ternes tous les deux. Nous n'avions jamais rien
à dire, ni l'un ni l'autre.

Je tapai à la vitre et dis au chauffeur de s'arrêter.

« Je vais monter à pied avec M. Crawley. »

Il m'ouvrit la porte :

« Vous avez fait des visites ? me demanda-t-il.

— Oui, Frank », répondis-je.

Je l'appelais Frank pour faire comme Maxim, mais
lui m'appelait toujours madame. Il était comme ça.
Nous aurions été jetés ensemble sur une île déserte et
y aurions vécu côte à côte tout le reste de notre existence qu'il aurait continué à dire madame.

« Je viens de chez le pasteur, dis-je, il était sorti
mais sa femme était là. Elle et lui adorent marcher. Ils
font quelquefois quinze kilomètres par jour dans les
Pennines.

— Je ne connais pas cette région, dit Frank
Crawley. Il paraît que c'est très joli. J'avais un oncle
qui habitait par là.

— La femme du pasteur voulait savoir si nous donnerions un bal costumé à Manderley, dis-je en l'observant du coin de l'œil. Elle est venue au dernier et s'est beaucoup amusée. Je ne savais pas qu'on donnait des bals costumés ici, Frank. »

Il hésita un instant avant de répondre. Il avait l'air un peu gêné.

« Si, si, dit-il enfin. Le bal de Manderley était une attraction annuelle. Tout le comté venait, et beaucoup de gens de Londres aussi. C'était une grande fête.

— Cela devait être compliqué à organiser.

— Oui, dit-il.

— Rebecca devait s'occuper elle-même de tout », fis-je d'un air détaché.

Je regardais l'allée droit devant moi, mais je vis qu'il tournait son visage vers moi comme pour déchiffrer mon expression.

« Nous nous en occupions tous beaucoup », dit-il.

Il y avait une étrange réserve dans la manière dont il dit cela, une certaine timidité qui me rappelait la mienne. Je me demandai tout à coup s'il n'avait pas été amoureux de Rebecca.

« Je crains de n'être pas d'une grande aide, si nous donnons un bal, repris-je. Je suis incapable d'organiser quoi que ce soit.

— Vous n'aurez rien à faire, dit-il. On ne vous demandera que d'être vous-même et d'ajouter par votre présence à l'éclat de la fête.

— C'est très gentil à vous, Frank, dis-je. Mais je crains de ne pas savoir faire cela non plus.

— Vous ferez cela très bien », dit-il.

Cher Frank Crawley, si plein de tact et d'attentions. Je le croyais presque. Mais, au fond, je n'étais pas dupe.

« Est-ce que vous allez demander à Maxim, pour le bal ? dis-je.

— Pourquoi ne pas le lui demander vous-même ?

— Non, fis-je, non, je ne veux pas. »

Nous nous tûmes. Nous continuions à cheminer dans l'allée. Maintenant que j'avais vaincu ma répugnance à prononcer le nom de Rebecca, d'abord devant la femme du pasteur, puis maintenant avec

Frank Crawley, le désir de continuer me poussait. J'y goûtais une étrange satisfaction, cela agissait sur moi comme un stimulant. Je savais que dans une minute ou deux, je devrais le répéter.

« J'étais sur la plage l'autre jour, dis-je, celle du brise-lames. Jasper était furieux, il aboyait contre ce pauvre aux yeux d'idiot.

— Vous devez parler de Ben, dit Frank d'une voix redevenue naturelle. Il traîne toujours par là. C'est un très brave type, vous n'avez pas à avoir peur de lui. Il ne ferait pas de mal à une mouche.

— Oh ! je n'ai pas eu peur », dis-je, puis je m'interrompis un instant, fredonnant un petit air pour me donner confiance. « Je crains que la maisonnette finisse par tomber en ruine, repris-je sur un ton léger. J'y suis entrée chercher une ficelle pour attacher Jasper. La porcelaine s'abîme et les livres aussi. Pourquoi ne fait-on rien pour empêcher ça ? C'est vraiment dommage. »

Je savais qu'il ne me répondrait pas tout de suite. Il se baissa pour rattacher son soulier.

J'affectais d'examiner une feuille dans les buissons.

« Je pense que si Maxim voulait faire arranger quelque chose là-bas, il me le dirait, fit-il, toujours courbé sur son soulier.

— Toutes ces choses appartenaient à Rebecca ? demandai-je.

— Oui », fit-il.

Je jetai la feuille et en cueillis une autre que je tournai entre mes doigts.

« Que faisait-elle de cette maisonnette ? demandai-je, elle m'a paru tout installée. J'avais cru, de l'extérieur, que ce n'était qu'un hangar à bateau.

— C'était un hangar à bateau à l'origine », dit-il d'une voix de nouveau tendue, difficile, la voix de quelqu'un qui n'est pas à l'aise dans son sujet. « Et puis, elle l'a transformé, y a fait venir des meubles et de la porcelaine. »

Je trouvai bizarre la façon dont il disait : « elle ». Il ne disait pas Rebecca, ni Mme de Winter, comme je m'y étais attendue.

« Elle y venait souvent ? dis-je.

— Oui, fit-il, souvent. Pour des pique-niques au clair de lune et... des choses comme ça. »

Nous avions repris notre marche, moi fredonnant toujours mon petit air.

« Des pique-niques au clair de lune, que ce doit être amusant ! fis-je avec chaleur. Y alliez-vous ?

— Une ou deux fois », dit-il, et je feignis de ne pas remarquer sa répugnance à me répondre.

« Qu'est-ce que c'est que cette bouée qui est dans le petit port ? repris-je.

— Le bateau y était amarré.

— Quel bateau ?

— Son bateau. »

Un étrange élan me poussait. Il me fallait continuer à l'interroger. Je savais qu'il n'avait pas envie de parler de ces choses, mais, j'avais beau le plaindre et m'indigner de mon audace, je devais continuer, je ne pouvais me taire.

« Qu'est devenu le bateau ? demandai-je. Est-ce que c'est celui avec lequel elle s'est noyée ?

— Oui. Il a chaviré et sombré. Elle a été jetée par-dessus bord.

— Quel genre de bateau était-ce ?

— Environ trois tonnes, avec une petite cabine.

— Qu'est-ce qui l'a fait chavirer ? demandai-je encore.

— Il peut faire très gros temps dans la baie. »

Je songeai à cette mer verte, tachée d'écume, que je voyais de la terrasse. Je me demandais si le vent s'y était levé tout à coup, faisant pencher le petit bateau tremblant, la voile blanche coupée sur une mer déchirée.

« Est-ce qu'on ne pouvait pas aller à son secours ?

— Personne n'a vu l'accident, personne ne savait qu'elle était en mer. »

J'eus soin de ne pas le regarder. Il aurait pu lire la surprise sur mon visage. J'avais toujours cru que cela s'était passé au cours de régates, qu'il y avait là d'autres bateaux, des bateaux de Kerrith, et des gens regardant du haut des falaises. Je ne savais pas qu'elle était seule, toute seule dans la baie.

« On devait le savoir à la maison..., dis-je.

— Non. Elle partait souvent toute seule comme ça. Elle rentrait à n'importe quelle heure de la nuit et couchait dans la maisonnette de la plage.

— Elle n'avait pas peur ?

— Peur ? fit-il. Non, elle n'avait peur de rien.

— Est-ce que... est-ce que ça ne faisait rien à Maxim qu'elle parte toute seule comme ça ? »

Il se tut un instant, puis :

« Je ne sais pas », dit-il brièvement, et j'eus l'impression de sa loyauté envers quelqu'un. Envers Maxim ou Rebecca ou peut-être envers lui-même. C'était étrange. Je ne savais qu'en penser.

« Elle a dû se noyer en essayant de gagner la rive à la nage après que le bateau eut chaviré ? demandai-je.

— Oui », fit-il.

Je voyais le petit bateau vaciller et sombrer dans un tourbillon de vent. Il devait faire très sombre dans la baie. La rive avait paru lointaine à la nageuse.

« Combien de temps après l'a-t-on retrouvée ?

— Environ deux mois. »

Deux mois. Je croyais qu'on retrouvait les noyés au bout de deux jours. Je croyais que la marée les ramenait sur la grève.

« Où l'a-t-on trouvée ? demandai-je encore.

— Près d'Edgecoombe, à une quarantaine de milles d'ici. »

J'avais passé des vacances à Edgecoombe quand j'avais sept ans. C'était grand, il y avait une jetée et des ânes. Je m'étais promenée à âne sur la plage.

« Comment a-t-on su que c'était elle au bout de si longtemps ? »

Je me demandais pourquoi il se taisait avant chaque phrase comme s'il pesait ses mots. L'avait-il aimée ? Cela le touchait-il tellement ?

« Maxim est allé à Edgecoombe pour l'identifier », dit-il.

Et soudain je n'eus plus envie de l'interroger. Je me sentais lasse, lasse et dégoûtée de moi. Je me faisais l'effet de ces curieux qui se pressent dans l'espoir de voir la victime d'un accident. Je m'en voulais. Mes questions étaient dégradantes, basses. Frank Crawley devait me mépriser.

« Que cette allée est longue, dis-je. Elle me rappelle toujours le sentier de la forêt dans un conte de Grimm, vous savez, celui où le prince se perd. Elle est toujours plus longue qu'on ne croit, et les arbres sont si sombres et si touffus.

— Oui, c'est assez rare », dit-il.

Je sentais à son ton qu'il était toujours sur ses gardes, redoutant de nouvelles questions. Il y avait entre nous une gêne qu'on ne pouvait feindre d'ignorer. Il me fallait la dissiper, quitte à me couvrir de honte.

« Frank, dis-je avec désespoir. Je sais ce que vous pensez. Vous ne pouvez pas comprendre pourquoi je viens de vous poser toutes ces questions. Vous me trouvez ignoble, et d'une curiosité morbide. Ce n'est pas cela, je vous le jure. C'est seulement que... que je me sens quelquefois dans une telle infériorité... Tout me paraît très nouveau ici, cette vie à Manderley, ce n'est pas celle pour laquelle j'avais été élevée. Quand je fais des visites, comme cet après-midi, je sais que les gens m'examinent et se demandent comment je vais m'en tirer. Je suis sûre qu'ils disent : " Qu'est-ce que Maxim peut bien lui trouver ? " Et alors, Frank, moi aussi je me le demande, et je me mets à douter de moi, et je suis obsédée par l'affreuse pensée que je n'aurais jamais dû épouser Maxim, que nous ne serons pas heureux. Vous comprenez, chaque fois que je rencontre un être nouveau, je sais qu'il pense la même chose que les autres : " Comme elle est différente de Rebecca. "

Je me tus, essoufflée, un peu honteuse de m'être tant livrée, et sentant qu'à présent en tout cas j'avais à jamais brûlé mes vaisseaux. Il se tourna vers moi, il avait l'air soucieux et troublé.

« Il ne faut pas penser cela, madame, dit-il. Pour ma part, je ne peux vous dire à quel point je suis heureux que vous ayez épousé Maxim. Sa vie en sera changée du tout au tout. Je suis sûr que vous allez y réussir merveilleusement. A mon avis, c'est... c'est très rafraîchissant et charmant de rencontrer quelqu'un comme vous qui n'est pas complètement... (il rougit en cherchant un mot), pas entièrement, dirai-je, au courant de Manderley. Et si les gens du voisinage vous donnent l'impression qu'ils vous critiquent, eh bien, eh bien, ils ne manquent pas d'audace, voilà tout. Je n'ai jamais entendu un mot de critique sur vous, et si j'en entendais un, je ferais en sorte qu'il ne se renouvelle pas.

— C'est vraiment très gentil à vous, Frank, dis-je, et cela me rassure énormément. Il faut dire que je suis idiote avec les gens. Je n'en ai jamais vu beaucoup et à chaque visite je me dis comment... comment ce devait être à Manderley autrefois, quand il y avait là quelqu'un qui était né et avait été élevé pour cela, et qui faisait tout sans effort. Et je m'aperçois tous les jours de ce qui me manque : l'assurance, la grâce, la beauté, l'intelligence, l'esprit. Toutes les qualités enfin qui comptent le plus dans une femme... et qu'elle avait. Il n'y a rien à faire, Frank, rien. »

Il ne répondit pas. Il continuait à avoir l'air malheureux. Il sortit son mouchoir et se moucha.

« Il ne faut pas dire cela, fit-il.

— Pourquoi ? Est-ce que cela n'est pas vrai ?

— Vous avez des qualités qui comptent autant et même beaucoup plus. Je suis peut-être bien hardi de vous parler ainsi, je ne vous connais pas encore beaucoup. Je suis un célibataire, je ne connais pas très bien les femmes, je mène ici, à Manderley, une vie très calme, comme vous savez, mais je crois bien que la bonté et la sincérité d'une femme valent mieux pour son mari que tout l'esprit et toute la beauté du monde. »

Il paraissait très agité et se moucha pour la seconde fois. Je me demandais pourquoi il prenait cela si à cœur. Je n'avais pas dit grand-chose, en somme ; je lui avais seulement avoué mon manque de confiance en moi comparée à Rebecca. Mais elle devait avoir ces qualités qu'il me présentait comme mon bien. Elle devait être sincère et bonne pour avoir eu tant d'amis, avoir été partout si sympathique... Pauvre Frank. Et Béatrice qui le trouvait terne et lui reprochait de n'avoir jamais rien à dire.

« Je suis sûr..., commença-t-il, puis il hésita. Je suis sûr que Maxim serait très ennuyé, très désolé s'il connaissait votre pensée. Je ne crois pas qu'il en ait la moindre idée.

— Vous ne lui raconterez pas ? dis-je vivement.

— Non, naturellement, pour qui me prenez-vous ? Mais écoutez, madame, je connais assez bien Maxim et je l'ai vu dans divers... états d'âme. S'il savait que vous vous faites du souci à cause, enfin, à cause du passé, cela le désolerait plus que n'importe quoi. Ça je vous le jure. Il est très bien, il a très bonne mine, mais Mme Lacy avait raison l'autre jour quand elle disait que l'année dernière il était près de sombrer dans la neurasthénie, bien que ç'ait été un manque de tact de le dire devant lui. C'est en cela que vous lui faites tant de bien. Vous êtes fraîche et jeune, et... et raisonnable, vous n'avez rien de commun avec tout ce qui s'est passé. Oubliez tout ça, madame, oubliez tout ça, comme lui, Dieu merci, comme nous tous. Aucun de nous n'a envie de revivre ce passé. Maxim moins que tout autre. Et c'est à vous, comprenez-le, de nous en détacher. Il ne faut pas nous y ramener. »

Il avait évidemment raison. Cher bon Frank, mon ami, mon allié. J'avais été égoïste et trop sensible, en proie à mon complexe d'infériorité.

« Je me sens plus heureuse, dis-je, bien plus heureuse. Et vous serez mon ami, quoi qu'il arrive, n'est-ce pas, Frank ?

— Oui, bien sûr », répondit-il.

Nous arrivions au bout de l'allée sombre et débouchions dans la lumière. Les rhododendrons nous entouraient, leur temps serait bientôt passé. Ils avaient déjà un petit air de trop épanoui, presque flétri. Le mois prochain, les pétales tomberaient un à un de leurs grands visages, et les jardiniers viendraient les enlever. Leur beauté passe vite.

« Frank, dis-je. Avant d'en finir pour toujours sur ce sujet, voulez-vous me promettre de me répondre très sincèrement ? »

Il me regarda d'un air un peu soupçonneux.

« Ce n'est pas très juste, me dit-il. Vous pouvez me demander une chose à laquelle il me serait impossible de répondre.

— Non, dis-je, ce n'est pas une question de ce genre

que je veux vous poser. Ça n'a rien d'intime ni de personnel.

— Bien, je ferai de mon mieux. »

Nous tournions avec l'allée et Manderley fut devant nous, serein et paisible au creux de ses pelouses, me surprenant comme toujours par sa parfaite symétrie, sa grâce, sa grande simplicité.

Le soleil faisait scintiller les petits carreaux des fenêtres et il y avait un doux éclat roux sur les murs de pierre tapissés de lichen. Une mince colonne de fumée montait en ondulant de la cheminée de la bibliothèque. Je mordis l'ongle de mon pouce en regardant Frank du coin de l'œil.

« Dites-moi, demandai-je d'une voix indifférente, dites-moi, est-ce que Rebecca était très belle ? »

Frank attendit un instant. Je ne voyais pas son visage. Il regardait loin de moi, vers la maison.

« Oui, dit-il doucement, oui, je crois que c'est la plus belle créature que j'aie jamais vue. »

Nous montâmes les marches du perron, entrâmes dans le hall et je sonnai pour le thé.

CHAPITRE XI

Je ne voyais pas beaucoup Mrs. Danvers. Elle me téléphonait chaque matin dans le petit salon et me soumettait les menus pour la forme, mais nos relations s'arrêtaient là. Elle m'avait engagé une femme de chambre, Clarice, une gentille fille tranquille et bien élevée qui, Dieu merci, n'avait encore jamais été en service et n'avait pas de principes intimidants. Je crois que c'était la seule personne de la maison qui eût peur de moi.

Pour elle, j'étais la maîtresse, j'étais Mme de Winter. Les commérages possibles des autres ne pouvaient la toucher. Bien que née sur le domaine, elle en était restée éloignée pendant un certain temps, ayant été élevée chez une tante à une douzaine de kilomètres de Manderley, où elle était en somme aussi nouvelle que moi. J'étais très à mon aise avec elle. Cela m'était égal de lui dire :

« Clarice, voulez-vous repriser mes bas ? »

Alice, la fille de service, prenait des airs supérieurs. Je l'avais vue une fois, une de mes chemises sur le bras, examinant le tissu ordinaire et le petit bord de dentelle. Je n'oublierai jamais son expression. Elle avait l'air presque choqué, comme si on avait porté offense à son prestige personnel. Je n'avais jamais, auparavant, attaché la moindre importance à mon linge. Il me suffisait qu'il fût propre et je ne faisais pas attention au tissu ou à la dentelle. On lisait des descriptions de trousseaux de jeunes mariées, où les pièces de lingerie allaient par douzaines, mais cela ne m'intéressait guère. Le visage d'Alice fut une leçon pour moi. Je me dépêchai d'écrire à un magasin de Londres pour demander un catalogue de linge. Au moment où mon choix fut fixé, Alice n'était plus à mon service, c'était Clarice qui la remplaçait. Cela me parut un tel gaspillage d'acheter du linge neuf à cause de Clarice, que je mis le catalogue dans un tiroir et n'envoyai jamais ma commande.

Mrs. Danvers s'était montrée fort avisée en engageant Clarice. Elle devait trouver que nous allions bien ensemble. Maintenant que je connaissais la raison de l'antipathie de Mrs. Danvers, les choses me paraissaient plus faciles. Je savais que ce n'était pas moi personnellement qu'elle détestait, mais ce que je représentais. Elle aurait éprouvé le même ressentiment envers quiconque eût pris la place de Rebecca. C'est du moins ce que j'avais conclu des propos de Béatrice, le jour où elle était venue déjeuner :

« Vous ne savez pas, avait-elle dit. Elle avait une adoration pour Rebecca. Voilà. »

Ces mots m'avaient choquée sur le moment. Je ne m'y attendais pas. Mais en y réfléchissant, je me mis à avoir moins peur de Mrs. Danvers. Je la plaignais, j'imaginais ce qu'elle pouvait éprouver. Elle devait souffrir chaque fois qu'elle m'entendait appelée « Mme de Winter » ; chaque matin, quand elle me téléphonait et que je répondais : « Allô », elle devait penser à une autre voix. Quand, en traversant une pièce, elle découvrait des traces de mon passage, un béret sur le bord d'une fenêtre, un sac à ouvrage dans un fauteuil, elle devait penser à celle à qui ces objets auraient appartenu autrefois. J'y pensais bien, moi, et je n'avais pas connu Rebecca. Mrs. Danvers connaissait sa démarche, sa voix. Mrs. Danvers connaissait la couleur de ses yeux, son sourire, la qualité de ses cheveux. Pas moi, je ne m'étais jamais renseignée là-dessus ; pourtant, parfois il me semblait que Rebecca était aussi réelle pour moi que pour Mrs. Danvers.

Frank m'avait dit d'oublier le passé et certes je le désirais. Mais Frank n'était pas obligé de passer ses matinées comme moi dans le petit salon, à regarder les flambeaux, la cheminée, le vase de fleurs, en pensant chaque jour que ces objets appartenaient à celle qui les avait choisis, et qu'ils n'étaient pas à moi le moins du monde. Frank n'était pas obligé de s'asseoir à sa place dans la salle à manger. Il ne jetait pas sur ses épaules un manteau qui lui avait appartenu et n'y trouvait pas son mouchoir dans la poche. Il ne remarquait pas comme moi chaque jour le regard vitreux de la vieille chienne qui levait la tête en entendant mon pas, un pas de femme, dans la bibliothèque, et, ayant flairé l'air, laissait retomber la tête parce que je n'étais pas celle qu'elle attendait.

Petites choses sans importance en elles-mêmes, mais c'est moi qui les voyais, les entendais, les sentais. Je n'y tenais pas, grand Dieu, à songer à Rebecca ! Je voulais être heureuse, rendre Maxim heureux. Il n'y avait pas d'autre désir dans mon cœur. Ce n'est pas ma faute si elle s'imposait à mes pensées, à mes rêves ; ce n'était pas ma faute si je me faisais l'effet d'une étrangère dans Manderley, ma maison. J'étais comme une invitée attendant le retour de la maîtresse du logis. De petites phrases, de petits reproches venaient à chaque heure du jour me la rappeler.

« Frith, dis-je, entrant dans la bibliothèque un matin d'été, les bras chargés de lilas blanc. Frith, où vais-je trouver un vase ? Ceux-ci sont trop petits.

— Il y a le vase d'albâtre blanc du salon, madame.

— Oh ! on pourrait le casser, ce serait dommage.

« — Mme de Winter prenait toujours le vase d'albâtre blanc pour le lilas, madame.

— Ah ! bien. »

Et tandis que je disposais les branches de lilas une à une dans le vase d'albâtre et que le chaud parfum mauve remplissait la pièce, mêlé à l'odeur de la pelouse fraîchement tondue venant par la fenêtre ouverte, je songeais : « Rebecca faisait ainsi. Elle prenait les branches de lilas une à une et les disposait dans ce vase blanc. C'est le vase de Rebecca. C'est le lilas de Rebecca... »

Béatrice s'était rappelé sa promesse de m'envoyer un cadeau de noce. Un grand paquet arriva un matin, si grand que Robert avait presque peine à le porter. J'étais dans le petit salon où je venais de lire les menus de la journée. J'ai toujours adoré les paquets, comme une enfant. J'arrachai la ficelle et déchirai le papier brun. Cela ressemblait à des livres. Mais oui, c'étaient des livres. Une *Histoire de la Peinture* en quatre gros volumes, accompagnés d'une feuille de papier disant : « *J'espère que vous aimez ce genre de choses* » et signée : « *Affectueusement. Béatrice.* »

Je la voyais entrant dans le magasin de Wigmore Street et regardant autour d'elle de sa manière brusque et presque masculine : « Je voudrais des livres pour quelqu'un qui s'intéresse beaucoup à l'art », avait-elle dit, et le vendeur lui avait répondu : « Bien, madame, si vous voulez venir par ici. » Elle avait dû feuilleter les volumes d'un air un peu soupçonneux : « Oui, c'est à peu près le prix que je voulais mettre. C'est pour un cadeau de noce. Je veux quelque chose de bien. Tout ça est sur l'art ?

— Oui, c'est le meilleur ouvrage sur ce sujet », avait répondu l'employé, et Béatrice avait écrit son petit mot, tendu son chèque et donné l'adresse : « Mme de Winter, à Manderley. »

C'était gentil de la part de Béatrice. Il y avait quelque chose de sincère et d'émouvant dans le fait qu'elle fût entrée dans une librairie de Londres m'acheter ces livres parce qu'elle savait que j'adorais la peinture. Elle devait m'imaginer, assise devant une table par un jour de pluie, regardant solennellement les illustrations, et peut-être même prenant une feuille de papier à dessin et une boîte de couleurs pour copier une de ces images. Chère Béatrice. J'eus une soudaine et stupide envie de pleurer. Je rassemblai les lourds volumes, cherchant dans le petit salon une place où les ranger. Ils n'allaient pas avec cet ameublement délicat et fragile. Tant pis, c'était ma pièce à moi, après tout. Je les disposai debout en rang sur le bureau. Je m'écartai légèrement pour juger de l'effet. Peut-être mon mouvement fut-il un peu brusque, ce qui les ébranla. Toujours est-il que le premier bascula, et les autres s'abattirent sur lui, renversant un petit Eros de porcelaine, seul ornement du bureau avec les bougeoirs. Il tomba par terre, cognant le bord de la corbeille à papier et se brisant en menus morceaux. Je jetai un rapide regard vers la porte comme une enfant coupable. Je m'agenouillai par terre et rassemblai les morceaux dans ma main. Je pris une enveloppe, où je les glissai. Je cachai l'enveloppe au fond d'un des tiroirs du bureau. Puis j'emportai les livres dans la bibliothèque, où je leur trouvai une place sur les rayons.

Maxim rit lorsque je les lui exhibai fièrement.

« Chère vieille Béa, dit-il. Tu as dû joliment lui plaire. Elle n'ouvre jamais un livre.

— Est-ce qu'elle t'a dit quelque chose de... enfin sur ce qu'elle pense de moi ? demandai-je.

— Le jour où elle est venue déjeuner ? Non, rien.

— Je pensais qu'elle t'avait peut-être écrit.

— Béatrice et moi ne nous écrivons jamais, à moins d'un événement capital. »

J'en conclus que je n'étais pas un événement capital. Mais Béatrice avait pris la peine d'aller à Londres et d'acheter des livres pour moi. Elle ne l'aurait pas fait si je lui avais déplu.

Ce fut le lendemain, je me rappelle, que Frith, ayant servi le café après déjeuner dans la bibliothèque, s'attarda un moment et dit :

« Je voudrais parler à monsieur. »

Maxim leva les yeux de dessus son journal.

« Bien, Frith, qu'y a-t-il ? » dit-il, un peu surpris.

Frith avait un air rigide et solennel, les lèvres serrées. Je pensai tout de suite que sa femme était morte.

« C'est à propos de Robert, monsieur. Il y a un petit désaccord entre Mrs. Danvers et lui. Robert est dans tous ses états.

— Seigneur ! » dit Maxim en me faisant une grimace d'intelligence, et je me penchai pour caresser Jasper afin de me donner une contenance, comme toujours dans les moments embarrassants.

« Voilà, monsieur. Il paraît que Mrs. Danvers a accusé Robert d'avoir ôté un bibelot précieux du petit salon. C'est le travail de Robert d'apporter les fleurs fraîches et de mettre les vases en place. Quand Mrs. Danvers est entrée ce matin dans le petit salon que Robert venait de quitter, elle a remarqué qu'un des bibelots manquait. Elle dit qu'il était encore là hier matin. Elle a accusé Robert d'avoir pris le bibelot ou de l'avoir cassé. Robert a nié très énergiquement l'un et l'autre, et est venu se plaindre à moi ; il en pleurait presque, monsieur.

— Eh bien, c'est sans doute quelqu'un d'autre qui l'a fait. Une des filles de service.

— Non, monsieur, Mrs. Danvers est entrée dans la pièce avant qu'on ait fait le ménage. Personne n'y était entré, depuis madame, hier, et Robert de bonne heure avec les fleurs. C'est très désagréable pour Robert et pour moi, monsieur.

— Naturellement. Dites à Mrs. Danvers de venir me parler et nous irons au fond de la question. De quel bibelot s'agit-il au juste ?

— L'Eros de porcelaine, monsieur, qui était sur le bureau.

— Oh ! oh ! mais c'est un de nos trésors ! Il faudra qu'il se retrouve. Allez me chercher Mrs. Danvers.

— Bien, monsieur. »

Frith quitta la pièce et nous nous retrouvâmes seuls.

« Quel ennui, dit Maxim, cette statuette vaut un prix fou. Et j'ai horreur des disputes de domestiques. Je me demande pourquoi ils sont venus m'en parler, à moi. C'est ton métier, ma chérie. »

Je laissai Jasper et levai vers Maxim un visage en feu.

« Chéri, dis-je, je voulais t'en parler plus tôt, mais... mais j'ai oublié. C'est moi qui ai cassé l'Eros quand j'étais dans le petit salon, hier.

— Tu l'as cassé ? Mais pourquoi diable ne l'as-tu pas dit tout à l'heure, quand Frith était là ?

— Je ne sais pas. Cela m'ennuyait. J'avais peur qu'il me trouve idiote.

— Il va te trouver beaucoup plus idiote maintenant. Il va falloir que tu le lui expliques à lui et à Mrs. Danvers.

— Oh ! non, Maxim, je t'en prie. Dis-leur, toi. Laisse-moi m'en aller.

— Ne fais pas la petite cruche. On dirait que tu as peur d'eux.

— Mais j'ai peur d'eux. Enfin, pas peur, mais... »

La porte s'ouvrit et Frith fit entrer Mrs. Danvers. Je regardai Maxim, très énervée. Il haussa les épaules, mi-amusé, mi-mécontent.

« Il y a erreur, Mrs. Danvers. C'est madame qui a cassé la statuette et oublié d'en parler », dit Maxim.

Tout le monde me regarda. J'étais consciente de ma rougeur.

« Je regrette, dis-je en regardant Mrs. Danvers. Je ne pensais pas que cela pourrait causer des ennuis à Robert.

— La statuette est-elle réparable, madame ? » dit Mrs. Danvers.

Elle ne semblait pas surprise d'apprendre que j'étais la coupable. Je sentis qu'elle l'avait toujours su et qu'elle n'avait accusé Robert que pour voir si j'aurais le courage d'avouer.

« Je crains que non, dis-je, elle est en miettes.

— Qu'as-tu fait des morceaux ? » me demanda Maxim.

J'avais l'impression d'être une prisonnière faisant sa déposition. Comme mon action me paraissait lâche et mesquine !

« Je les ai mis dans une enveloppe, dis-je.

— Bien, et qu'as-tu fait de l'enveloppe ? » continua

Maxim en allumant une cigarette, sur un ton où l'amusement et l'exaspération se mêlaient.

« Je l'ai mise au fond d'un tiroir du bureau, dis-je.

— On croirait que madame pensait que vous alliez la mettre en prison, Mrs. Danvers, dit Maxim. Vous chercherez cette enveloppe et vous enverrez les fragments de la statuette à Londres. S'il n'y a pas moyen de la réparer, eh bien, tant pis. Ça va, Frith. Dites à Robert de sécher ses larmes. »

Mrs. Danvers s'attarda après le départ de Frith.

« Je ferai des excuses à Robert, naturellement, dit-elle, mais il faut dire que les apparences étaient contre lui. Il ne m'est pas venu à l'idée que c'était madame qui avait cassé le bibelot. Si cela se renouvelait, madame voudrait peut-être bien me le dire ? Cela éviterait des ennuis à tout le monde.

— Evidemment, fit Maxim avec impatience. Je me demande pourquoi elle ne l'a pas fait hier. J'allais le lui dire quand vous êtes entrée.

— Peut-être madame ne savait-elle pas que c'était un objet si précieux, dit Mrs. Danvers en tournant ses yeux vers moi.

— Si, dis-je lamentablement, si, je pensais bien que ce devait être précieux. C'est pour cela que j'ai ramassé si soigneusement les morceaux.

— C'est bien dommage, dit Mrs. Danvers. Je crois bien que c'est la première fois qu'on casse quelque chose dans le petit salon. Nous faisons toujours tellement attention. Du vivant de Mme de Winter, nous essuyions ensemble les bibelots de prix, elle et moi.

Bah ! on n'y peut rien », dit Maxim.

Elle sortit et je m'assis sur le rebord de la fenêtre, regardant au-dehors. Maxim reprit son journal. Nous ne parlions pas.

« Je suis vraiment désolée, chéri, dis-je au bout d'un moment. C'était si maladroit de ma part. Je ne sais pas comment c'est arrivé. J'arrangeais les livres sur le bureau pour voir comment ils feraient, et l'Eros a glissé.

— N'y pense plus, ma petite enfant. Quelle importance cela a-t-il ?

— Ça a de l'importance. J'aurais dû faire attention. Mrs. Danvers doit être furieuse après moi.

— Pourquoi diable ? Ce bibelot n'était pas à elle.

— Non, mais elle est si fière de toutes ces choses. C'est affreux de penser qu'on n'avait jamais rien cassé là. Il fallait que ce fût moi.

— Il vaut mieux que ce soit toi que ce pauvre Robert.

— J'aurais préféré que ce fût Robert. Mrs. Danvers ne me pardonnera jamais.

— Zut pour Mrs. Danvers. Ce n'est pas le bon Dieu, non ? Je ne te comprends pas. Que veux-tu dire quand tu dis que tu as peur d'elle ?

— Pas peur exactement. Je ne la vois pas tant. Ce n'est pas cela. Je ne peux pas t'expliquer.

— Tu fais des choses extraordinaires, dit Maxim, tu n'avais qu'à l'appeler tout simplement après avoir cassé la statuette et à lui dire : « Voici, Mrs. Danvers, voulez-vous faire réparer cela ? » Elle aurait compris. Au lieu de cela, tu ramasses les morceaux dans une enveloppe et les caches au fond d'un tiroir, comme une nouvelle bonne.

— Je suis comme une nouvelle bonne, dis-je lentement, je sais, par beaucoup de côtés. C'est pour cela que je m'entends si bien avec Clarice. Nous sommes sur le même pied. Et c'est pour cela qu'elle m'aime bien. J'ai été voir sa mère l'autre jour. Et tu ne sais pas ce qu'elle m'a dit ? Je lui demandais si elle croyait que Clarice était heureuse ici ; alors elle m'a répondu : « Oh ! oui, madame, Clarice est très heureuse, elle me dit toujours : tu comprends, maman, ce n'est pas comme si j'étais avec une vraie dame, c'est comme si j'étais avec quelqu'un comme nous. » Tu crois que c'était un compliment de sa part ?

— Dieu sait, dit Maxim. Mais si je pense à la mère de Clarice, je serais plutôt tenté de prendre ça comme une injure. Sa maisonnette est un taudis qui sent les choux. Elle avait des tas d'enfants et elle traînait dans son petit bout de jardin, pieds nus, avec un bas sur la tête. Nous lui avions presque donné congé. Je me demande d'où Clarice tient son petit air propret.

— Elle a été élevée par une tante, dis-je, assez

humiliée. Je sais que ma jupe de flanelle a une tache devant, mais je ne me suis jamais promenée pieds nus avec un bas sur la tête. C'est peut-être pour ça quand même que je préfère aller voir la mère de Clarice que des gens comme la femme du pasteur. La femme du pasteur ne m'a jamais dit que j'étais quelqu'un comme elle.

— Si tu avais cette jupe sale pour lui rendre visite, ça n'a rien d'étonnant.

— Bien sûr que je n'avais pas ma vieille jupe, j'avais mis une robe, dis-je, et d'ailleurs je n'ai pas une bien haute opinion des gens qui jugent les autres sur leur toilette.

— Je ne crois pas que la femme du pasteur se soucie beaucoup de toilette, dit Maxim, mais elle a dû être assez étonnée si tu es restée assise sur le bord de ta chaise en disant « Oui » et « Non », à la manière de quelqu'un qui vient se présenter pour une place, comme l'unique fois où nous avons fait une visite ensemble.

— Ce n'est pas ma faute si je suis timide.

— Je sais, chérie. Mais tu ne fais aucun effort pour te corriger.

— C'est très injuste, dis-je, j'essaie chaque jour, chaque fois que je sors ou que je rencontre quelqu'un de nouveau. Je fais des efforts tout le temps. Tu ne comprends pas. Pour toi, ça va tout seul, tu es habitué à ce genre de choses. Moi, je n'ai pas été élevée pour ça.

— Bah ! fit Maxim, ce n'est pas une question d'éducation. C'est une affaire de patience. Tu ne te figures pas que ça m'amuse de faire des visites, non ? Ça m'ennuie affreusement. Mais il faut ce qu'il faut.

— Il ne s'agit pas d'ennui, dis-je. Ça n'a rien d'effrayant de s'ennuyer. Si cela ne faisait que m'ennuyer, ce serait bien différent. Je déteste que les gens me regardent sur toutes les coutures, comme une vache de concours.

— Qui te regarde comme ça ?

— Tous les gens d'ici. Tout le monde.

— Et quand ce serait, qu'est-ce que ça peut bien te faire ? Cela les distrait.

— Pourquoi est-ce à moi de subvenir à leur distraction et de subir toutes leurs critiques ?

— Parce que la vie à Manderley est la seule chose à laquelle les gens de ce pays s'intéressent.

— Alors, ils n'ont pas de chance avec moi », dis-je et je continuai : « Je pense que c'est pour cela que tu m'as épousée. Tu savais que j'étais terne, tranquille et inexpérimentée et qu'il n'y aurait pas de commérages à propos de moi. »

Maxim jeta son journal par terre et se leva de son fauteuil.

« Qu'est-ce que tu veux dire ? » s'écria-t-il.

Son visage était sombre et étrange et sa voix rauque n'était pas sa voix habituelle.

« Je... je ne sais pas, dis-je en m'adossant à la fenêtre. Je ne veux rien dire du tout. Pourquoi fais-tu cette tête ?

— Qu'est-ce que tu sais des commérages d'ici ?

— Rien, dis-je, effrayée par la façon dont il me regardait. J'ai dit ça pour dire quelque chose. Ne me regarde pas comme ça, Maxim. Qu'est-ce que j'ai dit ? Qu'est-ce qu'il y a ?

— Qui est-ce qui t'a parlé ? dit-il lentement.

— Personne, personne, je te jure.

— Pourquoi as-tu dit ce que tu as dit ?

— Mais je t'ai répondu, je ne sais pas. Cela m'est passé par la tête. J'étais fâchée, en colère. J'ai horreur de faire des visites, ce n'est pas ma faute. Et tu m'as reproché ma timidité. J'ai dit ça sans y penser, c'est vrai, Maxim, il faut me croire.

— Ce n'était pas très malin.

— Non, dis-je, non, c'était idiot et méchant. »

Il me regardait rêveusement, les mains dans ses poches, se balançant d'arrière en avant sur ses talons.

« Je me demande si j'ai été très égoïste de t'épouser », dit-il. Il parlait lentement, pensivement.

Je me sentis froid, j'avais un peu mal au cœur.

« Comment l'entends-tu ? fis-je.

— Je ne suis guère ton compagnon, qu'en penses-tu ? dit-il. Il y a trop d'années entre nous. Tu aurais dû attendre et épouser un garçon de ton âge. Pas quelqu'un comme moi, avec la moitié de sa vie derrière lui.

— C'est ridicule, fis-je vivement, tu sais que l'âge n'a aucune importance dans le mariage. Bien sûr que nous sommes des compagnons.

— Tu crois ? Je n'en sais rien », dit-il.

Je m'agenouillai sur le rebord de la fenêtre et mis mon bras autour de ses épaules.

« Pourquoi me dis-tu ces choses ? fis-je. Tu sais que je t'aime plus que tout au monde. Tu es mon père et mon frère et mon fils. Tout ça.

— C'est ma faute, dit-il sans m'écouter. Je t'ai précipitée là-dedans. Je ne t'ai même pas laissé le temps de réfléchir.

— Je n'avais pas besoin de réfléchir, il n'y avait pas d'autre choix. Tu ne comprends pas, Maxim. Quand on aime quelqu'un...

— Es-tu heureuse ici ? dit-il en regardant loin de moi, par la fenêtre. Parfois, je me le demande. Tu as maigri, perdu tes couleurs.

— Bien sûr que je suis heureuse, dis-je. J'aime Manderley, j'aime le jardin, j'aime tout. Ça m'est égal de faire des visites. Je te disais ça pour t'ennuyer. J'irai voir des gens tous les jours, si tu veux. Pas une seconde je n'ai regretté de t'avoir épousé, tu le sais sûrement ? »

Il me caressa la joue, avec son air terriblement distrait, se pencha et m'embrassa sur la tête.

« Pauvre chou, tu n'as pas beaucoup de distractions. J'ai peur d'être très difficile à vivre.

— Pas du tout, fis-je avec ardeur, tu es facile, très facile, beaucoup plus facile que je ne pensais. Je pensais que ce devait être terrible d'être mariée, qu'on pouvait avoir un mari qui boive, ou dise des gros mots, ou grogne quand ses toasts sont mous au petit déjeuner et soit très peu appétissant, peut-être même qui sente mauvais. Toi, tu n'es pas du tout comme ça.

— J'espère que non, Dieu merci », fit Maxim, et il sourit.

Encouragée par ce sourire, je souris aussi, pris ses mains et les baisai.

« Que tu es bête de dire que nous ne sommes pas

des compagnons, fis-je. Regarde comme nous nous tenons ici, tous les soirs, toi avec un journal ou un livre, moi avec mon tricot. Comme un vieux ménage marié depuis très, très longtemps. Bien sûr que nous sommes des compagnons. Bien sûr que nous sommes heureux. Tu parles comme si tu croyais que nous avons fait une erreur ? Tu ne le crois pas, n'est-ce pas, Maxim ? Tu sais que notre mariage est réussi, merveilleusement réussi ?

— Puisque tu le dis, tout va bien, dit-il.

— Non, mais tu le penses aussi, chéri ? Il n'y a pas que moi ? Nous sommes heureux, n'est-ce-pas ? Extraordinairement heureux ? »

Il ne répondit pas. Il continuait à regarder par la fenêtre tandis que je lui tenais les mains. J'avais la gorge sèche et serrée, les yeux brûlants. Oh ! Dieu, pensais-je, on dirait deux personnages dans une pièce de théâtre ; dans un moment, le rideau va tomber, nous saluerons le public et rentrerons dans nos loges. Ça ne peut pas être un vrai moment de notre vie, à Maxim et à moi. Je m'assis sur le rebord de la fenêtre et lâchai ses mains. Je m'entendis parler d'une voix dure et froide.

« Si tu ne penses pas que nous sommes heureux, il vaudrait mieux le dire. Je ne veux pas que tu te forces à quoi que ce soit. J'aimerais mieux m'en aller, ne plus vivre avec toi. »

Cela ne se passait pas réellement, bien sûr. C'était la femme de la pièce qui parlait, et non pas moi, à Maxim. J'imaginais le genre de fille qui tiendrait ce rôle, grande et mince, assez nerveuse.

« Dis, pourquoi ne réponds-tu pas ? »

Il prit mon visage dans ses mains et me regarda, comme quand Frith était arrivé avec le thé, le jour où nous avions été sur la plage.

« Comment te répondre ? dit-il. Je ne sais pas moi-même la réponse. Puisque tu dis que nous sommes heureux, n'y pensons plus. Moi, je n'en sais rien. Je m'en remets à toi. Nous sommes heureux, tant mieux. C'est entendu ! »

Il m'embrassa encore et se mit à marcher à travers

la pièce. Je restai assise près de la fenêtre, raide, les mains sur mes genoux.

« Tu dis tout cela parce que je t'ai déçu, fis-je. Je suis gauche, je m'habille mal, les gens m'intimident. Je t'avais prévenu à Monte-Carlo que ce serait comme ça. Tu trouves que je ne suis pas à ma place à Manderley.

— Ne dis pas de bêtises. Je n'ai jamais dit que tu t'habillais mal ni que tu étais gauche. C'est ton imagination. Quant à ta timidité, ça passera, je te l'ai déjà dit.

— C'est un cercle vicieux, dis-je. Nous voilà revenus à notre point de départ. Toute cette discussion a commencé parce que j'ai cassé l'Eros du petit salon. Si je ne l'avais pas cassé, rien de tout ça ne serait arrivé. Nous aurions pris notre café et serions sortis dans le jardin.

— Oh ! j'en ai assez de cet Eros infernal ! dit Maxim avec lassitude.

— Etait-il très précieux ?

— Dieu le sait. Je crois que oui. Je t'assure que j'ai oublié.

— Est-ce que tous les objets du petit salon sont précieux ?

— Oui, je le crois.

— Pourquoi est-ce qu'on a mis tous les objets les plus précieux dans le petit salon ?

— Je ne sais pas, parce qu'ils faisaient bien là, probablement.

— Est-ce qu'ils y ont toujours été ? Du temps de ta mère aussi ?

— Non, je ne pense pas. Ils étaient dispersés dans toute la maison. Je me rappelle que les chaises étaient dans un cabinet de débarras.

— Quand est-ce qu'on a installé le petit salon tel qu'il est ?

— Au moment de mon mariage.

— Est-ce que l'Eros était aussi dans un cabinet de débarras ?

— Non, je ne crois pas. Je crois même que c'était un cadeau de noce. Rebecca s'y connaissait très bien en porcelaines. »

Je ne le regardais pas. Je me mis à me polir les ongles. Il avait prononcé le nom très naturellement, très tranquillement, sans effort. Au bout d'une minute, je le regardai rapidement. Il était debout, devant la cheminée, les mains dans les poches, regardant devant lui. Il pense à Rebecca, me dis-je. Il pense que c'est étrange qu'un cadeau de noce à moi ait démoli un cadeau de noce de Rebecca. Il pense à l'Eros. Il se rappelle qui l'avait donné à Rebecca. Il se rappelle l'arrivée du paquet et combien elle en avait été contente. Rebecca s'y connaissait très bien en porcelaines. Peut-être était-il entré dans la pièce où elle était agenouillée par terre, défaisant le petit nid de sciure où l'Eros était empaqueté. Elle avait dû lever les yeux vers lui en souriant : « Regarde, Max, ce qu'on nous envoie. » Il s'était agenouillé par terre à côté d'elle et ils avaient regardé ensemble l'Eros dressé sur un pied, son arc à la main.

Je continuais à polir mes ongles ; ils étaient rugueux comme ceux d'un écolier. Les petites peaux recouvraient la lunule. Celui du pouce était rongé très loin. Maxim était toujours debout devant la cheminée.

« A quoi penses-tu ? » dis-je.

Ma voix était froide et posée, pas comme mon cœur, qui battait très fort, et pas comme mon esprit, amer et aigri. Il alluma une cigarette, la vingt-cinquième au moins de la journée, et nous venions seulement de finir de déjeuner ; il jeta l'allumette dans l'âtre vide, ramassa un journal.

« A pas grand-chose. Pourquoi ? répondit-il.

— Oh ! je ne sais pas. Tu avais l'air si sérieux, si lointain. »

Il sifflota distraitement, la cigarette aux doigts.

« J'étais en train de me demander si l'équipe de rugby du Surrey jouerait contre celle du Middlesex », dit-il.

Il se rassit dans son fauteuil et replia le journal. Je regardai par la fenêtre. Jasper vint à moi et grimpa sur mes genoux.

CHAPITRE XII

Vers la fin de juin, Maxim dut aller à Londres pour un dîner officiel. Un dîner d'hommes. Il partit pour deux jours, me laissant seule et très inquiète. En voyant l'auto disparaître au tournant de l'allée, j'eus l'impression d'une séparation définitive, je croyais ne le revoir jamais. Il aurait sûrement un accident et, dans l'après-midi, en rentrant de promenade, je trouverais Frith qui m'attendrait, tout pâle. Le docteur d'un hôpital aurait téléphoné. « Ayez du courage », me dirait-il.

Puis Frank viendrait et nous irions ensemble à l'hôpital. Maxim ne me reconnaîtrait pas. J'imaginais tout cela en déjeunant. Je voyais les gens du pays rassemblés au cimetière pour l'enterrement, et moi appuyée au bras de Frank. Tout cela me paraissait si réel que je ne pus presque rien manger, et je tendais l'oreille pour entendre le téléphone.

Après le déjeuner, j'allai m'installer sous le marronnier avec un livre, mais je ne pouvais pas lire. Quand je vis Robert traverser la pelouse, je sentis un malaise physique.

« Madame, on a téléphoné du club pour dire que M. de Winter est arrivé il y a dix minutes. »

Je fermai mon livre.

« Merci, Robert. Comme il a fait vite !

— Oui, madame. C'est une belle course.

— Il n'a pas demandé à me parler ? Il n'a rien dit de particulier ?

— Non, madame. Seulement qu'il était bien arrivé. C'est le portier qui téléphonait.

— Parfait, Robert. Je vous remercie. »

Le soulagement était immense. Je n'avais plus mal au cœur. C'était comme le débarquement après la traversée de la Manche. J'avais grand-faim maintenant, et quand Robert eut regagné la maison, je me glissai dans la salle à manger par la porte-fenêtre et chipai des biscuits dans le buffet. J'en pris six, et une pomme aussi, que j'allai manger dans les bois pour n'être pas vue des domestiques et qu'ils n'aillent pas dire à la cuisinière que madame n'aimait pas sa cuisine puisqu'elle se bourrait de fruits et de biscuits après n'avoir rien mangé à table. La cuisinière serait vexée et irait peut-être se plaindre à Mrs. Danvers.

Maintenant que Maxim était bien arrivé à Londres, et que j'avais mangé mes biscuits, je me sentais en pleine euphorie. J'avais une singulière impression de liberté, de vacances. Je n'avais rien éprouvé de pareil depuis que j'étais à Manderley. J'essuyai les miettes de biscuits restées sur mes lèvres et appelai Jasper.

Nous nous en allâmes à travers la Vallée Heureuse. Les azalées étaient passées à présent, leurs pétales brunis et desséchés jonchant la mousse. Je m'étendis dans l'herbe haute, près des jacinthes, les mains sous la nuque, et Jasper à mon côté. Il y avait des pigeons quelque part dans les arbres. Tout était paisible et calme. Je me demandais pourquoi les paysages sont tellement plus beaux quand on y est seul. Que tout serait bête et banal si une amie était assise près de moi en ce moment, une camarade de classe qui me dirait :
« A propos, j'ai rencontré cette vieille Hilda, l'autre jour. Tu te rappelles Hilda qui jouait si bien au tennis. Elle est mariée et elle a deux enfants. » Et les jacinthes passeraient inaperçues et nous n'entendrions pas les pigeons. Je ne désirais personne près de moi. Pas même Maxim. Si Maxim était là, je ne serais pas étendue comme cela, à mâchonner un brin d'herbe, les yeux fermés. Je l'observerais, j'observerais ses yeux, son expression. Je me demanderais s'il est content, s'il s'ennuie. Je me demanderais à quoi il pense. Maintenant, je pouvais me reposer, rien de tout cela ne me préoccupait. Maxim était à Londres, que c'était charmant d'être de nouveau seule ! Non, ce n'est pas ce que je voulais dire. Maxim était ma vie et mon univers. Je me levai de parmi les jacinthes, et appelai Jasper. Nous descendîmes ensemble vers la plage. La marée était basse, la mer calme et lointaine. Elle ressemblait à un grand lac paisible au fond de la baie. Je ne pouvais pas l'imaginer démontée à présent, pas plus que je ne pouvais me représenter l'hiver en été. Il n'y avait pas de vent, et le soleil brillait sur les petites

flaques au creux des rochers où Jasper s'élança aussitôt, une oreille relevée, avec un air voyou.

« Pas par là, Jasper. »

Il ne m'obéit naturellement pas. « Quel ennui ! » dis-je tout haut, et je grimpai sur le rocher à sa poursuite en faisant semblant de ne pas vouloir aller sur l'autre plage. « Tant pis, songeai-je, il le faut bien. Après tout, Maxim n'est pas là et ça ne me regarde pas. »

La crique avait un tout autre aspect à marée basse. Il n'y avait pas plus de trois pieds d'eau dans le petit port. La bouée était toujours là. Elle était peinte en vert et blanc. Je ne l'avais pas remarqué l'autre fois. Sans doute les couleurs se confondaient-elles sous la pluie. Il n'y avait personne sur la plage. Je grimpai sur le mur bas de la petite jetée. Jasper courait devant moi avec un air d'habitué. Il y avait un anneau dans le petit mur et une échelle de fer. C'est probablement là qu'on attachait le bateau et on embarquait en descendant l'échelle. La bouée était juste en face, à trente pieds de là environ. Il y avait quelque chose d'écrit dessus. Je me tordis le cou pour déchiffrer ce que c'était : « *Je reviens.* » Quel drôle de nom pour un bateau. Et bien mal adapté à ce bateau-là qui ne reviendrait jamais.

Jasper flairait l'échelle de fer.

« Allons, viens ! dis-je. Je n'ai pas envie de courir après toi ! »

Je remontai la jetée vers la plage, la maisonnette à la lisière du bois n'avait plus l'air aussi sinistre. Le soleil changeait tout. Je m'y dirigeai lentement. Après tout, ce n'était qu'une maisonnette inhabitée. Il n'y avait pas de quoi avoir peur. N'importe quel logis est humide et sinistre après un certain temps d'abandon. Même les villas neuves. On avait donné des pique-niques au clair de lune ici. Pendant les vacances, les invités venaient sans doute se baigner sur cette plage, puis ils s'en allaient faire une petite promenade en mer. Je contemplai le jardin envahi par les orties. Quelqu'un devrait bien venir nettoyer cela. Un des jardiniers. Je poussai la petite grille et allai à la porte de la maisonnette. Elle n'était pas complètement fermée. J'étais sûre d'avoir tourné le bouton la dernière fois. Jasper se mit à grogner en flairant sous la porte.

Je la poussai. Il faisait très sombre à l'intérieur. Comme l'autre jour. Rien n'était changé. Les toiles d'araignées se mêlaient toujours aux cordages des modèles de bateaux en miniature. Mais la porte qui menait au hangar était ouverte cette fois. Jasper grogna dans cette direction et j'entendis quelque chose qui tombait. Jasper se mit à aboyer furieusement et se précipita entre mes jambes, vers le hangar. Je le suivis le cœur battant, puis m'arrêtai au milieu de la chambre. « Ici, Jasper ! Ne fais pas l'idiot », dis-je. Il était sur le seuil du hangar, aboyant, hors de lui. Je le rejoignis lentement.

« Il y a quelqu'un ? » dis-je.

Pas de réponse. Je me penchai vers Jasper en le tenant par le collier et regardai derrière la porte. Quelqu'un était assis contre le mur dans le coin, quelqu'un qui, à en juger par son attitude recroquevillée, avait encore plus peur que moi. C'était Ben. Il essayait de se dissimuler derrière une des voiles.

« Qu'est-ce qu'il y a ? Qu'est-ce que vous voulez ? » demandai-je.

Il me regarda stupidement, la bouche entrouverte.

« Je f'sais rien, dit-il.

— Tais-toi, Jasper », fis-je. Je mis ma main sur son museau et, retirant ma ceinture, la passai dans son collier en guise de laisse.

« Qu'est-ce que vous voulez, Ben ? dis-je, un peu enhardie. Vous feriez mieux de sortir d'ici. M. de Winter n'aime pas qu'on entre ici comme cela. »

Il se leva avec un sourire timide en s'essuyant le nez du dos de sa main. Son autre main était derrière son dos.

« Qu'est-ce que vous avez là, Ben ? » lui demandai-je.

Docile comme un enfant, il me montra sa main. Elle tenait une ligne de pêche.

« Je f'sais rien, répéta-t-il.

— Cette ligne est à vous ?

— Hé ? fit-il.

— Ecoutez, Ben, dis-je. Gardez cette ligne si vous

en avez envie, mais ne recommencez pas. Ce n'est pas honnête de prendre ce qui appartient aux autres. »

Il ne répondit pas.

« Allons, venez », repris-je d'une voix ferme, et je passai dans la pièce principale où il me suivit. Jasper n'aboyait plus, il reniflait les talons de Ben. Je n'avais aucune envie de m'attarder dans la maisonnette. Je sortis rapidement dans le soleil, Ben traînant les pieds derrière moi. Puis je fermai la porte.

« Vous feriez mieux de rentrer chez vous », dis-je à Ben.

Il tenait la ligne serrée dans sa main comme un trésor.

« V's allez pas me mettre à l'asile ? » dit-il.

Je vis alors qu'il frémissait de peur. Ses mains tremblaient et ses yeux me suppliaient.

« Bien sûr que non, répondis-je doucement.

— J'ai rien fait, répéta-t-il, j'ai rien dit à personne. Je veux pas aller à l'asile. »

Une larme coula sur sa figure sale.

« Personne ne vous y enverra, Ben. Mais il ne faut plus retourner dans la maisonnette.

— Là, là, dit-il, j'ai quelque chose pour vous. »

Il souriait stupidement en me faisant signe du doigt. Je le suivis. Il se pencha, retira une pierre plate dans les roches. Cette pierre cachait un petit tas de coquillages. Il en choisit un et me le tendit.

« C'est pour vous, dit-il.

— Merci, fis-je, il est très joli. »

Il sourit de nouveau en se frottant l'oreille. Sa peur était envolée.

« Vous avez des yeux d'ange », dit-il.

Je regardais le coquillage, un peu abasourdie, ne sachant que dire.

« Vous êtes pas comme l'autre, fit-il.

— De qui parlez-vous ? Quelle autre ? »

Il secoua la tête. Ses yeux étaient redevenus fuyants. Il mit son doigt contre son nez.

« Grande et noire, elle était, dit-il. Comme un serpent. Je l'ai vue ici de mes yeux. La nuit, qu'elle venait. Je l'ai vue. (Il s'arrêta, me regarda intensément. Je ne dis rien.) J'ai regardé à l'intérieur une fois et elle s'est mise en colère. " Tu me connais pas, qu'elle m'a dit, tu m'as jamais vue ici. Et si je te prends à me regarder par la fenêtre, je te ferai mettre à l'asile, qu'elle m'a dit. Ça te plairait pas, hein, l'asile ? On est méchant avec les gens à l'asile qu'elle a dit. — Je dirai rien, madame, que j'ai répondu... " Elle est partie maintenant, n'est-ce pas ?

— Je ne sais pas ce que vous voulez dire, fis-je lentement. Personne ne vous enverra à l'asile. Au revoir, Ben. »

Je m'éloignai dans la direction du sentier en traînant Jasper. Pauvre type, il était toqué, évidemment. Il ne savait pas ce qu'il disait. Il était bien peu vraisemblable que qui que ce fût l'eût menacé de l'asile. Maxim avait dit qu'il était tout à fait inoffensif, Frank aussi. Peut-être en avait-on parlé dans sa propre famille, et le souvenir s'en était-il gravé en lui comme une vilaine image dans un esprit d'enfant. Il devait avoir une mentalité d'enfant en ce qui concernait ses sympathies et ses antipathies, également. On lui plaisait sans raison et il était gentil avec vous, un jour, quitte peut-être à vous bouder le lendemain. Il avait été gentil avec moi parce que je lui avais dit de garder la ligne de pêche. Demain, si je le rencontrais, il ne me reconnaîtrait peut-être même pas. C'était absurde d'ajouter de l'importance aux paroles d'un idiot. Je regardai vers la crique par-dessus mon épaule. La marée commençait à monter et roulait doucement autour de la jetée. Ben avait disparu dans les rochers. La plage était de nouveau déserte. J'apercevais la cheminée de pierre de la maisonnette dans l'écartement des arbres sombres. J'eus soudain un désir irraisonné de fuite. Je tirai sur la ceinture qui servait de laisse à Jasper et montai, en courant à m'essouffler, l'abrupt et étroit sentier des bois sans plus regarder en arrière. On m'aurait offert tous les trésors du monde que je n'aurais pas pu revenir sur mes pas et retourner à la maisonnette ou sur la plage. C'était comme si quelqu'un m'eût attendue là dans le petit jardin où poussaient des orties, quelqu'un qui guettait, l'oreille tendue.

Je fus contente de déboucher sur la pelouse et de

voir la maison solide et assurée. Les bois étaient derrière moi. J'allais demander à Robert de me servir le thé sous le marronnier. Je regardai ma montre, il était plus tôt que je ne pensais, à peine quatre heures. J'attendrais un peu. Ce n'était pas dans les habitudes de Manderley de prendre le thé avant la demie. J'étais contente que Frith eût congé. Robert ne ferait pas tant de cérémonie pour servir le thé dans le jardin. Comme je traversais la pelouse pour gagner la terrasse, mon regard fut attiré par un éclat de lumière sur une surface métallique brillant à travers la verdure des rhododendrons au détour de l'allée. J'abritai mes yeux de ma main pour voir ce que c'était. On aurait dit le radiateur d'une voiture. Quelque visiteur était-il arrivé ? Mais, dans ce cas, l'auto serait devant la maison et non pas cachée parmi les buissons. Je m'approchai. Oui, c'était bien une voiture. Je voyais les ailes et le capot. Quelle drôle de chose ! Les visiteurs ne laissaient jamais leurs voitures là. Et les fournisseurs entraient par derrière, du côté des anciennes écuries et du garage. Ce n'était pas la petite auto de Frank. Je la connaissais bien. Cette voiture-là était longue et basse, un modèle de sport. Je ne savais que faire. Si c'était une visite, Robert avait dû l'introduire dans la bibliothèque ou le salon. Si c'était dans le salon, on pourrait me voir traverser la pelouse. Je ne voulais pas affronter des visiteurs dans la tenue où j'étais. Il faudrait que je leur demande de prendre le thé avec moi. J'hésitais au bord de la pelouse. Sans raison, peut-être parce que le soleil scintilla un instant sur une vitre, je levai la tête vers la maison et je remarquai alors avec surprise que les volets d'une des pièces de l'aile ouest étaient ouverts. Il y avait quelqu'un à la fenêtre. Un homme. Et il dut me voir, car il se retira vivement, et quelqu'un qui se tenait derrière lui avança un bras et ferma les volets.

Ce bras appartenait à Mrs. Danvers. Je reconnus sa manche noire. Peut-être s'agissait-il de quelque réparation à faire dans une des pièces. Mais c'était bizarre, cette façon dont l'homme regardait dehors, et s'était reculé aussitôt qu'il m'avait aperçue, et ces volets vite refermés. Et puis cette voiture rangée derrière les rhododendrons pour qu'on ne pût la voir de la maison. Enfin, c'était l'affaire de Mrs. Danvers. Ça ne me regardait en rien. Si elle avait des amis qu'elle emmenait dans l'aile ouest, je n'avais pas à m'en soucier. Pourtant, je ne savais pas que ce fût jamais arrivé. Bizarre que cela se passât le seul jour où Maxim était absent.

Bah ! ça ne me regardait pas. J'entrai dans le vestiaire et m'y lavai les mains pour éviter de monter. Cela serait gênant de se trouver face à face avec eux dans l'escalier ou n'importe où. Je me rappelai avoir laissé mon tricot dans le petit salon avant le déjeuner et j'allai l'y chercher en traversant le grand salon, le fidèle Jasper sur mes talons. La porte du petit salon était ouverte. Et je remarquai que mon sac à ouvrage avait été déplacé. Je l'avais laissé sur le divan et on l'avait poussé derrière un coussin. Il y avait l'empreinte d'une personne sur le dessus du divan à la place où j'avais laissé mon tricot. Quelqu'un s'y était assis récemment, repoussant mon sac qui le gênait. Le fauteuil du bureau avait été également déplacé. Il semblait que Mrs. Danvers reçût ses visiteurs dans le petit salon quand Maxim et moi n'étions pas là. J'eus une impression assez désagréable. J'aurais préféré ne pas le savoir. Jasper flairait le divan en remuant la queue. En tout cas, il n'était pas hostile au visiteur. Je pris mon sac à ouvrage et sortis. A ce moment, la porte du grand salon menant au couloir de pierre et aux communs s'ouvrit et j'entendis des voix. Je me précipitai de nouveau dans le petit salon, juste à temps. On ne m'avait pas vue. J'attendis derrière la porte, faisant les gros yeux à Jasper resté sur le seuil, qui me regardait, la langue pendante, remuant sa queue. Ce petit démon allait me trahir. Je restai très tranquille, retenant mon souffle.

Puis j'entendis Mrs. Danvers. « Elle doit être dans la bibliothèque, disait-elle. Elle est rentrée de bonne heure, je ne sais pourquoi. Si elle est dans la bibliothèque, vous pourrez traverser le hall sans qu'elle vous voie. Attendez que je me rende compte. »

Je savais qu'ils parlaient de moi. Je me sentais de plus en plus mal à l'aise. C'était tellement clandestin, toute cette histoire ! Et je ne voulais pas surprendre Mrs. Danvers dans son tort. Puis Jasper tourna vivement la tête vers le salon, et s'y dirigea en agitant la queue.

« Tiens, te voilà, petit clebs », dit la voix de l'homme et j'entendis Jasper aboyer très gaiement. Je regardais désespérément autour de moi, à la recherche d'une cachette. En vain, naturellement. Puis j'entendis un pas très proche et l'homme entra dans la pièce. Il ne me vit pas tout de suite, parce que j'étais derrière la porte, mais Jasper s'élança vers moi en continuant ses joyeux aboiements.

L'homme se retourna aussitôt et me découvrit. Je n'avais jamais vu à personne un air aussi stupéfait. J'aurais pu être une cambrioleuse et lui le maître de la maison.

« Je vous demande pardon », dit-il enfin, en me regardant de haut en bas.

C'était un grand garçon très vivant, assez beau à sa manière éclatante et hâlée. Il avait les yeux bleus luisants qu'on associe en général à des idées d'alcool et de débauche. Ses cheveux étaient roux comme sa peau. Il avait tendance à engraisser, et, dans quelques années, sa nuque ferait un bourrelet au-dessus de son col. Sa bouche le dénonçait : elle était trop douce, trop rose. A la distance où je me trouvais, je sentais l'odeur de whisky de son haleine. Il se mit à sourire. Le genre de sourire qu'il devait faire à toutes les femmes.

« J'espère que je ne vous ai pas effrayée », dit-il.

Je sortis de derrière la porte, je me sentais idiote et je devais en avoir l'air.

« Bien sûr que non, répondis-je. J'ai entendu parler, je ne savais pas qui c'était. Je n'attendais pas de visites cet après-midi.

— C'est très mal de ma part, dit-il d'un air cordial, de tomber sur vous comme ça. J'espère que vous voudrez bien me pardonner. J'étais juste passé voir cette vieille Danny, c'est une très ancienne amie à moi.

— Mais c'est tout naturel, dis-je, c'est très bien.

— Chère vieille Danny. Elle a tellement peur de déranger. Elle ne voulait pas vous ennuyer.

— Oh ! mais ça ne fait rien », dis-je.

Je regardais Jasper qui faisait des bonds ravis autour de l'homme.

« Ce petit monstre ne m'a pas oublié, hein ? dit-il. Il est devenu une bien jolie bête. C'était un bébé la dernière fois que je l'ai vu. Mais il est trop gras. Il devrait faire plus d'exercice.

— Je viens de l'emmener promener.

— C'est vrai ? Oh ! mais vous êtes très sportive. »

Il continuait à caresser Jasper et à me sourire familièrement. Puis il sortit son étui à cigarettes.

« Prenez-en une, me dit-il.

— Je ne fume pas, répondis-je.

— C'est vrai ? »

Il prit une cigarette et l'alluma sans demander la permission. Je n'avais jamais fait attention à ces choses-là, mais cela me parut bizarre. C'était sûrement très... mal élevé...

« Comment va ce vieux Max ? »

Son ton m'étonna. Il avait l'air de bien le connaître. C'était drôle d'entendre appeler Maxim Max. Personne ne l'appelait ainsi.

« Il va très bien, je vous remercie, dis-je. Il est allé à Londres.

— En laissant la jeune épouse tout seule ? Mais c'est très mal ! Il n'a pas peur qu'on vous enlève ? »

Il rit en ouvrant la bouche. Son rire ne me plaisait pas. Il avait quelque chose d'insolent. Lui non plus ne me plaisait pas. Là-dessus, Mrs. Danvers entra dans la pièce. Elle tourna les yeux vers moi et je me sentis glacée. Dieu, pensais-je, comme elle doit me détester.

« Alors, Danny, vous voilà, fit l'homme. Toutes vos précautions étaient inutiles. La maîtresse de céans était cachée derrière la porte. »

Il se remit à rire. Mrs. Danvers ne disait rien. Elle continuait à me regarder.

« Eh bien, vous ne me présentez pas ? dit-il, afin que je puisse rendre mes devoirs à la jeune épouse, ainsi qu'il convient.

— Je vous présente M. Favell, madame, dit Mrs. Danvers un peu à contrecœur, à ce qu'il me parut.

— Enchantée », fis-je en m'efforçant d'être polie.

Il avait l'air très amusé et se tourna vers Mrs. Danvers, mais je vis qu'elle lui jetait un regard d'avertissement. Je me sentais très mal à l'aise. Cette situation était fausse, elle n'aurait pas dû exister.

« Et maintenant, il va falloir que je m'en aille, dit-il. Venez voir ma voiture. »

Il parlait toujours sur le même ton familier un peu impertinent. Je n'avais aucune envie d'aller voir sa voiture. J'étais très embarrassée.

« Venez, dit-il. C'est une excellente petite voiture. Plus rapide que toutes celles que ce pauvre vieux Max a jamais pu avoir. »

Je ne trouvais pas de prétexte pour refuser. Tout cela avait quelque chose d'absurde et de forcé. Et pourquoi Mrs. Danvers me regardait-elle avec cette expression écrasante ?

« Où est la voiture ? demandai-je faiblement.

— Derrière le tournant de l'allée. Je l'ai quittée avant la porte de crainte de vous déranger. Je pensais que vous vous reposiez peut-être après le déjeuner... J'ai dû laisser ma casquette dans la voiture, ajouta-t-il en feignant de la chercher du regard à travers le hall. D'ailleurs, je ne suis pas entré par ici. Je me suis glissé par derrière et j'ai surpris Danny dans son repaire. Vous venez aussi voir la voiture ? ajouta-t-il à l'adresse de Mrs. Danvers qui hésita en me regardant du coin de l'œil.

— Non, dit-elle, non, je ne sors pas pour l'instant. Au revoir, monsieur Jack. »

Il lui prit la main qu'il serra cordialement.

« Au revoir, Danny, soignez-vous bien. Vous savez où me joindre. Cela m'a fait un bien énorme de vous revoir. »

Il sortit, se dirigeant vers l'allée, Jasper sur ses talons, et je le suivis lentement, toujours très mal à l'aise.

« Ce bon vieux Manderley, dit-il en regardant vers les fenêtres. Ça n'a pas beaucoup changé. Danny doit y veiller. Quelle femme étonnante, n'est-ce pas ?

— Elle est très capable, dis-je.

— Et comment trouvez-vous tout ça ? Cela vous plaît d'être enterrée ici ?

— J'aime beaucoup Manderley, répondis-je un peu sèchement.

— Vous habitiez le midi de la France, n'est-ce pas, quand Max vous a rencontrée ? Monte-Carlo, je crois ? Je connais bien Monte-Carlo. »

Nous arrivions à la voiture. Une torpédo de sport verte qui allait à son propriétaire.

« Qu'est-ce que vous en dites ? fit-il.

— Très jolie, dis-je poliment.

— Vous m'accompagnez jusqu'à la grille ? demanda-t-il.

— Non, non, excusez-moi. Je suis un peu fatiguée.

— Vous pensez qu'il ne convient pas à la maîtresse de Manderley de se montrer dans la compagnie d'un type comme moi, c'est ça ? dit-il, et il rit en me regardant et en hochant la tête.

— Non, non, fis-je en devenant toute rouge, non vraiment. »

Il continuait à fixer sur moi le regard amusé de ses yeux bleus familiers et déplaisants. J'avais l'impression d'être une fille d'auberge.

« Bah ! fit-il, il ne faut pas séduire la jeune épouse, n'est-ce pas, Jasper ? Ce ne serait pas bien. » Il écrasa sa cigarette dans l'allée.

« Au revoir, dit-il, la main tendue. J'ai été ravi de vous rencontrer.

— Au revoir, dis-je.

— A propos, reprit-il d'un air négligent. Ce serait très généreux et très sport de votre part de ne pas parler à Max de ma petite visite. Je crois qu'il ne m'aime pas beaucoup, je ne sais pourquoi ; et cela pourrait faire des ennuis à cette pauvre vieille Danny.

— Bon, dis-je gauchement, bon, c'est entendu.

— Vous êtes très sport. Alors, vous n'avez pas changé d'avis, vous ne voulez toujours pas faire un petit tour avec moi ? Eh bien, au revoir. Je passerai peut-être vous voir un de ces jours. Descends, Jasper, petit diable, tu esquintes ma carrosserie. Tout de même, c'est très mal à Max de s'en aller à Londres en vous laissant toute seule comme ça.

— Je ne déteste pas être seule, dis-je.

— C'est vrai. Comme c'est curieux ! C'est très mal,

vous savez. Tout à fait contre nature. Depuis combien de temps êtes-vous mariée ? Trois mois, n'est-ce pas ?

— A peu près.

— Ah ! j'aimerais bien avoir une jeune épouse de trois mois, qui m'attende à la maison ! Je suis un pauvre célibataire. » Il rit de nouveau et rabattit sa casquette sur ses yeux.

« Portez-vous bien », ajouta-t-il, et la voiture s'élança dans l'allée, tandis que Jasper le suivait des yeux, l'oreille basse, la queue entre les jambes.

« Allons, Jasper, dis-je, ne fais pas l'idiot. »

Je revins lentement à la maison. Mrs. Danvers avait disparu. Je sonnai dans le hall. J'attendis cinq minutes, rien ne venait. Je sonnai de nouveau. Alice arriva enfin, l'air mécontent.

« Madame a sonné ? dit elle.

— Oui, Alice. Robert n'est pas là ? Je voulais lui demander de me servir le thé sous le marronnier.

— Robert est allé à la poste cet après-midi et n'est pas encore rentré, répondit Alice. Mrs. Danvers lui avait dit que vous rentreriez assez tard pour le thé. Frith est sorti aussi, naturellement. Si vous voulez votre thé tout de suite, je vais vous le servir, mais je ne crois pas qu'il soit tout à fait quatre heures et demie.

— Oh ! ça ne fait rien, Alice. J'attendrai que Robert soit rentré », dis-je.

J'avais l'impression que, dès que Maxim était parti, tout se mettait à aller de travers. Jamais Frith et Robert ne quittaient la maison en même temps. Aujourd'hui était le jour de sortie de Frith. Et Mrs. Danvers avait envoyé Robert à la poste. Et l'on comptait que j'étais partie pour une longue promenade. Ce type, Favell, avait bien choisi le moment de sa visite à Mrs. Danvers. Presque trop bien. Il y avait là quelque chose de pas très correct. J'en étais certaine. Et d'ailleurs il m'avait recommandé de ne pas en parler à Maxim. Tout cela était très gênant. Je ne voulais pas causer de difficultés à Mrs. Danvers et provoquer un esclandre. Surtout, je ne voulais pas ennuyer Maxim.

Je me demandais qui ce Favell pouvait bien être. Il appelait Maxim Max. Personne ne l'appelait jamais Max. J'avais vu ce nom écrit sur la page de garde d'un livre. Je pensais qu'il n'y avait qu'une personne qui l'eût appelé ainsi...

Et tandis que je m'attardais dans le hall, hésitant à commander mon thé, ne sachant que faire, l'idée me traversa soudain que Mrs. Danvers était peut-être malhonnête, qu'elle manigançait je ne sais quoi derrière le dos de Maxim, et que, en rentrant aujourd'hui plus tôt qu'on ne m'attendait, je les avais découverts, elle et cet homme, un complice, qui, pour couvrir sa retraite et m'en imposer, avait feint d'être un familier de la maison et de Maxim. Mais si cet homme était un voleur et Mrs. Danvers à son service ? Il y avait des objets de prix dans l'aile ouest. J'eus l'impulsion soudaine et un peu effrayante de grimper tout de suite dans l'aile ouest et d'aller inspecter moi-même ces pièces.

Robert n'était pas encore rentré. J'avais tout juste le temps avant le thé. J'hésitais, levant la tête vers la galerie. La maison était silencieuse et calme. Les domestiques étaient tous dans leurs appartements, derrière la cuisine. Jasper lapait bruyamment l'eau de son bol au pied de l'escalier. Je montai, le cœur battant.

CHAPITRE XIII

J'arrivai sur le palier où j'étais venue le premier matin. Je n'étais pas passée par là depuis, et je n'en avais pas eu la moindre envie. Le soleil entrait par la fenêtre en retrait et mettait des dessins d'or sur les boiseries sombres.

Il n'y avait aucun bruit. Je reconnus l'odeur de renfermé. Je ne savais de quel côté me diriger. La topographie de ces lieux ne m'était pas familière. Puis je me rappelai que Mrs. Danvers était sortie d'une pièce juste derrière moi, et il me sembla que ce devait être la pièce que je cherchais, celle dont les fenêtres donnaient sur la pelouse du côté de la mer. Je tournai le bouton de la porte et regardai. Il faisait sombre évidemment à cause des volets. Je tournai le commutateur en tâtonnant et fis de la lumière. Je me trouvais devant une petite antichambre, une penderie à en juger par les grandes armoires qui garnissaient les murs ; en face de moi, une autre porte, ouverte, donnait sur une pièce plus grande. Je m'y dirigeai et allumai l'électricité. Ma première impression fut un choc : la pièce était toute meublée et semblait habitée.

Je m'attendais à trouver des fauteuils recouverts de housses et des draps sur les tables. Il n'en était rien. Il y avait des brosses et des peignes sur la coiffeuse, des parfums, de la poudre. Le lit était fait, je vis l'éclat blanc de la taie d'oreiller et l'épaisseur d'une couverture sous le couvre-lit capitonné. Il y avait des fleurs sur la coiffeuse et sur la table de chevet. Des fleurs encore sur la cheminée sculptée. Une robe de chambre en satin était jetée sur un fauteuil près d'une paire de mules. Dans un instant, Rebecca allait revenir, s'asseoir à cette coiffeuse en fredonnant et passer ce peigne dans ses cheveux. Elle me verrait dans la glace, debout près de la porte. J'attendais immobile ce qui allait arriver. Ce fut le tic-tac de la pendule qui me rappela à la réalité. Les aiguilles marquaient quatre heures vingt-cinq. Ma montre disait la même chose. Il y avait quelque chose de rassurant dans le tic-tac de la pendule. Il me rappelait le présent et que le thé serait bientôt prêt sur la pelouse. J'avançai lentement vers le centre de la chambre. Non, elle n'était pas habitée. Les fleurs ne parvenaient pas à vaincre l'odeur de renfermé. Les rideaux étaient tirés, les volets fermés. Rebecca ne reviendrait jamais plus dans sa chambre. Mrs. Danvers avait beau mettre des fleurs sur la cheminée et des draps au lit, cela ne la ferait pas revenir. Elle était morte. Il y avait un an maintenant qu'elle était morte. Elle reposait dans la crypte de l'église avec les autres morts de Winter. J'entendais très distinctement le bruit de la mer. J'allai à la fenêtre et écartai le volet. Oui, c'était bien la fenêtre où j'avais vu Favell et Mrs. Danvers une demi-heure auparavant. Le long rai de lumière fit apparaître jaune et faux l'éclat de l'électricité. J'écartai un peu plus le volet. Le jour envoya un rayon blanc sur le lit. Il brillait sur le dessus de verre de la coiffeuse, sur les brosses et les flacons.

Le jour donnait un plus grand air de réalité encore à la chambre. Ses volets fermés, sous l'éclairage électrique, elle ressemblait davantage à un décor de théâtre, le rideau tombé pour la nuit et la scène prête pour le premier acte de la matinée du lendemain. Mais la lumière du jour donnait de la vie à cette chambre. J'oubliai l'odeur de renfermé et les volets clos des autres fenêtres. J'étais de nouveau une invitée. Une invitée non désirée. J'étais entrée par erreur dans la chambre de la maîtresse de maison. C'étaient ses brosses qui se trouvaient sur la coiffeuse, sa robe de chambre sur le fauteuil.

Je m'aperçus que mes jambes tremblaient comme des fétus. Je m'assis sur le pouf devant la coiffeuse. Je regardai autour de moi avec une morne stupeur. Oui, c'était une chambre magnifique. Mrs. Danvers n'avait pas exagéré, le premier soir. C'était la plus belle chambre de la maison. Cette exquise cheminée, ce plafond, ce lit sculpté, les tapisseries, même ce cartel au mur et ces flambeaux sur la coiffeuse, j'aurais adoré posséder toutes ces choses. Mais elles ne m'appartenaient pas. Elles appartenaient à une autre. Je tendis la main et touchai les brosses. Il y en avait une plus usée que ses sœurs. Je comprenais très bien cela. Il y a toujours une brosse dont on se sert davantage. Que mon visage était blanc et mince dans la glace entre mes cheveux raides et pâles !

Je quittai le pouf et touchai du doigt la robe de chambre. Je ramassai les mules et les tins dans ma main. J'étais pleine d'une horreur croissante qui confinait au désespoir. Je touchai le dessus-de-lit, suivis du doigt le monogramme brodé sur la pochette de satin étalée sur l'oreiller. J'en sortis la chemise de nuit abricot, légère comme une aile d'insecte. Je la posai contre ma joue. Elle était froide, toute froide. Mais un vague reste de parfum y logeait encore. Le parfum des azalées blanches. Je la repliai et la remis dans sa pochette, et, ce faisant, je m'aperçus, avec un douloureux pincement au cœur, que la chemise était chiffon-

162

née, on ne l'avait pas repassée depuis qu'elle avait été portée.

Mue par une impulsion soudaine, je m'éloignai du lit et revins à la petite chambre où j'ouvris une des armoires. C'était bien ce que je pensais. Elle était pleine de robes, de robes du soir. J'entrevis l'éclat d'un lamé dépassant d'une housse. Je refermai les portes et revins dans la chambre.

Puis j'entendis un pas derrière moi et, en me retournant, j'aperçus Mrs. Danvers. Je n'oublierai jamais l'expression de son visage, triomphant, radieux, jubilant d'une joie étrange et malsaine. J'eus très peur.

« Vous désiriez quelque chose, madame ? » dit-elle.

J'essayai en vain de lui sourire. J'essayai de parler.

« Vous ne vous sentez pas bien », dit-elle d'une voix très douce en s'approchant de moi. Je reculai. Je crois que si elle m'avait touchée, je me serais évanouie. Je sentais son souffle sur mon visage...

« Je suis très bien, Mrs. Danvers, dis-je au bout d'un instant. Je ne m'attendais pas à vous voir. Quand j'étais sur la pelouse tout à l'heure, j'avais remarqué en levant les yeux qu'un des volets était mal fermé. J'étais montée voir si je ne pourrais pas le rajuster.

— Je vais le faire », dit-elle, et, traversant sans bruit la chambre, elle alla refermer le volet. Le jour avait disparu. La chambre semblait de nouveau irréelle sous l'éclairage artificiel et jaune. Irréelle et inquiétante.

Mrs Danvers revint près de moi. Elle souriait et son attitude au lieu d'être impassible comme d'habitude était devenue étonnamment familière, presque insinuante.

« Pourquoi m'avez-vous dit que le volet était ouvert ? fit-elle. Je l'avais fermé en quittant la pièce. C'est vous qui venez de l'ouvrir, n'est-ce pas ? Vous aviez envie de voir cette chambre. Pourquoi ne m'avez-vous pas demandé plus tôt de vous la montrer ? »

J'aurais voulu fuir, mais je ne pouvais pas bouger. Je continuais à regarder ses yeux.

« Maintenant que vous êtes ici, laissez-moi vous montrer tout, dit-elle d'une voix doucereuse, horrible.

Vous aviez envie de la voir depuis longtemps, depuis que vous êtes ici ; mais vous n'osiez pas demander. C'est une jolie chambre, n'est-ce pas ? Vous n'en aviez jamais vu d'aussi jolie. »

Elle me prit par le bras et m'amena devant le lit. Je ne pouvais pas lui résister. Le contact de sa main me faisait frémir. Et sa voix était basse et intime, une voix que je détestais, qui me faisait peur.

« C'était son lit. Un beau lit, n'est-ce pas ? J'y laisse la couverture d'or, celle qu'elle préférait. Voilà sa chemise de nuit, dans la pochette. Vous l'avez touchée, n'est-ce pas ? » Elle sortit la chemise de son enveloppe et la déploya devant moi. « Touchez-la, prenez-la, dit-elle. Comme c'est doux et léger, n'est-ce pas ? Je ne l'ai pas lavée depuis qu'elle l'a mise, pour la dernière fois. Je l'avais disposée ainsi, avec la robe de chambre et les pantoufles, la nuit où elle n'est pas revenue, la nuit où elle s'est noyée. C'est moi qui faisais tout pour elle, ajouta-t-elle en reprenant mon bras pour me conduire vers la robe de chambre et les mules. Nous avons essayé plusieurs femmes de chambre, mais aucune ne faisait l'affaire. "Tu me sers mieux que tout le monde, Danny, me disait-elle. Je ne veux personne d'autre que toi." Regardez, voilà sa robe de chambre. Elle était bien plus grande que vous, vous vous rendez compte. Mettez-la contre vous. Elle traîne par terre. Elle avait un corps splendide. Voilà ses mules. Elle avait des petits pieds pour sa taille. Mettez vos mains dans les mules. Vous sentez comme elles sont étroites ? »

Elle enfilait de force les pantoufles sur mes mains, souriant toujours en épiant mes yeux. « Vous n'auriez jamais cru qu'elle était si grande, hein ? dit-elle. Ces mules sont pour un tout petit pied. Elle était si mince, aussi. On ne se rendait pas compte qu'elle était si grande, tant qu'on n'était pas à côté d'elle. Elle était exactement de ma taille. Mais couchée là dans ce lit, elle avait l'air toute menue avec sa masse de cheveux sombres entourant son visage comme un halo. »

Elle reposa les mules par terre et remit la robe de chambre sur le fauteuil. « Vous avez vu ses brosses, reprit-elle en me conduisant à la coiffeuse. Les voici, telles qu'elle s'en est servi, non lavées depuis, intactes. Je lui brossais les cheveux tous les soirs. " Allons, Danny, corvée de brossage ! " disait-elle et, debout là derrière le pouf, je brossais pendant vingt minutes. Elle ne portait les cheveux courts que depuis quelques années, vous savez. Au moment de son mariage, ils lui descendaient jusqu'à la taille. M. de Winter les lui brossait dans ce temps-là. Combien de fois est-ce que je suis entrée dans cette chambre et est-ce que je l'ai vu en bras de chemise, une brosse dans chaque main. " Plus fort, Max, plus fort ", disait-elle et elle le regardait en riant. Et lui faisait comme elle disait. C'était l'heure où ils s'habillaient pour dîner, la maison pleine d'invités, vous comprenez. " Là, je vais être en retard ", disait-il en me jetant les brosses et en riant. Il était toujours rieur et gai dans ce temps-là. » Elle se tut, sans que sa main quittât mon bras.

« Tout le monde lui en a voulu quand elle s'est coupé les cheveux, reprit-elle. Mais elle s'en moquait pas mal. " Ça ne regarde personne que moi ", disait-elle. Et c'est vrai que les cheveux courts étaient plus pratiques pour le cheval et le bateau. On a fait son portrait à cheval, vous savez. Un artiste célèbre. Le tableau a été exposé au Salon. Vous ne l'avez jamais vu ? »

Je secouai la tête : « Non, dis-je, non.

— Il paraît qu'il a fait sensation cette année-là, continua-t-elle, mais M. de Winter ne l'aimait pas et n'en a pas voulu à Manderley. Je crois qu'il ne le trouvait pas digne du modèle. Vous voudriez bien voir ses toilettes, n'est-ce pas ? »

Sans attendre ma réponse, elle me conduisit dans la petite antichambre et ouvrit les armoires l'une après l'autre.

« C'est ici que je garde ses fourrures, dit-elle. Les mites ne les auront pas, j'y veille. Touchez cette cape d'hermine. C'était un cadeau de Noël de M. de Winter. Elle m'avait dit le prix, mais j'ai oublié. Et regardez ce chinchilla. Cette armoire-ci est pleine de ses robes du soir. Vous l'avez ouverte, n'est-ce pas ? La clef n'est pas tout à fait tournée. M. de Winter l'aimait surtout en lamé argent. Oh ! elle pouvait porter ce qu'elle voulait, toutes les couleurs lui allaient. Quand elle est morte, elle était en chandail et en pantalon, naturellement, mais la mer les lui avait arrachés et il n'y avait rien sur le corps quand on l'a retrouvé au bout de tant de semaines. »

Ses doigts serrèrent mon bras. Elle se pencha sur moi, ses yeux sombres cherchant les miens. « Les rochers l'avaient déchiquetée, vous comprenez, chuchota-t-elle, son beau visage était méconnaissable et elle n'avait plus de bras. M. de Winter a été à Edgecoombe pour l'identifier. Il était très malade en ce temps-là, mais il tenait à y aller. Personne n'a pu le retenir. Pas même M. Crawley. »

Elle se tut sans quitter des yeux mon visage. « Je m'en voudrai toujours de cet accident, reprit-elle. C'était ma faute, je n'aurais pas dû sortir ce soir-là. J'étais allée passer l'après-midi à Kerrith et ne m'étais pas pressée de rentrer, car Mme de Winter était à Londres et devait y rester très tard. Mais quand je suis rentrée vers neuf heures et demie, on m'a dit qu'elle était revenue avant sept heures, avait dîné, puis était repartie. Descendue à la plage, naturellement. Je me suis sentie inquiète. Le vent soufflait du sud-ouest. Elle ne serait jamais partie si je m'étais trouvée là. Elle m'écoutait toujours. J'aurais dit : " A votre place, je ne sortirais pas ce soir, le temps n'est pas sûr ", et elle m'aurait répondu : " Bien, Danny, vieille trouble-fête. " Et on serait restées toutes les deux à bavarder, et elle m'aurait raconté tout ce qu'elle avait fait à Londres, comme d'habitude. »

J'avais le bras engourdi par la pression de ses doigts. Je voyais son visage tendu avec des petites taches jaunes près des oreilles.

« M. de Winter dînait chez M. Crawley, continuat-elle. Je ne sais pas à quelle heure il est rentré. Après onze heures, toujours. Mais le vent s'est mis à souffler très fort juste avant minuit, et elle n'était pas revenue. Je suis allée frapper à la porte du cabinet de toilette. M. de Winter m'a répondu tout de suite : " Qu'est-ce que c'est ? Qu'est-ce que vous voulez ? " Je lui ai dit que j'étais inquiète à cause de madame qui n'était pas rentrée. Il a ouvert sa porte, en robe de chambre.

" Elle passe probablement la nuit à la maisonnette, m'a-t-il dit ; à votre place, je me recoucherais. Elle ne remontera pas jusqu'ici par ce temps. " Il avait l'air fatigué et j'ai eu peur de le déranger. Après tout, ce n'était pas la première nuit qu'elle aurait passée à la maisonnette et elle naviguait par tous les temps. D'ailleurs, rien ne me disait qu'elle était en mer. Elle avait peut-être simplement été dormir à la maison-nette pour se reposer des fatigues de Londres. J'ai dit bonsoir à M. de Winter et je suis allée me coucher. Mais je n'ai pas dormi. Je me demandais ce qu'elle pouvait bien faire. »

Je n'aurais pas voulu en entendre davantage. J'aurais voulu m'en aller, quitter cette chambre.

« Je suis restée assise dans mon lit jusqu'à cinq heu-res et demie, dit-elle, puis je n'y ai plus tenu. Je me suis levée, j'ai mis mon manteau et je suis descendue à la plage par le bois. Le jour commençait à se lever, mais il y avait une espèce de bruine ; le vent était tombé. Quand je suis arrivée à la plage, j'ai vu la bouée et le canot, mais le bateau était parti... »

Je voyais la crique sous la lumière grise du matin, je sentais les fines gouttelettes sur mon visage et je dis-tinguais à travers la brume la forme indécise de la bouée.

Mrs. Danvers lâcha mon bras. Sa voix avait perdu toute expression, elle était redevenue sa voix sèche et mécanique de tous les jours.

« Une des bouées de sauvetage a été rejetée à Ker-rith dans l'après-midi, dit-elle, et des pêcheurs en ont retrouvé une autre dans les rochers. La marée a aussi ramené des bouts de planche. »

Elle se détourna pour refermer un tiroir. Je la regar-dais et ne savais que faire.

« Vous comprenez, maintenant, dit-elle, pourquoi M. de Winter n'habite plus ces pièces ici. Ecoutez la mer. »

Même les fenêtres closes et les volets fermés, j'entendais le sourd murmure des vagues qui se bri-saient sur les galets blancs de la crique.

« Il n'a plus habité ces pièces depuis la nuit où elle s'est noyée, dit-elle. Il a fait déménager ses objets du cabinet de toilette. Nous lui avons installé une chambre au fond du couloir. Je ne crois pas qu'il ait beaucoup dormi, même là. Il restait assis dans le fauteuil. Au matin, c'était plein de cendres de cigarettes tout autour. Et dans la journée, Frith l'entendait marcher de long en large dans la bibliothèque. De long en large, de long en large. »

Mrs. Danvers ferma doucement la porte entre la chambre à coucher et l'antichambre où nous étions, et éteignit la lumière. Elle traversa l'antichambre, posa la main sur le bouton de la porte et attendit que je la suivisse.

Ses manières étaient redevenues insinuantes, intimes, déplaisantes. Son sourire était faux.

« Un jour, quand M. de Winter sera absent, si vous vous ennuyez, cela vous fera peut-être plaisir de venir dans cette chambre. Vous n'aurez qu'à me le dire. C'est une si belle chambre. On ne croirait pas qu'elle est partie depuis si longtemps, à voir tout cela, n'est-ce pas ? On croirait qu'elle vient de sortir et qu'elle va rentrer ce soir même. »

Je souris d'un sourire forcé. Je ne pouvais parler. J'avais la gorge sèche et serrée.

« Et ce n'est pas cette chambre-ci seulement, dit-elle. Il y a plusieurs pièces comme ça dans la maison. Le petit salon, le hall, même le petit vestiaire. Je la sens partout. Vous aussi, n'est-ce pas ? »

Elle se tut. Elle continuait à épier mon regard. « Vous croyez qu'elle peut nous voir en ce moment en train de parler ensemble ? » demanda-t-elle lentement.

« Vous croyez que les morts reviennent et regardent les vivants ?

— Je ne sais pas, dis-je. Je ne sais pas. »

Ma voix était bizarrement tendue, je ne la reconnaissais pas.

« Je me le demande quelquefois, chuchota-t-elle. Je me demande quelquefois si elle revient à Manderley, et si elle vous voit ensemble, M. de Winter et vous. »

Là-dessus, elle ouvrit la porte du couloir. « Robert est rentré, dit-elle. Il est rentré depuis un quart d'heure. Il a ordre de vous servir le thé sous le marronnier. »

Elle s'effaça pour me laisser passer. Je trébuchai dans le couloir, je ne regardais pas où je marchais. Je ne lui dis rien, je descendis l'escalier sans regarder, je tournai le coin et franchis la porte qui menait à ma chambre dans l'autre aile. Je refermai la porte de ma chambre, tournai la clef, mis la clef dans ma poche.

Puis je m'étendis sur mon lit et fermai les yeux. Je me sentis affreusement mal.

CHAPITRE XIV

Maxim téléphona le lendemain matin pour dire qu'il serait de retour vers sept heures. C'est Frith qui lui répondit. Maxim ne demanda pas à me parler. J'entendis la sonnerie du téléphone tandis que je prenais mon petit déjeuner et je pensais que Frith allait venir dans la salle à manger et dire : « Monsieur demande madame au téléphone. » J'avais posé ma serviette et m'étais levée. Mais Frith vint dans la salle à manger et me fit la commission.

Je me rassis devant mes œufs au jambon en me demandant ce que j'allais faire de ma journée. J'avais mal dormi ; peut-être parce que j'étais seule dans la chambre. Je m'étais réveillée plusieurs fois après des rêves angoissants. Nous nous promenions dans les bois, Maxim et moi, et il marchait un peu en avant de moi. Je ne pouvais le rejoindre. Je ne pouvais pas voir son visage. Rien que son dos devant moi tout le temps. J'avais dû pleurer en dormant, car lorsque je m'éveillai au matin, l'oreiller était humide, et en me regardant dans la glace, je vis mes yeux gonflés. J'étais laide. Je mis un peu de rouge sur mes joues, essayant lamentablement de me donner bonne mine. Mais c'était pire.

Vers dix heures, comme j'émiettais du pain pour les oiseaux sur la terrasse, la sonnerie du téléphone retentit de nouveau.

Cette fois, c'était pour moi. Frith vint me dire que Mme Lacy désirait me parler.

« Allô ! Béatrice, dis-je.

— Allô ! ma chère, comment allez-vous ? » dit-elle. Sa voix au téléphone était bien dans son caractère, brusque, presque masculine, rapide. Puis, sans attendre ma réponse : « J'avais envie d'aller voir grand-mère cet après-midi. Je déjeune chez des gens à une trentaine de kilomètres de chez vous. Voulez-vous que je passe vous prendre et que nous allions ensemble chez la vieille dame ? Il serait temps que vous fassiez sa connaissance.

— J'en serais enchantée, Béatrice, dis-je.

— Parfait. Entendu. Alors je passerai vous prendre vers trois heures et demie. Giles a vu Maxim au banquet hier soir. Chère médiocre, mais excellents vins, à ce qu'il m'a dit. Alors, ma chère, à tout à l'heure. »

Le déclic du récepteur, elle était partie. Je retournai dans le jardin. J'étais contente qu'elle eût téléphoné pour me proposer d'aller voir sa grand-mère. Cela brisait la monotonie de la journée. Le temps me paraissait si long jusqu'à sept heures. Je n'avais plus mon humeur de vacances. Je n'avais plus envie de m'en aller avec Jasper dans la Vallée Heureuse, de descendre dans la crique et de jeter des galets dans l'eau. L'impression de liberté s'était évanouie et avec elle le désir enfantin de courir sur les pelouses en sandales. J'allai m'asseoir dans la roseraie avec un livre, le *Times* et mon tricot.

J'essayai de fixer mon attention sur les colonnes du journal, puis de me plonger dans l'intrigue compliquée du roman que je tenais. Je ne voulais pas penser à l'après-midi de la veille et à Mrs. Danvers. J'essayais d'oublier qu'elle était dans la maison en ce moment en train de m'épier peut-être par une des fenêtres. Quand, par instants, je levais les yeux de dessus mon livre pour regarder le jardin, j'avais la sensation de n'être pas seule.

Le déjeuner vint heureusement mettre fin à cette longue matinée. L'impeccable service de Frith et le visage naïf de Robert me distrayaient mieux que mon livre et mon journal. A trois heures et demie tapant,

170

j'entendis l'auto de Béatrice tourner l'allée et s'arrêter devant le perron. Je courus à sa rencontre, toute prête, mes gants à la main. « Eh bien, ma chère, me voici. Quel beau temps, n'est-ce pas ? » Elle claqua la portière de la voiture derrière elle et monta le perron. Elle me donna un petit baiser dur au hasard, près de l'oreille.

« Vous n'avez pas bonne mine, me dit-elle tout de suite en m'examinant. Vous êtes beaucoup trop maigre de figure, et pâle. Qu'est-ce qui ne va pas ?

— Rien, dis-je humblement, ne sachant que trop les défauts de mon visage. Je n'ai jamais beaucoup de couleurs.

— Oh ! vous n'étiez pas comme ça la dernière fois que je vous ai vue.

— C'est sans doute le hâle d'Italie qui n'a pas tenu, dis-je en montant en voiture.

— Ah ! s'exclama-t-elle, vous êtes bien comme Maxim. Vous ne supportez aucune observation sur votre santé. Claquez la porte, sans ça elle ne fermera pas. » Nous partîmes, descendant l'allée un peu vite. « Vous n'attendez pas un enfant, par hasard ? me dit-elle en tournant vers moi ses yeux bruns de faucon.

— Non, répondis-je, gênée, non, je ne crois pas.

— Pas de nausées le matin et autres choses de ce genre ?

— Non.

— C'est vrai que ça ne prouve rien. Je ne me suis jamais sentie mieux que pendant que j'attendais Roger. J'ai encore joué au golf la veille de sa naissance. Il ne faut pas être gênée devant les choses de la nature, vous savez. Si vous aviez le moindre doute, il vaudrait mieux me le raconter.

— Non, vraiment, Béatrice, il n'y a rien à raconter.

— Je dois dire que j'espère que vous aurez bientôt un héritier. Cela serait excellent pour Maxim. J'espère que vous ne faites rien contre.

— Bien sûr que non, dis-je, et je songeai : « Quelle drôle de conversation ! »

« Ne vous choquez pas, dit-elle. Il ne faut pas prendre en mauvaise part ce que je dis. Après tout, les jeunes femmes d'aujourd'hui ont bien le droit de faire ce qui leur plaît. C'est un sacré embêtement, quand on aime chasser, de se trouver enceinte dès la première saison. Cela suffit à gâcher un ménage si tous les deux sont chasseurs. Dans votre cas, évidemment, ça n'aurait pas d'importance. Les bébés n'empêchent pas de dessiner. A propos, comment va le dessin ?

— Je n'en fais pas beaucoup, dis-je.

— Oh ! vraiment ? Il fait pourtant un vrai temps à s'asseoir dehors. Dites-moi, est-ce que mes livres vous ont intéressée ?

— Oui, beaucoup. Vous m'avez fait un joli cadeau, Béatrice. »

Elle eut l'air satisfait. « Contente que vous les aimiez », dit-elle.

L'auto allait de plus en plus vite. Elle ne levait pas le pied de l'accélérateur et prenait tous les tournants à angle aigu.

« Roger entre à Oxford le trimestre prochain, reprit-elle. Dieu sait ce qu'il va y faire. Quelle perte de temps ! C'est mon avis et celui de Giles, mais nous ne savions vraiment pas quoi faire de lui. Il est tout à fait comme Giles et moi. Il ne s'intéresse qu'aux chevaux. A quoi pense cette auto devant nous ? Pourquoi n'avez-vous pas sorti votre main, mon vieux ? Vraiment, il y a des gens sur les routes qu'on devrait tuer. »

Nous débouchions sur une grand-route, évitant de justesse une auto devant nous.

« Vous avez eu des invités ? demanda-t-elle.

— Non, nous avons mené une vie très calme.

— C'est beaucoup mieux, dit-elle. C'est une corvée, je le dis toujours, que ces grandes réceptions. Vous n'en verrez jamais chez nous. Nous avons beaucoup de voisins très gentils, et nous sommes très intimes avec tout le monde. On dîne les uns chez les autres et on joue au bridge sans se mettre en frais pour des étrangers. Vous jouez au bridge ?

— Pas très bien, Béatrice.

— Oh ! ça ne fait rien, du moment que vous connaissez le jeu. Ce qui m'agace, ce sont les gens qui refusent d'apprendre. Qu'est-ce que vous voulez que l'on fasse d'eux, en hiver, entre le thé et le dîner, et après le dîner ? On ne peut tout de même pas rester assis à parler. »

Je me demandais pourquoi. Mais mieux valait ne rien dire.

« C'est très amusant maintenant que Roger est grand, continua-t-elle. Il amène des amis et on s'amuse vraiment beaucoup. Vous auriez vu ça si vous aviez été chez nous à Noël. Nous avons joué aux charades. Giles était dans son élément. Il adore se déguiser, et après un ou deux verres de champagne, c'est le type le plus drôle qu'on puisse imaginer. Nous disons souvent qu'il a raté sa vocation et qu'il aurait dû faire du théâtre. »

Je songeai à Giles et à son visage de pleine lune, à ses lunettes d'écaille. J'avais l'impression que sa drôlerie après le champagne me gênerait. Il me sembla désagréablement vraisemblable que nous fussions invités à passer le prochain Noël chez Béatrice. Peut-être pourrais-je avoir la grippe ?

Elle continua à conduire quelque temps sans parler.

« Et comment va Maxim ? reprit-elle au bout d'un moment.

— Très bien, merci, dis-je.

— Content, heureux et tout ?

— Oui, oui, assez. »

La traversée d'une ruelle de village accapara son attention. Je me demandais s'il fallait lui parler de Mrs. Danvers. A propos de ce type, Favell. J'avais un peu peur quelle ne gaffât et n'en parlât à Maxim.

« Béatrice, dis-je, me décidant tout de même, est-ce que vous avez entendu parler de quelqu'un qui s'appelle Favell, Jack Favell ?

— Jack Favell, répéta-t-elle. Oui, je connais ce nom. Attendez, Jack Favell. Mais oui. Une espèce de mufle. Je l'ai rencontré une fois, il y a des années.

— Il est venu hier à Manderley, voir Mrs. Danvers.

— Tiens ? Oh ! après tout, peut-être qu'il voulait...

— Quoi ? dis-je.

— Je crois qu'il était le cousin de Rebecca. »

Je fus très étonnée. Ce n'était pas ainsi que j'aurais

imaginé un parent de Rebecca. Jack Favell, son cousin !...

« Oh ! dis-je, je ne savais pas ça.

— Il avait probablement l'habitude de venir souvent à Manderley, dit Béatrice. Je ne peux vous dire. J'y allais moi-même très rarement. »

Elle parlait brièvement, comme si elle ne tenait pas à s'étendre sur ce sujet

« Il ne m'a pas beaucoup plu, dis-je.

— Je m'en doute », fit Béatrice.

Elle n'en dit pas davantage et je jugeai moi-même plus sage de ne pas lui raconter que Favell m'avait demandé le secret de sa visite. C'était bien compliqué, et d'ailleurs nous arrivions à destination. Une grille blanche et une allée de gravier.

« N'oubliez pas que la vieille dame est presque aveugle, dit Béatrice, et elle n'est pas trop bien en ce moment. J'ai téléphoné à l'infirmière pour annoncer notre visite. »

La maison était grande, en briques rouges. Fin dix-neuvième probablement. Ce n'était pas une jolie maison. On voyait d'un regard qu'elle était administrée par un personnel nombreux et impeccable. Et tout cela pour une vieille dame presque aveugle.

Une coquette femme de chambre ouvrit la porte.

« Bonjour, Nora, comment allez-vous ? dit Béatrice. Et comment va grand-mère ?

— Comme ci, comme ça, madame. Un jour bien, un jour mal. Elle va être contente de vous voir. »

Elle me regardait avec curiosité.

« C'est Mme Maxim », lui dit Béatrice.

Par un petit vestibule et un salon encombré de meubles, nous arrivâmes à une véranda ouverte sur une pelouse carrée. Des vases de pierre pleins de géraniums rouges garnissaient le perron. Dans un coin de la véranda, il y avait un fauteuil à roulettes. La grand-mère de Béatrice y était assise, soutenue par des oreillers et enveloppée dans des châles. En m'approchant, je vis qu'elle avait une ressemblance marquée et presque gênante avec Maxim. C'est comme cela que serait Maxim s'il était vieux, s'il était aveugle. L'infirmière, assise à son côté, se leva et mit un signet dans le livre qu'elle lisait à haute voix. Elle sourit à Béatrice.

Béatrice lui serra la main et me présenta.

« Grand-mère a très bonne mine, dit-elle. Je me demande comment elle fait à quatre-vingt-six ans. Nous voici, grand-mère, dit-elle en élevant la voix. Nous sommes arrivées saines et sauves. »

La vieille dame tourna la tête vers nous.

« Chère Béa, dit-elle, comme tu es gentille de venir me voir. Ce n'est guère amusant ici pour toi. »

Béatrice se pencha vers elle et l'embrassa.

« Je t'amène la femme de Maxim, dit-elle. Elle aurait voulu venir te voir plus tôt, mais Maxim et elle ont eu beaucoup à faire. »

Béatrice me poussa dans le dos. « Embrassez-la », souffla-t-elle. Je me penchai et embrassai la joue de la vieille dame. Elle toucha mon visage de ses doigts.

« Bonne fille, me dit-elle. C'est si gentil de venir. Je suis bien contente de vous voir. Vous auriez dû amener Maxim.

— Maxim est à Londres, dis-je. Il rentre ce soir.

— Il faudra l'amener la prochaine fois. Asseyez-vous dans le fauteuil, chère, pour que je vous voie. Et toi, Béa, de l'autre côté. Comment va mon cher Roger ? C'est un méchant garçon, il ne vient jamais.

— Il viendra cet été, hurla Béatrice. Tu sais qu'il quitte Eton pour Oxford.

— Oh ! mon Dieu, mais ce doit être un vrai jeune homme. Je ne le reconnaîtrai pas.

— Il est déjà plus grand que Giles », dit Béatrice.

Elle continua de parler de Giles et de Roger, de chevaux et de chiens. L'infirmière sortit son tricot et se mit à faire cliqueter ses aiguilles. Elle se tourna vers moi, très cordiale, très gaie.

« Est-ce que vous vous plaisez à Manderley, madame ?

— Oh ! oui, beaucoup.

— C'est très beau, n'est-ce pas, dit-elle en faisant sauter ses aiguilles. Oh ! bien sûr, nous n'y allons plus, elle n'en serait pas capable. Je le regrette bien. J'aimais beaucoup nos séjours à Manderley.

— Vous pourriez venir seule, un jour, dis-je.

— Merci, avec grand plaisir. J'espère que M. de Winter va bien.

— Très bien.

— Vous avez fait votre voyage de noces en Italie, n'est-ce pas ? La carte postale de M. de Winter nous a fait tellement plaisir. »

Je me demandais si elle employait le « nous » dans son sens royal, ou bien si elle considérait que la grand-mère de Maxim et elle ne faisaient qu'une.

« Ah ! il vous a envoyé une carte ? Je ne me rappelle pas.

— Mais oui. Nous étions ravies. Nous aimons beaucoup ces choses-là. Nous avons un album où nous collons toutes les choses de la famille. Toutes les choses agréables, naturellement.

— Comme c'est gentil », dis-je.

J'entendais des bribes de la conversation de Béatrice, de l'autre côté.

« Il a fallu abattre ce vieux Marksman, disait-elle. Tu te rappelles bien Marksman ? Le meilleur chien de chasse que j'aie jamais eu.

— Oh ! ce vieux Marksman, dit la grand-mère.

— Oui, pauvre vieux ! Il était devenu aveugle.

— Pauvre vieux », répéta la vieille dame.

Il me sembla que ce n'était peut-être pas de très bon goût de parler de cécité et je regardai l'infirmière. Elle remuait toujours activement ses aiguilles.

« Est-ce que vous chassez, madame ? me demanda-t-elle.

— Non, malheureusement.

— Vous y viendrez peut-être. Nous adorons tous la chasse dans ce pays.

— Mme de Winter s'intéresse beaucoup à l'art, dit Béatrice à l'infirmière. Je lui ai dit qu'il y avait des tas de coins à Manderley qui feraient de jolis tableaux.

— Pour ça, oui, approuva l'infirmière, interrompant un instant sa fureur de tricot. Quel joli passe-temps ! J'avais une amie qui faisait des merveilles avec son crayon. Une fois, nous avons été ensemble en Provence pour Pâques. Ce qu'elle a pu faire de jolis croquis !

— Nous parlons de dessin, cria Béatrice à sa

grand-mère. Tu ne savais pas que nous avions une artiste dans la famille.

— Qui est une artiste ? dit la vieille dame. Je n'en connais pas.

— Ta nouvelle petite-fille. Demande-lui ce que je lui ai donné comme cadeau de noce. »

Je souris, attendant la question. La vieille dame tourna la tête vers moi.

« Qu'est-ce que Béa me raconte ? dit-elle. Je ne savais pas que vous étiez une artiste. Nous n'avons jamais eu d'artiste dans la famille.

— Béatrice plaisante, dis-je. Je ne suis pas une vraie artiste. J'aime dessiner, mais je n'ai jamais appris. Béatrice m'a fait cadeau de très beaux livres.

— Oh ! dit-elle tout étonnée, Béatrice vous a donné des livres ? C'est apporter de l'eau à la rivière. Il y a déjà tellement de livres dans la bibliothèque de Manderley. »

Elle rit franchement. Béatrice avait l'air un peu vexée. Je lui souris pour lui marquer ma sympathie, mais je ne crois pas qu'elle le vit.

« Je veux mon thé, dit la vieille dame agressivement. Est-ce qu'il n'est pas encore quatre heures et demie ? Pourquoi Nora ne sert-elle pas ?

— Comment, déjà faim après notre copieux déjeuner ? » dit l'infirmière en se levant avec un large sourire à sa malade.

Je me sentais assez fatiguée et je me demandais, tout en me blâmant de mon cynisme, pourquoi les vieilles gens sont parfois une telle charge. Charge pire que les petits enfants ou les jeunes chiens, parce qu'il faut être poli. J'étais assise, les mains sur mes genoux, prête à approuver tout ce qu'on dirait. L'infirmière tapotait les oreillers et remontait les châles.

La grand-mère de Maxim la laissait faire avec patience. Elle ferma les yeux comme si elle aussi était fatiguée. Elle ressemblait plus que jamais à Maxim. Je l'imaginais jeune, grande, élégante, faisant le tour des écuries de Manderley, en relevant sa longue jupe pour qu'elle ne traînât pas dans la boue. Je voyais la taille fine, le col montant, je l'entendais commander la voiture pour deux heures. Tout cela était fini maintenant pour elle, tout cela était passé. Son mari était mort depuis quarante ans, son fils depuis quinze. Elle devait rester ici dans cette maison avec son infirmière jusqu'à ce que vînt son heure de mourir. Je songeais combien peu nous connaissons les pensées des vieilles gens. Nous comprenons les enfants, leurs jeux, leurs espoirs et leurs illusions. J'étais une enfant, hier. Je n'avais pas oublié. Mais la grand-mère de Maxim, assise dans ses châles, avec ses pauvres yeux aveugles, qu'éprouvait-elle, que savait-elle ? Savait-elle que Béatrice bâillait et regardait sa montre ? Devinait-elle que nous étions venues la voir parce que nous pensions que c'était bien, que c'était notre devoir, et afin que, en rentrant chez elle, ensuite, Béatrice pût dire : « Maintenant, j'ai la conscience tranquille pour trois mois » ?

Pensait-elle jamais à Manderley ? Se rappelait-elle avoir pris le thé sous le marronnier ? Ou bien tout cela était-il oublié, aboli, et ne restait-il plus rien derrière ce visage calme et pâle que de petites douleurs et d'étranges petits malaises, une gratitude confuse lorsque brillait le soleil, un frisson quand le vent soufflait ?

J'aurais voulu poser mes mains sur son visage et en effacer les années. J'aurais voulu la voir jeune comme elle l'avait été, avec des joues roses et des cheveux châtains, alerte, active comme Béatrice à son côté, et parlant comme elle de chasse, de chiens et de chevaux ! Et non pas assise ainsi, les yeux fermés, tandis que l'infirmière lui tapotait ses oreillers.

« Nous sommes gâtées aujourd'hui, dit l'infirmière. Il y a des sandwiches au cresson pour le thé. Nous aimons les sandwiches au cresson, n'est-ce pas ?

— C'est le jour du cresson ? dit la grand-mère de Maxim en redressant la tête et en se tournant vers la porte. Vous ne me l'aviez pas dit. Pourquoi est-ce que Nora ne sert pas ?

— Je ne voudrais pas faire votre métier pour tout l'or du monde, dit Béatrice à mi-voix à l'infirmière.

— Oh ! j'ai l'habitude, madame, dit-elle en souriant. Bien sûr, nous avons nos mauvais jours, mais ce pourrait être bien pire. Elle est très facile dans l'ensemble. Et puis, le personnel est très complaisant. C'est vraiment le principal. Voilà Nora. »

La femme de chambre apportait une petite table de jardin et une nappe blanche.

« Comme vous avez mis longtemps, Nora, grommela la vieille dame.

— Il est juste la demie, madame », dit Nora d'une voix particulièrement aimable et gaie comme celle de l'infirmière. Je me demandais si la grand-mère de Maxim se rendait compte que les gens lui parlaient sur ce ton. Je me demandais quand ils avaient commencé et si elle l'avait remarqué. Peut-être s'était-elle dit : « Ils croient que je suis vieille. Comme c'est ridicule ! » et puis, peu à peu, elle s'y était habituée, et, maintenant, c'était comme s'ils avaient toujours parlé ainsi, cela faisait partie de son univers. Mais la jeune femme aux cheveux châtains et à la taille fine qui donnait du sucre aux chevaux, où était-elle ?

Nous approchâmes nos chaises de la petite table et commençâmes à manger des sandwiches au cresson. L'infirmière en préparait d'un pain spécial pour la vieille dame.

« J'espère que nous sommes gâtées ! » disait-elle.

Je vis un lent sourire passer sur le calme visage.

« J'aime bien le jour du cresson », dit la vieille dame.

Le thé était bouillant. L'infirmière buvait le sien à petites gorgées.

« Le thé est bien chaud aujourd'hui, dit-elle en hochant la tête vers Béatrice. Vous n'imaginez pas le mal que j'ai à obtenir ça. Je répète et je répète. On ne m'écoute pas.

— Oh ! ils sont tous les mêmes, ne m'en parlez pas », dit Béatrice.

La vieille dame remuait son thé avec sa cuiller, les yeux au loin. J'aurais voulu savoir à quoi elle pensait.

« Vous avez eu beau temps en Italie ? demanda l'infirmière.

— Oui, très chaud », répondis-je.

Béatrice se tourna vers sa grand-mère.

« Elle dit qu'ils ont eu très beau temps en Italie pour leur voyage de noces. Maxim était tout hâlé.

« — Pourquoi est-ce que Maxim n'est pas venu aujourd'hui ? demanda la vieille dame.

— On t'a dit qu'il était à Londres, répondit Béatrice avec impatience. Pour un banquet. Giles a dû y aller aussi.

— Ah ! je comprends. Mais pourquoi dis-tu qu'il est en Italie ?

— Il a été en Italie, grand-mère. En avril. Maintenant, ils sont de retour à Manderley. »

Elle regarda vers l'infirmière en haussant les épaules.

« M. et Mme de Winter sont à Manderley maintenant, répéta l'infirmière.

— C'était très joli, ce mois-ci, dis-je en me rapprochant de la grand-mère de Maxim. Les rosiers sont fleuris. J'aurais dû vous apporter des roses.

— Oui, j'aime les roses », dit-elle d'un air vague, puis, me regardant de plus près avec ses yeux d'un bleu éteint :

« Vous habitez aussi Manderley ? »

J'avalai ma salive. Il y eut un silence. Puis Béatrice intervint avec sa voix forte et impatiente.

« Grand-mère chérie, tu sais bien qu'elle y habite. Elle et Maxim sont mariés. »

Je vis l'infirmière poser sa tasse de thé et regarder vivement la vieille dame. Celle-ci s'était renversée sur ses oreillers en tirant sur son châle et sa bouche commençait à trembler.

« Vous parlez trop, tous tant que vous êtes. Je ne comprends pas. »

Puis elle me regarda, les sourcils froncés, et sa tête se mit à branler :

« Qui êtes-vous, ma chère ? Est-ce que je vous avais jamais vue ? Je ne vous remets pas. Je ne me rappelle pas vous avoir rencontrée à Manderley. Qui est cette enfant, Béa ? Pourquoi Maxim ne m'amène-t-il pas Rebecca ? J'aime tant Rebecca. Où est-elle, cette chère Rebecca ? »

Il y eut un long silence, un moment d'angoisse. Je sentais mes joues devenir écarlates. L'infirmière se leva vivement et s'approcha du fauteuil à roulettes.

« Je veux Rebecca, répéta la vieille dame. Qu'avez-vous fait de Rebecca ? »

Béatrice se leva maladroitement en heurtant la table, ébranlant tasses et soucoupes. Elle aussi était toute rouge et elle pinçait les lèvres.

« Je crois qu'il vaudrait mieux la laisser, madame, dit l'infirmière assez rose et agitée. Elle a l'air un peu fatiguée, et quand elle se met à divaguer comme cela, il y en a quelquefois pour des heures. Elle s'énerve ainsi de temps en temps. Ce n'est vraiment pas de chance que ce soit arrivé justement aujourd'hui. J'espère que Mme de Winter comprendra...

— Bien sûr, dis-je vivement, il vaut mieux la laisser. »

Béatrice et moi rassemblions nos gants et nos sacs. L'infirmière s'occupait de nouveau de sa malade.

« Eh bien, qu'est-ce qu'il y a ? On ne veut plus de ce bon sandwich au cresson que j'ai fait exprès pour vous ?

— Où est Rebecca ? Pourquoi est-ce que Maxim n'est pas venu avec Rebecca ? » répondit la petite voix faible et agressive.

Nous traversâmes le salon et le vestibule, et sortîmes. Nous roulâmes le long de l'allée de gravier et franchîmes la grille blanche.

Je regardai la route droit devant moi. Cela m'était égal. Seule, je n'eus attaché aucune importance à cet incident. J'étais ennuyée à cause de Béatrice.

Tout cela était tellement gênant pour elle.

A la sortie du village, elle commença :

« Ma chère, je suis absolument navrée. Je ne sais que vous dire.

— Ne soyez pas absurde, Béatrice, cela n'a aucune importance, dis-je. Cela ne fait rien du tout.

— Je n'imaginais pas qu'elle serait comme cela. Sans quoi, je ne vous aurais jamais amenée chez elle. Je suis vraiment navrée.

— Il n'y a pas de quoi être navrée. Allons, n'en parlons plus.

— Je n'y comprends rien. Elle était parfaitement au courant. Je lui avais écrit en lui parlant de vous, et

Maxim aussi. Ce mariage à l'étranger l'avait beaucoup intéressée.

— Vous oubliez son âge, dis-je. Pourquoi se rappellerait-elle tout cela ? Elle ne m'associe pas à Maxim dans sa pensée. Elle l'associe toujours à Rebecca. »

Nous continuâmes à rouler en silence. C'était un soulagement de se retrouver en voiture. L'allure rapide et les tournants brusques ne me faisaient plus peur.

« J'avais oublié qu'elle aimait tant Rebecca, dit lentement Béatrice. Rebecca faisait grand cas d'elle. Elle l'invitait souvent à Manderley. Cette pauvre chère grand-mère était plus alerte en ce temps-là. Elle se tordait de rire à tout ce que disait Rebecca. C'est vrai qu'elle était amusante, et la vieille dame aimait bien ce genre-là. Elle avait un don étonnant, c'est de Rebecca que je parle, pour s'attirer la sympathie des gens : hommes, femmes, enfants, chiens. Oui, grand-mère ne l'a jamais oubliée. Ma chère, vous ne me remercierez pas de cet après-midi.

— Mais cela ne me fait rien, rien du tout », répétai-je machinalement.

Si seulement Béatrice pouvait en finir sur ce sujet. Cela ne m'intéressait pas. Qu'est-ce que cela pouvait faire, qu'est-ce que n'importe quoi pouvait faire ?

« Giles sera très contrarié, dit Béatrice. Il me grondera de vous avoir emmenée là-bas. Je l'entends dire : " Mais c'était parfaitement idiot, Béatrice ! " Ah ! je vais en entendre !

— N'en parlez pas, dis-je. J'aimerais mieux que tout cela soit oublié. On ne fera que répéter l'histoire en l'exagérant.

— Giles verra bien à ma figure qu'il y a quelque chose qui ne va pas. Je n'ai jamais rien pu lui cacher. »

Je me tus. Je savais comment l'histoire allait circuler dans leur petit cercle d'amis. J'imaginais le groupe, le dimanche à déjeuner. Les yeux ronds, les oreilles avides, et les exclamations.

« Mon Dieu, quelle horreur ! Et qu'est-ce que vous pouviez bien faire ? » Puis : « Comment a-t-elle pris ça ? Que ce devait être gênant pour tout le monde ! »

La seule chose qui m'importait, c'était que Maxim n'entendît jamais parler de l'incident. Un jour, peut-être, je le raconterai à Frank Crawley, mais pas maintenant, pas de sitôt.

Nous atteignîmes bientôt la grand-route et le sommet de la colline. Je voyais au loin les premiers toits gris de Kerrith, tandis qu'à droite, dans un creux, s'étendaient les bois profonds de Manderley et, au-delà, la mer.

« Etes-vous très pressée de rentrer chez vous ? dit Béatrice.

— Non, pas particulièrement ? Pourquoi ?

— Est-ce que vous me trouveriez vraiment infecte de vous laisser tomber à la grille ? Si je vais à un train d'enfer à partir de maintenant, j'arriverai juste à temps pour cueillir Giles à sa descente du train de Londres, et cela lui économisera le taxi de la gare.

— Mais naturellement, dis-je. Je descendrai l'allée à pied.

— Merci beaucoup », fit-elle avec gratitude.

J'avais l'impression qu'elle en avait plus qu'assez de cet après-midi. Elle avait envie de se retrouver seule, et ne désirait nullement se voir offrir un nouveau thé tardif à Manderley.

Je descendis d'auto devant la grille et nous nous dîmes au revoir en nous embrassant.

« Tâchez d'avoir un peu grossi, la prochaine fois que je vous verrai, dit-elle. Ça ne vous va pas d'être si mince. Mes amitiés à Maxim, et pardon pour cette journée. »

Elle s'éloigna dans un nuage de poussière et je m'engageai dans l'allée.

Je me demandais si elle avait beaucoup changé depuis le temps où la grand-mère de Maxim s'y promenait en calèche. Jeune femme, elle la descendait à cheval, elle souriait à la gardienne, comme moi en ce moment. Dans ce temps-là, la gardienne faisait la révérence en balayant l'allée de sa jupe longue. Cette femme me fit un bref signe de tête, puis appela son petit garçon qui jouait avec un chat.

La grand-mère de Maxim avait penché la tête pour éviter ces branches tombantes, et son cheval avait trotté dans l'allée où je marchais en ce moment. L'allée était plus large alors, et mieux entretenue. Les bois ne l'envahissaient pas.

Et je revoyais aussi la grand-mère de Maxim déjà vieille, il y avait quelques années de cela, se promenant sur la terrasse de Manderley, appuyée sur une canne. Et quelqu'un marchait à son côté, riant, la tenant par le bras. Une créature grande et mince, très belle, et qui avait le don, comme disait Béatrice, de gagner la sympathie des gens. Elle plaisait facilement, facilement on l'aimait.

En atteignant enfin le bout de l'allée, je vis l'auto de Maxim devant la maison. Mon cœur bondit. Je courus dans le hall. Son chapeau et ses gants étaient sur la table. En approchant de la bibliothèque, j'entendis des voix, l'une d'elles surtout, élevée, autoritaire : c'était celle de Maxim. La porte était fermée. J'hésitai un instant à entrer.

« Vous pouvez lui écrire de ma part de ne plus mettre les pieds à Manderley, entendez-vous ? Peu importe qui me l'a dit. Cela ne fait rien à l'affaire. Je sais que sa voiture a été vue ici hier après-midi. Si vous voulez le voir, vous le verrez hors de Manderley, voilà tout. Je ne veux pas qu'il vienne ici, vous avez compris ? Et rappelez-vous que je vous le dis pour la dernière fois. »

Je me glissai vers l'escalier. J'entendis la porte de la bibliothèque s'ouvrir. Je montai rapidement l'escalier et me dissimulai dans la galerie. Mrs. Danvers sortit de la bibliothèque en refermant la porte derrière elle. Je me tapis contre le mur de la galerie pour ne pas être vue. J'avais aperçu son visage. Il était gris de fureur, crispé, horrible.

Elle monta l'escalier rapidement et sans bruit, et disparut derrière la porte qui menait à l'autre aile.

J'attendis un moment, puis je descendis lentement à la bibliothèque. J'ouvris la porte et entrai. Maxim était debout devant la fenêtre, des lettres à la main. Il me tournait le dos. Un instant, je songeai à ressortir sans attirer son attention et à monter dans ma chambre. Mais il avait dû m'entendre car il se retourna en disant avec impatience :

« Qu'est-ce encore ? »

Je souris, les mains tendues :

« Bonjour...

— Oh ! c'est toi ! »

Je vis d'un seul regard qu'il avait dû se mettre très en colère. Sa bouche était dure, ses narines blanches et pincées.

« Qu'est-ce que tu as fait toute seule ? » dit-il.

Il m'embrassa dans les cheveux et passa son bras derrière mes épaules. J'avais l'impression qu'il revenait après une longue absence.

« J'ai été voir ta grand-mère, dis-je. Béatrice m'a emmenée là-bas cet après-midi.

— Comment va la vieille dame ?

— Très bien.

— Et qu'cst-cc que tu as fait de Béa ?

— Il fallait qu'elle reparte tout de suite pour aller chercher Giles. »

Nous nous assîmes tous les deux sur le rebord de la fenêtre. Je pris sa main dans les miennes.

« Je t'en voulais d'être parti. Tu m'as manqué horriblement, dis-je.

— C'est vrai ? » dit-il.

Nous restâmes un instant sans parler. Je tenais toujours sa main.

« Il a fait très chaud à Londres ? demandai-je.

— Oui, c'était affreux. Je déteste Londres. »

Je me demandais s'il allait me raconter ce qui venait de se passer entre Mrs. Danvers et lui. Je me demandais qui l'avait mis au courant de la visite de Favell.

« Il y a quelque chose qui te préoccupe ? dis-je.

— J'ai eu une journée fatigante, répondit-il. Cette route, deux fois en vingt-quatre heures, c'est beaucoup pour un seul homme. »

Il se leva et s'éloigna en allumant une cigarette. Je sus à ce moment qu'il ne me parlerait pas de Mrs. Danvers.

« Moi aussi, je suis fatiguée, dis-je. Quelle drôle de journée ! »

CHAPITRE XV

Je me rappelle que c'était un dimanche ; l'après-midi, nous fûmes envahis par des visiteurs, et c'est ce jour-là que la question du bal costumé fut agitée pour la première fois. Frank Crawley était venu déjeuner et nous nous disposions à passer un après-midi paisible sous le marronnier, lorsque nous entendîmes le bruit fatal d'une voiture tournant le coin de l'allée. Il était trop tard pour prévenir Frith ; nous sortions justement sur la terrasse, des coussins et des journaux sous le bras ; la voiture venait droit sur nous.

Il fallait aller à la rencontre des visiteurs. Ceux-ci devaient être suivis d'autres. Une seconde voiture arriva une demi-heure plus tard, puis trois voisins venus à pied de Kerrith, et nous nous trouvâmes privés de notre journée de repos, recevant groupe après groupe de relations sans intérêt, faisant le tour du propriétaire dans la roseraie, le long des pelouses et dans la Vallée Heureuse.

Ils restèrent naturellement pour le thé, et au lieu d'une nonchalante dînette sous le marronnier, nous eûmes le cérémonial d'un de ces goûters au salon que je détestais. Frith, lui, était dans son élément, dirigeant Robert d'un froncement de sourcils, tandis que je me débattais avec une monstrueuse théière d'argent et une bouilloire dont je ne savais pas me servir. J'avais beaucoup de mal à juger le moment exact où il fallait verser l'eau bouillante sur le thé, et plus de mal encore à prêter attention aux menus propos qui s'échangeaient à mon côté.

Frank Crawley était très précieux dans les circonstances de ce genre. Il me prenait les tasses des mains et les tendait aux gens, et lorsque mes réponses devenaient plus vagues que d'habitude à cause de l'attention que réclamait de moi la théière d'argent, il apportait sa petite contribution à la conversation pour m'en décharger. Maxim était toujours à l'autre bout de la pièce, montrant un livre à un fâcheux, expliquant un tableau, jouant le parfait maître de maison à sa façon personnelle et inimitable, et le service du thé était un détail dont il ne s'occupait pas. Sa tasse refroidissait, oubliée sur une petite table à côté d'un vase de fleurs, tandis que moi, en nage derrière ma bouilloire, et Frank jonglant galamment avec les scones et le cake, avions toute la charge des besoins terrestres du troupeau.

C'est Lady Crowan, une ennuyeuse créature de Kerrith, qui ouvrit le feu. Il y avait eu un de ces arrêts dans la conversation comme il y en a toujours autour des tables de thé, et je voyais les lèvres de Frank se préparer à prononcer la stupide et inévitable remarque sur l'ange qui passe, lorsque Lady Crowan, agitant une tranche de cake au-dessus de sa soucoupe, leva les yeux vers Maxim, qui se trouvait à côté d'elle.

« Oh ! monsieur de Winter, dit-elle, il y a quelque chose que j'ai envie de vous demander depuis un temps fou. Dites-moi, y a-t-il une chance que nous revoyions un bal costumé à Manderley ? »

Maxim ne répondit pas immédiatement, mais quand il le fit, sa voix était tout à fait calme :

« Je n'y ai pas songé, dit-il. Et je ne crois pas que personne y songe.

— Oh ! mais je vous assure bien que si, protesta Lady Crowan. C'était le clou de l'été dans le pays. Vous n'avez pas idée du plaisir que cela nous faisait. Peut-on vous demander d'y penser ?

— Je ne sais pas, répondit brièvement Maxim. Ç'a toujours été une grosse affaire à organiser. Vous feriez mieux de demander à Frank Crawley, c'est lui que ça regarde.

— Oh ! monsieur Crawley, soyez mon allié, insista-t-elle, tandis que deux ou trois autres se joignaient à elle ; ce sera charmant, vous savez. Nous regrettons tous les fêtes de Manderley. »

J'entendis la voix tranquille de Frank à côté de moi :

« Je ne demande pas mieux que d'organiser le bal, si Maxim n'y voit pas d'objections. Cela dépend de lui et de Mme de Winter. Cela ne me regarde pas. »

Je fus aussitôt prise pour cible. Lady Crowan déplaça sa chaise pour mieux me voir derrière ma bouilloire.

« Allons, madame de Winter, décidez votre mari.

Vous, il vous écoutera. Dites-lui qu'il doit donner ce bal en votre honneur.

— C'est vrai, dit quelqu'un d'autre, un homme. Nous n'avons même pas été invités à votre mariage. C'est honteux de nous priver de toutes nos distractions. Qui est pour le bal costumé lève la main. Là, de Winter, vous voyez ? Accepté à l'unanimité.

Il y eut des rires et des applaudissements.

Maxim alluma une cigarette et ses yeux rencontrèrent les miens au-dessus de la théière.

« Qu'est-ce que tu en penses ? me demanda-t-il.

— Je ne sais pas. Ça m'est égal.

— Pensez-vous, elle sera ravie qu'on donne un bal en son honneur, s'écria Lady Crowan. Quelle est la jeune femme à qui ça ne ferait pas plaisir ? Vous seriez délicieuse, chère petite madame, en bergère de Saxe, les cheveux relevés sous un grand tricorne. »

Je songeais à mes mains maladroites, à mes épaules tombantes. Une jolie bergère, vraiment ! Cette femme était idiote. Je ne m'étonnais pas que personne ne fît chorus avec elle, et je fus reconnaissante une fois de plus à Frank de détourner de moi la conversation.

« Le fait est, Maxim, que quelqu'un en parlait l'autre jour. " Est-ce qu'on ne va pas donner une fête en l'honneur de la jeune mariée, monsieur Crawley ? m'a-t-on dit. J'aimerais bien que M. de Winter donne de nouveau un bal. C'était si amusant pour nous tous ! " C'était Tucker, de la ferme, vous savez.

— Vous voyez, dit Lady Crowan triomphante en s'adressant à tout le salon. Que disais-je ? Vos gens eux-mêmes réclament un bal. Si vous ne le faites pas pour nous, vous le ferez sûrement pour eux. »

Maxim me regardait toujours dubitativement au-dessus de la théière. Je me dis qu'il pensait peut-être que, timide comme il ne me savait que trop, je ne me sentirais pas à la hauteur de cette tâche. Je ne voulais pas cela.

« Je pense que ce serait très amusant », dis-je.

Maxim se détourna en haussant les épaules.

« Eh bien, voilà qui décide tout, dit-il. Entendu, Frank, vous nous organiserez cela. Vous ferez bien de demander à Mrs. Danvers de vous aider. Elle doit se rappeler comment ça se passait.

— Cette étonnante Mrs. Danvers est toujours chez vous ? dit Lady Crowan.

— Oui, fit sèchement Maxim. Encore un peu de cake ? Si vous avez fini, retournons dans le jardin. »

Nous sortîmes sur la terrasse, chacun discutant des perspectives du bal et des dates favorables, puis, à mon grand soulagement, les automobilistes décidèrent qu'il était temps de prendre congé et ceux qui étaient venus à pied acceptèrent des places dans leurs voitures. Je revins dans le salon et repris une tasse de thé que je savourai à loisir maintenant que j'en avais fini de la corvée de réception ; Frank vint me rejoindre et nous dévorâmes les scones qui restaient, avec des airs de conspirateurs.

Maxim jetait des pierres pour Jasper sur la pelouse. Je me demandais si cela se passait ainsi dans toutes les maisons, si on y éprouvait cette même exaltation après le départ des visites. Nous ne parlâmes pas tout de suite du bal, mais quand j'eus fini mon thé et essuyé mes doigts poisseux sur mon mouchoir, je dis à Frank :

« Sincèrement, qu'est-ce que vous pensez de cette idée de bal costumé ?

— C'est un très beau spectacle que Manderley en fête, répondit-il. Cela vous plaira sûrement. Vous n'aurez rien de terrible à faire. Recevoir les invités, et c'est tout. Peut-être m'accorderez-vous une danse ? »

Cher Frank ! J'aimais ses petits airs galamment solennels.

« Autant que vous voudrez, dis-je. Je ne danserai avec personne que vous et Maxim.

— Oh ! mais il ne faudra pas, dit Frank très sérieux. Les gens seraient vexés. Il faudra danser avec tous ceux qui vous inviteront.

— Est-ce que vous trouvez bonne l'idée de Lady Crowan de me déguiser en bergère de Saxe ? » demandai-je perfidement.

Il me regarda très attentivement, sans sourire.

« Oui, dit-il. Je crois que cela vous ira très bien. »

J'éclatai de rire.

« Oh ! Frank, vous êtes un amour, dis-je, tandis qu'il rougissait, un peu choqué, je crois, de mon exubérance et un peu blessé aussi de mon rire.

— Je ne vois pas ce que j'ai dit de drôle », fit-il.

Maxim apparut à la porte-fenêtre, Jasper dansant sur ses talons.

« A propos de quoi, toute cette gaieté ? demanda-t-il.

— C'est Frank qui est tellement galant, dis-je. Il trouve que l'idée de Lady Crowan de me costumer en bergère de Saxe n'a rien de ridicule.

— Lady Crowan est bien assommante, dit Maxim. Si c'était elle qui doive écrire toutes les invitations et organiser toute l'histoire, elle serait moins emballée. Mais ç'a toujours été comme ça. Les gens d'ici considèrent Manderley comme un casino chargé de leur organiser des fêtes. Il va falloir inviter tout le comté.

— J'ai des listes au bureau, dit Frank. Cela ne sera pas si compliqué. Le plus long sera de coller les timbres.

— On te chargera de cette besogne, dit Maxim en me souriant.

— Oh ! ce sera fait au bureau, dit Frank. Mme de Winter n'aura à s'occuper de rien. »

Je me demandais ce qu'ils diraient si j'annonçais soudain mon intention de diriger toute l'affaire. Ils riraient sans doute, et se mettraient à parler d'autre chose. J'étais contente, évidemment, d'être déchargée de toute responsabilité, mais cela m'humiliait un peu de sentir que je n'étais même pas capable de coller des timbres. Je songeais au bureau du petit salon, au classeur étiqueté, à cette écriture penchée et pointue.

« Qu'est-ce que tu mettras ? demandai-je à Maxim.

— Je ne me déguise jamais. C'est le seul privilège du maître de maison, n'est-ce pas, Frank ?

— Je ne peux vraiment pas m'habiller en bergère de Saxe, dis-je. Qu'est-ce que je vais bien pouvoir mettre ? Je ne suis pas très douée pour les déguisements.

— Mets un ruban dans tes cheveux et fais Alice au pays des merveilles, dit Maxim, d'un ton léger. Tu lui ressembles en ce moment, avec ton doigt dans la bouche.

— Sois poli, dis-je. Je sais que j'ai les cheveux rai-des, mais pas à ce point tout de même. Je vais te dire, Frank et toi, vous n'en reviendrez pas d'étonnement en me voyant, et vous ne me reconnaîtrez pas.

— Du moment que tu ne te noirciras pas le visage et que tu ne te déguiseras pas en singe, je m'en lave les mains, dit Maxim.

— Entendu. Ce sera une surprise, fis-je. Je ne vous dirai rien de mon costume jusqu'à la dernière minute. Allons, viens, Jasper, ils peuvent dire ce qu'ils veulent, ça nous est égal, n'est-ce pas ? »

J'entendis Maxim rire, comme je sortais dans le jar-din, et dire à Frank quelque chose que je ne saisis pas.

Pourquoi fallait-il toujours qu'il me traitât en enfant, enfant gâtée, irresponsable, créature à caresser de temps en temps quand il en sentait l'envie, mais oubliée le plus souvent après une tape sur l'épaule et la recommandation d'aller jouer plus loin ? J'aurais voulu qu'il arrivât quelque chose qui me fît paraître plus sage, plus mûre. Est-ce que ça continuerait tou-jours comme ça ? Lui devant moi, avec ses humeurs que je ne partageais pas, ses soucis secrets que j'igno-rais ? Ne serions-nous jamais ensemble, un homme et une femme, épaule contre épaule et la main dans la main, sans fossé entre nous ? Je ne voulais pas être une enfant. J'aurais voulu être sa femme, sa mère. J'aurais voulu être vieille.

J'étais debout sur la terrasse, rongeant mes ongles en regardant vers la mer, et je me demandais, pour la vingtième fois peut-être, si c'était sur l'ordre de Maxim que les pièces de l'aile ouest demeuraient intactes, tout installées.

Je me demandais s'il y allait, comme Mrs. Danvers, toucher les brosses de la coiffeuse, ouvrir les portes de la penderie et passer ses mains entre les robes.

« Ici, Jasper, criai-je. Viens, viens courir avec moi. »

Et je m'élançai sur le gazon, sauvagement, furieu-sement, des larmes amères dans les yeux, tandis que Jasper courait après moi en aboyant comme un fou.

La nouvelle du prochain bal costumé se répandit bientôt. Clarice, ma petite femme de chambre, ne parlait que de cela avec des yeux brillants. J'appris par elle que le personnel en général était ravi.

« M. Frith dit que ce sera comme autrefois, dit Clarice. Je l'ai entendu ce matin dans le couloir qui le disait à Alice. En quoi serez-vous, madame ?

— Je ne sais pas, Clarice, je n'ai pas d'idée. »

J'aurais été curieuse de connaître la réaction de Mrs. Danvers à cette nouvelle. Je ne pouvais oublier l'expression de son visage au moment où elle avait quitté la bibliothèque après sa conversation avec Maxim. Dieu merci, elle ne m'avait pas vue, tapie dans la galerie. Et je me demandais également si elle pensait que c'était moi qui avais mis Maxim au courant de la visite de Favell. En ce cas, elle ne me haïrait que davantage. Je frissonnais en me rappelant le contact de sa main sur mon bras, et cette affreuse voix doucereuse, intime, tout près de mon oreille.

Les préparatifs pour le bal allaient leur train. Tout se faisait au bureau du domaine. Maxim et Frank s'y retrouvaient chaque matin. Comme l'avait dit Frank, je n'eus à m'occuper de rien. Je ne crois pas avoir collé un seul timbre. Je commençais à m'affoler à propos de mon costume. C'était vraiment au-dessous de tout de ne rien trouver, et je me rappelais tous les gens qui allaient venir de Kerrith et des environs, le pasteur et sa femme qui s'étaient tant amusés la dernière fois, Béatrice et Giles, cette insupportable Lady Crowan, et bien d'autres que je ne connaissais pas et qui ne m'avaient jamais vue ; chacun aurait quelque critique à faire, quelque curiosité me concernant. En désespoir de cause, je songeai aux livres que Béatrice m'avait donnés en cadeau de noce et je m'installai un matin dans la bibliothèque pour les feuilleter dans un suprême espoir, passant d'une illustration à l'autre avec une espèce de panique. Rien ne me paraissait possible. Ils étaient tous si compliqués et prétentieux, ces somptueux costumes de velours et de satin dans les reproductions de Rubens, Rembrandt et les autres. Je pris un bout de papier et un crayon et en copiai un ou deux, mais ils ne me plaisaient pas et je jetai les croquis dans la corbeille, dégoûtée, ne voulant plus y penser.

Le soir, comme je m'habillais pour le dîner, on frappa à la porte de ma chambre.

« Entrez », dis-je, pensant que c'était Clarice.

La porte s'ouvrit et ce n'était pas Clarice. C'était Mrs. Danvers. Elle tenait un bout de papier à la main.

« Excusez-moi de vous déranger, dit-elle, mais je ne savais pas si vous aviez jeté ces dessins exprès. On m'apporte toujours toutes les corbeilles à papier de la maison, au cas où un objet de valeur y serait tombé par mégarde. Robert m'a dit avoir trouvé ceci dans la corbeille de la bibliothèque. »

Sa vue m'avait glacée et je ne retrouvai pas tout de suite ma voix. Elle me tendit le papier. C'étaient les croquis que j'avais faits le matin.

« Non, Mrs. Danvers, dis-je, au bout d'un instant. On peut jeter cela. Ce ne sont que des croquis ratés. Je n'en ai pas besoin. »

Je pensais qu'elle allait se retirer, mais elle restait immobile près de la porte.

« Alors, vous n'avez encore rien décidé au sujet de votre costume ? » dit-elle.

Il y avait une nuance de moquerie dans sa voix avec une trace de bizarre satisfaction. Je pensais qu'elle avait dû entendre parler de mes hésitations par Clarice.

« Non, répondis-je, non, je n'ai pas encore décidé. »

Elle continuait à me regarder, la main sur le bouton de la porte.

« Pourquoi ne vous inspirez-vous pas d'un des tableaux de la galerie ? » dit-elle.

Je faisais semblant de limer mes ongles, déjà trop courts, pour me donner une contenance et éviter de la regarder.

« Oui, j'y songerai », dis-je en me demandant à part moi comment je n'y avais pas songé plus tôt ; ce serait là évidemment une bonne solution, mais je ne voulais pas le lui montrer et je continuai à me limer les ongles.

« N'importe quel tableau de la galerie fournirait de bonnes idées de costumes, dit Mrs. Danvers, surtout le portrait de la jeune fille en blanc qui tient son chapeau à la main. Je me demande pourquoi M. de Winter ne donne pas un bal d'époque où tout le monde s'habille à peu près de même pour faire un ensemble. Je n'ai jamais trouvé ça joli de voir un clown danser avec une dame en perruque et mouches.

— Il y a des gens qui aiment la variété, dis-je. Ils trouvent cela plus amusant ainsi.

— Moi, je n'aime pas ça », dit Mrs. Danvers.

Sa voix était étonnamment normale et aimable, et je me demandais pourquoi elle avait pris la peine de venir elle-même me rapporter mes croquis. Voulait-elle se réconcilier enfin avec moi ? Ou bien se rendait-elle compte que ce n'était pas moi qui avais parlé de Favell à Maxim, et était-ce là sa façon de me remercier de mon silence ?

« M. de Winter ne vous a pas conseillé un costume ? dit-elle.

— Non, fis-je, après un instant d'hésitation. Non, je veux lui faire une surprise, et à M. Crawley aussi. Je ne veux pas qu'ils soient au courant.

— Ce n'est pas à moi de donner des conseils, bien sûr, dit-elle, mais quand vous serez décidée, je crois qu'il vaudra mieux faire faire le costume à Londres. Il n'y a personne ici qui soit capable de réussir une chose pareille. Je sais que Voce, de Bond Street, est une très bonne maison.

— Je m'en souviendrai, dis-je.

— Oui », fit-elle, puis, en ouvrant la porte : « A votre place, madame, j'étudierais les portraits de la galerie, surtout celui que je vous ai dit. Et ne craignez pas que je vous trahisse. Je n'en dirai pas un mot à personne.

— Merci, Mrs. Danvers », dis-je.

Elle ferma la porte doucement derrière elle. Je continuai ma toilette, étonnée par son attitude si différente de celle de notre précédente rencontre et me demandant si je le devais au déplaisant Favell.

Le cousin de Rebecca. Pourquoi Maxim détestait-il le cousin de Rebecca ? Pourquoi lui avait-il interdit de venir à Manderley ? Béatrice disait que c'était un mufle. Et plus j'y pensais, plus je trouvais qu'elle avait raison. Ces yeux bleus trop chauds, cette bouche molle et ce rire familier. Il y a des gens qui l'auraient trouvé beau. Des vendeuses de confiserie qui se trémoussent derrière leur comptoir, et des ouvreuses de cinéma. Je savais comment il les regardait, en souriant et en sifflotant tout bas. Il avait eu l'air tout à fait chez lui à Manderley et Jasper l'avait bien reconnu, mais cela ne concordait pas avec les paroles de Maxim à Mrs. Danvers. Et je ne pouvais l'associer à ma conception de Rebecca. Rebecca, avec sa beauté, son charme, son éducation, pouvait-elle avoir un cousin comme Jack Favell ? Je me dis que ce devait être le mauvais sujet, la honte de la famille, et que Rebecca, émue d'une généreuse pitié, l'invitait de temps en temps à Manderley quand Maxim était absent peut-être, car elle connaissait son antipathie. Ils avaient probablement eu une discussion à son sujet, où Rebecca avait pris sa défense, et depuis lors une gêne légère s'élevait entre eux chaque fois qu'on prononçait son nom.

En m'asseyant à ma place accoutumée en face de Maxim, à la table du dîner, j'imaginai Rebecca assise à cette même place, prenant sa fourchette à poisson, puis, la sonnerie du téléphone et Frith venant dire : « M. Favell demande madame au téléphone. » Alors Rebecca avait quitté sa chaise avec un rapide regard à Maxim, qui ne disait rien, qui continuait à manger son poisson. Et quand elle était revenue, la communication terminée, reprendre sa place à table, Rebecca s'était mise à parler de n'importe quoi avec insouciance et gaieté pour dissiper le petit nuage qui s'était élevé entre eux.

« A quoi diable est-ce que tu penses ? » me dit Maxim.

Je tressaillis, rougis, car en ce bref instant, soixante secondes peut-être, je m'étais tellement identifiée avec Rebecca que ma morne personne n'existait plus, n'avait jamais pénétré à Manderley. J'avais remonté en pensée et en personne le temps passé.

« Sais-tu que tu faisais de bien curieuses mines au lieu de manger ton poisson ? dit Maxim. Tu as commencé à tendre l'oreille comme si tu entendais le téléphone, et tu as remué les lèvres, et tu m'as jeté un petit regard. Et puis tu as secoué la tête, souri et haussé les épaules... Tu as l'air d'une petite criminelle. Qu'est-ce qu'il y a ?

— Rien, dis-je. Il n'y a rien.

— Dis-moi à quoi tu pensais...

— Pourquoi ? Toi, tu ne me dis jamais à quoi tu penses.

— Je ne crois pas que tu me l'aies jamais demandé.

— Si, une fois.

— Je ne me rappelle pas.

— Dans la bibliothèque.

— C'est possible. Qu'est-ce que je t'ai répondu ?

— Tu m'as raconté que tu te demandais qui jouerait dans l'équipe du Surrey contre Middlesex. »

Maxim se mit à rire.

« Tu as dû être déçue. Qu'espérais-tu que je pensais ?

— Quelque chose d'autre.

— Quel genre de chose ?

— Oh ! je ne sais pas.

— Je m'en doute. Si je t'ai dit que je pensais à l'équipe du Surrey, c'est que je pensais à l'équipe du Surrey. Les hommes sont plus simples que tu ne crois, ma douce enfant. Mais ce qui se passe dans l'âme tortueuse des femmes dépasse l'imagination. Sais-tu que tu ne te ressemblais plus du tout, à l'instant ? Tu avais une tout autre expression.

— Moi ? Quel genre d'expression ?

— Je ne sais pas. Quand je t'ai rencontrée pour la première fois, tu avais un certain air de visage, dit-il lentement, et tu l'as encore. Je ne vais pas te le définir, je ne saurais pas, mais ç'a été une des raisons pour lesquelles je t'ai épousée. Tout à l'heure, pendant que tu jouais cette drôle de petite scène, cette expression avait disparu. Quelque chose d'autre l'avait remplacée.

— Quelle chose ? Explique-moi, Maxim », demandai-je ardemment.

Il m'observa un instant, les sourcils levés, en sifflotant doucement.

« Ecoute, ma douce. Quand tu étais une petite fille, est-ce qu'on ne t'a jamais défendu de lire certains livres, et est-ce que ton père n'enfermait pas ces livres-là à clef ?

— Si, dis-je.

— Bon. Un mari n'est pas si différent d'un père, après tout. Il y a certaines espèces de connaissance que je préfère ne pas te voir acquérir. Il vaut mieux les enfermer à clef. Et voilà. Maintenant, mange tes pêches et ne me pose plus de questions, ou je te mets dans le coin.

— Pourquoi me traites-tu toujours comme si j'avais six ans ? dis-je.

— Comment veux-tu que je te traite ?

— Comme les autres hommes traitent leurs femmes.

— Ils les battent, c'est ça que tu veux dire ?

— Ne fais pas l'idiot. Pourquoi plaisantes-tu toujours ?

— Je ne plaisante pas. Je suis très sérieux.

— Non. Je le vois dans tes yeux. Tu joues continuellement avec moi comme si j'étais une petite fille bête.

— Alice au pays des merveilles. J'ai eu là une très bonne idée. As-tu déjà acheté ta ceinture et ton ruban de cheveux ?

— Je t'ai prévenu. Tu n'en reviendras pas d'étonnement quand tu me verras dans mon costume.

— J'en suis sûr. Finis ta pêche et ne parle pas la bouche pleine. J'ai des tas de lettres à écrire après dîner. »

Le repas terminé, je montai à la galerie des troubadours pour jeter un coup d'œil aux tableaux. Je les connaissais bien maintenant, certes, mais je ne les avais jamais examinés dans l'idée d'en tirer un modèle de costume. Mrs. Danvers avait tout à fait raison. Que j'étais sotte de ne pas y avoir pensé plus tôt ! J'avais tout de suite aimé cette jeune fille en blanc qui tenait son chapeau à la main. C'était un Raeburn et le portrait était celui de Caroline de Winter, une sœur de l'arrière-arrière-grand-père de Maxim. Elle avait épousé un grand ministre whig et avait été une célèbre beauté de Londres, pendant plusieurs années, mais le portrait avait été peint avant cela, alors qu'elle n'était pas encore mariée. La robe blanche devait être facile à copier. Les manches ballon, les fronces, le petit corsage. Le chapeau serait plus difficile et il me faudrait une perruque. Mes cheveux plats ne boucleraient jamais ainsi. Peut-être ce Voce, à Londres, dont Mrs. Danvers m'avait parlé, me fournirait-il le tout. Je lui enverrais un croquis du portrait avec mes mesures, en lui disant de le reproduire exactement.

Quel soulagement d'avoir enfin décidé ! J'avais un poids de moins dans la cervelle. Je me mis même à penser au bal avec plaisir. Peut-être que je m'y amuserais, après tout.

Clarice avait peine à refréner son agitation et la fièvre me gagna à mesure que le grand jour approchait. Giles et Béatrice devaient rester coucher à Manderley, mais eux seuls, Dieu merci, bien qu'on eût invité beaucoup de monde au dîner qui précéderait le bal. J'avais pensé que nous serions obligés de loger des tas de gens pour la nuit, mais Maxim décida que non. « Le bal est une assez grosse besogne comme cela », dit-il, et je me demandai s'il faisait cela uniquement pour moi et si cette foule d'invités l'ennuyait vraiment comme il le disait. J'avais tellement entendu parler des réceptions de Manderley, avec des gens couchant jusque dans les salles de bains et sur les divans !

La maison commençait à prendre un air d'attente. Des hommes venaient poser un plancher de danse dans le hall, et l'on déplaçait les meubles du grand salon afin de pouvoir dresser les longues tables du buffet. On installait des lampes sur la terrasse et dans la roseraie. Il y avait des ouvriers partout et Frank venait déjeuner tous les jours. Les domestiques ne parlaient que du bal et Frith se redressait comme si tout le succès dépendait de lui. Mrs. Danvers n'était jamais encombrante, mais je sentais sa présence partout. C'est sa voix que j'entendais dans le salon où l'on dressait les tables, c'est elle qui donnait des instructions pour la disposition des fleurs dans le hall. Je n'étais qu'une figurante, inutile à tout un chacun. J'errais sans rien faire d'autre que de gêner ceux qui travaillaient. « Pardon, madame », disait une voix derrière moi, et un homme portant deux fauteuils sur son dos me dépassait avec un sourire d'excuse sur son visage en sueur.

« Oh ! excusez-moi », disais-je en m'écartant vivement, puis pour masquer mon oisiveté : « Puis-je vous aider ? Si on mettait ces fauteuils dans la bibliothèque ? »

L'homme me regardait tout étonné :

« Mrs. Danvers a donné ordre de les porter dans les communs, madame, pour ne pas faire d'encombrement.

— Oh ! mais bien sûr, disais-je. Je suis stupide. Faites comme elle vous a dit. »

Et je m'éloignais vivement en murmurant quelque chose à propos d'un papier ou d'un crayon que je serais venue chercher, vaine tentative pour faire croire à l'ouvrier que j'étais occupée, tandis qu'il traversait le hall avec un air surpris, et que je sentais que je ne lui avais pas donné le change un seul instant.

Le grand jour se leva dans la brume, sous un ciel bas, mais le baromètre était au beau et nous étions tranquilles. La brume était un bon signe. Elle se dissipa vers onze heures, ainsi que Maxim l'avait prédit, et nous eûmes une magnifique journée sans un nuage dans le ciel bleu. Pendant toute la matinée, les jardiniers apportèrent des fleurs dans la maison : les derniers lilas blancs, des roses à longues tiges par centaines et des lis de toutes sortes.

Maxim et moi déjeunâmes dans l'appartement de Frank, à côté du bureau, afin de ne rien déranger. Nous étions tous les trois de l'humeur joviale de gens qui viennent d'assister à un enterrement. Nous faisions des plaisanteries à propos de tout et de rien, l'esprit continuellement tourné vers les heures prochaines. Je me sentais un peu dans le même état qu'au matin de mon mariage.

Le même anxieux sentiment d'avoir été trop loin pour reculer.

Il faudrait subir cette soirée. Dieu merci, la maison Voce avait livré ma robe à temps. Elle paraissait parfaite dans ses plis de papier de soie. Et la perruque était un triomphe. Je l'avais essayée après le petit déjeuner, et avais été tout étonnée de ma métamorphose. Je semblais tout à fait jolie et absolument différente. Ce n'était plus du tout moi. Maxim et Frank continuaient à m'interroger sur mon costume.

« Vous ne me reconnaîtrez pas, dis-je. Vous serez ahuris tous les deux.

— Tu ne vas pas te déguiser en clown, j'espère ? dit Maxim effrayé. Rien de comique ?

— Non, non, ce n'est pas ce genre-là, dis-je, pleine d'importance.

— Tu aurais dû t'habiller en Alice au pays des merveilles.

— Ou en Jeanne d'Arc, avec vos cheveux, dit timidement Frank.

— Je n'y avais pas pensé, répondis-je sèchement, ce qui fit rougir Frank.

— Oh ! je suis sûr que, de toute façon, ce sera très bien, ajouta-t-il avec son air le plus cérémonieux.

— Ne la flattez pas, Frank, dit Maxim. Elle est déjà si fière de ce merveilleux costume qu'elle ne se connaît plus. Heureusement que Béa te remettra à ta place. Si ton costume lui déplaît, elle ne te l'enverra pas dire.

— Reprenez quelques asperges, madame.

— Non, vraiment, Frank, merci, je n'ai pas faim.

— Les nerfs, dit Maxim en secouant la tête. Ça ne fait rien, demain, à cette heure-ci, ce sera passé.

— Je l'espère bien, dit Frank sérieusement. J'avais l'intention de donner ordre que toutes les voitures soient prêtes à repartir à cinq heures du matin. »

Je me mis à rire aux larmes.

« Et si on envoyait des dépêches à tous les gens pour leur dire de ne pas venir ? dis-je.

— Allons, un peu de courage, fit Maxim. Après cela, nous aurons la paix pour plusieurs années. Frank, je pense qu'il faudrait aller voir ce qui se passe à la maison. Qu'en pensez-vous ? »

Nous retournâmes à la maison et l'après-midi se traîna comme les heures qui précèdent un voyage, lorsque les bagages sont faits. J'errais de pièce en pièce, aussi perdue que Jasper qui ne quittait pas mes talons.

Je n'étais d'aucune aide à personne, et il eût été plus

sage de ma part d'aller faire une longue promenade avec le chien. Au moment où je m'y décidai, il était trop tard : Maxim et Frank commandaient le thé, et quand le thé fut fini, Béatrice et Giles arrivèrent. Le fameux soir commençait déjà.

« C'est tout à fait comme autrefois, dit Béatrice en embrassant Maxim et en regardant autour d'elle. Félicitations, tu t'es rappelé les moindres détails. Les fleurs sont ravissantes, ajouta-t-elle en se tournant vers moi. C'est vous qui les avez arrangées ?

— Non, dis-je un peu confuse. Mrs. Danvers s'est chargée de tout.

— Oh ! en somme... »

Béatrice ne finit pas sa phrase, elle se tourna vers Frank pour qu'il allumât sa cigarette, et quand ce fut fait, elle parut avoir oublié ce qu'elle allait dire.

« Quel plaisir de n'être que nous, reprit-elle. Je me rappelle être arrivée ici un jour, vers cette heure-ci, et y avoir trouvé au moins vingt-cinq personnes, toutes invitées à coucher.

— Quels seront les costumes ? dit Giles. Je suppose que Maxim s'est défilé, comme d'habitude.

— Comme d'habitude, dit Maxim.

— Je trouve que c'est une erreur. Tout aurait plus de mouvement si tu t'y mêlais.

— Est-ce que tu as déjà vu un bal à Manderley manquer de mouvement ?

— Non, mon vieux, l'organisation est trop parfaite. Mais je trouve que le maître de maison devrait donner l'exemple.

— La maîtresse de maison suffit, dit Maxim. Pourquoi veux-tu que je m'affuble d'un costume chaud et gênant et qui me ridiculise par-dessus le marché ?

— Tu es absurde. Personne ne te demande de te ridiculiser. Avec ta silhouette, mon cher Maxim, tu peux te permettre n'importe quel costume. Ce n'est pas comme ce pauvre Giles.

— En quoi sera Giles, si ce n'est pas un secret d'Etat ? demandai-je.

— Oh ! non, fit Giles radieux, mais c'est assez réussi. Le tailleur du pays s'en est bien tiré. Je serai en cheik arabe.

— Seigneur ! fit Maxim.

— Ce n'est pas mal du tout, dit Béatrice avec chaleur. Il se brunit la figure, naturellement, et il enlève ses lunettes. La coiffure est authentique. Nous l'avons empruntée à un ami qui a vécu en Orient, et pour le costume, le tailleur l'a fait d'après des gravures, Giles est très bien dedans.

— Et vous, madame, en quoi serez-vous ? demanda Frank.

— Oh ! je crains que ce ne soit pas merveilleux, dit Béatrice, j'ai une espèce de machin oriental pour aller avec Giles, mais je ne prétends pas à l'authenticité. Des tas de colliers, vous savez, et un voile sur la figure.

— Ce doit être charmant, dis-je poliment.

— Oh ! ce n'est pas mal. Facile à porter, et ça compte. J'ôterai le voile si j'ai trop chaud. Et vous, en quoi serez-vous ?

— Ne lui demande pas, fit Maxim. Elle ne veut pas le dire. Jamais secret ne fut si bien gardé.

— Et vous, Crawley ? » demanda Giles.

Frank avait plutôt l'air de s'excuser.

« J'ai eu tellement à faire que j'ai laissé ça pour le dernier moment. J'ai retrouvé hier un vieux pantalon et un jersey rayé, je pense me mettre un bandeau sur l'œil et faire une espèce de pirate.

— Vous auriez dû nous écrire, on vous aurait prêté quelque chose, dit Béatrice. Il y a le costume de Hollandais que Roger a mis en Suisse l'hiver dernier. Il vous aurait très bien été.

— J'interdis à mon agent de se promener en Hollandais, dit Maxim. Personne ne lui paierait plus son loyer. Laisse-le se déguiser en pirate. Peut-être aura-t-on un peu peur de lui.

— Il ressemble à tout, sauf à un pirate », me chuchota Béatrice à l'oreille.

Je fis semblant de ne pas entendre. Pauvre Frank ! Elle était toujours sévère pour lui.

« Combien serons-nous à dîner ? demanda-t-elle.

— Seize en nous comptant, répondit Maxim. Pas d'étrangers. Tu connais tout le monde.

— Ça va être très amusant, dit Béatrice. Je suis

contente que tu te sois décidé à donner de nouveau un bal, Maxim.

— C'est elle qu'il faut remercier, dit-il en me regardant.

— Ce n'est pas vrai, fis-je. Tout ça est la faute de Lady Crowan.

— Pas du tout, dit Maxim en me souriant. Et tu sais très bien que tu es excitée comme une enfant à son premier bal.

— Je ne suis pas excitée du tout.

— Je brûle d'envie de voir votre costume, dit Béatrice.

— Oh ! il n'a vraiment rien d'extraordinaire.

— Mme de Winter assure que nous ne la reconnaîtrons pas », dit Frank.

Tout le monde me regardait en souriant. Je me sentais contente et animée. Les gens étaient gentils. Cela devenait vraiment amusant de donner un bal, d'être maîtresse de maison.

Le bal était en mon honneur, en mon honneur de jeune mariée. J'étais assise sur la table de la bibliothèque et je balançais mes jambes, entourée par eux tous, et j'avais envie de monter mettre ma robe et essayer ma perruque devant la glace. C'était nouveau, ce sentiment d'importance que j'éprouvais à voir Giles, Béatrice, Frank, Maxim me regarder et parler de mon costume et essayer de deviner ce qu'il serait. Je songeais à la douce robe blanche dans ses flots de papier de soie, je voyais comment elle cacherait ma silhouette plate et mes épaules trop tombantes. Je songeais aux boucles lisses et brillantes qui allaient recouvrir mes cheveux raides.

« Quelle heure est-il ? dis-je nonchalamment avec un petit bâillement et comme si cela n'avait aucune importance. Je me demande s'il ne serait pas temps de monter... »

Comme nous traversions le grand hall pour gagner nos chambres, je m'avisai pour la première fois de la façon magnifique dont la maison se prêtait à la circonstance. Même le grand salon, cérémonieux et froid à mon goût, lorsque nous étions seuls, était à présent un rayonnement de couleurs avec des fleurs dans tous les coins, des coupes d'argent pleines de roses rouges sur les nappes blanches des tables du souper, et les hautes fenêtres ouvertes sur la terrasse où, dès la nuit tombée, les lampes s'allumeraient. Les musiciens avaient déjà monté leurs instruments dans la galerie des troubadours au-dessus du hall, et le hall lui-même avait un air étrange d'attente, il avait une chaleur que je ne lui connaissais pas, due à la soirée si calme et si claire, aux fleurs sous les tableaux, à nos rires tandis que nous montions l'escalier.

Je trouvai Clarice qui m'attendait dans ma chambre, sa face ronde rouge de plaisir. Nous riions comme des écolières et je lui dis de fermer ma porte à clef. Il y eut un bruissement mystérieux de papier de soie. Nous nous parlions tout bas comme des conspirateurs et marchions sur la pointe des pieds. J'avais l'impression d'être une enfant le soir de Noël. Ces allées et venues, pieds nus, à travers ma chambre, nos petits rires furtifs, nos exclamations étouffées me rappelaient l'époque lointaine où je déposais mon soulier dans la cheminée. Nous étions tranquilles, Maxim dans son cabinet de toilette, la porte de communication fermée à clef. Clarice était ma seule confidente et alliée. La robe m'allait parfaitement. Je restais tranquille, refrénant à grand-peine mon impatience tandis que Clarice l'agrafait de ses doigts maladroits.

« C'est joli, madame, répétait-elle, assise sur ses talons, se reculant pour me regarder. C'est une robe pour la reine d'Angleterre.

— Qu'est-ce qui se passe sur l'épaule gauche, dis-je anxieusement, est-ce que le ruban de ma combinaison ne dépasse pas ?

— Non, madame, rien ne dépasse.

— Comment est-ce ? Comment suis-je ? »

Je n'attendis pas sa réponse et m'en fus tourner devant le grand miroir ; je fronçais les sourcils, je souriais. Je me sentais déjà tout autre, ma terne personne enfin transfigurée.

« Donnez-moi la perruque, dis-je, très excitée. Attention de ne pas l'écraser, il ne faut pas aplatir les boucles. Il faut qu'elles auréolent le visage. »

Clarice était debout derrière moi, je voyais dans la glace son visage épanoui au-dessus de mon épaule, ses yeux brillants, sa bouche entrouverte. Je lissai mes cheveux derrière mes oreilles. Je pris les douces boucles brillantes d'une main tremblante, riant sous cape en regardant Clarice.

« Oh ! Clarice, qu'est-ce que monsieur va dire ! »

Je recouvris mes pauvres cheveux de la perruque bouclée, essayant de dissimuler mon triomphe, de réprimer mon sourire. Quelqu'un vint frapper à la porte.

« Qu'est-ce que c'est ? dis-je affolée. On n'entre pas !

— Ce n'est que moi, n'ayez pas peur, dit Béatrice. Où en êtes-vous ? Je voudrais vous admirer.

— Non, non, dis-je, on n'entre pas. Je ne suis pas prête. »

Clarice s'agitait à côté de moi, la main pleine d'épingles à cheveux que je prenais une à une pour fixer les boucles qui s'étaient dérangées dans la boîte.

« Je descendrai dès que je serai prête, criai-je. Descendez tous. Ne m'attendez pas. Dites à Maxim de ne pas venir.

— Maxim est en bas, dit-elle. Il est venu chez nous. Il nous a dit qu'il avait frappé à la porte de votre salle de bains et que vous n'aviez pas répondu. Ne mettez pas trop longtemps. Nous sommes tous si intrigués. Vous êtes sûre que je ne peux pas vous aider ?

— Non, criai-je impatientée, perdant la tête. Descendez, descendez. »

Pourquoi venait-elle m'ennuyer en un pareil moment ? Cela m'énervait, je ne savais plus ce que je faisais. Je me débattais avec une épingle à cheveux, y emmêlant une boucle. Je n'entendais plus Béatrice, elle avait dû continuer son chemin dans le couloir. Je me demandais si elle était contente de ses voiles orientaux et si Giles avait réussi à se brunir le visage. Que tout cela était absurde ! Pourquoi le faisions-nous ? Pourquoi étions-nous si enfants ?

Je ne reconnaissais pas le visage qui me regardait dans la glace. Les yeux étaient plus grands, la bouche plus petite, la peau blanche et lisse. Les boucles auréolaient ma tête. Je regardai ce moi qui n'était pas moi et souris d'un sourire nouveau, étrange et lent.

« Oh ! Clarice, m'écriai-je, Clarice ! »

Je pris ma jupe à deux mains et lui fis la révérence dans des flots de satin. Elle rit, rougit, un peu embarrassée, mais ravie. Je me pavanai devant la glace.

« Ouvrez la porte, dis-je, je descends. Courez devant, voir s'ils sont là. »

Elle m'obéit, riant toujours, et je la suivis dans le couloir en retroussant ma jupe.

Elle se retourna et me fit signe.

« Ils sont en bas, chuchota-t-elle, monsieur, le major et Mme Lacy. M. Crawley vient d'arriver. Ils sont tous dans le hall. »

Je jetai un coup d'œil à travers la rampe du palier.

Oui, ils étaient tous là : Giles dans sa robe blanche d'Arabe, riant très fort en montrant le poignard qu'il portait à la ceinture ; Béatrice, affublée d'extraordinaires voiles verts et de longs colliers de verroterie ; le pauvre Frank, gêné et un peu ridicule dans son jersey rayé et ses bottes de marin ; Maxim, le seul personnage normal de la bande, en habit.

« Je ne sais pas ce qu'elle fait, dit-il. Il y a un temps fou qu'elle est dans sa chambre. Quelle heure est-il, Frank ? Les invités vont arriver d'une minute à l'autre, pour le dîner. »

Les musiciens étaient déjà dans la galerie. L'un d'eux accordait son violon. Il joua une gamme tout bas, puis fit vibrer une corde entre ses doigts. La lumière brillait sur le portrait de Caroline de Winter.

Oui, la robe avait été fidèlement reproduite. La manche bouffante, la large ceinture, le ruban et le grand chapeau que je tenais à la main. Et mes boucles étaient pareilles aux siennes, elles entouraient mon visage comme celui du portrait. Je crois que jamais je ne m'étais sentie aussi animée, heureuse et fière. Je fis signe au violoniste et posai un doigt sur mes lèvres pour lui demander le silence. Il sourit et s'inclina. Il traversa la galerie pour me rejoindre.

« Dites à la grosse caisse de m'annoncer, chuchotai-je. Qu'il tambourine comme on fait, vous savez, et qu'il annonce bien haut : Mlle Caroline de Winter. Je veux les surprendre en bas. »

Il inclina la tête, il avait compris. Mon cœur battait follement et mes joues brûlaient. Que tout cela était amusant, bêtement, enfantinement amusant ! Je souris à Clarice toujours tapie dans le couloir, je relevai ma jupe à deux mains. Tout à coup, le bruit du tambour résonna dans la galerie, me surprenant moi-même, qui pourtant m'y attendais. Je les vis dans le hall lever la tête, tout étonnés.

« Mlle de Winter », cria le musicien.

Je m'avançai au haut de l'escalier et m'arrêtai, souriante, tenant mon chapeau à la main comme la jeune fille du portrait. J'attendais les applaudissements et les rires qui devaient suivre, tout en descendant lentement l'escalier. Personne n'applaudissait, personne ne bougeait.

Tous me regardaient comme s'ils avaient été pétrifiés. Béatrice poussa un petit cri et porta la main à sa bouche. Je continuais à sourire, je mis la main sur la rampe.

« Bonsoir, monsieur de Winter », dis-je.

Maxim n'avait pas bougé, il me regardait, un verre à la main. Son visage était sans couleur. Il était d'un blanc de cendre. Je vis Frank aller à lui comme pour lui parler, mais Maxim l'écarta. J'hésitai, un pied entre deux marches. Il y avait quelque chose qui n'allait pas, ils n'avaient pas compris. Pourquoi Maxim me regardait-il comme cela ? Pourquoi restaient-ils tous immobiles, comme des gens en transe ?

Puis Maxim s'avança vers l'escalier, ne quittant pas mon visage des yeux.

« Qu'est-ce que tu as fait ? » dit-il.

Ses yeux étincelaient de colère. Son visage restait d'un blanc de cendre. Je ne pouvais bouger. Je restais debout, immobile, une main sur la rampe.

« C'est le portrait, dis-je, terrifiée par ses yeux, par sa voix. C'est le portrait, celui qui est dans la galerie. »

Il y eut un long silence. Nous nous regardions dans les yeux. Personne ne bougeait dans le hall. J'avalai ma salive, ma main se porta à ma gorge.

« Qu'est-ce qu'il y a ? dis-je. Qu'est-ce que j'ai fait ? »

Si seulement ils ne me regardaient pas ainsi avec ces visages immobiles. Si seulement quelqu'un me disait quelque chose. Quand Maxim se remit à parler, je ne reconnus pas sa voix. Elle était calme et glacée.

« Va te changer, dit-il. Mets n'importe quoi, n'importe quelle robe du soir, n'importe quoi. Va vite avant que personne ne te voie. »

Je ne pouvais pas parler. Je continuais à le regarder. Ses yeux étaient la seule chose vivante dans le masque blême de son visage.

« Qu'est-ce que tu attends ? dit-il d'une voix bizarre et rude. Tu n'as pas entendu ce que je t'ai dit ? »

Je me retournai et remontai en courant. J'aperçus en passant le visage étonné du musicien qui avait fait l'annonce. Je le bousculai, trébuchai sans regarder devant moi. Les larmes m'aveuglaient. Je ne comprenais rien à ce qui arrivait. Clarice n'était plus là. Le couloir était désert. Je regardai autour de moi, pétrifiée, stupide, comme un être traqué. Puis je vis que la porte menant à l'aile ouest était grande ouverte et qu'il y avait quelqu'un sur le seuil.

C'était Mrs. Danvers. Je n'oublierai jamais l'expression de son visage, méprisant, triomphant. Le visage d'un démon qui exulte. Elle était là debout et me regardait en souriant. Je me sauvai en courant dans l'étroit couloir qui menait à ma chambre, trébuchant à chaque pas dans les flots de ma jupe.

CHAPITRE XVI

Clarice m'attendait dans ma chambre. En me voyant, elle éclata en sanglots. Je ne dis rien. Je me mis à tirer sur les agrafes de ma robe en éraillant l'étoffe. Je ne parvenais pas à me déshabiller et Clarice vint à mon aide en continuant à pleurer bruyamment.

« Votre belle robe, madame, disait-elle. Votre belle robe blanche.

— Ça ne fait rien, dis-je. Vous ne voyez pas la boucle ? Là, en bas. Et il y en a une autre à côté. »

Elle tâtonnait d'une main tremblante parmi les agrafes, s'y prenant encore plus mal que moi et luttant contre ses sanglots.

« Qu'est-ce que vous allez mettre maintenant, madame ? dit-elle.

— Je ne sais pas. »

Elle avait fini par dégrafer ma robe que je quittai.

« Je voudrais rester seule, Clarice, dis-je. Soyez gentille, laissez-moi. Ne vous inquiétez pas. Je m'arrangerai. Oubliez ce qui s'est passé, je veux que vous vous amusiez ce soir.

— Vous ne voulez pas que je repasse une robe ? dit-elle en me regardant de ses yeux gonflés et noyés de larmes. Je n'en aurai pas pour longtemps.

— Non, ne vous inquiétez pas, je préfère que vous me laissiez... Et puis, Clarice...

— Madame ?

— Ne... ne parlez pas de ce qui vient de se passer. »

Quelqu'un frappa à la porte. Clarice me jeta un regard effrayé.

« Qu'est-ce que c'est ? » dis-je.

La porte s'ouvrit et Béatrice entra. Elle vint vivement à moi dans ses bizarres draperies orientales et ses verroteries.

« Ma chère, ma chère », dit-elle en me tendant les mains.

Clarice se glissa hors de la chambre. Je me sentis soudain exténuée. J'allai m'asseoir sur mon lit.

Je portai les mains à ma tête et retirai la perruque bouclée.

« Vous vous sentez bien ? me demanda Béatrice. Vous êtes toute pâle.

— C'est l'éclairage, dis-je. C'est toujours comme ça.

— Reposez-vous quelques minutes et ça ira tout à fait. Attendez que je vous cherche un verre d'eau. »

Elle alla dans la salle de bains, faisant tinter ses

bracelets à chaque pas, et revint, tenant un verre d'eau.

J'en bus pour lui faire plaisir. Elle était tiède ; elle ne l'avait pas laissée couler.

« J'ai compris tout de suite, naturellement, que c'était une effroyable erreur, dit-elle. Vous ne pouviez évidemment pas vous douter...

— Me douter de quoi ?

— Eh bien, que... la robe, ma pauvre, la robe du portrait que vous aviez copiée... c'était le costume de Rebecca au dernier bal. Identique. Vous étiez là en haut de l'escalier, et pendant une épouvantable minute, j'ai pensé... »

Elle ne finit pas sa phrase, elle me tapotait l'épaule.

« Pauvre enfant, c'est vraiment malheureux. Comment auriez-vous pu savoir ?

— J'aurais dû m'en douter, dis-je stupidement, trop abrutie pour comprendre. J'aurais dû.

— C'est absurde. Nous savons tous que vous ne pouviez absolument pas deviner cela. Seulement ç'a été un choc, vous comprenez. Aucun de nous ne s'y attendait, et Maxim...

— Oui... Maxim ? dis-je.

— Il croit que vous l'avez fait exprès, vous comprenez. Vous aviez parié de le surprendre, n'est-ce pas ? Je lui ai dit tout de suite que vous étiez incapable d'une chose pareille et que c'était uniquement par un malencontreux hasard que vous aviez choisi ce tableau.

— J'aurais dû savoir, répétai-je. C'est ma faute. J'aurais dû me douter.

— Non, non, ne vous tourmentez pas. Vous lui expliquerez tout cela vous-même tranquillement et il comprendra. Les premiers invités arrivaient comme je montais chez vous. Ils prennent le porto. Tout va bien. J'ai dit à Giles et à Frank d'expliquer que votre costume était raté et que vous étiez très déçue. »

Je ne répondis pas. Je restais assise sur le lit, mes mains sur mes genoux.

« Qu'est-ce que vous allez mettre ? dit Béatrice en ouvrant mon armoire. Qu'est-ce que c'est que cette robe bleue ? Elle est charmante. Mettez ça. Personne n'y fera attention. Vite. Je vais vous aider.

— Non, dis-je. Non. Je ne descendrai pas.

— Mais personne ne saura rien, insista-t-elle. Nous avons arrangé toute l'histoire : le costumier a fait une erreur, votre robe est ratée et vous avez été obligée de mettre une simple robe du soir. Personne ne se doutera de rien.

— Vous ne comprenez pas, dis-je. La robe, ça m'est égal. Ce n'est pas ça. C'est ce qui est arrivé, ce que j'ai fait. Je ne peux pas descendre, Béatrice, je ne peux pas.

— Mais, ma chère, Giles et Frank ont très bien compris. Et Maxim aussi. C'était seulement le premier choc... Je vais tâcher de le prendre à part un moment et de lui expliquer.

— Non ! dis-je. Non !

— Allons, ma chère, dit-elle en me caressant la main. Faites un effort. Mettez cette jolie robe bleue. Pensez à Maxim. Il faut descendre pour lui.

— Je ne pense qu'à Maxim, dis-je.

— Alors ?

— Non, dis-je en me rongeant les ongles et en me balançant sur le bord du lit. Je ne peux pas. Je ne peux pas. »

On frappa à la porte. C'était Giles.

« Tout le monde est là, dit-il. Maxim m'envoie voir ce qui se passe.

— Elle ne veut pas descendre, fit Béatrice. Qu'est-ce qu'on va dire ? »

J'aperçus Giles qui me regardait dans l'entrebâillement de la porte.

« Mon Dieu, quelle histoire ! » chuchota-t-il, et il se détourna d'un air embarrassé en s'apercevant que je le voyais.

« Qu'est-ce qu'il faut que je dise à Maxim ? demanda-t-il à Béatrice. Il est plus de huit heures.

— Dis qu'elle a la migraine, mais qu'elle essaiera de descendre plus tard. Qu'on se mette à table. Je viens tout de suite.

— Bon, c'est ça », fit-il.

Il jeta de nouveau un regard vers moi, à la fois sympathique et curieux. Il se demandait ce que je faisais, assise sur le lit, et il parlait à voix basse, comme après un accident, quand on attend le docteur.

« Je ne peux rien faire d'autre ? dit-il.

— Non, fit Béatrice, descends. Je te suis. »

Il lui obéit et s'éloigna en traînant ses burnous.

« Si vous preniez un peu d'alcool ? dit Béatrice en un suprême effort. Je sais bien que ce n'est qu'un coup de fouet, mais ça réussit quelquefois.

— Non, dis-je, non, je n'ai envie de rien.

— Il faut que je descende. Giles dit qu'on attend pour servir. Vous êtes sûre que je peux vous laisser ?

— Oui, et merci, Béatrice.

— Oh ! il n'y a pas de quoi. J'aurais voulu pouvoir faire quelque chose. » Elle se baissa vivement devant le miroir et se repoudra.

« Dieu, quelle figure ! dit-elle, ce sacré voile va tout de travers. Tant pis, on n'y peut rien. »

Elle sortit en refermant la porte derrière elle. Je sentais que j'avais déçu sa sympathie en refusant de descendre.

Elle n'avait pas compris. Elle appartenait à une autre espèce d'hommes et de femmes, à une autre race que moi. Les femmes de sa race avaient du cran. Elles n'étaient pas comme moi. Si c'était Béatrice qui se fût trouvée à ma place, elle aurait passé une autre robe et serait redescendue pour recevoir ses invités, un sourire sur les lèvres. Je ne pouvais pas. Je n'avais pas de cran. J'étais mal dressée.

Je continuais à voir les yeux de Maxim étincelants dans son visage blanc, et, derrière lui, Giles, Béatrice et Frank me regardant, pétrifiés.

Je me levai et m'en allai regarder à la fenêtre. Deux jardiniers vérifiaient l'éclairage de la roseraie, allumant les lampes pour s'assurer que toutes fonctionnaient. Il y avait des tables et des chaises pour les couples qui voudraient prendre l'air. Je sentais le parfum des roses. Les hommes parlaient et riaient. « Ça va, dit l'un d'eux, en éteignant, allons voir la terrasse », et il s'éloigna en sifflant un air à la mode. J'enviai cet homme. Tout à l'heure, avec son copain, il regarderait les autos arriver dans l'avenue, les mains dans les poches, la casquette en arrière.

Puis il s'en irait boire du cidre à la longue table dressée dans un coin de la terrasse pour les gens du domaine. « C'est tout à fait comme autrefois », dirait-il. Mais son copain secouerait la tête en tirant sur sa pipe. « La nouvelle n'est pas comme notre Mme de Winter », répondrait-il. Et une femme près d'eux, dans la foule, l'approuverait, et d'autres encore, tous disant : « Ça, c'est vrai », et hochant la tête.

« Où est-elle ? Elle n'est pas venue une fois sur la terrasse.

— Mme de Winter était partout, elle.

— Ça, c'est vrai. »

Et la femme se tournerait vers ses voisins avec un air mystérieux :

« On dit qu'elle n'est même pas descendue, ce soir.

— Allons, allons !

— Comme je vous le dis. Demande à Mary.

— C'est vrai. Une des femmes de chambre m'a dit que Mme de Winter n'avait pas quitté sa chambre de toute la soirée.

— Qu'est-ce qu'elle a ? Elle est malade ?

— Non, elle boude. Paraît que sa robe ne lui plaît pas. »

Une bordée de rires et un murmure dans la petite foule.

« A-t-on jamais entendu ? C'est un affront pour M. de Winter.

— C'est moi qui ne le supporterais pas à sa place, et d'une gosse comme elle... »

Et les invités flânant sur la terrasse et les pelouses. Le couple qui, dans trois heures, serait assis dans les fauteuils de la roseraie, sous ma fenêtre.

« Tu crois que c'est vrai ce que j'ai entendu ?

— Qu'est-ce que tu as entendu ?

— Eh bien, qu'elle n'est pas souffrante du tout, mais qu'ils ont eu une scène terrible et qu'elle ne veut pas descendre !

— Non ? (Le sourcil levé, les lèvres froncées en un long sifflement.)

— En tout cas, ça a un drôle d'air, tu ne trouves pas ? On n'a pas comme ça une migraine sans raison.

— Je l'ai trouvé un peu maussade, lui.

— Moi aussi.

— D'ailleurs, j'avais déjà entendu dire que le ménage ne marche pas trop bien.

— C'est vrai ?

— On me l'a répété de plusieurs côtés. On dit qu'il commence à s'apercevoir qu'il a fait une lourde bêtise. Elle n'est même pas jolie, tu sais.

— Oui, très insignifiante à ce qu'il paraît. Qui était-elle ?

— Rien du tout. Il l'a ramassée dans le Midi. Une bonne d'enfants ou quelque chose comme cela.

— Seigneur !

— Oui... Quand on pense à Rebecca... »

Je regardais les fauteuils vides. Le ciel corail devenait gris. L'étoile du soir brillait au-dessus de ma tête. Je quittai la fenêtre et revins vers le lit. Je ramassai la robe blanche restée par terre et la remis dans le carton plein de papier de soie. Je rangeai également la perruque dans sa boîte. Puis je cherchai dans un placard le petit fer à repasser dont je me servais à Monte-Carlo pour les robes de Mrs. Van Hopper. Il était au fond d'une planche avec des chandails que je n'avais pas mis depuis longtemps. C'était un de ces petits fers de voyage qui s'adaptent à tous les voltages. Je le fixai à la prise de courant et me mis à repasser la robe bleue que Béatrice avait sortie de l'armoire, lentement, méthodiquement, comme je repassais les robes de Mrs. Van Hopper à Monte-Carlo.

Quand j'eus fini, j'étalai la robe sur le lit. Puis j'ôtai de mon visage le maquillage que j'avais mis pour le bal costumé. Je me peignai et me lavai les mains. Je mis la robe bleue et les souliers assortis. Je retrouvais l'ancien moi qui descendait dans le hall de l'hôtel avec Mrs. Van Hopper. J'ouvris la porte de ma chambre et sortis dans le couloir. Tout était tranquille et silencieux. On n'aurait pas cru qu'il y avait une fête. J'allai sur la pointe des pieds jusqu'au bout du couloir et tournai le coin. La porte de l'aile ouest était fermée. Il n'y avait pas un bruit.

Quand j'arrivai à la galerie au-dessus de l'escalier, j'entendis un murmure et le bourdonnement des conversations venant de la salle à manger. Le dîner n'était pas fini. Il n'y avait personne dans le hall ni dans la galerie. Les musiciens devaient être également en train de dîner. Je ne savais pas ce qui avait été arrangé pour eux. Frank devait s'en être occupé. Frank ou Mrs. Danvers.

J'apercevais, d'où j'étais, le portrait de Caroline de Winter. Je voyais les boucles encadrant son visage, et le sourire de ses lèvres. Il me souvint de la femme du pasteur disant : « Je ne l'oublierai jamais, tout en blanc avec un nuage de cheveux noirs. » J'aurais dû me rappeler cela, j'aurais dû savoir. Comme les instruments de musique avaient une drôle d'allure, seuls dans la galerie ! Une planche craqua quelque part. Je me retournai. Il n'y avait personne. Mais un courant d'air me souffla au visage ; on avait dû laisser une fenêtre ouverte dans un des couloirs. Un feuillet de musique s'envola d'un pupitre et tomba sur le sol. Je regardai derrière moi... Le courant d'air venait de là. Je revins sur mes pas, et en entrant dans le long couloir, je vis que la porte qui menait à l'aile ouest était grande ouverte. Il faisait noir dans le corridor de l'ouest, il n'y avait pas une seule lampe allumée.

Je sentais le vent d'une fenêtre ouverte sur mon visage. Je cherchai le commutateur en tâtonnant le long du mur et ne le trouvai pas. Je voyais la fenêtre dans un angle et son rideau doucement balancé. La lumière grise du crépuscule projetait d'étranges ombres sur le sol. Le bruit de la mer me parvenait par la fenêtre ouverte, le doux bruissement de la marée haute sur les galets.

Je n'allai pas fermer la fenêtre. Je demeurai là un instant, frissonnante dans ma robe légère, à écouter la mer. Puis je me retournai vivement et, fermant la porte de l'aile ouest derrière moi, je revins à l'escalier.

Le murmure des voix s'était enflé maintenant, il était plus fort que tout à l'heure. La porte de la salle à manger était ouverte. On sortait de table. Je voyais Robert debout près de la porte ; il y avait un glissement de chaises, des éclats de conversation, des rires.

Je descendis lentement à leur rencontre.

Lorsque je me rappelle mon premier bal à Manderley, mon premier et mon dernier, il me souvient de petits faits isolés sur la vaste toile brumeuse de la soirée. Le fond était confus. Un océan de visages indistincts que je ne connaissais pas, dans le lent tourbillon de la musique jouant une valse qui ne finissait pas. Les mêmes couples passaient et repassaient avec les mêmes sourires figés, et pour moi, debout avec Maxim au pied de l'escalier afin d'accueillir les retardataires, ces couples de danseurs avaient l'air de marionnettes tournant au bout d'une ficelle tenue par une invisible main.

Il y avait une femme dont je n'ai jamais su le nom, que je n'ai jamais revue, mais elle portait une robe rose à crinoline ou à paniers, vague allusion aux siècles passés, mais dont je n'aurais pas su dire s'il s'agissait du XVIIe, du XVIIIe ou du XIXe, et chacun de ses passages devant moi coïncidait avec une vague de la valse, et elle fléchissait et tournoyait en me souriant. Cela recommençait chaque fois, comme un mouvement automatique, comme ces promenades sur le pont d'un bateau où l'on rencontre toujours les mêmes passagers aux mêmes points.

Il y avait aussi Lady Crowan, monstrueuse dans le costume pourpre de je ne sais quelle figure romanesque du passé, Marie-Antoinette ou Nell Gwynne, ou je ne sais quel bizarre composé érotique des deux. Elle répétait continuellement de sa voix perchée un peu plus haut encore que de coutume par l'effet du champagne : « Ce n'est pas les de Winter qu'il faut remercier pour tout ça, c'est moi ! »

Je me rappelle Robert renversant un plateau de glaces et l'expression de Frith lorsqu'il vit que le coupable était Robert et non l'un des garçons venus en extra. J'avais envie d'aller à Robert, de le défendre et de lui dire : « Je sais ce que vous éprouvez. Je comprends. J'ai fait pire ce soir. » Je sens encore sur mon visage le sourire figé qui n'allait pas avec la détresse de ses yeux. Je vois Béatrice, chère Béatrice amicale et sans tact, m'observant tout en dansant avec un petit mouvement de tête d'encouragement, ses bracelets balancés à ses poignets, son voile glissant continuellement sur son front en sueur. Je me revois aussi tournant autour de la salle dans une danse désespérée avec Giles, dont le bon cœur n'avait pas admis mes refus, et qui avait tenu à me conduire bravement à travers la foule piétinante, comme il conduisait ses chevaux à une course. Je l'entends me dire : « Vous avez une robe épatante. Toutes les autres sont ridicules à côté de vous », et je le bénis pour ce geste touchant de compréhension et de sincérité, car il pensait, cher Giles, que j'étais déçue à cause de ma robe, que j'étais préoccupée par mon apparence, que je me souciais de cela.

C'est Frank qui m'apporta une assiette de poulet et de jambon que je ne pus manger. Frank qui se tenait à côté de moi, me tendant une coupe de champagne que je ne pouvais pas boire.

« Essayez, disait-il doucement. Je crois que ça vous fera du bien », et je bus trois gorgées pour lui plaire. Le bandeau noir qu'il portait sur un œil lui donnait un drôle d'air, le changeait, le vieillissait. Il y avait sur son visage des rides que je n'avais pas vues auparavant.

L'orchestre jouait toujours, et les couples tournoyaient comme des marionnettes à travers le grand hall et revenaient, et ce n'était pas moi qui les regardais, pas une créature sensible, faite de chair et de sang, mais une espèce de mannequin avec un sourire cousu sur son visage. L'être qui se tenait à mon côté était également de bois. Son visage était un masque, son sourire n'était pas à lui. Ses yeux n'étaient pas les yeux de l'homme que j'aimais, de l'homme que je connaissais. Ils regardaient à travers moi, au-delà de moi, froids, sans expression, vers un lieu de chagrin et de douleur où je ne pouvais pénétrer, vers quelque particulier enfer intérieur que je ne pouvais partager.

Il ne me parla pas une fois. Il ne me toucha pas. Nous étions l'un à côté de l'autre, le maître et la maîtresse de maison, et nous n'étions pas ensemble. J'observais ses façons courtoises. Il jetait un mot à un invité, une plaisanterie à un autre, un sourire à un troisième et personne, sauf moi, ne se doutait que chaque chose qu'il disait, chaque geste qu'il faisait, était automatique, était le mouvement d'une machine. Nous étions comme deux acteurs dans une pièce, mais nous étions séparés, nous ne jouions pas ensemble. Il fallait supporter seule tout cela, il fallait jouer cette misérable comédie pour ces gens que je ne connaissais pas, et que je désirais ne jamais revoir.

« Il paraît que le costume de votre femme n'a pas été livré à temps, dit un homme au visage marbré coiffé de cadenettes, et il rit en donnant une bourrade à Maxim. C'est dégoûtant, hein ? A votre place, je poursuivrais le couturier en dommages-intérêts. La même chose est arrivée une fois à la femme de mon cousin.

— Oui, c'est très malheureux, dit Maxim.

— Ecoutez-moi, fit l'homme aux cadenettes en se tournant vers moi, vous n'avez qu'à dire que vous êtes en myosotis. Ils sont bleus, n'est-ce pas ? Ce sont de jolies petites fleurs, on les appelle aussi "ne m'oubliez pas". N'est-ce pas que j'ai raison, de Winter ? Dites à votre femme qu'elle est un "ne m'oubliez pas". C'est une bonne idée. »

Il s'éloigna en riant, et Frank surgit de nouveau derrière moi, un autre verre à la main ; cette fois, c'était de la citronnade.

« Non, merci, Frank, je n'ai pas soif.

— Pourquoi ne dansez-vous pas ? Ou alors venez vous asseoir un moment. Il y a un petit coin sur la terrasse.

— Non, j'aime mieux rester debout. Je n'ai pas envie de m'asseoir.

— Voulez-vous que j'aille vous chercher quelque chose, un sandwich, une pêche ?

— Non, je n'ai besoin de rien. »

Destiny, Le Beau Danube bleu, La Veuve joyeuse, un-deux-trois, un-deux-trois, tournez, tournez, un-deux-trois, un-deux-trois, tournez, tournez. La dame en rose ; une dame en vert ; de nouveau Béatrice, son voile rejeté en arrière.

Giles, le visage en sueur, et encore l'homme aux cadenettes s'arrêtant auprès de moi avec une danseuse que je ne reconnaissais pas, en costume Tudor

— quelle Tudor ? —, avec une fraise autour du cou et une robe de velours noir.

« Quand venez-vous nous voir ? » dit-elle comme si nous étions de vieilles amies.

Et je répondis : « Oh ! bientôt, sûrement, nous en parlions justement l'autre jour, m'étonnant de la facilité avec laquelle je mentais soudain sans l'ombre d'effort.

— Quelle délicieuse soirée ! Je vous félicite », dit-elle. Et moi :

« Merci beaucoup. C'est très amusant, n'est-ce pas ?

— Il paraît qu'il y a eu erreur dans la livraison de votre costume ?

— Oui, c'est idiot, n'est-ce pas ?

— Ces fournisseurs sont tous les mêmes. On ne peut pas compter sur eux. Mais vous êtes charmante dans cette jolie robe bleue. Et vous êtes sûrement plus à l'aise que moi dans ce velours épais. »

Elle s'éloigna au bras de son danseur sur les vagues du *Danube bleu*, sa robe de velours balayant le sol, et ce n'est que longtemps après qu'il me souvint, une nuit que je n'arrivais pas à dormir, que la femme Tudor était l'épouse du pasteur qui faisait des voyages à pied dans les Pennines.

Quelle heure était-il ? Je n'en savais rien. La soirée continuait, ramenant les mêmes visages et les mêmes airs. De temps en temps, les bridgeurs sortaient de la bibliothèque, comme des escargots de leur coquille, pour regarder les danseurs, puis rentraient.

Béatrice, ses draperies flottant derrière elle, me chuchota à l'oreille :

« Pourquoi est-ce que vous ne vous asseyez pas ? Vous êtes livide.

— Je vais très bien. »

Giles, son fard dégoulinant, pauvre type en nage sous ses couvertures arabes, vint à moi et me dit :

« Venez voir le feu d'artifice de la terrasse. »

Je me rappelle avoir été debout sur la terrasse regardant le ciel où les vaines fusées montaient et retombaient. La petite Clarice était là dans un coin avec un garçon du domaine, souriant d'un sourire ravi, ses larmes oubliées.

Le lent sifflement de la fusée s'élevant dans l'air. La détonation, l'égrènement des petites étoiles d'émeraude. Un murmure d'approbation de la foule, des cris de plaisir, des applaudissements. Les pelouses étaient noires de monde, l'éclatement des étoiles se reflétait sur les visages.

L'une après l'autre, les fusées s'élançaient dans l'air comme des flèches et le ciel devenait pourpre et or. Manderley se détachait comme une demeure enchantée, toutes les fenêtres flamboyantes, les murs gris colorés par la pluie d'étoiles. Une maison irréelle surgit du fond des bois sombres. Et quand, la dernière fusée retombée, les cris de joie s'éteignirent, la nuit qui, auparavant, semblait belle, apparut morne et sombre par contraste. Les petits groupes sur la terrasse et dans l'allée se dispersèrent. Les invités se pressèrent vers les hautes portes-fenêtres pour rentrer dans le salon. C'était le déclin. Nous étions là avec des visages ternes. Quelqu'un me tendit une coupe de champagne. J'entendis le bruit des autos qu'on mettait en marche dans l'allée.

Ils commencent à s'en aller, pensai-je. Dieu soit loué, ils commencent à s'en aller. La dame en rose se remettait à souper. Il faudrait encore du temps pour vider le hall. Je vis Frank faire signe à l'orchestre. J'étais debout dans le chambranle de la porte, entre le salon et le hall, à côté d'un homme que je ne connaissais pas.

« Quelle soirée réussie, dit-il.

— Oui, dis-je.

— Je n'ai pas cessé un instant de m'amuser.

— Cela me fait plaisir.

— Molly était furieuse de manquer cela.

— Vraiment ? ».

L'orchestre se mit à jouer une vieille ronde paysanne. L'homme me prit la main et se mit à la balancer.

« Allons, cria-t-il, allons, venez ! »

Quelqu'un prit mon autre main, et des gens accoururent en riant. Nous dansâmes une grande ronde en chantant à tue-tête. L'homme qui s'était si bien amusé et qui disait que Molly serait furieuse d'avoir manqué cela était déguisé en mandarin et ses ongles postiches se prenaient dans sa manche quand nous balancions nos mains. Il se tordait de rire. Nous riions tous. « Les lauriers sont coupés... », chantions-nous.

Cette folle gaieté se transforma rapidement lorsque, la ronde finie, le tambour battit l'inévitable prélude au *God save the King*. Les sourires quittèrent nos visages, comme lavés par une éponge. Le mandarin se tenait tout droit, les mains à la couture du pantalon. Je me rappelle m'être vaguement demandé s'il n'était pas dans l'armée. Je rencontrai les yeux de la dame en rose. *God save the King* l'avait surprise une assiette de foie gras à la main. Elle la tenait devant elle, toute raide, comme pour quêter à l'église. Quand la dernière note du *God save the King* s'éteignit, elle se détendit et attaqua son foie gras avec une espèce de frénésie, tout en parlant par-dessus son épaule avec son cavalier. Quelqu'un s'approcha de moi et me prit par la main.

« N'oubliez pas que vous dînez chez nous le 14.

— C'est vrai ?

— Oui, votre belle-sœur doit venir aussi.

— Oh ! comme ce sera amusant.

— Huit heures et demie, en smoking. Alors, à bientôt.

— Oui, oui, entendu. »

Les gens commençaient à faire la queue pour dire au revoir. Maxim était à l'autre bout de la salle. Je repris le sourire qui s'était évanoui après *Nous n'irons plus au bois*.

« Il y a longtemps que je n'avais passé une si bonne soirée.

— Cela me fait plaisir.

— Merci infiniment pour cette magnifique soirée.

— Cela me fait plaisir.

— Vous voyez, nous sommes restés jusqu'à la dernière minute.

— Oui, cela me fait plaisir. »

Le hall commençait à se vider. Il avait déjà cet

aspect défait de fin de fête, et d'aube lasse. Il y avait une lueur grise sur la terrasse.

« Au revoir, quelle merveilleuse soirée.

— Cela me fait plaisir. »

Maxim était allé rejoindre Frank dans l'allée. Béatrice vint à moi en retirant ses bracelets tintinnabulants.

« Je ne peux plus les supporter. Dieu ! je suis morte. Je crois que je n'ai pas manqué une danse. En tout cas, c'est un succès éclatant.

— C'est vrai ? demandai-je.

— Vous devriez aller vous coucher, ma chère. Vous avez l'air éreintée. Vous êtes restée debout presque tout le temps. Où sont les hommes ?

— Dehors, dans l'allée.

— Je vais prendre du café et des œufs au jambon. Et vous ?

— Non, Béatrice, je ne crois pas.

— Vous étiez charmante dans votre robe bleue. Tout le monde l'a dit. Et personne ne s'est douté de... de la vérité. Ainsi, ne vous inquiétez pas.

— Non.

— A votre place, je ferais la grasse matinée demain. Ne vous croyez pas obligée de vous lever. Prenez votre petit déjeuner au lit.

— Oui, peut-être.

— Je vais dire à Maxim que vous êtes montée, voulez-vous ?

— S'il vous plaît, Béatrice.

— Entendu, ma chère, dormez bien. »

Elle m'embrassa rapidement en me tapotant l'épaule et s'en alla retrouver Giles au buffet. Je montai lentement l'escalier. Les musiciens avaient éteint dans la galerie et étaient allés, eux aussi, se restaurer. Il y avait des feuillets de musique par terre, une chaise retournée, un cendrier plein de mégots. Après la fête. Je suivis le couloir qui menait à ma chambre. Il faisait plus clair d'instant en instant, et les oiseaux commençaient à chanter. Je n'eus pas besoin d'allumer pour me dévêtir. Un petit vent aigre entrait par la fenêtre ouverte. Il faisait assez froid. Beaucoup de gens avaient dû sortir dans la roseraie pendant le bal, car tous les fauteuils étaient en désordre. Il y avait un plateau de verres vides sur une des tables. Quelqu'un avait oublié un sac sur une chaise. Je tirai les rideaux pour faire l'obscurité dans la chambre, mais la lumière grise du matin se glissait par les fenêtres.

Je me mis au lit, les jambes très lasses, une douleur pénétrante aux reins. Je m'étendis et fermai les yeux, jouissant du repos frais et blanc des draps propres. J'aurais voulu que mon esprit pût se reposer comme mon corps, se détendre, passer au sommeil. Non pas bourdonner comme il faisait, sautillant avec la musique, tourbillonnant sur un océan de visages. Je passai mes mains sur mes yeux, mais les images ne s'effaçaient pas.

Je me demandais dans combien de temps Maxim allait venir. Le lit à côté de moi semblait rigide et froid. Bientôt, il n'y aurait plus du tout d'ombres dans la chambre, les murs, le plafond et le sol seraient d'une clarté matinale. Les oiseaux chanteraient leurs chansons plus haut, plus gaiement. Le soleil ferait des taches jaunes à travers les rideaux. Ma petite pendule de chevet grignotait les minutes, l'une après l'autre. L'aiguille tournait autour du cadran. J'étais couchée sur le côté et je la regardais. Elle atteignit l'heure juste et la dépassa. Elle repartait pour une nouvelle journée. Mais Maxim ne venait pas.

CHAPITRE XVII

Je dus m'endormir un peu après sept heures. Il faisait grand jour, je me rappelle, et les rideaux n'y pouvaient rien. La lumière entrait à travers eux par la fenêtre ouverte et faisait des taches sur le mur. J'entendis les hommes ranger les tables et les fauteuils dans la roseraie et ôter la chaîne d'ampoules électriques. Le lit de Maxim était toujours vide et nu. Je m'étendis en travers de mon lit, les bras sur les yeux, en une position bizarre et folle, la moins propre au sommeil, mais je glissai à la limite de l'inconscience et y tombai enfin. Il était plus de onze heures quand je me réveillai, et Clarice avait dû entrer sans que je l'entendisse, car il y avait un plateau près de moi et une théière refroidie, et mes vêtements étaient rangés.

Je bus mon thé froid, encore engourdie, abrutie par mon bref et lourd sommeil, en regardant le mur devant moi. Le lit vide de Maxim me ramena à la réalité avec un choc étrange au cœur et toute l'angoisse de la soirée m'envahit de nouveau. Il ne s'était pas couché. Son pyjama reposait, plié, sur le drap ouvert et intact. Je me demandai ce que Clarice avait pu penser en entrant dans la chambre avec mon thé. L'avait-elle remarqué ? Etait-elle allée le raconter aux autres domestiques, et en avaient-ils discuté en prenant leur petit déjeuner ? Je me demandais ce que cela pouvait me faire et pourquoi l'idée des domestiques parlant à l'office provoquait en moi une telle détresse. Ce devait être que j'avais un petit esprit, une crainte conventionnelle et mesquine des potins.

C'est pour cela que j'étais descendue la veille au soir en robe bleue, au lieu de rester cachée dans ma chambre. Il n'y avait là rien de beau ni de brave ; ce n'était qu'un lamentable sacrifice aux conventions. Je n'étais pas descendue pour l'amour de Maxim, ni pour Béatrice, ni pour l'amour de Manderley. J'étais descendue parce que je ne voulais pas que les invités crussent que je m'étais disputée avec Maxim. Je ne voulais pas qu'ils rentrassent chez eux en disant : « Mais bien sûr qu'ils ne s'entendent pas. Il paraît qu'il n'est pas du tout heureux. » J'étais descendue pour moi-même, pour ma petite vanité personnelle. Tout en buvant mon thé froid, je songeai avec un sentiment las et amer de désespoir que j'accepterais de vivre à un bout de Manderley, Maxim à l'autre, du moment que le monde extérieur n'en saurait rien. S'il n'avait plus éprouvé de tendresse pour moi, s'il ne m'avait plus jamais embrassée, ne m'avait parlé que pour les choses indispensables, je crois que j'aurais pu le supporter, si j'avais été certaine que personne n'en eût rien su, en dehors de nous deux. Si nous avions pu obtenir des domestiques qu'ils ne parlassent pas, jouer notre rôle devant les relations, devant Béatrice, puis, quand nous aurions été seuls, nous retirer chacun dans notre chambre, menant des existences séparées...

Je me disais, assise dans mon lit, regardant le mur, le soleil entrant par la fenêtre, et le lit vide de Maxim, qu'il n'y avait rien d'aussi honteux, d'aussi dégradant qu'un mariage raté. Raté au bout de trois mois, comme le mien. Car je n'avais plus d'illusions, je n'essayais plus de me leurrer. La soirée de la veille me l'avait trop bien montré : mon mariage était un échec. Tout ce que les gens pourraient en dire, s'ils savaient, était vrai. Nous ne nous entendions pas. Nous n'étions pas des compagnons. Nous n'étions pas assortis. J'étais trop jeune pour Maxim, trop inexpérimentée, et, ce qui importait encore davantage, je n'étais pas de son monde. Le fait que je l'aimais d'un amour malade, blessé, désespéré, comme un enfant ou un chien, n'y changerait rien. Ce n'était pas le genre d'amour qu'il lui fallait. Il avait besoin d'autre chose que je ne pouvais lui donner, et qu'il avait eu autrefois. Je songeais à la joie juvénile et désordonnée, à l'orgueil avec lesquels je m'étais mariée, me figurant que j'apportais le bonheur à Maxim, qui avait connu un bonheur tellement plus grand. Même Mrs. Van Hopper, avec ses opinions vulgaires et ses idées banales, avait compris que je faisais une faute. « J'ai peur que vous ne le regrettiez, m'avait-elle dit. Je crois que vous faites une grosse faute. »

Je ne l'avais pas écoutée, je la trouvais dure et méchante. Elle avait raison. Elle avait absolument raison. Cette dernière remarque, avant de me dire au revoir : « Vous ne vous figurez pas au moins qu'il est amoureux de vous ? Il est seul, cette grande maison vide lui est insupportable », était la chose la plus sensée, la plus juste qu'elle eût jamais dite. Maxim n'était pas amoureux de moi, il ne m'avait jamais aimée. Notre voyage de noces en Italie n'avait pas compté pour lui, pas plus que notre vie commune. Ce que j'avais cru de l'amour pour moi n'était pas de l'amour. Il était un homme, j'étais sa femme, et j'étais jeune, et il était seul, voilà tout. Il ne m'appartenait pas du tout, il appartenait à Rebecca. Elle était toujours dans la maison, comme Mrs. Danvers l'avait dit, elle était dans cette chambre de l'aile ouest, elle était dans la bibliothèque, dans le petit salon, dans la galerie au-dessus du hall. Même dans le petit vestiaire où pendait son imperméable. Et dans le jardin, et dans les bois, et dans la maisonnette de pierre sur la plage. Ses pas résonnaient dans le corridor, son parfum traînait dans l'escalier. Les domestiques continuaient à suivre ses ordres, les plats que nous mangions étaient les plats qu'elle aimait. Ses fleurs préférées remplissaient les chambres. Rebecca était toujours maîtresse de Manderley. Rebecca était toujours Mme de Winter. Je n'avais rien à faire ici. Je m'étais fourvoyée comme une idiote sur un terrain interdit. « Où est Rebecca ? » avait crié la grand-mère de Maxim. Rebecca, toujours Rebecca. Je ne serais jamais débarrassée de Rebecca.

Peut-être que je la hantais ainsi qu'elle me hantait ; elle regardait du haut de la galerie, comme avait dit Mrs. Danvers, elle était assise à côté de moi quand je faisais mon courrier à son bureau. Cet imperméable que j'avais porté, ce mouchoir dont je m'étais servie, ils étaient à elle. Peut-être m'avait-elle vue les prendre. Jasper avait été son chien et courait maintenant sur mes talons. Les roses étaient à elle et je les cueillais. M'en voulait-elle et me craignait-elle, comme je lui en voulais ? Désirait-elle que Maxim fût de nouveau seul dans la maison ? J'aurais pu lutter contre une vivante, non contre une morte. S'il y avait une femme à Londres que Maxim aimât, quelqu'un à qui il écrivît, rendît visite, avec qui il dînât, avec qui il couchât, j'aurais pu lutter. Le terrain serait égal entre elle et moi. Je n'aurais pas peur. La colère, la jalousie sont des choses qu'on peut surmonter. Un jour cette femme vieillirait, ou se lasserait, ou changerait et Maxim ne l'aimerait plus. Mais Rebecca ne vieillirait jamais. Rebecca serait toujours la même. Et je ne pouvais pas la combattre. Elle était plus forte que moi.

Je sortis du lit et ouvris les rideaux. Le soleil inonda la chambre. Les jardiniers avaient réparé le désordre de la roseraie. Je me demandais ce que les invités disaient du bal en ce moment :

« Tu trouves que c'était aussi réussi que leurs réceptions d'autrefois ?

— Oh ! oui.

— L'orchestre était un peu lent, j'ai trouvé.

— Le souper était joliment bon.

— Béa Lacy commence à vieillir.

— Qu'est-ce que tu veux, dans ce costume...

— J'ai trouvé que lui avait très mauvaise mine.

— Comme toujours.

— Comment trouves-tu la jeune femme ?

— Insignifiante. Plutôt ennuyeuse.

— Je me demande si c'est un ménage réussi... »

Je m'aperçus alors qu'il y avait un billet glissé sous ma porte. J'allai le ramasser. Je reconnus l'écriture carrée de Béatrice. Elle l'avait griffonné au crayon après le petit déjeuner :

« J'ai frappé en vain à votre porte et j'en conclus que vous suivez mon conseil et que vous vous reposez des fatigues de la nuit. Giles est pressé de rentrer, car on a téléphoné de la maison qu'il doit remplacer quelqu'un cet après-midi dans un match de cricket, et ça commence à deux heures. Comment il jouera, avec tout le champagne de cette nuit, Dieu seul le sait. J'ai les jambes un peu molles, mais j'ai dormi comme un loir. Frith dit que Maxim est descendu de bonne heure prendre son petit déjeuner et qu'on ne l'a pas revu ! Vous serez gentille de lui faire nos amitiés ; tous nos remerciements à tous deux pour la soirée où nous nous sommes vraiment beaucoup amusés. Ne pensez plus au costume. (Ceci était souligné.) *Affectueusement. Béa. »*
En post-scriptum : *« Il faut venir nous voir bientôt tous les deux. »*

Elle avait griffonné : neuf heures et demie, en tête de sa lettre, et il était presque onze heures et demie. Ils étaient partis depuis deux heures. Ils devaient être déjà chez eux. Cet après-midi, Béatrice mettrait une robe légère et un grand chapeau et regarderait Giles jouer au cricket. Puis ils prendraient le thé sous un parasol. Giles aurait très chaud et son visage serait tout rouge et Béatrice bavarderait et rirait avec ses amis. « Oui, nous étions au bal à Manderley. C'était très amusant. Je me demande comment Giles a été encore capable de jouer. » Souriant à Giles, lui flattant le dos. Ils étaient mûrs tous les deux et sans romantisme. Il y avait vingt ans qu'ils étaient mariés et ils avaient un grand fils qui allait entrer à Oxford. Ils étaient très heureux. Leur mariage était réussi. Il n'avait pas échoué au bout de trois mois, comme le mien.

Je ne pouvais pas m'attarder davantage dans ma chambre. On allait venir faire le ménage. Peut-être, après tout, que Clarice n'avait pas remarqué le lit intact de Maxim. Je le chiffonnai pour faire croire qu'il y avait dormi. Je ne voulais pas que les femmes de chambre sachent, au cas où Clarice ne leur aurait pas dit.

Je pris un bain, m'habillai et descendis. On avait déjà ôté le plancher du hall et les fleurs. Les pupitres des musiciens avaient quitté la galerie. Les jardiniers balayaient de la pelouse les restes du feu d'artifice. Il n'y aurait bientôt plus aucune trace du bal costumé de Manderley. Comme les préparatifs avaient semblé longs, et combien rapide le nettoyage !

Je me rappelais la dame en rose debout près de la porte du grand salon, son assiette à la main, et cela me fit l'effet d'une chose que j'aurais rêvée ou qui aurait eu lieu il y avait très longtemps. Robert encaustiquait la table de la salle à manger.

« Bonjour, Robert, dis-je.

— Bonjour, madame.

— Savez-vous où est monsieur ?

— Il est sorti tout de suite après le petit déjeuner, madame, avant que le major et Mme Lacy soient descendus. Il n'est pas rentré depuis. »

Je retraversai le hall et gagnai le petit salon. Je décrochai le téléphone et demandai le bureau du domaine. Peut-être Maxim était-il avec Frank. Je sentais qu'il fallait que je lui explique que je n'avais pas agi à dessein la veille. Même si je ne devais plus jamais lui parler, il fallait que je lui dise cela. L'employé répondit au téléphone et me dit que Maxim n'était pas là.

« M. Crawley est là, madame, ajouta-t-il, voulez-vous lui parler ? »

J'allais refuser, mais il ne m'en laissa pas le temps, et avant que j'eusse pu reposer le récepteur, j'entendis la voix de Frank.

« Qu'est-ce qui se passe ? » demanda-t-il.

C'était une drôle d'entrée en matière. Cette idée me traversa l'esprit. Il ne disait pas « bonjour » ni « vous avez bien dormi ? ». Pourquoi demandait-il ce qui se passait ?

« Frank, c'est moi, dis-je. Où est Maxim ?

— Je ne sais pas, je ne l'ai pas vu. Il n'est pas passé ce matin.

— Il n'est pas passé au bureau ?

— Non.

— Ah ! bon, ça n'a pas d'importance.

— Vous l'avez vu au petit déjeuner ?

— Non, je n'étais pas levée.

— Comment a-t-il dormi ? »

J'hésitai. Frank était le seul être que je voulais bien mettre au courant.

« Il ne s'est pas couché cette nuit. »

Il y eut un silence à l'autre bout du fil, comme si Frank réfléchissait profondément avant de répondre.

« Ah ! je comprends », dit-il enfin très lentement.

Cela ne me plut pas. La façon dont il dit cela ne me plaisait pas.

« Où croyez-vous qu'il soit allé ? dis-je.

— Je ne sais pas. Peut-être tout simplement se promener. »

Il avait la voix des docteurs de maison de santé quand les parents du malade viennent demander des nouvelles.

« Frank, il faut que je le voie, dis-je. Il faut que je lui explique, à propos d'hier soir. »

Frank ne répondit pas. J'imaginais son visage anxieux, les rides de son front.

« Maxim croit que je l'ai fait exprès, dis-je d'une voix qui se brisait malgré mon effort, tandis que les larmes qui m'avaient aveuglée la veille sans que je pusse les répandre coulaient sur mes joues avec un retard de seize heures. Maxim croit que c'était une farce, une ignoble, une atroce farce !

— Mais non, dit Frank, mais non.

— Si, je vous le dis. Vous n'avez pas vu ses yeux comme moi. Vous n'êtes pas resté toute la soirée à côté de lui à l'observer comme moi. Il ne m'a pas parlé, Frank. Il ne m'a pas regardée une fois. Nous sommes restés l'un à côté de l'autre toute la soirée sans nous dire un mot.

— Ce n'était pas possible, avec tous ces gens, dit Frank. J'ai bien remarqué, naturellement. Comme si je ne connaissais pas Maxim ! Ecoutez...

— Je ne lui en veux pas, interrompis-je. S'il croit que j'ai fait cette farce hideuse et basse, il a le droit de penser les pires choses de moi, et il a le droit de ne plus jamais me parler, de ne plus jamais me voir.

— Ne parlez pas ainsi, dit Frank. Vous ne savez pas ce que vous dites.

— Oh ! peut-être que c'est un mal pour un bien d'ailleurs. Cela m'a fait comprendre une chose que j'aurais dû savoir avant, dont j'aurais dû me douter en épousant Maxim.

— Que voulez-vous dire ? » demanda Frank.

Sa voix était aiguë, bizarre. Je me demandais ce que cela pouvait bien lui faire que Maxim ne m'aimât pas. Pourquoi voulait-il me le cacher ?

« Il s'agit de lui et de Rebecca », dis-je et lorsque je prononçai ce nom, il me parut étrange et acide comme un mot défendu ; ce n'était pas un soulagement pour moi, un plaisir de le dire, mais une honte brûlante comme la confession d'un péché.

Frank ne répondit pas tout de suite. Je l'entendis reprendre son souffle à l'autre bout du fil.

« Qu'est-ce que vous voulez dire ? demanda-t-il de nouveau, d'une voix plus vive et plus aiguë encore. Qu'est-ce que vous voulez dire ?

— Il ne m'aime pas, il aime Rebecca, dis-je. Il ne l'a jamais oubliée, il pense toujours à elle, nuit et jour. Il ne m'a jamais aimée, Frank. C'est toujours Rebecca, Rebecca, Rebecca ! »

J'entendis Frank pousser un cri de protestation, mais cela m'était bien égal à présent de le choquer.

« Voilà, maintenant, vous savez ce que je pense, dis-je. Maintenant, vous comprenez.

— Ecoutez, dit-il. Il faut que je vous voie. Il le faut, vous entendez. C'est d'une importance vitale, je ne peux pas vous parler par téléphone. Allô ! allô ! madame ! »

Je raccrochai brusquement le récepteur et m'éloignai du bureau. Je ne voulais pas voir Frank. Il ne pouvait rien pour moi. Personne ne pouvait rien, que moi-même. Mon visage était rouge et gonflé par les larmes. Je marchais dans le petit salon en mordant le coin de mon mouchoir.

J'avais en moi l'impression très forte que je ne reverrais plus jamais Maxim. C'était une certitude née d'un obscur instinct. Il était parti pour ne plus revenir. Je savais très bien que Frank le croyait aussi et n'avait pas voulu me l'avouer par téléphone. Il ne voulait pas me faire peur. Si je l'appelais de nouveau au bureau en ce moment, il n'y serait plus. L'employé me dirait : « M. Crawley vient juste de sortir » et je voyais Frank sans chapeau monter dans sa petite voiture pour courir à la recherche de Maxim.

J'allai à la fenêtre et regardai la petite clairière où le faune jouait de la flûte. Les rhododendrons étaient passés. Ils ne fleuriraient plus avant un an. Les grands buissons paraissaient sombres et nus maintenant que la couleur les avait désertés. Un brouillard montait de la mer, et je ne voyais plus le bois derrière le talus. Il faisait très chaud, étouffant. J'imaginais nos invités de la veille se disant les uns aux autres : « C'est une chance que ce brouillard n'ait pas été là hier, le feu d'artifice aurait été raté. » Je passai dans le grand salon et de là sur la terrasse. Le soleil avait disparu derrière un mur de brouillard. On eût dit qu'une flétrissure s'était abattue sur Manderley, le privant du ciel et de la lumière du jour.

Je traversai les pelouses jusqu'à la lisière du bois. La brume s'était condensée dans les arbres, et coulait sur ma tête nue comme une pluie fine. Jasper me suivait, oppressé, la queue basse, sa langue rose pendante. Le bruit de la mer venait jusqu'à moi, montant sourd et lent des criques de l'autre côté du bois. Le brouillard blanc m'entourait, montait vers la maison avec une odeur de sel mouillé et d'algues. Je posai ma main sur le pelage de Jasper. Il était trempé. Quand je me retournai vers la maison, je ne distinguai plus les cheminées, ni le contour des murs ; je n'apercevais que la vague substance de la maison, les fenêtres de l'aile ouest, et les caisses de fleurs de la terrasse. Le volet de la grande chambre de l'aile ouest était ouvert, et il y avait quelqu'un à la fenêtre qui regardait les pelouses. La silhouette était dans l'ombre ; et pendant un instant d'effroi, je crus que c'était Maxim. Puis on bougea, je vis un bras tendu pour refermer le volet et je sus que c'était Mrs. Danvers qui était là. Elle m'avait observée tandis que je me tenais immobile à la lisière du bois, baignée de brouillard blanc. Elle m'avait vue descendre lentement de la terrasse vers les pelouses. Elle avait pu entendre ma communication avec Frank par la ligne qui reliait le petit salon à sa chambre. Elle savait alors que Maxim n'avait pas passé la nuit avec moi. Elle avait peut-être entendu ma voix, su que je pleurais. Elle savait comment j'avais joué mon rôle, durant de longues heures, debout en robe bleue, près de Maxim qui ne m'avait pas regardée, qui ne m'avait pas parlé. Elle le savait puisque c'était elle qui l'avait voulu. C'était son triomphe, son triomphe et celui de Rebecca.

Je me la rappelai telle que je l'avais vue la veille au soir, m'épiant par la porte ouverte de l'aile ouest, avec ce sourire diabolique sur sa face blanche et creusée, et je me disais que c'était une femme vivante comme moi, elle respirait, elle était faite de chair et de sang. Elle n'était pas morte comme Rebecca. Je pouvais lui parler, si je ne pouvais parler à Rebecca.

Je retraversai les pelouses, prise d'un soudain désir de rentrer à la maison. Je traversai le hall et montai le grand escalier. Je tournai le couloir au sortir de la galerie, franchis la porte de l'aile ouest et suivis le corridor sombre et silencieux jusqu'à la chambre de Rebecca. Je tournai le bouton de la porte et entrai.

Mrs. Danvers était encore près de la fenêtre, le volet était ouvert.

« Mrs. Danvers, dis-je, Mrs. Danvers. »

Elle se retourna et je vis que ses yeux étaient rouges et gonflés par les larmes comme les miens, et qu'il y avait des ombres profondes sur sa face blanche.

« Qu'y a-t-il ? » demanda-t-elle, et sa voix était enrouée par les pleurs comme la mienne.

Je ne m'attendais pas à la trouver ainsi. Je l'imaginais souriante comme la veille, cruelle, perfide. Elle n'était plus rien de tout cela ; elle était une vieille femme triste et malade.

J'hésitais, la main toujours sur le bouton de la porte ouverte, et je ne savais plus que lui dire, ni que faire.

Elle continuait à me regarder de ses yeux rouges et gonflés et je ne trouvais rien à lui répondre.

« J'ai mis le menu sur le bureau comme d'habitude, dit-elle. Désirez-vous une modification ? »

Ses paroles m'encouragèrent. Je quittai la porte et m'avançai au milieu de la chambre.

« Mrs. Danvers, dis-je, je ne suis pas venue vous parler du menu. Vous le savez, n'est-ce pas ? »

Elle ne répondit pas. Sa main gauche s'ouvrit et se referma.

« Vous avez réussi ce que vous vouliez, n'est-ce pas ? dis-je. Vous vouliez que cela arrive, n'est-ce pas ? Vous êtes contente, maintenant, vous êtes heureuse ? »

Elle détourna la tête et regarda vers la fenêtre comme elle faisait au moment où j'étais entrée.

« Pourquoi êtes-vous venue ici ? dit-elle. On n'avait pas besoin de vous à Manderley. Nous étions tous très bien jusqu'à votre arrivée. Pourquoi n'êtes-vous pas restée où vous étiez, là-bas, en France ?

— Vous paraissez oublier que j'aime M. de Winter, dis-je.

— Si vous l'aimiez, vous n'auriez jamais dû l'épouser », dit-elle.

Je ne savais que dire. La situation était folle, irréelle.

« Je n'ai rien changé à Manderley, dis-je. Je n'ai pas donné d'ordres, je vous ai laissé tout faire. J'aurais été votre amie, si vous l'aviez voulu, mais vous vous êtes déclarée contre moi dès le commencement. Je l'ai vu sur votre visage au moment où je vous ai serré la main. »

Elle ne répondit pas ; sa main continuait à s'ouvrir et à se refermer contre sa jupe.

« Il y a beaucoup de gens qui se marient deux fois, aussi bien des hommes que des femmes, dis-je. Tous les jours, il y a des milliers de remariages. On dirait que j'ai commis un crime en épousant M. de Winter, un sacrilège contre la morte. Est-ce que nous n'avons pas le droit d'être heureux aussi bien que n'importe qui ?

— M. de Winter n'est pas heureux, dit-elle en me regardant. Le premier idiot s'en apercevrait. Il n'y a qu'à voir ses yeux. Il est toujours en enfer, et c'est comme cela depuis qu'elle est morte.

— Ce n'est pas vrai, dis-je. Ce n'est pas vrai. Il était heureux quand nous étions en France tous les deux, il était plus jeune, bien plus jeune, et il riait, il était gai.

— Et alors ? C'est un homme, quoi, dit-elle. Un voyage de noces, c'est toujours bon à prendre pour un homme. M. de Winter n'a pas encore quarante-trois ans. »

Elle eut un rire de mépris et haussa les épaules.

« Comment osez-vous me parler ainsi, comment osez-vous ? » dis-je.

Je n'avais plus peur d'elle. Je m'approchai et la secouai par le bras.

« C'est vous qui m'avez fait porter ce costume hier soir, dis-je. Sans vous, je n'en aurais jamais eu l'idée. Vous l'avez fait parce que vous vouliez faire du mal à M. de Winter, le faire souffrir. Est-ce qu'il n'a pas assez souffert sans que vous lui montiez cette farce hideuse et vile ? Est-ce que vous croyez que sa douleur, son chagrin ramèneront Mme de Winter ? »

Elle se dégagea, un flot de colère animait son visage pâle.

« Pourquoi me soucierais-je de son chagrin ? Il ne s'est jamais soucié du mien. Croyez-vous que c'est une vie pour moi de vous voir assise à sa place, marcher sur ses pas, toucher ses affaires ? Et d'entendre

Frith, Robert et les autres vous appeler madame ? Madame est sortie, madame a demandé la voiture pour trois heures. Pendant que ma dame à moi, avec son sourire et son beau visage et sa belle allure, la vraie madame, est couchée toute froide, oubliée, dans la crypte de l'église. S'il souffre, il n'a que ce qu'il mérite pour avoir épousé une jeunesse comme vous avant dix mois écoulés. Eh bien, il paie, voilà ! J'ai vu sa figure, j'ai vu ses yeux. Il a fait son propre enfer, et il n'a à en accuser personne. Il sait qu'elle le voit, il sait qu'elle vient la nuit et qu'elle le regarde. Elle ne vient pas gentiment, oh ! ce n'est pas son genre, à ma dame. Elle n'était pas femme à avaler les offenses en silence. Elle avait tout le courage et le cran d'un garçon, ma madame de Winter à moi. Elle aurait dû être un garçon, je le lui ai souvent dit. C'est moi qui l'ai élevée quand elle était petite. Vous le saviez, n'cst-ce pas ?

— Non, dis-je, non, Mrs. Danvers, et à quoi bon tout cela ? Je ne veux pas en entendre davantage... »

Mais elle continuait à divaguer comme une folle, ses longs doigts froissant l'étoffe noire de sa jupe.

« Qu'elle était jolie en ce temps-là, dit-elle. Belle comme une image, les hommes se retournaient sur elle, et elle n'avait même pas douze ans. Elle le voyait bien, elle me clignait de l'œil, la petite diablesse. "Je serai très belle, n'est-ce pas, Danny ?" disait-elle. Elle en savait autant qu'une grande personne, elle faisait la conversation avec des hommes et des femmes, aussi maligne et futée qu'une fille de dix-huit ans. Elle menait son père par le bout du nez, et ç'aurait été pareil avec sa mère si elle avait vécu. Et du cran, personne n'en avait comme ma dame. Le jour de son quatorzième anniversaire, elle conduisait à quatre chevaux, et son cousin, M. Jack, sur le siège à côté d'elle, essayait de lui prendre les rênes. Ils se sont battus au moins trois minutes, comme chien et chat, pendant que les chevaux prenaient le mors aux dents. Mais c'est elle qui a gagné, c'est ma dame. Elle a fait claquer son fouet au-dessus de lui et il a dégringolé la tête la première en jurant et en riant. Ah ! on peut dire qu'ils faisaient la paire, elle et M. Jack. On l'a fait s'engager dans la marine, mais il n'a pu supporter la discipline, je ne l'en blâme pas. Il était trop fier pour obéir, il était comme ma dame. »

Je la regardai, fascinée et remplie d'horreur ; il y avait sur ses lèvres un étrange sourire extatique qui la vieillissait encore et animait sa tête de mort.

« Personne n'avait jamais le dernier mot avec elle, jamais, poursuivit-elle. Elle faisait ce qui lui plaisait ; elle vivait à sa guise. Et forte comme un petit lion. Je me la rappelle à seize ans, montant un des chevaux de son père, une grande brute d'animal, trop chaud pour elle, que disait le palefrenier. Mais il ne l'a pas désarçonnée. Je la revois cheveux au vent, cravachant la bête jusqu'au sang et lui enfonçant ses éperons dans les flancs. Et quand elle en est descendue, il tremblait des quatre membres, couvert d'écume et de sang. "Ça lui apprendra, n'est-ce pas, Danny ?" dit-elle, et elle alla se laver les mains, comme Baptiste. Et c'est comme ça qu'elle allait dans la vie, quand elle est devenue grande. Je la voyais. J'étais avec elle. Elle ne se souciait de rien, ni de personne. Et pour finir, elle a été battue. Mais pas par un homme, pas par une femme. C'est la mer qui l'a eue. La mer a été plus forte qu'elle. La mer l'a eue. »

Elle s'arrêta, sa bouche remuait bizarrement et s'abaissait aux coins. Elle se mit à pleurer bruyamment, haletante, la bouche ouverte et les yeux secs.

« Mrs. Danvers, dis-je, Mrs. Danvers. »

J'étais devant elle, ne sachant plus que faire. Je ne me défiais plus d'elle. Elle ne m'effrayait plus, mais la vue de cette femme sanglotant là, les yeux secs, me faisait frissonner, me rendait malade.

« Mrs. Danvers, dis-je, vous n'êtes pas bien, vous devriez vous coucher. Pourquoi n'allez-vous pas vous reposer dans votre chambre ? Pourquoi n'allez-vous pas vous coucher ? »

Elle me regarda sauvagement.

« Vous ne pouvez pas me laisser tranquille, non ? dit-elle. Qu'est-ce que ça peut vous faire que je montre mon chagrin ? Je n'en ai pas honte, je ne m'enferme pas pour pleurer. Je ne marche pas de long en large dans ma chambre, comme M. de Winter, derrière la porte fermée à clef.

— Que voulez-vous dire ? M. de Winter ne fait pas cela.

— Il l'a fait, après sa mort. De long en large dans la bibliothèque. Je l'ai entendu. Je l'ai vu aussi plus d'une fois par le trou de la serrure. De long en large comme un animal en cage.

— Je ne veux pas le savoir, dis-je, je ne veux pas. Vous feriez mieux d'aller dans votre chambre.

— Aller dans ma chambre, répéta-t-elle en me contrefaisant, aller dans ma chambre. La maîtresse de maison trouve que je ferais mieux d'aller dans ma chambre. Et après ? Vous allez courir dire à M. de Winter : "Mrs. Danvers n'a pas été gentille avec moi, Mrs. Danvers a été impolie." Vous allez courir tout lui raconter, comme le jour où M. Jack est venu me voir.

— Je ne lui ai jamais raconté, dis-je.

— C'est un mensonge, s'écria-t-elle. Qui le lui aurait dit, sinon vous ? Personne d'autre n'était là ! Frith et Robert étaient sortis et aucun autre domestique ne savait. J'ai décidé ce jour-là que je vous donnerais une leçon, et à lui aussi. Qu'il souffre, voilà ce que je me suis dit. Qu'est-ce que ça peut me faire ? Qu'est-ce que ça peut me faire qu'il souffre ? Pourquoi est-ce que je n'aurais pas le droit de voir M. Jack à Manderley ? C'est le seul lien qui me reste avec Mme de Winter. "Je ne veux pas qu'il vienne ici, disait-il. Je vous avertis que c'est la dernière fois." Il n'a pas oublié sa jalousie, en tout cas ! »

Je me revoyais tapie dans la galerie quand la porte de la bibliothèque s'était ouverte. Je me rappelais la voix de Maxim en colère, prononçant les mots que Mrs. Danvers venait de répéter. Jaloux, Maxim, jaloux...

« Il était jaloux d'elle de son vivant, et il en est encore jaloux maintenant qu'elle est morte, dit Mrs. Danvers. Il interdit la maison à M. Jack maintenant comme autrefois. Ça montre bien qu'il ne l'a pas oubliée, vous ne croyez pas ? Naturellement qu'il était jaloux. Moi aussi. Et tous ceux qui la connaissaient. Elle ne faisait qu'en rire. "Je vivrai à ma guise, Danny, qu'elle me disait, et le monde entier ne m'arrêtera pas." Les hommes n'avaient qu'à la regarder pour en être fous. J'en ai vu ici, des hommes qu'elle avait rencontrés à Londres et qu'elle ramenait pour les week-ends. Elle les emmenait se baigner en bateau, elle faisait des pique-niques le soir dans sa petite maison de la crique. Ils lui faisaient la cour, bien sûr. Elle riait, elle me racontait en rentrant tout ce qu'ils avaient dit et ce qu'ils avaient fait. Elle n'y attachait pas d'importance, c'était comme un jeu pour elle, comme un jeu. Qui n'aurait pas été jaloux ? Nous étions tous jaloux, tous fous d'elle : M. de Winter, M. Jack, M. Crawley, tous ceux qui la connaissaient, tous ceux qui venaient à Manderley.

— Je ne veux pas savoir, dis-je. Je ne veux pas savoir. »

Je reculai vers la fenêtre, reprise de peur et d'horreur. Elle me saisit le bras et le tordit.

« Pourquoi ne partez-vous pas ? dit-elle. Personne n'a besoin de vous ici. Lui non plus n'a pas besoin de vous. Il ne peut pas l'oublier. Il veut être seul de nouveau, dans la maison, seul avec elle. C'est vous qui devriez être couchée dans la crypte de l'église, pas elle. C'est vous qui devriez être morte, pas Mme de Winter. »

Elle me poussa vers la fenêtre ouverte. Je voyais la terrasse au-dessous de moi, indistincte et grise dans le brouillard blanc.

« Regardez, dit-elle. C'est facile, n'est-ce pas ? Pourquoi ne sautez-vous pas ? Cela ne vous fera pas de mal. C'est une façon rapide et douce. Ce n'est pas comme se noyer. Pourquoi est-ce que vous n'essayez pas ? »

Le brouillard remplissait la fenêtre ouverte, blanc et moite. Il collait à mes yeux, il collait à mes narines. Je me tenais des deux mains à la barre d'appui de la fenêtre.

« N'ayez pas peur, dit Mrs. Danvers, je ne vous pousserai pas. Vous sauterez de vous-même. A quoi bon pour vous rester ici à Manderley ? Vous n'êtes pas heureuse. M. de Winter ne vous aime pas. Qu'est-ce que vous avez dans la vie ? Pourquoi ne pas sauter et en finir ? Vous ne serez plus malheureuse après ça. »

Je voyais les caisses de fleurs de la terrasse, et le

bleu compact des hydrangéas. Les pavés étaient gris et lisses. Ils n'étaient pas inégaux ni rugueux. C'était le brouillard qui les faisait paraître si éloignés. Ils n'étaient pas si éloignés, en réalité, la fenêtre n'était pas si haute.

« Allez-y, chuchota Mrs. Danvers. Allez, n'ayez pas peur. »

Le brouillard s'épaissit, je ne voyais plus la terrasse. Je ne distinguais plus les caisses de fleurs ni les pavés lisses. Il n'y avait plus rien alentour que ce nuage blanc qui sentait les algues, humide et froid. Je fermai les yeux...

Comme mes mains quittaient la barre d'appui, le brouillard blanc et le silence qui l'accompagnait furent soudain dissipés, furent soudain déchirés par une détonation qui secoua la fenêtre près de laquelle nous étions. Les vitres tremblèrent dans leur cadre. J'ouvris les yeux et regardai Mrs. Danvers. Une seconde détonation éclata, puis une troisième, puis une quatrième. Le fracas de ces explosions ébranlait l'air, et d'invisibles oiseaux volant des bois vers la maison lui faisaient écho de leurs clameurs.

« Qu'est-ce que c'est ? dis-je sans comprendre. Qu'est-ce qui se passe ? »

Mrs. Danvers lâcha mon bras. Elle regarda par la fenêtre à travers le brouillard.

« Ce sont des signaux, dit-elle. Il doit y avoir un bateau échoué dans la baie. »

Ensemble nous tendions l'oreille en scrutant le brouillard. Puis nous entendîmes un bruit de pas courant sur la terrasse au-dessous de nous.

CHAPITRE XVIII

C'était Maxim. Je ne le voyais pas, mais j'entendais sa voix. Il appelait Frith tout en courant. J'entendis Frith répondre du hall et sortir sur la terrasse. Leurs silhouettes se dégageaient vaguement du brouillard.

« C'est un naufrage, dit Maxim. Je l'ai vu du promontoire mettre le cap vers la baie et avancer droit sur le récif. On ne pourra pas le renflouer, pas avec ces marées-là. Il a dû prendre la baie pour le port de Kerrith. Le brouillard est comme une muraille en bas. Dites à la maison de tenir un repas prêt et du vin au cas où l'équipage aurait besoin de quelque chose. Et téléphonez à M. Crawley au bureau pour le mettre au courant de ce qui se passe. Je retourne là-bas voir si je peux faire quelque chose. Passez-moi des cigarettes, voulez-vous ? »

Mrs. Danvers quitta la fenêtre. Son visage déserté de toute expression était redevenu le masque froid et pâle que je connaissais.

« Nous ferions mieux de descendre, dit-elle. Frith va me chercher. M. de Winter va peut-être ramener les hommes à la maison comme il l'a dit. Attention à vos mains, je ferme la fenêtre. »

Je reculai vers la chambre, encore étourdie, abrutie, doutant de ma réalité et de la sienne. Je la regardai fermer les volets et la fenêtre et tirer les rideaux.

« C'est une chance que la mer soit calme, dit-elle. Sans quoi, ils ne s'en seraient probablement pas tirés. Mais de ce temps-là ce n'est pas dangereux. Il n'y a que le propriétaire qui y perdra son bateau s'il a donné contre le récif, comme M. de Winter le dit. »

Elle regarda autour d'elle pour s'assurer que tout était en ordre. Elle lissa la couverture du grand lit, puis ouvrit la porte et s'effaça pour me laisser passer.

« Je vais dire à l'office qu'on serve un repas froid dans la salle à manger, dit-elle. Comme ça, vous pourrez déjeuner quand vous voudrez. M. de Winter sera peut-être bien en retard s'il est encore occupé avec le bateau. »

Elle s'éloigna dans le couloir vers l'escalier de service, grêle silhouette en noir, avec sa jupe à l'ancienne mode balayant le sol. Puis elle disparut à l'angle du couloir.

Je descendis lentement et sans but vers le hall. Frith, qui se dirigeait vers la salle à manger, me vit et m'attendit au pied de l'escalier :

« Monsieur est passé il y a un instant, madame, me

dit-il. Il a pris des cigarettes et est retourné à la plage. Il paraît qu'il y a un bateau échoué.

— Oui, dis-je.

— J'étais dans l'office avec Robert quand on a entendu les signaux et nous avons d'abord pensé qu'un jardinier venait de lancer une fusée qui restait du feu d'artifice. J'ai dit à Robert : "Quelle idée, par ce temps ! Ils feraient mieux de garder ça pour amuser les gosses un samedi soir !" Et puis on a entendu le second signal, et puis le troisième. "Ça n'est pas le feu d'artifice, qu'a dit Robert, c'est un navire en détresse. — Je crois que tu as raison, que je lui ai dit", et comme j'entrais dans le hall, il y avait monsieur qui m'appelait sur la terrasse.

— Oui, dis-je.

— Si madame veut rejoindre monsieur, il est parti par la pelouse, il y a à peine deux minutes, dit Frith.

— Merci, Frith. »

Je sortis sur la terrasse. Je voyais les arbres reprendre forme derrière les pelouses. Le brouillard se dissipait, il s'élevait en petits nuages dans le ciel. Je levai les yeux vers les fenêtres. Elles étaient fermées, les volets joints.

C'est à la grande fenêtre du milieu que j'étais cinq minutes auparavant. Qu'elle semblait haut au-dessus de ma tête, haut et loin ! Les pavés étaient durs sous mes pieds. Je les regardai puis relevai de nouveau les yeux vers la fenêtre et je m'aperçus soudain, ce faisant, que ma tête tournait et que j'avais très chaud. Des taches noires dansaient devant mes yeux. Je rentrai dans le hall et m'assis sur une chaise. Mes mains étaient moites. Je restais assise, immobile, me tenant les genoux.

« Frith, appelai-je, Frith, vous êtes dans la salle à manger ?

— Oui, madame. »

Il sortit aussitôt et s'approcha de moi.

« Ecoutez, Frith, c'est idiot, mais je voudrais un peu de cognac.

— Tout de suite, madame. »

Il revint tout de suite, en effet, avec un verre à liqueur sur un plateau d'argent.

« Madame ne se sent pas bien ? dit-il. Madame veut-elle que j'appelle Clarice ?

— Non, ça va aller, Frith. J'ai eu très chaud, c'est tout.

— Il fait un drôle de temps, madame. Très chaud. On peut même dire lourd.

— Oui, Frith, très lourd. »

Je bus le cognac et reposai le verre sur le plateau d'argent.

« Le bruit des signaux vous a peut-être saisie, madame, dit Frith.

— Oui, en effet.

— Si madame veut s'étendre un moment, il fait très frais dans la bibliothèque.

— Non, je crois que je vais aller prendre un peu l'air. Ne vous occupez pas de moi, Frith.

— Bien, madame. »

Il se retira, me laissant seule dans le hall. Il y faisait calme et frais, c'était reposant. Tout vestige de la fête avait disparu. Elle aurait pu ne jamais avoir eu lieu. Le hall était comme toujours, gris, silencieux et austère, avec, aux murs, les portraits et les armes. Je me levai et sortis de nouveau sur la terrasse.

Le brouillard se dissipait, s'élevait jusqu'au faîte des arbres. Je voyais les bois au bout de la pelouse. Au-dessus de ma tête, un pâle soleil essayait de traverser le ciel bas. Il faisait plus chaud que jamais. Lourd, comme disait Frith. Une abeille bourdonna autour de moi, en quête d'odeurs, volant bruyamment, puis s'enfonça dans une fleur et se tut aussitôt. Sur le talus gazonné qui surmontait les pelouses, le jardinier mettait sa faucheuse en marche. L'odeur de l'herbe douce et chaude venait jusqu'à moi et le soleil, sortant vigoureusement du brouillard, se mit à briller en plein sur moi. Je regardai ma montre. Il était plus de midi et demi, presque une heure moins vingt. Hier, à cette heure-ci, Maxim et moi nous étions avec Frank dans son petit jardin en attendant le déjeuner.

Il y avait vingt-quatre heures de ça. Ils me taquinaient à propos de ma robe. « Vous n'en reviendrez pas », avais-je dit.

J'étais malade de honte au souvenir de mes paroles.

Puis je m'avisai pour la première fois que Maxim n'était pas parti, comme je le craignais. La voix que j'avais entendue sur la terrasse était tranquille et familière. C'était la voix que je connaissais. Ce n'était pas la voix de la veille au soir, au moment où je descendais l'escalier. Maxim n'était pas parti. Il était en bas dans la baie. Il était lui-même, sain et sauf et normal. Il était tout simplement allé se promener, comme avait dit Frank. Il était sur le promontoire quand il avait vu le bateau s'approcher de la côte. Toutes mes craintes étaient sans fondement. Maxim était en sûreté. Maxim allait très bien. Certes, j'avais eu une expérience humiliante, horrible, insensée ; il m'était arrivé quelque chose que je ne comprenais pas complètement, même à présent, que je ne tenais pas à me rappeler, que je désirais enfouir à jamais au plus profond des ombres de mon esprit, avec les vieilles terreurs oubliées de mon enfance, mais même cela ne comptait plus, du moment que Maxim allait bien.

Le brouillard était presque entièrement dissipé et quand j'arrivai à la baie, je vis tout de suite le navire échoué à quelque deux milles de la côte, ses mâts pointés vers la falaise. Je suivis le brise-lames et m'arrêtai au bout, appuyée contre le mur. Il y avait déjà sur les falaises une foule de gens qui devaient être venus de Kerrith par le sentier des douaniers. Les falaises et le promontoire faisaient partie de Manderley, mais le public y avait toujours joui du droit de passage. Des curieux dévalaient de la falaise pour voir de plus près le bateau naufragé. Il était couché sur le côté, sa proue dressée, et de nombreuses petites barques l'entouraient déjà. Le canot de sauvetage s'approchait. J'y vis quelqu'un se lever et crier dans un mégaphone, mais je n'entendis pas ce qu'il disait. Il y avait encore de la brume dans la baie et je ne voyais pas l'horizon. Un autre canot automobile gris foncé apparut dans la lumière avec plusieurs hommes à bord. L'un d'eux était en uniforme. Ce devait être le commissaire du port de Kerrith accompagné sans doute par l'agent d'assurances. Un autre canot s'approcha, rempli de baigneurs de Kerrith. Ils tournèrent plusieurs fois autour du bateau naufragé en bavardant avec beaucoup d'animation. J'entendais leurs voix au-dessus des eaux tranquilles.

Je quittai le brise-lames et la crique et grimpai le sentier de la falaise dans la direction où se pressaient les gens. Je ne trouvai Maxim nulle part. Frank était là, parlant avec un douanier. J'eus un mouvement de recul en le voyant, gênée sur le moment. Il y avait juste une heure, je pleurais en lui parlant au téléphone. Je ne savais que faire. Il me vit aussitôt et me fit signe. Je m'approchai de lui et du douanier. Le douanier me connaissait.

« Venue voir le spectacle, madame ? dit-il en souriant. Je crois que ce ne sera pas une petite affaire. Les remorqueurs arriveront peut-être à le redresser, mais j'en doute. Il est solidement enfoncé.

— Qu'est-ce qu'on va faire ? dis-je.

— On va faire descendre tout de suite un scaphandrier pour voir si la quille est brisée, répondit-il. C'est ce type là-bas, en bonnet tricoté rouge. Vous voulez regarder à la jumelle ? »

Je pris sa jumelle et regardai le bateau. Je voyais un groupe de marins massés à la proue. L'un d'eux montrait quelque chose. L'homme du canot de sauvetage continuait à crier à travers le mégaphone.

Le commissaire du port de Kerrith avait rejoint les marins sur la proue du navire échoué. Le scaphandrier en bonnet tricoté était assis dans le canot gris.

Le bateau des baigneurs continuait à tourner autour du navire. Une femme s'y tenait debout, prenant des photos. Un vol de mouettes criait au-dessus de l'eau, dans l'espoir d'un butin.

Je rendis les jumelles au douanier.

« On ne fait rien, dis-je.

— On va faire descendre le scaphandrier tout de suite, dit-il. Ils discutent sans doute un peu d'abord comme tous les étrangers. Voilà le remorqueur.

— Ils n'arriveront à rien, dit Frank. Regardez l'angle sous lequel il est couché.

— Le récif est assez haut, dit le douanier. On ne s'en aperçoit pas d'ordinaire, quand on traverse la baie dans un petit bateau. Mais un navire avec une coque comme celle-là le touche bel et bien.

« — J'étais dans la première crique, en bas de la vallée, quand ils ont lancé leurs signaux, dit Frank. C'est à peine si je voyais à trois mètres à ce moment-là. »

Je songeais que tous les gens étaient pareils dans les circonstances d'intérêt général. Frank était Frith en tout point, donnant sa version de l'incident, comme si cela importait, comme si cela nous intéressait. Je savais qu'il était allé à la plage à la recherche de Maxim. Je savais qu'il s'était inquiété comme moi. Et voilà que tout était oublié, écarté : notre conversation au téléphone, notre angoisse commune, son insistance pour me voir. Et cela parce qu'un navire avait échoué dans le brouillard.

Un petit garçon vint à nous en sautant.

« Est-ce que les marins sont noyés ? demanda-t-il.

— Non, pas de danger, fiston, dit le douanier. Pas plus de vagues que sur ma main. Il n'y aura pas de victimes cette fois. Ah ! voilà le scaphandrier. Vous le voyez, madame, il met son casque.

— Je veux voir le scaphandrier, dit le petit garçon.

— Là, tu vois, dit Frank en se penchant, ce bonhomme qui met son casque. On va le descendre dans l'eau.

— Il ne va pas se noyer ? dit l'enfant.

— Les scaphandriers ne se noient pas, dit le douanier. On leur envoie de l'air tout le temps. Regarde-le qui s'enfonce. Le voilà parti. »

La surface de l'eau, un instant agitée, était redevenue calme.

« Il est parti, dit le petit garçon.

— Où est Maxim ? demandai-je.

— Il a emmené un membre de l'équipage à Kerrith, dit Frank. Ce type avait perdu la tête et sauté par-dessus bord, pour aller la rechercher sans doute. Nous l'avons trouvé escaladant un des rochers, là, au pied de la falaise, trempé comme une soupe, naturellement, et tremblant de tous ses membres. Il ne savait pas un mot d'anglais, évidemment. Maxim est allé à lui et l'a trouvé saignant comme un porc d'une blessure qu'il s'était faite contre le roc. Il lui a parlé en allemand. Puis il a appelé un des canots automobiles de Kerrith qui tournaient autour comme des requins, et il l'a emmené se faire panser chez le médecin. Avec un peu de chance, il trouvera le vieux docteur Phillips à table.

— Quand est-il parti ? demandai-je.

— Juste avant que vous n'arriviez ; il y a peut-être cinq minutes. Je m'étonne que vous n'ayez pas vu le canot. Maxim était assis à l'arrière avec cet Allemand.

— Il a dû passer au moment où je grimpais sur la falaise.

— Maxim est magnifique dans ces cas-là, reprit Frank. Il fait tout ce qu'il peut. Vous allez voir qu'il invitera tout l'équipage à Manderley et qu'il le nourrira et le couchera par-dessus le marché.

— C'est vrai, dit le douanier. Il donnerait sa chemise pour les gens de son domaine, par exemple. Il en faudrait beaucoup comme lui dans le comté.

— Oui, ça ne ferait pas de mal », dit Frank.

Nous continuions à regarder le bateau. Les remorqueurs étaient toujours là, mais la barque de sauvetage était retournée à Kerrith.

« Rien à faire pour eux aujourd'hui, dit le douanier.

— Non, dit Frank. Ni pour les remorqueurs non plus, à ce que je crois. Cette fois, c'est le démolisseur qui fera la bonne affaire. »

Les mouettes tournoyaient en miaulant comme des chats affamés ; quelques-unes se perchaient sur le rebord de la falaise, tandis que d'autres, plus hardies, rasaient l'eau tout près du navire.

Le douanier ôta sa casquette et s'épongea le front :

« Ça manque d'air, hein ? fit-il.

— Oui », dis-je.

Le bateau de plaisance, avec les gens à photos, voguait vers Kerrith.

« Ils en ont marre, dit le douanier.

— Je comprends ça, fit Frank. Je ne crois pas qu'il se passe quelque chose avant plusieurs heures. Il faut que le scaphandrier fasse son rapport avant qu'on essaie de renflouer le bateau. Il n'y a rien à faire ici, j'ai envie d'aller déjeuner. »

Je ne dis rien. Il hésitait. Je sentais son regard sur moi.

« Qu'est-ce que vous faites ? me demanda-t-il.

— Je pense rester encore un peu ici, dis-je. Je peux manger à n'importe quelle heure. C'est un déjeuner froid. Ça n'a pas d'importance. J'ai envie de voir ce que le scaphandrier va faire. »

Je ne pouvais affronter Frank en ce moment. J'avais besoin d'être seule ou avec quelqu'un que je ne connaissais pas, comme le douanier.

« Vous ne verrez rien, dit Frank. Il n'y aura rien à voir. Venez déjeuner avec moi.

— Non, dis-je. Non, merci...

— Bon, dit Frank. En tout cas, vous savez où me trouver. Je serai au bureau tout l'après-midi.

— Très bien », dis-je.

Il salua le douanier et s'éloigna. Le petit garçon continuait à sautiller dans l'herbe devant nous.

« Quand est-ce que le scaphandrier va revenir ? demandait-il.

— Pas encore, fiston », dit le douanier.

Une jeune femme en robe rayée de rose et coiffée d'un filet s'approchait de nous.

« Charlie, Charlie, où es-tu ? appelait-elle.

— Voilà ta mère. Tu vas prendre quelque chose, dit le douanier.

— M'man, j'ai vu le scaphandrier », cria le petit garçon.

La femme nous salua et sourit. Elle ne me connaissait pas. C'était une baigneuse de Kerrith.

« Il n'y a plus grand-chose à voir, n'est-ce pas ? dit-elle. Sur la falaise, là-bas, on dit que le navire est là pour des jours et des jours.

— On attend le rapport du scaphandrier, dit le douanier.

— Je ne comprends pas comment ils acceptent de descendre comme ça au fond de l'eau, dit la femme. Ils doivent être bien payés.

— Ils le sont, dit le douanier.

— M'man, je veux être scaphandrier, dit le petit garçon.

— Il faut demander à papa, chéri, dit la femme, nous regardant en riant. C'est un joli coin, par ici, n'est-ce pas ? ajouta-t-elle en s'adressant à moi. Nous avions apporté notre déjeuner, nous ne pensions pas que nous aurions un tel brouillard, et un naufrage par-dessus le marché. Nous allions rentrer à Kerrith, quand les signaux ont éclaté ; on aurait dit que c'était juste devant notre nez. J'ai presque sauté en l'air. J'ai dit à mon mari : "Mon Dieu, qu'est-ce qui se passe ?" Il m'a répondu : "C'est un navire en détresse. Il faut voir ça." On ne peut pas l'en arracher, il est pire que le petit. Moi, je ne comprends pas ce que ça a d'intéressant.

— Non. Il n'y a pas grand-chose à voir, dit le douanier.

— Ces bois sont jolis, là-bas, dit la femme. Ce doit être une propriété privée. »

Le douanier toussa d'un air gêné et me regarda. Je me mis à mordiller un brin d'herbe en détournant les yeux.

« Oui, tout ça, c'est privé, dit-il.

— Mon mari dit que toutes ces grandes propriétés finiront par être loties et qu'on y bâtira des petites villas, dit la femme. Ça ne me déplairait pas d'avoir une petite villa ici avec vue sur la mer. Quoique l'hiver, par ici...

— Oui, mais c'est très calme, ici, l'hiver », dit le douanier.

Je continuais à mâchonner mon brin d'herbe. Le petit garçon courait en rond. Le douanier regarda sa montre.

« Allons, fit-il, il faut que je m'en aille. Bon après-midi ! »

Il me salua et prit le sentier de Kerrith.

« Viens, Charlie, allons chercher papa », dit la femme.

Elle me salua gentiment et s'éloigna, le petit garçon sautant sur ses talons. Un homme maigre en short kaki et blazer rayé leur fit signe. Ils s'assirent près d'un buisson et la femme commença à défaire des paquets.

J'aurais voulu pouvoir perdre mon identité et les rejoindre. Manger des œufs durs et des sandwiches au pâté, rire un peu bruyamment, entrer dans leur conversation... Au lieu de cela, je devrais rentrer seule par les bois et attendre Maxim à Manderley. Et je ne savais pas ce que nous dirions, de quels yeux il me regarderait, comment serait sa voix. Je n'avais pas faim. Je ne tenais pas à déjeuner.

D'autres gens arrivaient sur la falaise pour voir le bateau. C'était un but de promenade pour l'après-midi. Je ne connaissais personne. Il n'y avait que des baigneurs de Kerrith. Il ne se passait rien. La marée était tout à fait basse à présent, on voyait l'hélice du bateau. Des petits bancs de nuages se formaient à l'ouest et le soleil devenait blanc. Il faisait toujours très chaud. La femme en robe rayée se leva avec le petit garçon et prit le sentier de Kerrith ; l'homme en short les suivait, portant le panier du pique-nique.

Je regardai ma montre. Il était trois heures passées. Je me levai et descendis dans la crique. Elle était calme et vide comme d'habitude. Les galets étaient d'un gris sombre. L'eau du petit port était lisse comme un miroir. Les bancs de nuages blancs couvraient à présent tout le ciel au-dessus de ma tête, et le soleil était caché. En atteignant l'autre bout de la crique, je vis Ben accroupi près d'une petite mare entre deux rochers, attrapant des crevettes à la main. Mon ombre se projeta sur l'eau à mon passage, il leva la tête et me reconnut.

« B'jour, dit-il en ouvrant la bouche dans une espèce de sourire.

— Bonjour », dis-je.

Il se leva machinalement et ouvrit un mouchoir sale où il avait mis des crevettes.

« Vous aimez les crevettes ? » fit-il.

Je ne voulais pas le vexer.

« Merci », dis-je.

Il en fit tomber une douzaine dans ma main et je les mis dans les poches de ma jupe.

« C'est très bon avec du pain et du beurre. Mais il faut les faire bouillir d'abord, dit-il.

— Oui, je sais. »

Il me regardait en souriant.

« Vu le bateau ? demanda-t-il.

— Oui, dis-je. Il a fait naufrage.

— Hé ? fit-il.

— Il a chaviré, répétai-je. Je crois qu'il a un grand trou dans sa coque. »

Son visage prit une expression égarée, puis il sourit de nouveau et s'essuya le nez avec le dos de sa main.

« C'te barque-là ne coulera pas au fond comme la petite. Les poissons l'ont mangée, n'est-ce pas ?

— Qui ? »

Il fit du pouce un geste par-dessus son épaule en direction de la mer.

« Elle, dit-il. L'autre. »

Je le quittai et remontai le sentier à travers bois. Je ne regardai pas la maisonnette. Je savais qu'elle était là, à ma droite, grise et silencieuse. J'allai droit vers le sentier et les arbres. A mi-chemin, je m'arrêtai et, regardant à travers les arbres, j'aperçus encore le bateau échoué incliné vers la plage. La mer était si calme qu'elle ne faisait entendre en glissant sur les galets qu'un chuchotement assourdi. Je repris mon sentier abrupt à travers bois, avec des jambes engourdies, une tête lourde, et, au cœur, un étrange pressentiment.

J'entrai dans le hall, puis dans la salle à manger. Mon couvert était encore mis, mais on avait débarrassé celui de Maxim. La viande froide et la salade m'attendaient sur la desserte. J'hésitai, puis sonnai Robert.

« Est-ce que monsieur est rentré ? lui demandai-je.

— Oui, madame. Il est revenu à deux heures et a mangé un morceau, puis il est ressorti. Il a demandé après madame, et Frith lui a dit que madame avait dû aller voir le naufrage.

— Il a dit quand il rentrerait ?

— Non, madame. »

Je regardai la viande froide et la salade. Je me sentais vide, mais je n'avais pas faim. Je n'avais pas envie de viande froide.

« Apportez-moi du thé dans la bibliothèque, Robert, dis-je. Pas de gâteaux, ni de scones. Rien que du thé avec du pain et du beurre.

— Bien, madame. »

J'allai m'asseoir sur le rebord de la fenêtre de la bibliothèque. Je pris le *Times* et en tournai les pages sans les lire. J'avais l'impression d'attendre chez le dentiste. J'attendais quelque chose qui allait se passer, quelque chose d'imprévu. L'horreur de ma matinée, le naufrage du bateau et mon jeûne se combinaient pour provoquer au fond de moi une espèce d'excitation latente que je ne comprenais pas. C'était comme si j'étais entrée dans une nouvelle phase de ma vie où plus rien ne serait plus tout à fait comme avant. La jeune femme qui, la veille au soir, se costumait pour le bal avait disparu. Tout cela s'était passé il y avait très longtemps. Le moi assis sur le rebord de la fenêtre était un être nouveau, différent.

Robert me servit le thé et je dévorai mon pain beurré. Il avait aussi apporté des scones, des sandwiches et un cake à l'angélique. Il avait dû trouver qu'un goûter de pain beurré était indigne de Manderley. Je mangeai les scones et le cake avec plaisir. Je me rappelai que je n'avais eu que du thé froid à onze heures et demie et pas de petit déjeuner. Je finissais ma troisième tasse quand Robert revint.

« Monsieur n'est pas rentré, n'est-ce pas, madame ? me demanda-t-il.

— Non, pourquoi ? On le demande ?

— Oui, madame. C'est le capitaine Searle, le commissaire du port de Kerrith, qui téléphone. Il demande s'il peut venir pour parler à monsieur personnellement.

— Je ne sais pas quoi répondre, dis-je. Monsieur rentrera peut-être très tard... Dites qu'on rappelle à cinq heures. »

Robert quitta la pièce et revint au bout de quelques minutes.

« Le capitaine Searle désirerait voir madame, si madame permet, dit Robert. Il dit que c'est pour une affaire urgente. Il a essayé de téléphoner à M. Crawley, mais on n'a pas répondu.

— Je le recevrai, naturellement, si c'est urgent, dis-je. Dites-lui de venir tout de suite. Il a une voiture ?

— Oui, madame. »

Robert sortit. Je me demandais ce que j'allais bien pouvoir dire au capitaine Searle. Il devait s'agir du bateau naufragé. Je ne voyais pas en quoi ça regardait

Maxim. La chose aurait été différente s'il avait échoué dans la crique, qui était la propriété de Manderley. On aurait peut-être dû alors demander à Maxim la permission de faire sauter les rochers, ou de prendre toute autre mesure nécessaire pour bouger le bateau. Mais la baie et le récif n'appartenaient pas à Maxim. Le capitaine Searle perdait son temps en venant me voir.

Il avait dû monter en voiture tout de suite après avoir téléphoné, car un quart d'heure ne s'était pas écoulé qu'on l'introduisait dans la bibliothèque.

Il était encore en uniforme, comme je l'avais vu à la jumelle au début de l'après-midi. Je quittai le rebord de la fenêtre et lui serrai la main.

« Je suis désolée, mon mari n'est pas encore rentré, capitaine, dis-je. Il a dû retourner à la falaise ; il avait été à Kerrith auparavant. Je ne l'ai pas vu de la journée.

— Oui, on m'a dit qu'il était allé à Kerrith, mais je l'ai manqué, dit le commissaire du port. Il a dû revenir à pied par la falaise pendant que j'étais en canot. Et je n'ai pas pu joindre M. Crawley non plus.

— Ce naufrage a désorganisé la journée de tout le monde, dis-je. J'étais sur la falaise et n'ai même pas déjeuné ; M. Crawley y était encore plus tôt que moi. Que va-t-on faire de ce navire ? Croyez-vous que les remorqueurs pourront le renflouer ? »

Le capitaine Searle fit un grand cercle avec ses mains.

« Il y a un trou grand comme ça dans la quille, dit-il. Il ne reverra jamais Hambourg. Mais ne nous occupons pas du bateau. C'est l'affaire de son propriétaire et de l'agent d'assurances. Non, madame, ce n'est pas pour le bateau que je suis venu vous voir. C'est-à-dire que, indirectement, il est bien cause de ma visite. Enfin, voilà, j'ai une nouvelle à annoncer à M. de Winter et ne sais comment m'y prendre. »

Il me regarda bien en face, avec ses yeux bleus très lumineux.

« Quel genre de nouvelle, capitaine ? »

Il sortit un grand mouchoir blanc de sa poche et se moucha.

« C'est que, madame, la nouvelle n'est pas bien agréable à vous dire à vous non plus. Je ne voudrais pour rien au monde vous causer du souci ou du chagrin à vous ou à votre mari. Nous aimons tous beaucoup M. de Winter à Kerrith et la famille a toujours fait beaucoup de bien. C'est pénible pour lui et pour vous aussi, et mieux vaudrait ne pas toucher au passé. Mais je ne vois pas bien comment nous le pourrions, étant donné les circonstances. »

Il se tut, remit son mouchoir dans sa poche, puis reprit en baissant la voix, bien que nous fussions seuls dans la pièce :

« On a envoyé un scaphandrier inspecter la coque du navire, dit-il, et, du même coup, il a fait une découverte. Après avoir repéré le trou dans la quille, il allait voir de l'autre côté ce qu'il y avait comme avaries, lorsqu'il est tombé sur un petit bateau échoué au fond de l'eau, intact et pas du tout brisé. C'est un homme du pays, n'est-ce pas, et il a reconnu tout de suite le bateau. C'était le petit voilier de feu Mme de Winter. »

Mon premier sentiment fut de rendre grâce au Ciel que Maxim ne fût pas là. Ce nouveau coup tout de suite après ma mascarade de la veille était d'une ironie assez atroce.

« Quelle tristesse, dis-je lentement. Ce sont de ces choses auxquelles on ne s'attend évidemment pas. Est-il bien nécessaire d'en aviser M. de Winter ? Ne pourrait-on laisser le petit bateau où il est ? Il ne fait de mal à personne, je pense.

— On ne demanderait pas mieux, madame, si c'était possible. Je ne sais pas ce que je donnerais, je vous l'ai dit, pour éviter ça à M. de Winter. Mais ce n'est pas tout, madame. Mon bonhomme a tourné autour du petit bateau et il a fait une autre découverte, plus importante, celle-là. La porte de la cabine était fermée, et les hublots aussi. Il en a brisé un avec un galet et a regardé dans la cabine. Elle était pleine d'eau, la mer a dû y entrer par un trou dans la coque ; il ne semblait pas y avoir d'autre avarie. Et alors, c'est là, madame, qu'il a eu une de ces émotions... »

Le capitaine Searle se tut, il regarda par-dessus son

épaule comme si un des domestiques pouvait l'écouter.

« Il y avait un corps étendu par terre dans la cabine, dit-il très bas. Il était dissous, naturellement, il n'y avait plus de chair. Mais c'était un corps tout de même. Il distinguait la tête et les membres. Alors il est remonté et il m'a fait son rapport. Et maintenant, vous comprenez pourquoi il faut que je voie votre mari. »

Je le regardai, d'abord stupéfaite, puis émue, puis un peu défaillante.

« On croyait qu'elle naviguait seule, chuchotai-je. Il devait y avoir quelqu'un avec elle, alors, que personne ne savait ?

— Ça a l'air de ça, dit le commissaire du port.

— Qui est-ce que ça pouvait bien être ? Si quelqu'un avait disparu, cela se serait su... On en a tellement parlé dans les journaux à l'époque... »

Le capitaine secoua la tête.

« Je n'en sais pas plus que vous, dit-il. Tout ce qu'on peut dire, c'est qu'il y a un cadavre. »

Je comprenais maintenant le sens de mon pressentiment. Ce n'était pas le navire naufragé qui était sinistre, ni le cri des mouettes. C'était le calme de l'eau sombre et les choses inconnues qui s'y cachent. C'était le scaphandrier descendant dans ces froides profondeurs et tombant sur le bateau de Rebecca et le compagnon mort de Rebecca. Il avait touché le bateau, regardé dans la cabine, pendant que j'étais assise sur la falaise, ne me doutant de rien.

« Si seulement on pouvait ne pas lui dire, dis-je. Si seulement on pouvait lui cacher tout cela.

— Vous savez que si c'était possible, madame... dit-il. Mais je dois faire mon service. Je dois rendre compte... »

Il s'interrompit comme la porte s'ouvrait. Maxim entra.

« Bonjour, dit-il. Qu'est-ce qu'il se passe ? Je ne pensais pas vous trouver ici, capitaine. Est-ce qu'il est arrivé quelque chose ? »

Je ne pouvais pas en supporter davantage. Je sortis lâchement de la pièce en refermant la porte derrière moi. Je n'avais même pas regardé Maxim. J'avais l'impression vague qu'il avait l'air fatigué, qu'il était sans chapeau et décoiffé.

J'allai m'asseoir sur la terrasse. Le moment de la crise était venu ; il fallait l'affronter. Il fallait surmonter mes vieilles craintes, ma méfiance, ma timidité, mon sentiment désespéré d'infériorité. Si j'échouais maintenant, ce serait pour toujours. On ne me donnerait pas une autre chance. Je m'exhortai au courage avec un désespoir aveugle en enfonçant mes ongles dans mes paumes. Je demeurai ainsi cinq minutes à regarder les pelouses vertes et les caisses de fleurs de la terrasse. J'entendis le bruit d'une voiture qu'on mettait en marche dans l'allée. Ce devait être le capitaine Searle. Il avait annoncé la nouvelle à Maxim et repartait. Je me levai et retournai lentement dans la bibliothèque. Je tournais dans mes poches les crevettes que Ben m'avait données. Je les tenais serrées dans ma main.

Maxim était debout devant la fenêtre, me tournant le dos. J'attendis sur le seuil. Il ne se retourna pas. Je sortis mes mains de mes poches et allai à lui. Je lui pris la main et la mis contre ma joue. Il ne disait rien.

« J'ai tant de peine, chuchotai-je, tant, tant. »

Il ne répondit pas. Sa main était glacée. J'en baisai le dos, puis les doigts un à un.

« Je ne veux pas que tu supportes cela tout seul, dis-je. Je veux le partager avec toi. J'ai grandi, Maxim, depuis vingt-quatre heures. Je ne serai plus jamais une enfant. »

Il m'enlaça et me serra contre lui. Ma réserve était brisée, et ma timidité aussi. J'avais mon visage contre son épaule.

« Tu me pardonnes, n'est-ce pas ? » dis-je.

Il parla enfin.

« Te pardonner ? dit-il. Qu'ai-je à te pardonner ?

— Hier soir, tu as cru que je l'avais fait exprès.

— Ah ! cela ?... J'avais oublié. Je me suis mis en colère après toi ?

— Oui », dis-je.

Il se tut. Il continuait à me tenir serrée contre son épaule.

« Maxim, dis-je. Est-ce qu'on ne pourrait pas tout recommencer ? Est-ce qu'on ne pourrait pas repartir d'aujourd'hui et regarder les choses ensemble ? Je ne te demande pas de m'aimer, je ne demande pas l'impossible. Je serai ton amie, ton camarade, une espèce de garçon. Je ne désire pas davantage. »

Il prit mes joues dans ses mains et me regarda. Je remarquai pour la première fois combien son visage était maigre, ses traits tirés. Et il y avait de grandes ombres sous ses yeux.

« Comment m'aimes-tu ? » dit-il.

Je ne pouvais répondre. Je ne pouvais que le regarder, regarder ses sombres yeux douloureux, son visage pâle et creusé.

« Il est trop tard, chérie, trop tard, dit-il. Nous avons perdu notre petite chance de bonheur.

— Non, Maxim, non, dis-je.

— Si, fit-il. Tout est fini, maintenant. La chose est arrivée.

— Quelle chose ?

— La chose que j'avais toujours prévue. La chose dont je rêvais tous les jours, toutes les nuits. Nous ne sommes pas faits pour être heureux, toi et moi. »

Il s'assit sur le rebord de la fenêtre, et je m'agenouillai en face de lui, mes mains sur ses épaules.

« Qu'est-ce que tu veux dire ? » demandai-je.

Il posa ses mains sur les miennes et me regarda en face.

« Rebecca a gagné », dit-il.

Je le regardai, mon cœur battant étrangement, mes mains soudain froides sous les siennes.

« Son ombre entre nous tout le temps, dit-il. Son ombre maudite qui nous séparait. Comment pouvais-je te tenir ainsi, ma chérie, mon petit amour, avec la crainte toujours dans mon cœur de ce qui devait arriver ? Je me rappelais ses yeux me regardant au moment de sa mort. Je me rappelais ce lent sourire perfide. Elle savait déjà que cela arriverait. Elle savait qu'elle finirait par gagner.

— Maxim, chuchotai-je, qu'est-ce que tu dis, qu'est-ce que tu veux dire ?

— Son bateau, fit-il, on l'a retrouvé. Le scaphandrier l'a retrouvé cet après-midi.

— Oui, je sais. Le capitaine me l'a dit. Tu penses au corps qu'on a trouvé dans sa cabine ? Cela signifie qu'elle n'était pas seule, dis-je. Et tu veux savoir qui était avec elle ? C'est ça, Maxim ?

— Non, dit-il. Tu ne comprends pas.

— Je veux partager cela avec toi, chéri, dis-je. Je veux t'aider.

— Il n'y avait personne avec Rebecca, elle était seule », dit-il.

J'étais à genoux par terre, épiant son visage, ses yeux.

« C'est le corps de Rebecca qui est étendu dans la cabine, dit-il.

— Non, m'écriai-je, non !

— La femme enterrée dans la crypte n'est pas Rebecca, continua-t-il. C'est le corps d'une inconnue que personne n'a réclamé. Il n'y a pas eu d'accident. Rebecca ne s'est pas noyée. Je l'ai tuée. J'ai tué Rebecca avec un revolver dans la maisonnette de la crique. J'ai porté son corps dans la cabine, j'ai sorti le bateau cette nuit-là, je l'ai fait sombrer à l'endroit où on l'a retrouvé aujourd'hui. C'est Rebecca qui est étendue, morte, sur le plancher de la cabine. Peux-tu encore me regarder dans les yeux et me dire que tu m'aimes ? »

CHAPITRE XIX

Tout était très calme dans la bibliothèque. Il n'y avait pas d'autre bruit que celui de Jasper se léchant la patte. Il devait avoir une épine dedans. Puis j'entendis la montre au poignet de Maxim faisant tic tac près de mon oreille. Les petits bruits de tous les jours. Et, sans raison, un proverbe idiot remonta de mon enfance à ma mémoire : « Le temps ni la marée n'attendent personne. »

Je crois que lorsqu'on subit un grand choc, comme

la perte d'un être ou d'un membre, on ne le sent pas tout de suite. J'étais à genoux là, près de Maxim, mon corps contre le sien, mes mains sur ses épaules, et je n'éprouvais rien, ni chagrin ni peur ; il n'y avait pas d'horreur en mon être. Je songeais à l'épine qu'il faudrait que j'enlève de la patte de Jasper. Je me disais que Robert allait venir desservir le thé. Cela me semblait drôle de pouvoir penser à ces petites choses : la patte de Jasper, la montre de Maxim, Robert, le plateau du thé ; j'étais choquée par mon manque d'émotion et cette étrange et froide absence de chagrin. Puis il se mit à m'embrasser comme il ne l'avait jamais fait. Je croisai mes mains derrière sa tête et fermai les yeux.

« Je t'aime tellement, murmura-t-il, tellement... »

C'est ce que je rêvais chaque jour, chaque nuit, de lui entendre dire, pensais-je ; et voilà qu'il le disait enfin. C'est ce que j'imaginais à Monte-Carlo, en Italie, ici à Manderley. Il le disait maintenant. J'ouvris les yeux et regardai un petit bout de rideau au-dessus de sa tête. Il continuait à m'embrasser, ardemment, désespérément, en murmurant mon nom. Je regardais toujours le petit coin de rideau, remarquant qu'il avait passé au soleil et qu'il était plus clair que le rideau voisin. « Que je suis calme, pensais-je, et froide. Je regarde un bout de rideau et Maxim m'embrasse. Pour la première fois, il me dit qu'il m'aime. »

Puis il s'arrêta tout à coup, me repoussa et quitta le rebord de la fenêtre.

« Tu vois, dit-il, j'avais raison. Il est trop tard, tu ne m'aimes plus. »

Je repris soudain conscience et mon cœur bondit dans un élan de panique.

« Il n'est pas trop tard, dis-je vivement en me relevant et en allant lui mettre les bras autour du cou. Ne dis pas cela, tu ne comprends pas. Je t'aime plus que tout au monde. Mais quand tu m'as embrassée à l'instant, j'étais bouleversée au point que je ne sentais plus rien.

— Tu ne m'aimes pas, dit-il. C'est pour cela que tu

258

ne sentais rien. Je sais, je comprends. C'est venu trop tard, n'est-ce pas ?

— Non, dis-je.

— Cela aurait dû se passer il y a quatre mois, dit-il. J'aurais dû savoir. Les femmes ne sont pas comme les hommes.

— Embrasse-moi encore, dis-je, je t'en prie, Maxim.

— Non, dit-il. Ce n'est plus la peine.

— Nous ne pouvons nous perdre à présent, dis-je. Il faut que nous soyons toujours ensemble, sans secrets, sans ombre. Je t'en prie, chéri, je t'en prie.

— Nous n'avons plus le temps, dit-il. Il ne nous reste peut-être que quelques heures, quelques jours. Comment pourrions-nous être ensemble mainte-nant ? Je t'ai dit qu'on avait retrouvé le bateau. On a retrouvé Rebecca. »

Le sentiment me revenait peu à peu. Mes mains n'étaient plus froides, elles étaient chaudes et moites. Je sentis un flot de chaleur envahir mon visage, mon cou. Mes joues étaient brûlantes. Maxim avait tué Rebecca. Rebecca ne s'était pas noyée. Maxim l'avait tuée. Les morceaux du puzzle se précipitaient à ma rencontre. Des images dispersées se réveillaient une à une dans ma pensée stupéfaite. Maxim assis à côté de moi dans sa voiture sur une route du Midi : « Quelque chose est arrivé il y a près d'un an qui a changé toute ma vie... » Les silences de Maxim, ses sautes d'humeur.

« Je suis venu ici précipitamment », avait-il dit à Mrs. Van Hopper, un pli entre les sourcils. « Il paraît qu'il ne peut se consoler de la mort de sa femme... »

Il s'était assis près de la cheminée. Je m'agenouillai près de lui. Je tenais ses mains et m'appuyais contre lui.

« J'ai failli tout te dire une fois, reprit-il. Le jour où Jasper s'était sauvé dans la crique et où tu étais entrée dans la maisonnette pour chercher une ficelle. Nous étions assis là. Puis Frith et Robert sont entrés avec le thé.

— Oui, dis-je. Je me rappelle. Pourquoi ne me l'as-tu pas dit ? Nous avons gaspillé le temps où nous aurions pu nous rapprocher. Toutes ces semaines, ces mois perdus.

— Tu étais si lointaine, dit-il. Tu t'en allais de ton côté dans le jardin avec Jasper sur tes talons. Tu ne venais jamais à moi comme maintenant.

— Pourquoi ne m'as-tu rien dit ? murmurai-je. Pourquoi ?

— Je croyais que tu étais malheureuse, que tu t'ennuyais, dit-il. Je suis tellement plus vieux que toi. Tu semblais avoir plus de choses à raconter à Frank qu'à moi. Tu étais bizarre avec moi, timide, gênée.

— Comment aurais-je pu venir à toi quand je savais que tu pensais à Rebecca ? dis-je. Comment aurais-je pu te demander de m'aimer quand je savais que tu aimais toujours Rebecca ? »

Il me serra contre lui et chercha mon regard.

« Qu'est-ce que tu dis ? Qu'est-ce que tu veux dire ? demanda-t-il.

— Chaque fois que tu me touchais, je pensais que tu me comparais à Rebecca, dis-je. Chaque fois que tu me parlais, me regardais, te promenais avec moi dans le jardin, te mettais à table, je sentais que tu disais : "J'ai fait cela avec Rebecca."

Il me regardait, stupéfait, comme s'il ne comprenait pas.

« C'est vrai, n'est-ce pas ? dis-je.

— Seigneur ! » s'écria-t-il.

Il me repoussa, se leva et se mit à marcher dans la pièce en joignant les mains.

« Qu'est-ce que c'est ? dis-je. Qu'est-ce qu'il y a ? »

Il se retourna et me regarda, accroupie par terre.

« Tu crois que j'aimais Rebecca ? dit-il. Tu crois que je l'ai tuée par amour ? Je la haïssais, je te dis. Notre mariage fut une comédie, dès le début. Elle était méchante, vicieuse, pourrie jusqu'à l'âme. Nous ne nous sommes jamais aimés, nous n'avons jamais eu un instant de bonheur l'un par l'autre. Rebecca était incapable d'amour, de tendresse, de pudeur. Elle n'était même pas normale. »

J'étais assise par terre, les bras autour de mes genoux remontés, les yeux levés vers lui.

« Oui, elle était intelligente, dit-il. D'une intelligence diabolique. Personne, en la voyant, n'aurait pu soupçonner qu'elle n'était pas la créature la plus généreuse, la meilleure, la plus douée du monde. Elle savait exactement ce qu'il fallait dire à chacun. Si tu l'avais connue, elle se serait promenée dans le jardin avec toi, bras dessus, bras dessous, en appelant Jasper, en bavardant de fleurs, de musique, de peinture, pour te complaire ; et tu aurais été prise comme les autres. Tu l'aurais adorée. »

Il marchait de long en large dans la bibliothèque.

« Quand je l'ai épousée, on m'a dit que j'étais le plus heureux des hommes, dit-il. Elle était si charmante, si accomplie, si amusante. Grand-mère elle-même, si difficile à cette époque, l'a adorée, tout de suite. Elle possède les trois qualités qui importent dans une épouse, me disait-elle : l'éducation, l'intelligence et la beauté. Et je la croyais, ou je me forçais à la croire. Mais j'avais tout le temps une espèce de soupçon au fond de l'esprit. Il y avait quelque chose dans ses yeux... »

Le puzzle se reconstituait morceau par morceau et la véritable Rebecca prenait forme, sortait de son univers d'ombre, comme un être vivant sur un fond de tableau. Rebecca cravachant son cheval, Rebecca empoignant la vie à deux mains ; Rebecca triomphante s'accoudant à la galerie, un sourire sur les lèvres.

Je me revoyais sur la plage, devant le pauvre Ben effrayé. « Vous êtes bonne, avait-il dit, pas comme l'autre. Vous ne m'enverrez pas à l'asile, n'est-ce pas ? »

Maxim continuait à parler et à marcher de long en large.

« Je l'ai démasquée immédiatement, dit-il, cinq jours après notre mariage. Tu te rappelles le jour où je t'ai emmenée sur la colline près de Monte-Carlo ? Je voulais y retourner, me rappeler. Elle s'était assise là et riait, ses cheveux noirs au vent, elle me parlait d'elle, me racontait des choses que je ne répéterai jamais à âme qui vive. Je compris alors ce que j'avais fait, qui j'avais épousée. La beauté, l'intelligence et l'éducation, Seigneur ! »

Il se tut soudain. Il alla vers la fenêtre d'où il regarda les pelouses. Il se mit à rire. Il était là, debout, en train de rire. Je ne pus le supporter ; cela me faisait peur, me rendait malade.

« Maxim ! criai-je. Maxim ! »

Il alluma une cigarette et demeura là sans rien dire, puis il se retourna et reprit sa promenade à travers la pièce.

« Il s'en est fallu de peu que je l'aie tuée là, dit-il. Cela aurait été si facile. Un faux pas. Tu te rappelles le précipice ? Je t'avais fait peur, n'est-ce pas ? Tu pensais que j'étais fou. Peut-être l'étais-je, en effet. Peut-être le suis-je. Cela n'est pas très sain, tu sais, de vivre avec le diable. »

Je le regardais aller et venir. Il poursuivit :

« Elle a fait un marché avec moi au bord du précipice. "Je dirigerai votre maison, me déclara-t-elle, je prendrai soin de votre cher Manderley et j'en ferai le chef-d'œuvre du pays, si vous voulez. Et les gens viendront nous voir, nous envieront et parleront de nous ; on dira que nous sommes le couple le plus heureux, et le plus beau d'Angleterre. Quelle rigolade, Max ! Quel triomphe !" Elle était assise là au flanc de la colline et riait en déchirant une fleur entre ses doigts. »

Maxim jeta sa cigarette à peine fumée dans l'âtre vide.

« Je ne l'ai pas tuée alors, dit-il. Je l'ai regardée. Je n'ai rien dit, je l'ai laissée rire. Nous sommes remontés en voiture et nous sommes repartis. Et elle savait qu'il en serait comme elle l'avait proposé, que nous rentrerions ici, à Manderley, ouvririons la maison, recevrions, et qu'on parlerait de notre union comme de la réussite du siècle. Elle savait que je sacrifierais fierté, honneur, amour-propre, toutes les vertus de la terre plutôt que d'affronter notre petit cercle après un mois de mariage, eux ayant appris ce qu'elle venait de me raconter. Elle savait que je n'accepterais jamais l'idée d'un divorce où je la dénoncerais, que je ne supporterais pas que les gens nous montrent du doigt, que les journaux nous traînent dans la boue, que tous les gens d'ici chuchotent en entendant mon nom, que tous les touristes de Kerrith, passant devant la grille, disent en jetant un coup d'œil sur les pelouses : "C'est là qu'il habite. C'est Manderley. C'est la propriété de ce type qui a divorcé, tu sais bien, on en a parlé dans les journaux. Tu te rappelles ce que le juge a dit de sa femme..."

Il vint s'arrêter devant moi, les mains tendues.

« Tu me méprises, n'est-ce pas ? dit-il. Tu ne peux pas comprendre ma honte et mon dégoût. »

Je ne dis rien. Je tenais ses mains contre mon cœur. Je me souciais bien de sa honte. Rien de ce qu'il m'avait dit n'avait d'importance à mes yeux. Je ne retenais qu'une chose et ne cessais de me la répéter. Maxim n'aimait pas Rebecca. Il ne l'avait jamais aimée, jamais, jamais. Ils n'avaient jamais connu ensemble un instant de bonheur.

Maxim parlait et je l'écoutais, mais ses paroles n'avaient pas de sens pour moi. Je ne m'y intéressais pas vraiment. « J'ai trop pensé à Manderley, disait-il, Manderley venait pour moi en premier, au-dessus de tout. Ce genre d'amour n'est pas le bon. Ce n'est pas celui qu'on prêche à l'église. Le Christ n'a pas parlé des pierres, des briques, ni des murs, de l'amour qu'un homme peut porter à son coin de terre, son sol, son petit royaume.

— Mon chéri, dis-je, mon Maxim, mon amour. »

Je mis ses mains sur mon visage, je les touchai de mes lèvres.

« Est-ce que tu me comprends, dis ? fit-il.

— Oui, répondis-je, oui, mon aimé, mon amour. »

Mais je détournai mon visage pour qu'il ne le vît pas. Qu'importait que je comprisse ou non ? Mon cœur était léger comme une plume dans le vent. Il n'avait jamais aimé Rebecca.

« Je ne veux pas me rappeler ces années, dit-il lentement. Je ne veux même pas te les raconter. Cette honte et cette déchéance. Le mensonge dans lequel nous vivions, elle et moi. L'ignoble comédie que nous jouions ensemble. Devant les amis, les relations, même devant les domestiques. Tout le monde ici croyait en elle, tout le monde l'admirait. Je me rappelle certains jours de fête où la maison était pleine, garden-party ou spectacle, elle allait de l'un à l'autre avec un sourire d'ange, son bras passé sous le mien, distribuant des prix à une petite troupe d'enfants ; et puis le lendemain, elle partait à l'aube pour Londres, elle roulait vers cet appartement qu'elle avait loué sur les quais, comme un animal court à sa tanière puante ; et elle revenait ici à la fin de la semaine, après cinq jours impossibles à raconter. Oh ! je me conformais exactement aux clauses de notre traité. Je ne la trahis jamais. Son goût exigeant a fait de Manderley ce qu'il est à présent. Les jardins, les buissons, même les azalées de la Vallée Heureuse, tu crois qu'ils étaient là du temps de mon père ? Grand Dieu, le parc était une jungle charmante, oui, sauvage et belle à sa manière, oui, mais réclamant des soins et des sommes qu'il n'aurait jamais consenti à dépenser pour cela, que je n'aurais jamais, moi non plus, pensé seulement à donner... sans Rebecca. La moitié du mobilier de ces pièces n'était pas là à l'origine. Le salon tel qu'il est aujourd'hui, le petit salon... tout cela, c'est Rebecca. La beauté du Manderley que tu vois aujourd'hui, du Manderley dont les gens parlent, qu'ils peignent et photographient, tout cela on le doit à elle, à Rebecca. »

Je ne disais rien. Je le tenais serré contre moi. Je désirais qu'il continuât à parler ainsi pour se délivrer de son amertume, de la haine refoulée, du dégoût et de la boue des années perdues.

« Et nous avons vécu ainsi, disait-il, des mois, des années. J'acceptais tout, à cause de Manderley. Ce qu'elle faisait à Londres m'était indifférent, puisque cela n'atteignait pas Manderley. Et elle fut prudente, pendant les premières années ; il n'y eut pas un murmure, pas un chuchotement à son sujet. Puis elle devint peu à peu plus insouciante. Tu sais comment un homme se met à boire ? Il y va doucement au début, il prend un peu d'alcool de temps en temps ; un excès tous les six mois peut-être. Puis les intervalles vont diminuant de plus en plus. Bientôt, c'est tous les mois, toutes les quinzaines, tous les quelques jours. Il en fut ainsi avec Rebecca. Elle se mit à faire venir ses amis ici. Elle en invitait un ou deux au milieu d'une grande réception de week-end, si bien qu'au début je n'étais pas tout à fait sûr, pas tout à fait. Elle organisait des pique-niques dans sa maisonnette de la crique. Je revins un jour d'Ecosse où j'étais allé chasser, et je l'y trouvai avec une demi-douzaine de gens que je n'avais jamais vus. Quand je l'avertis, elle haussa les épaules. "En quoi cela vous regarde-t-il ?" fit-elle. Je lui dis qu'elle pouvait voir ses amis à Londres, mais que Manderley était à moi. Elle devait respecter cette clause du traité. Elle sourit sans répondre. Après cela, elle commença à s'attaquer à Frank, pauvre Frank si timide et loyal. Il vint me trouver un jour et me dit qu'il désirait quitter Manderley, changer de situation. Nous discutâmes deux heures durant, ici, dans cette bibliothèque, puis je compris. Sa réserve l'abandonna et il me raconta tout. Elle ne lui laissait pas un instant de tranquillité, me dit-il ; elle venait tout le temps chez lui, essayait de l'entraîner dans la maisonnette. Cher Frank, il était désolé ; il ne savait pas, il avait toujours cru que nous étions le couple heureux et normal que nous prétendions être.

« Je fis de vifs reproches à Rebecca à ce sujet, et elle s'emporta aussitôt, m'injuriant, lâchant tous les mots infects de son vocabulaire particulier. Ce fut une scène ignoble. Après cela, elle partit pour Londres et y resta un mois. A son retour, elle se tint tranquille tout d'abord. Je pensais qu'elle avait profité de la leçon. Béa et Giles vinrent passer un week-end et je compris ce que j'avais déjà parfois soupçonné : Béa n'aimait pas Rebecca. Je crois qu'avec son drôle d'esprit brutal et direct, elle la perçait à jour, devinait le mal en elle. Ce fut un week-end agaçant. Giles était allé faire une promenade en mer avec Rebecca. Béa et moi paressions sur la pelouse. Quand ils revinrent, je compris à la jovialité de Giles et au regard de Rebecca qu'elle lui avait fait des avances, comme à Frank. Je vis que Béa pendant le dîner observait Giles qui riait plus haut que de coutume et parlait un peu trop. Et pendant tout ce temps, Rebecca, assise au haut bout de la table, arborait son air d'ange... »

Ils étaient tous en place, les morceaux du puzzle. Les formes bizarres et contournées que j'avais cherché à raccorder de mes doigts tâtonnants sans y parvenir. L'étrange attitude de Frank quand je parlais de Rebecca, Béatrice et ses airs fuyants. Le silence, que je prenais pour un hommage de regret, était fait de honte et de gêne. Comment n'avais-je pas compris ? Je me demandais combien il pouvait y avoir de gens dans le monde souffrant et continuant de souffrir parce qu'ils ne parvenaient pas à briser leur filet de timidité et de réserve, et qui dans leur aveugle folie construisaient devant eux un grand mur qui cachait la vérité. C'est cela que j'avais fait.

J'avais construit de fausses images dans ma tête et m'en étais tenue là. Je n'avais jamais eu le courage de demander la vérité. Si j'avais fait un seul pas pour sortir de ma timidité, Maxim m'aurait raconté ces choses quatre mois, cinq mois plus tôt.

« Ce fut le dernier week-end que Béa et Giles passèrent à Manderley, dit Maxim. Je ne les invitai plus jamais seuls. Ils venaient aux grandes réceptions officielles, bals et garden-parties. Béa ne me parla jamais de ce qui avait pu se passer, ni moi à elle. Mais je crois qu'elle devinait ma vie, je crois qu'elle savait. Comme Frank. Rebecca redevint prudente. Son attitude était irréprochable extérieurement. Mais quand je m'absentais de Manderley alors qu'elle y était, je ne pouvais jamais être sûr de ce qui arriverait. Il y avait eu Frank et Giles. Elle pouvait jeter son dévolu sur un des ouvriers du domaine, sur quelqu'un de Kerrith, sur n'importe qui... Et alors la bombe éclaterait, les commérages, la publicité que je redoutais. »

Il me semblait que j'étais de nouveau près de la maisonnette, dans le bois, et j'entendais la pluie s'égoutter sur le toit. Je revoyais le sentier sombre et abrupt et je pensais que si une femme se cachait là derrière un arbre, sa robe du soir ondulerait dans la brise nocturne.

« Elle avait un cousin, dit Maxim lentement, un garçon qui avait vécu à l'étranger et habitait de nouveau l'Angleterre. Il se mit à venir ici chaque fois que j'étais absent. Frank le voyait. Il s'appelait Jack Favell.

— Je le connais, dis-je, il est venu ici le jour où tu étais à Londres.

— Tu l'as vu, toi aussi ? dit Maxim. Pourquoi ne

m'en as-tu rien dit ? Je l'ai appris par Frank qui avait reconnu sa voiture, au moment où elle tournait la grille.

— Je ne voulais pas, dis-je. Je pensais que cela te rappellerait Rebecca.

— Me rappeler ! murmura Maxim. Ah ! Dieu, comme si j'avais besoin qu'on me la rappelle ! »

Il regardait devant lui, son récit interrompu, et je me demandais s'il pensait comme moi à cette cabine inondée sous les eaux dans la baie.

« Elle recevait ce type, Favell, à la maisonnette, dit Maxim... Elle racontait aux domestiques qu'elle allait en mer et ne rentrerait que le matin. Et elle passait la nuit là-bas avec lui. Une fois encore, je l'avertis. Je lui dis que si je le rencontrais où que ce fût à l'intérieur du domaine, je tirerais sur lui. Il avait une réputation affreuse... La seule idée de cet homme se promenant dans les bois de Manderley, dans des endroits comme la Vallée Heureuse, me rendait fou. Je lui dis que je ne le supporterais pas. Elle haussa les épaules. Elle oublia de blasphémer. Et je remarquai qu'elle était plus pâle que d'habitude, qu'elle avait quelque chose de nerveux, d'un peu égaré. Je me demandai ce qu'elle pourrait bien devenir quand elle commencerait à paraître vieille, à se sentir vieillir. Les jours passèrent sans événement. Puis un matin, elle partit pour Londres et revint le jour même, ce qui n'était pas dans ses habitudes. Je ne l'attendais pas. Ce soir-là, je dînais chez Frank. Nous avions beaucoup de travail à ce moment-là. »

Il parlait maintenant en phrases brèves, entrecoupées. Je tenais ses mains serrées entre mes deux mains.

« Je rentrai après dîner, vers dix heures et demie, et je vis son écharpe et ses gants sur une chaise dans le hall. Je me demandai pourquoi diable elle était rentrée. J'allai dans le petit salon, mais elle n'y était pas. Je compris alors qu'elle était descendue dans la crique. Et je sentis que je ne pouvais pas continuer plus longtemps à supporter cette vie de mensonge, d'ignominie et d'hypocrisie. Il fallait régler la chose d'une façon ou d'une autre. Je décidai de prendre un revolver et de faire peur au type, de leur faire peur à tous les deux. Je descendis directement à la maisonnette. Les domestiques ne surent jamais que j'étais repassé à la maison. Je me glissai dans le jardin, puis à travers bois. Je vis de la lumière à la fenêtre de la maisonnette et j'entrai immédiatement. Je fus surpris de trouver Rebecca seule. Elle était étendue sur le divan avec un cendrier plein de bouts de cigarettes à côté d'elle. Elle avait l'air malade, bizarre.

« Je lui parlai tout de suite de Favell et elle m'écouta sans un mot. "Nous avons vécu assez longtemps, vous et moi, cette vie dégradante, dis-je. C'est fini, comprenez-vous ? Ce que vous faites à Londres ne me regarde pas. Vous pouvez y vivre avec Favell ou qui vous voudrez. Mais pas ici, pas à Manderley."

Elle se tut pendant un instant. Elle me regarda, puis sourit. "Et si cela me convient mieux, à moi, de vivre ici ? demanda-t-elle.

"— Vous connaissez nos conditions, dis-je. J'ai tenu ma part dans votre sale marché, n'est-ce pas ? Mais vous avez triché. Vous croyez que vous pouvez traiter ma maison, mon foyer, comme votre étable de Londres. J'en ai beaucoup supporté, mais par Dieu, Rebecca, c'est votre dernière chance."

« Je me rappelle qu'elle écrasa sa cigarette dans le cendrier, puis se leva, s'étira en levant les bras au-dessus de sa tête.

"— Vous avez raison, Max, dit-elle. Il serait temps de commencer une nouvelle page."

« Elle me parut très pâle et amaigrie. Elle se mit à marcher de long en large, les mains dans les poches de son pantalon. Elle avait l'air d'un garçon dans son costume de matelot, un garçon avec un visage d'ange de Botticelli.

"— Avez-vous jamais pensé, me dit-elle, au mal que vous auriez à obtenir un jugement contre moi ? Devant un tribunal, bien entendu. Si vous vouliez divorcer. Est-ce que vous vous rendez compte que vous n'avez pas l'ombre d'une preuve contre moi ? Tous vos amis, même vos domestiques, croient notre union exemplaire.

"— Et Frank ? dis-je. Et Béatrice ?"

« Elle renversa la tête en arrière et se mit à rire.

"— Quel genre d'histoire Frank pourrait-il raconter contre moi ? dit-elle. Voyons, tu me connais ! Quant à Béatrice, est-ce qu'il n'y a pas toutes les chances du monde pour qu'elle apparaisse à la barre des témoins comme le type de la femme jalouse dont le mari a perdu la tête une fois et s'est rendu ridicule ? Oh ! non, Max, tu te donnerais un mal de chien sans arriver à rien prouver."

« Elle était debout à me regarder, les mains dans ses poches, un sourire sur son visage.

"— Tu ne te rends pas compte que je pourrais citer Danny, ma femme de chambre, et qu'elle jurerait tout ce que je lui demanderais ?"

« Elle s'assit sur le bord de la table, balançant les jambes et me regardant.

"— Est-ce que nous n'avons pas joué un peu trop bien notre rôle de tendres époux ?" dit-elle.

« Je me rappelle que je suivais le va-et-vient de son pied dans sa sandale rayée, et que mes yeux et mon cerveau se mirent à brûler étrangement.

"— Nous pourrions joliment te ridiculiser, Danny et moi, dit-elle doucement. Nous pourrions te rendre ridicule au point que personne ne te croirait, Max, personne."

« Toujours ce pied se balançant d'avant en arrière, ce pied maudit dans sa sandale à raies bleues et blanches.

« Elle descendit soudain de la table et se dressa devant moi, toujours souriante, les mains dans ses poches.

"— Si j'avais un enfant, Max, dit-elle, ni toi, ni personne au monde ne pourrait jamais prouver qu'il n'est pas de toi. Il grandirait ici à Manderley, il porterait ton nom, tu ne pourrais rien faire. Et à ta mort, Manderley serait à lui. Tu ne pourrais pas l'empêcher. Tu serais heureux, n'est-ce pas, d'avoir un héritier pour ton cher Manderley ? Cela te ferait plaisir, n'est-ce pas, de voir mon fils dans son chariot sous le marronnier, gambadant sur la pelouse, chassant des papillons dans la Vallée Heureuse ? Cela te donnerait la plus douce émotion de ta vie, n'est-ce pas, de regarder grandir mon fils, et de te dire que tout cela lui appartiendra au jour de ta mort ?"

« Elle attendit un instant en se balançant sur ses talons, puis elle alluma une cigarette et alla vers la fenêtre. Elle se mit à rire. Elle rit longtemps. Je pensais qu'elle ne s'arrêterait jamais. "Dieu, que c'est drôle, disait-elle, c'est d'une drôlerie magnifique. Je t'ai dit, n'est-ce pas, que je voulais commencer une nouvelle page ? Maintenant tu sais pourquoi. Ils vont être heureux, hein, tous les miteux du voisinage, tous tes manants ? Je serai la mère parfaite, Max, comme j'ai toujours été la parfaite épouse. Et aucun d'eux ne devinera jamais, aucun d'eux ne saura."

« Elle se retourna vers moi, souriante, une main dans sa poche, l'autre tenant sa cigarette. Quand je l'ai tuée, elle continuait à sourire. Je visai au cœur. La balle entra tout droit. Elle ne tomba pas immédiatement. Elle restait là debout, me regardait, ce lent sourire sur son visage, les yeux grands ouverts... »

La voix de Maxim avait baissé jusqu'à n'être plus qu'un murmure. La main que je tenais entre les miennes était froide. Je ne le regardais pas. Je regardais Jasper endormi à côté de moi sur le tapis, son petit bout de queue remuant par terre de temps en temps.

« Je n'avais pas pensé que lorsqu'on tue quelqu'un il y a une telle quantité de sang », dit Maxim, et sa voix à présent était lente, lasse, sans expression.

Il y avait un trou dans le tapis, près de la queue de Jasper. Une brûlure de cigarette. Je me demandais depuis quand c'était là. Il y a des gens qui disent que la cendre est bonne pour les tapis.

« Je dus retourner à la crique, dit Maxim. Je dus faire la navette entre la maison et la crique pour chercher de l'eau. Même dans le coin de la cheminée où elle n'était pas, il y avait des traces de sang. Il y en avait tout autour d'elle étendue par terre. Et puis, le vent commença à souffler. La fenêtre ne fermait pas. La vitre battait tandis que j'étais agenouillé par terre avec ce torchon et un baquet à côté de moi. »

Et la pluie sur le toit, pensais-je, il oublie la pluie sur le toit. Elle pianotait, rapide et légère.

« Je l'ai portée dans le bateau, dit-il. Il devait être

alors onze heures et demie, minuit. Il faisait très noir. Le vent soufflait de l'ouest. Je la portai dans la cabine et l'y laissai. Puis je dus lever l'ancre et sortir le bateau du petit port, contre la marée. Le vent était pour moi, soufflait par risées, et j'étais abrité contre lui, mais il venait du promontoire. Je me rappelle avoir hissé la grand-voile à la moitié du mât. Je n'avais pas fait la manœuvre depuis très longtemps, tu comprends. Je ne naviguais jamais avec Rebecca.

« Il faisait noir, si noir que je ne voyais rien sur le pont sombre et glissant. Je trouvai tout de même la porte de la cabine. J'y entrai. J'avais un épieu. Si je n'agissais pas maintenant, il serait trop tard. Le courant nous poussait vers le récif, et dans quelques minutes, à dériver de la sorte, nous serions à la côte. J'ouvris les robinets de sûreté. L'eau commença à entrer dans le bateau. J'appuyai l'épieu entre les planches de la coque. Il passa à travers. Je le ressortis, et fis un autre trou plus loin. J'avais les pieds dans l'eau. Je laissai Rebecca étendue par terre. Je refermai les deux hublots et la porte.

« Quand je remontai sur le pont, je vis que nous étions à une quinzaine de mètres du récif. Je grimpai dans le petit canot et m'éloignai du voilier, puis, appuyé sur les rames, je le regardai qui s'en allait à la dérive. Il sombrait en même temps, la proue s'enfonçait. Le foc ondoyait et sifflait comme un fouet. Il me semblait que quelqu'un devait l'entendre, un promeneur nocturne attardé sur la falaise, un pêcheur de Kerrith voguant derrière moi sur la baie dans un bateau que je ne voyais pas. Le voilier rapetissait, n'était plus qu'une ombre noire sur l'eau. Le mât se mit à frémir et à craquer. La quille s'enfonça tout d'un coup, et à ce moment le mât se brisa net au milieu. La bouée de sauvetage flotta sur les vagues. Le bateau n'était plus là. Je me rappelle avoir continué à regarder l'endroit où il était une minute auparavant. Puis je ramai vers la crique. Il commençait à pleuvoir. »

Maxim se tut. Il regardait devant lui, puis il tourna ses yeux vers moi assise par terre près de lui.

« C'est tout, dit-il. Je t'ai tout raconté. J'ai attaché le petit canot à la jetée comme elle l'aurait fait. Je suis remonté à la maisonnette et j'ai regardé. Le plancher était humide d'eau salée. Je repris le sentier des bois. Je rentrai à la maison, montai l'escalier, entrai dans le cabinet de toilette. Je me rappelle m'être déshabillé. Il se mit à pleuvoir à torrents, le vent soufflait très fort. J'étais assis sur le lit quand Mrs. Danvers frappa à la porte. J'allai lui ouvrir en robe de chambre. Elle était inquiète au sujet de Rebecca. Je lui dis de retourner se coucher. Je refermai la porte. J'allai m'asseoir près de la fenêtre, regardant la pluie, écoutant les vagues qui se brisaient dans la crique. »

Nous étions assis là tous les deux sans rien dire. Je tenais toujours ses mains froides.

Je me demandais pourquoi Robert ne venait pas desservir le thé.

« Il a sombré trop près, dit Maxim. J'aurais dû le sortir de la baie. On ne l'aurait jamais retrouvé alors. Il était trop près.

— C'est à cause du naufrage, dis-je. Ça ne serait jamais arrivé sans le naufrage. Personne n'aurait rien su.

— Il était trop près », dit Maxim.

Il y eut un nouveau silence. Je me sentais très fatiguée.

« Je savais que cela arriverait un jour, dit Maxim. Même quand je suis allé à Edgecoombe pour identifier ce corps, je savais que cela ne servirait à rien, absolument à rien. Ce n'était qu'une question de temps. Rebecca finirait par gagner. T'avoir connue n'y a rien changé, n'est-ce pas ? T'aimer n'empêche rien. Rebecca savait qu'elle finirait par gagner. J'avais vu son sourire au moment où elle est morte.

— Rebecca est morte, dis-je. C'est cela qu'il faut que nous nous rappelions, Rebecca est morte. Elle ne peut pas parler, elle ne peut pas témoigner. Elle ne peut plus te faire de mal.

— Il y a son corps, dit-il, le scaphandrier l'a vu. Il est là, par terre dans la cabine.

— Il faudra trouver une explication, dis-je. Ce pourrait être le corps de quelqu'un que tu ne connaissais pas. Quelqu'un que tu n'avais jamais vu.

— On retrouvera des choses à elle, dit-il. Les

bagues à ses doigts. Même si les vêtements ont pourri dans l'eau, il en restera quelque indice. Ce n'est pas comme un corps de noyé battu contre les rochers. La cabine est intacte. Elle doit être encore étendue par terre, comme je l'ai laissée. Le bateau est resté là depuis tout ce temps. Personne n'a rien bougé.

— Un corps se décompose dans l'eau, n'est-ce pas ? murmurai-je ; même si personne n'y touche, l'eau le décompose.

— Je ne sais pas, dit-il, je ne sais pas.

— Comment le sauras-tu ? dis-je.

— Le scaphandrier replonge demain à cinq heures et demie du matin, dit Maxim. Searle a tout organisé. On va essayer de remonter le bateau. Il n'y aura personne. J'y vais avec eux. Il envoie son canot me prendre à la crique. Demain à cinq heures et demie du matin.

— Et alors ? dis-je. Si on remonte le bateau ?

— Searle aura son grand chaland à l'ancre tout près. Si le bois du voilier n'est pas pourri, si les planches tiennent encore ensemble, la grue pourra le monter sur le chaland. Alors ils retourneront vers Kerrith. Searle dit qu'il accostera le chaland dans le petit port désaffecté, à mi-chemin de Kerrith. Nous n'y serons pas dérangés. Il dit qu'il faudra laisser l'eau s'écouler du voilier, jusqu'à ce que la cabine soit vide. Il doit amener un docteur.

— Qu'est-ce qu'il fera ? dis-je. Pourquoi un docteur ?

— Je ne sais pas.

— S'ils découvrent que c'est Rebecca, il faudra que tu dises que l'autre corps était une erreur. Il faudra que tu dises que le corps de la crypte est une erreur, une affreuse erreur. Il faudra que tu dises que tu étais malade quand tu es allé à Edgecoombe et que tu ne savais pas ce que tu faisais. Tu n'étais pas tout à fait sûr. Tu t'es trompé. C'est une erreur, une erreur, voilà tout. Tu diras cela, n'est-ce pas ?

— Oui, dit-il. Oui.

— On ne peut rien prouver contre toi, dis-je. Personne ne t'a vu cette nuit-là. Tu étais couché. On ne peut rien prouver. Personne ne sait rien en dehors de toi et moi. Personne au monde. Pas même Frank. Il n'y a que toi et moi au monde qui sachions, Maxim. Toi et moi.

— Oui, fit-il.

— On pensera que le bateau a sombré pendant qu'elle était dans la cabine, dis-je. On pensera qu'elle était descendue chercher une corde ou n'importe quoi et que, pendant ce temps-là, le vent a soufflé du promontoire et fait chavirer le bateau, et que Rebecca s'est trouvée enfermée dans la cabine. C'est ça qu'on pensera, tu ne crois pas ?

— Je ne sais pas, dit-il. Je ne sais pas. »

Tout à coup la sonnerie du téléphone se remit à retentir dans la petite pièce attenante à la bibliothèque.

CHAPITRE XX

Maxim alla dans la petite pièce et ferma la porte sur lui. Robert vint quelques minutes plus tard desservir le thé. J'étais debout et lui tournai le dos, pour qu'il ne vît pas mon visage. Je me demandais quand la chose commencerait à se savoir dans le domaine, à l'office, dans Kerrith même. Je me demandais combien de temps il fallait à une nouvelle pour filtrer.

J'entendais la voix de Maxim dans la petite pièce voisine. J'avais une pénible sensation d'attente au creux de l'estomac. On eût dit que la sonnerie du téléphone avait alerté tous les nerfs de mon corps. J'étais assise là par terre à côté de Maxim, en une espèce de rêve, sa main dans la mienne, ma joue contre son épaule. J'avais écouté son histoire et une partie de moi-même suivait sa trace comme une ombre. Moi aussi j'avais tué Rebecca, moi aussi j'avais fait sombrer le bateau dans la baie. J'avais écouté avec lui le vent et les vagues. J'avais entendu Mrs. Danvers frapper à la porte. Tout cela, je l'avais souffert avec lui, tout cela et plus encore. Mais le reste de mon être était assis sur le tapis, insensible et détaché, ne pensant, ne se souciant que d'une chose, répétant sans se lasser la même phrase : « Il n'aimait pas Rebecca, il n'aimait pas Rebecca. » A la sonnerie du téléphone, les deux moi s'étaient de nouveau rejoints et confondus. Je me retrouvais la même qu'auparavant. Mais il y avait en moi quelque chose de nouveau. Mon cœur, malgré son angoisse, était léger et libre. Je savais que je n'avais plus peur de Rebecca. Je ne la haïssais plus. Maintenant que je savais qu'elle avait été méchante, vicieuse et perverse, je ne la haïssais plus. Elle ne pouvait plus me faire de mal. Je pourrais aller dans le petit salon, m'asseoir à son bureau et toucher à son porte-plume et regarder son écriture sur le classeur, cela ne me ferait rien. Je pourrais aller dans sa chambre de l'aile ouest, même me pencher à la fenêtre comme ce matin, et je n'aurais plus peur. Le pouvoir de Rebecca s'était dissipé dans l'air comme le brouillard. Elle ne m'obséderait plus. Maxim ne l'avait jamais aimée. Je ne la haïssais plus. Son corps était de retour, son bateau avait été retrouvé avec son nom étrangement prophétique : *Je reviens*, mais j'étais libre pour toujours.

J'étais libre maintenant d'être avec Maxim, de le toucher, de le tenir, de l'aimer. Je ne serais plus jamais une enfant. Cela ne serait plus je, je, je, ce serait nous. Nous serions ensemble. Nous affronterions ensemble l'adversité, lui et moi. Le capitaine Searle, et le scaphandrier, et Frank, et Mrs. Danvers, et Béatrice et tous les gens de Kerrith lisant leurs journaux, ne pourraient nous séparer désormais. Notre bonheur n'était pas venu trop tard. Je n'étais plus trop jeune. Je n'étais plus timide. Je n'avais plus peur. Je lutterais pour Maxim. Je mentirais, jurerais, serais parjure, je blasphémerais et tromperais. Rebecca n'avait pas gagné, Rebecca avait perdu.

Robert était reparti emportant le plateau et Maxim rentra dans la pièce.

« C'était le colonel Julyan, dit-il. Il venait de voir Searle. Il vient avec nous demain matin,

— Le colonel Julyan ? fis-je. Pourquoi ?

— C'est le magistrat de Kerrith. Sa présence est nécessaire.

— Qu'est-ce qu'il a dit ?

— Il m'a demandé si j'avais idée de l'identité de ce corps.

— Qu'est-ce que tu as répondu ?

— J'ai dit que je ne savais pas. J'ai dit que nous avions cru Rebecca seule à bord.

— Il n'a rien dit d'autre ?

— Si.

— Qu'est-ce qu'il a dit ?

— Il m'a demandé si je croyais pouvoir m'être trompé à Edgecoombe.

— Il a dit ça ? Déjà !

— Oui.

— Et toi ?

— J'ai dit que c'était possible, que je ne savais pas.

— Et alors il va avec toi demain voir le voilier ? Lui, le capitaine Searle, et un docteur.

— Et aussi l'inspecteur Welch.

— L'inspecteur Welch ?

— Oui.

— Pourquoi ? Pourquoi l'inspecteur Welch ?

— C'est l'usage quand on trouve un cadavre. »

Je ne dis rien. Nous nous regardions. Je sentais la petite douleur renaître au creux de mon estomac.

« Peut-être qu'on ne pourra pas remonter le bateau.

— Peut-être, dit-il.

— Alors, ils ne pourront pas sortir le corps, n'est-ce pas ? » dis-je.

Il regardait par la fenêtre. Le ciel était blanc et bas comme lorsque j'avais quitté la falaise. Mais il n'y avait pas de vent. Tout était silencieux et tranquille.

« J'aurais cru que le vent allait se lever du sud-ouest, il y a une heure, mais il est tombé tout de suite, dit-il.

— Oui, dis-je.

— Le scaphandrier aura un calme plat demain pour sa plongée », dit-il.

La sonnerie du téléphone se remit à sonner dans la petite pièce. Il y avait quelque chose d'angoissant dans l'urgence aiguë de ce signal. Maxim et moi nous nous regardâmes. Puis il alla dans la petite pièce pour y répondre, refermant la porte derrière lui, comme tout à l'heure. La bizarre douleur qui m'étreignait était toujours là. Elle était revenue avec plus de force au bruit du téléphone.

Maxim rentra dans la bibliothèque.

« Ça commence, dit-il lentement.

— Qu'est-ce que tu veux dire ? Qu'est-ce qui se passe ? fis-je soudain glacée.

— C'était un reporter, dit-il, le type du *Country Chronicle*. Il demandait si c'était vrai qu'on avait retrouvé le bateau de la première Mme de Winter.

— Qu'est-ce que tu as répondu ?

— J'ai dit que oui, qu'on avait trouvé un bateau, mais que c'était tout ce que nous savions et que ça pouvait bien n'être pas ce bateau-là.

— C'est tout ce qu'il a dit ?

— Non. Il a demandé si je pouvais confirmer le bruit selon lequel on aurait retrouvé un cadavre dans la cabine.

— Non !

— Si. Quelqu'un a dû parler. Pas Searle, j'en suis sûr. Le scaphandrier ou un de ses amis. On ne peut pas faire taire ces gens-là. Tout Kerrith connaîtra l'histoire demain matin au petit déjeuner.

— Qu'est-ce que tu as répondu, à propos du cadavre ?

— Que je ne savais pas, que je n'avais aucune déclaration à faire et que je leur serais obligé de ne plus me téléphoner.

— Tu vas les vexer. Tu les auras contre toi.

— Je n'y peux rien. Je ne ferai aucune déclaration aux journaux. Je ne veux pas que ces gens-là me téléphonent et me posent des questions.

— Nous pourrions avoir besoin d'eux, dis-je.

— Si on en vient à la lutte, je lutterai seul, dit-il. Je ne veux pas de l'appui des journaux.

— Le reporter téléphonera à quelqu'un d'autre, dis-je. Au colonel Julyan ou au capitaine Searle.

— Il n'en sera pas plus avancé, dit Maxim

— Si on pouvait seulement faire quelque chose, dis-je. Toutes ces heures devant nous et nous restons là sans bouger, à attendre demain matin.

— Nous ne pouvons rien faire », dit Maxim.

Il prit un livre, mais je savais qu'il ne lisait pas. De temps à autre, je le voyais lever la tête comme s'il entendait de nouveau le téléphone. Mais il ne sonna plus. Personne ne nous dérangea. Nous nous habillâmes pour dîner comme d'habitude. Frith nous servit. Son visage était solennel et sans expression. Je me demandais s'il avait été à Kerrith, s'il savait quelque chose.

Après le dîner, nous retournâmes dans la bibliothèque. Nous parlions peu. J'étais assise par terre aux pieds de Maxim, ma tête sur ses genoux. Parfois il m'embrassait. Parfois il me parlait. Il n'y avait plus d'ombre entre nous, et quand nous nous taisions, c'est que nous désirions ce silence. Je me demandais comment je pouvais être si heureuse quand notre petit univers était si sombre. C'était un étrange bonheur. Rien de ce que j'avais rêvé ou attendu. Ce n'était pas le bonheur que j'avais imaginé dans mes heures de solitude. Il n'y avait là rien de fébrile, ni d'impatient. C'était un bonheur calme et silencieux ; les fenêtres étaient grandes ouvertes et quand nous ne nous parlions pas, nous regardions le ciel obscur.

Il dut pleuvoir cette nuit-là, car, lorsque je me réveillai le lendemain matin à sept heures et me levai, je vis par la fenêtre que les roses étaient penchées et ruisselantes et que les talus gazonnés qui montaient vers le bois étaient humides et argentés. Il y avait dans l'air une petite odeur de brume et d'eau, l'odeur qui accompagne les premières feuilles tombées. Je me demandais si l'automne allait venir deux mois en avance. Maxim ne m'avait pas réveillée quand il s'était levé à cinq heures. Il avait dû se glisser hors de son lit et passer sans bruit dans son cabinet de toilette. Il était là-bas maintenant, dans la baie, avec le colonel Julyan, le capitaine Searle et les hommes du chaland. Ce chaland devait être là, la grue et les chaînes, et le voilier de Rebecca remontant à la surface. Je pensais à cela froidement, tranquillement, sans émotion. Quand on le monterait sur le chaland, l'eau ruissellerait de ses flancs et retournerait à la mer. Le bois du petit bateau devait être lisse et gris, sentant la vase et la rouille et ces plantes noires qui poussent sous les

278

rochers que la mer ne découvre jamais. Peut-être le nom était-il encore peint à la proue : *Je reviens*, en lettres vertes et déteintes. Et Rebecca elle-même était là, étendue dans la cabine.

Je pris mon bain, m'habillai et descendis pour le petit déjeuner à neuf heures comme d'habitude. Il y avait une pile de lettres sur mon assiette. Lettres de gens qui nous remerciaient pour le bal. Je les parcourus. Frith me demanda s'il fallait tenir le petit déjeuner chaud pour Maxim. Je lui dis que je ne savais pas quand il rentrerait. « Il a été obligé de sortir très tôt », ajoutai-je. Frith ne dit rien. Il avait l'air très solennel, très grave. Je me demandai de nouveau ce qu'il savait.

Je me levai de table et emportai mon courrier dans le petit salon. La pièce sentait le renfermé, on ne l'avait pas aérée. J'ouvris toutes grandes les fenêtres pour faire entrer l'air frais et vif. Les fleurs sur la cheminée étaient alanguies, plusieurs fanées. Les pétales jonchaient le sol. Je sonnai, et Maud, la seconde femme de chambre, entra.

« Cette pièce n'a pas été touchée ce matin, dis-je. On n'a même pas ouvert les fenêtres. Et les fleurs sont fanées. Voulez-vous les enlever ? »

Elle parut intimidée et s'excusa.

« Que cela ne se renouvelle pas, fis-je.

— Non, madame », dit-elle en emportant les fleurs.

Je n'aurais jamais cru que c'était si facile de se montrer sévère. Le menu de la journée était posé sur le bureau. Saumon froid mayonnaise, côtelettes en aspic, galantine de volaille, soufflé. Je reconnaissais ces mets pour les avoir vus sur le buffet du souper la nuit du bal. Nous continuions à manger les restes. C'était sans doute déjà le déjeuner froid qui avait été servi la veille et auquel je n'avais pas touché. Je trouvai que le personnel en prenait à son aise. Je barrai le menu et sonnai Robert.

« Dites à Mrs. Danvers de commander quelque chose de chaud, dis-je. S'il reste des plats froids à finir, nous n'en voulons pas dans la salle à manger.

— Bien, madame », dit-il.

J'allai dans la roseraie cueillir quelques boutons. Le vent frais était tombé. Il allait faire aussi chaud, aussi lourd que la veille. Je me demandais s'ils étaient encore dans la baie ou s'ils étaient rentrés vers l'ancien port de Kerrith. Bientôt, je saurais. Bientôt Maxim allait rentrer et me raconterait. Quoi qu'il arrivât, je devais rester calme. Quoi qu'il arrivât, je ne devais pas avoir peur. Je cueillis des fleurs et les portai dans le petit salon. Le tapis avait été balayé, les pétales enlevés. Je commençai à arranger les fleurs dans les vases que Robert avait emplis d'eau. J'avais presque fini lorsqu'on frappa à la porte.

« Entrez », dis-je.

C'était Mrs. Danvers. Elle tenait le menu à la main. Elle était pâle et avait l'air fatigué. Il y avait de grands cernes sous ses yeux.

« Bonjour, Mrs. Danvers, dis-je.

— Je ne comprends pas pourquoi vous m'avez renvoyé le menu par Robert, commença-t-elle. Pourquoi avez-vous fait cela ? »

Je la regardai, une rose à la main.

« Ces côtelettes et ce saumon ont été servis hier, dis-je, je les ai vus sur la desserte. Je préfère quelque chose de chaud aujourd'hui. Si on ne veut pas manger les restes à l'office, jetez-les. Il y a un tel gaspillage dans cette maison que, vraiment, un peu plus ou un peu moins... » Elle me regardait sans rien dire. Je mis la rose dans le vase avec les autres.

« Ne me dites pas que vous n'avez rien d'autre à nous donner, Mrs. Danvers, dis-je. Vous devez avoir des menus pour toutes les occasions.

— Je n'ai pas l'habitude qu'on me fasse faire les commissions par Robert, dit-elle. Quand Mme de Winter désirait un changement de menu, elle me téléphonait personnellement.

— Je crois que ce que Mme de Winter faisait ne me concerne pas beaucoup, dis-je. C'est moi maintenant qui suis Mme de Winter. Et si cela me plaît d'envoyer mes instructions par Robert, je le ferai. »

A ce moment, Robert entra dans la pièce.

« Le *Country Chronicle* téléphone, madame, dit-il.

— Dites au *Country Chronicle* que je ne suis pas là, fis-je.

— Bien, madame, dit-il en quittant la pièce.

280

— Eh bien, Mrs. Danvers, quoi d'autre ? » demandai-je.

Elle continuait à me regarder sans rien dire.

« Si vous n'avez plus rien à me demander, continuai-je, vous feriez mieux d'aller donner vos ordres à la cuisine pour le déjeuner chaud. Je suis occupée.

— Qu'est-ce que le *Country Chronicle* vous voulait ? demanda-t-elle.

— Je n'en ai pas la moindre idée.

— C'est vrai, reprit-elle lentement, ce qu'on a dit hier à Frith quand il était à Kerrith, qu'on a retrouvé le bateau de Mme de Winter ?

— On a dit cela ? fis-je. Je n'en savais rien.

— Le capitaine Searle, le commissaire du port de Kerrith, est venu hier, n'est-ce pas ? Frith dit qu'on raconte à Kerrith que le scaphandrier qui a plongé pour examiner le bateau naufragé dans la baie a retrouvé le voilier de Mme de Winter.

— Peut-être, dis-je. Mais vous feriez mieux d'attendre que monsieur soit rentré pour le lui demander à lui-même.

— Pourquoi est-il sorti si tôt ? demanda-t-elle.

— C'est son affaire », dis-je.

Elle continuait à me regarder.

« Frith dit qu'on raconte qu'il y a un cadavre dans la cabine du petit voilier, dit-elle. Comment est-ce possible ? Mme de Winter naviguait toujours seule.

— Il est inutile de m'interroger, Mrs. Danvers, dis-je. Je n'en sais pas plus que vous.

— C'est vrai ? » fit-elle lentement.

Elle continuait à me regarder. Je me détournai et posai le vase sur une table près de la fenêtre.

« Je vais donner les ordres pour le déjeuner », dit-elle.

Elle attendit un instant. Je ne dis rien. Puis elle quitta la pièce. Elle ne me faisait plus peur. Elle avait perdu son pouvoir en même temps que Rebecca. Ce qu'elle pouvait faire ou dire, désormais, ne m'atteindrait plus. Je savais qu'elle était mon ennemie et cela me laissait indifférente. Mais si elle apprenait la vérité sur le cadavre du bateau et devenait l'ennemie de Maxim aussi ?

Je m'assis dans le fauteuil, posai le sécateur sur la table. Je n'avais plus envie d'arranger les roses. Je me demandais ce que Maxim faisait. Je me demandais pourquoi le reporter du *Country Chronicle* avait de nouveau téléphoné. L'ancienne sensation douloureuse revint m'étreindre. J'allai me pencher à la fenêtre. Il faisait très chaud. Il y avait de l'orage dans l'air. Je sortis sur la terrasse. A onze heures et demie, Frith vint me dire que Maxim me demandait au téléphone.

Mes mains tremblaient quand je pris le récepteur.

« C'est toi ? dit-il. Ici, Maxim. Je te téléphone du bureau. Je suis avec Frank.

— Oui ? » dis-je.

Il y eut un silence.

« Je ramènerai Frank et le colonel Julyan à une heure pour déjeuner », dit-il.

J'attendais. J'attendais qu'il continuât.

« On a pu sortir le bateau, dit-il. Je viens de rentrer.

— Oui.

— Searle était là et le colonel Julyan, et Frank et les autres », dit-il.

Je me demandais si Frank était à côté du téléphone et si c'était pour cela que Maxim était si froid et distant.

« Alors, entendu, fit-il. Nous serons là à une heure. »

Je raccrochai le récepteur. Il ne m'avait rien dit. Je ne savais toujours pas ce qui s'était passé. Je retournai sur la terrasse après avoir dit à Frith que nous serions quatre à déjeuner.

Une heure se traîna, lente, interminable. Je montai mettre une robe plus légère. Je redescendis et attendis dans le salon. A une heure moins cinq, j'entendis une voiture dans l'allée, puis des voix dans le hall. J'arrangeai mes cheveux devant la glace. J'étais très pâle. Je me pinçai les joues pour les colorer. Maxim entra avec Frank et le colonel Julyan. Je me rappelai avoir vu ce dernier au bal, déguisé en Cromwell. Il paraissait différent aujourd'hui, plus ratatiné, plus petit.

« Comment allez-vous ? » dit-il. Il parlait doucement, gravement, comme un médecin.

« Dis à Frith d'apporter le porto, dit Maxim. Je vais
me laver les mains.

— Moi aussi », dit Frank.

Avant que j'eusse sonné, Frith apparut avec le
porto. Le colonel Julyan n'en voulut pas. Je pris un
verre pour me donner une contenance. Le colonel
était à côté de moi près de la fenêtre.

« C'est une chose désolante, madame, dit-il gentiment. J'en suis très triste pour votre mari et vous.

— Merci », dis-je.

Je bus une gorgée de porto, puis je reposai mon
verre sur la table. J'avais peur qu'il ne vît que ma main
tremblait.

« Ce qui complique tout cela, c'est le fait que votre
mari a identifié le premier cadavre, l'année dernière,
dit-il.

— Je ne comprends pas, fis-je.

— Vous ne savez donc pas ce que nous avons
trouvé ce matin ?

— Je sais qu'il y a un cadavre. Le scaphandrier a
trouvé un cadavre, dis-je.

— Oui », dit-il, puis avec un regard vers le hall par-
dessus son épaule : « Je crains bien que ce ne soit elle,
sans aucun doute possible. Je ne peux entrer dans les
détails avec vous, mais les indices étaient suffisants
pour que votre mari et le docteur Phillips puissent
l'identifier. »

Il s'arrêta net et s'éloigna de moi. Maxim et Frank
rentraient dans la pièce.

« Le déjeuner est servi », dit Maxim.

Je passai dans la salle à manger, le cœur comme une
pierre, lourd, engourdi. Le colonel Julyan s'assit à ma
droite, Frank à ma gauche. Je ne regardai pas Maxim.
Frith et Robert passèrent le premier plat. Nous parlions du temps.

« J'ai lu dans le *Times* qu'il y a eu plus de trente
degrés, hier à Londres, dit le colonel Julyan.

— Vraiment ? dis-je.

— Oui, ça doit être terrible pour les pauvres dia-
bles qui ne prennent pas de vacances.

— Terrible, oui, dis-je.

— Il peut faire encore plus chaud à Paris qu'à Londres, dit Frank. Je me rappelle y avoir passé un week-end au milieu d'août. Impossible de dormir. Il n'y avait pas un souffle d'air dans toute la ville. Le thermomètre marquait plus de quarante.

— Et les Français dorment la fenêtre fermée, n'est-ce pas ? dit le colonel Julyan.

— Je ne sais pas, dit Frank, j'étais à l'hôtel, il y avait surtout des Américains.

— Vous connaissez bien la France, madame ? dit le colonel Julyan.

— Non, pas très bien, dis-je.

— Ah ! je croyais que vous y aviez passé plusieurs années.

— Non, dis-je.

— Elle était à Monte-Carlo quand j'ai fait sa connaissance, dit Maxim. Ce n'est pas tout à fait la France.

— Non, évidemment, dit le colonel Julyan. Ce doit être assez cosmopolite. Mais la côte est jolie, n'est-ce pas ?

— Très jolie », dis-je.

Nous continuâmes à manger en silence. Frith était debout derrière ma chaise. Nous pensions tous à la même chose, mais nous devions jouer notre petite comédie à cause de Frith. Je me disais que Frith pensait à la même chose que nous et je pensais que tout serait plus facile si, rejetant soudain les conventions, nous nous mettions à en parler avec lui. Robert versait le vin. On changea les assiettes. On passa le second plat. Mrs. Danvers n'avait pas oublié mon désir de repas chaud. Je pris dans une casserole un morceau de viande couvert de sauce aux champignons.

« Est-ce que vous jouez au golf, madame ? me demanda le colonel Julyan.

— Non, malheureusement, dis-je.

— Vous devriez apprendre. Ma fille aînée adore ça et elle ne trouve guère de jeunesse pour jouer avec elle. Je lui ai donné pour son anniversaire une petite voiture qu'elle conduit elle-même. Elle va sur la côte nord, presque tous les jours. Ça lui donne une occupation.

— C'est charmant, dis-je.

— C'est elle qui aurait dû être le garçon, continua-t-il. Mon fils est tout différent. Nul pour les sports. Il passe son temps à écrire des vers. Je pense que ça lui passera.

— Oh ! sûrement, dit Frank. Moi aussi, je faisais des vers à son âge. Des inepties. Je n'en écris plus jamais.

— J'espère bien, s'écria Maxim.

— Je ne sais pas de qui mon garçon tient ça, dit le colonel Julyan. Sûrement pas de sa mère ni de moi. »

Il y eut un nouveau silence. Le colonel Julyan reprit des champignons.

« Tout le monde s'est beaucoup amusé l'autre soir à votre magnifique bal, dit-il.

— Cela me fait plaisir, dis-je.

— Mme Lacy était très bien.

— Oui.

— Son costume allait mal, comme d'habitude, dit Maxim.

— Les vêtements orientaux doivent être difficiles à tenir en place, dit le colonel Julyan, et pourtant vous savez qu'on les dit beaucoup plus commodes et plus frais que tout ce que vous autres dames portez en Angleterre.

— Vraiment ? fis-je.

— Oui, on le dit. Il paraît que toutes ces draperies flottantes écartent la chaleur et le soleil.

— Comme c'est curieux, dit Frank. On croirait le contraire.

— Eh bien, c'est comme cela, dit le colonel.

— Vous connaissez l'Orient, colonel ? demanda Frank.

— L'Extrême-Orient. J'ai passé cinq ans en Chine. Puis à Singapour.

— Est-ce que ce n'est pas là qu'on fait le curry ? demandai-je.

— Oui, nous avions du très bon curry à Singapour, dit-il.

— J'adore le curry, dit Frank.

— Oh ! en Angleterre, ce n'est pas du vrai curry »,
dit le colonel Julyan.

On enleva les assiettes. On passa un soufflé et une
coupe de salade de fruits.

« Vous devez être à la fin de vos groseilles, dit le
colonel Julyan. Ç'a été un bel été pour les groseilles.
Nous avons fait des pots et des pots de confitures.

— Je ne trouve pas que les confitures de groseilles
soient jamais excellentes, dit Frank. Il y a toujours
tant de petits pépins.

— Il faudra venir goûter les nôtres, dit le colonel
Julyan. Elles n'ont pas beaucoup de pépins.

— Nous aurons énormément de pommes cette
année à Manderley, dit Frank. Je disais à Maxim il y a
quelques jours que nous allions avoir une année
record. Nous pourrons en envoyer des quantités à
Londres.

— Vous trouvez que ça vaut vraiment la peine ? dit
le colonel Julyan. Quand vous avez payé les hommes
pour les heures supplémentaires, puis l'emballage et
le transport, est-ce qu'il vous reste un bénéfice suffisant ?

— Je vous crois, dit Frank.

— Tiens ? Il faudra que j'en parle à ma femme. »

Le soufflé et la salade de fruits furent vite expédiés.
Robert parut avec le fromage et les biscuits, et, quelques minutes plus tard, Frith apportait le café et les
cigarettes. Puis, tous deux sortirent de la pièce en fermant la porte. Nous bûmes le café en silence. Je regardais obstinément ma soucoupe.

« Je disais à votre femme avant le déjeuner, de Winter, commença le colonel Julyan reprenant son ton
confidentiel, que le point le plus ennuyeux de toute
cette navrante affaire était le fait que vous aviez identifié le premier cadavre.

— Oui, évidemment, dit Maxim.

— Je pense que l'erreur était bien naturelle, étant
donné les circonstances, fit vivement Frank. Les auto-
rités avaient écrit à Maxim en lui demandant de venir
à Edgecoombe parce qu'on présumait que le corps
était celui de Mme de Winter. Et Maxim n'était pas
bien à cette époque. Je voulais l'accompagner, mais il

a insisté pour y aller seul. Il n'était pas dans un état à entreprendre une démarche de cette sorte.

— C'est stupide, dit Maxim, j'étais parfaitement bien.

— A quoi bon discuter de nouveau tout cela, dit le colonel Julyan. Vous avez fait cette première identification, et maintenant le seul parti à prendre est d'admettre l'erreur. Cette fois, il semble qu'il n'y ait aucun doute.

— Aucun, dit Maxim.

— Je voudrais pouvoir vous épargner les formalités et la publicité d'une enquête, dit le colonel Julyan, mais je crains que ce ne soit impossible.

— Bien entendu, dit Maxim.

— Je ne pense pas que cela dure bien longtemps. Il suffira que vous confirmiez l'identification et qu'on ait le témoignage de Tabbe dont vous dites qu'il a transformé le bateau quand votre femme l'a acheté, concernant l'état du voilier au moment où il l'a eu chez lui en chantier. Simple formalité, vous savez. Mais c'est nécessaire. Non, ce qui m'ennuie, c'est la maudite publicité de l'affaire. C'est si triste et si pénible pour vous et votre femme.

— Ça ne fait rien, dit Maxim. Nous comprenons très bien.

— C'est vraiment malheureux que ce maudit navire ait justement échoué là. Sans ce naufrage, on n'en aurait plus jamais entendu parler.

— Certes, dit Maxim.

— La seule consolation, c'est que nous savons maintenant que la mort de la pauvre Mme de Winter a été rapide et soudaine. Il n'a pu être question pour elle d'essayer de nager.

— Pas question, dit Maxim.

— Elle a dû descendre chercher quelque chose, puis la porte a claqué et une lame a recouvert le bateau alors qu'il n'y avait personne à la barre, dit le colonel. C'est terrible.

— Oui, dit Maxim.

— Ce doit être comme ça que la chose s'est passée ; qu'en pensez-vous, Crawley ?

— Oh ! sans aucun doute », dit Frank.

Je levai les yeux et vis que Frank regardait Maxim. Il détourna aussitôt la tête, mais pas avant que j'eusse vu et compris l'expression de ses yeux. Frank savait. Et Maxim ne savait pas qu'il savait. Je continuais à remuer mon café. Ma main était chaude, moite.

« Il faut croire que, tôt ou tard, nous commettons tous des erreurs de tactique, dit le colonel Julyan, et c'en est fait de nous. Mme de Winter devait savoir comment le vent s'engouffre dans cette baie et qu'il était dangereux d'abandonner la barre d'un petit bateau comme celui-là. Elle avait dû naviguer seule sur ces eaux des quantités de fois. Puis, le moment venu, elle commit une imprudence... et cette imprudence la tua net. C'est une leçon pour nous tous.

— Un accident est si vite arrivé, dit Frank, même aux gens les plus expérimentés. Songez au nombre de tués à la chasse tous les ans.

— Oui, je sais. Mais là, c'est généralement le cheval qui tombe et vous jette par terre. Si Mme de Winter n'avait pas quitté la barre de son bateau, l'accident n'aurait jamais eu lieu. C'est vraiment extraordinaire. Je l'ai regardée très souvent aux régates du samedi à Kerrith, et je ne l'ai jamais vue faire une erreur élémentaire de manœuvre. Ça, c'est une faute de débutant. Et justement, près du récif.

— La mer était très houleuse, cette nuit-là, dit Frank. Quelque chose avait pu se briser. Alors elle est descendue chercher un couteau.

— Evidemment, évidemment. Enfin, nous ne saurons jamais. Et je ne crois pas que nous en serions mieux en point si nous savions. Je vous l'ai dit, je voudrais pouvoir arrêter cette enquête, mais je ne peux pas. Je vais essayer d'arranger cela pour mardi matin, et ce sera aussi bref que possible. Une simple formalité. Mais je crains que nous ne puissions pas écarter les journalistes. »

Il y eut un nouveau silence. Je jugeai le moment venu de repousser ma chaise.

« Si nous allions dans le jardin », dis-je.

Nous nous levâmes tous et nous sortîmes sur la terrasse. Le colonel Julyan caressa Jasper.

« C'est un joli chien, dit-il.

— Oui, dis-je.

— Ça donne de jolis petits.

— Oui. »

Nous restâmes ainsi une minute, puis il regarda sa montre.

« Merci pour votre excellent déjeuner, dit-il. J'ai un après-midi assez chargé et j'espère que vous m'excuserez de me sauver si vite.

— Mais bien sûr, dis-je.

— Je suis vraiment navré de ce qui se passe. Vous avez toute ma sympathie. Je considère que c'est presque plus dur pour vous que pour votre mari. Enfin, une fois l'enquête terminée, il faudra vous dépêcher d'oublier ça tous les deux.

— Oui, nous essaierons.

— Ma voiture est dans l'allée. Peut-être que je pourrais raccompagner Crawley. Crawley ? Si cela vous arrange que je vous dépose devant votre bureau.

— Avec plaisir », dit Frank.

Il vint à moi et me prit la main.

« A bientôt, dit-il.

— Oui », fis-je.

Je ne le regardai pas. Je craignais qu'il ne lût dans mes yeux. Je ne voulais pas qu'il sût que je savais. Maxim les raccompagna jusqu'à la voiture. Quand ils furent partis, il vint me retrouver sur la terrasse. Il me prit par le bras. Nous étions debout, regardant les pelouses qui s'étendaient vers la mer.

« Cela va s'arranger très bien, dit-il. Je suis tranquille. J'ai confiance. Tu as vu comment était Julyan à déjeuner, et Frank. Il n'y aura aucune difficulté à l'audience. Cela ira très bien. »

Je ne dis rien. Je tenais son bras serré.

« Il ne pouvait pas être question une minute de ne pas reconnaître le corps, dit-il. Ce que nous avons vu suffisait pour que le docteur Phillips pût l'identifier, même sans moi. Il n'y a pas de trace de ce que j'ai fait. La balle n'avait pas touché l'os. »

Un papillon vola devant nous, sot et frivole.

« Tu as entendu ce qu'ils ont dit, continua-t-il. On pense qu'elle s'est trouvée enfermée dans la cabine.

C'est aussi ce que le jury croira à l'audience. Phillips l'expliquera comme cela. »

Il se tut. Je ne parlais toujours pas.

« C'est seulement pour toi que cela me tourmente, dit-il. Sans quoi, je ne regrette rien. Si c'était à refaire, je n'agirais pas autrement. Je suis heureux d'avoir tué Rebecca, je n'en aurai jamais de remords, jamais, jamais. Mais toi. Je ne peux pas oublier ce que cela t'a fait. Je te regardais et je n'ai pensé à rien d'autre pendant tout le déjeuner. Il est parti pour toujours ce drôle d'air jeune et vague que j'aimais. Il ne reviendra jamais. J'ai tué cela aussi, en te parlant de Rebecca... Il est parti en vingt-quatre heures. Tu es tellement plus mûre. »

CHAPITRE XXI

Le journal local que Frith m'apporta ce soir-là portait de grandes manchettes. Il le posa sur la table. Maxim n'était pas là, il était monté de bonne heure s'habiller pour dîner. Frith s'arrêta un instant, attendant que je dise quelque chose, et il me parut stupide et injurieux de feindre d'ignorer un événement qui devait avoir tant d'importance pour tous les gens de la maison.

« C'est terrible, Frith, dis-je.

— Oui, madame, nous en sommes tous bouleversés, répondit-il.

— C'est si pénible pour monsieur d'avoir à repasser par tout cela.

— Oui, madame, c'est triste. Mais alors il n'y a plus de doute que les restes retrouvés dans le voilier sont bien ceux de Mme de Winter ?

— Non, Frith, plus de doute.

— Nous n'en revenons pas, madame, qu'elle ait pu se laisser prendre comme ça. Elle avait une telle expérience de ce bateau.

— Oui, Frith, c'est ce que nous disons tous. Mais il

y a des accidents. Et je crois bien que nous ne saurons jamais comment celui-là s'est produit.

— Sans doute, madame. Mais c'est un choc. Nous sommes tous bouleversés à l'office. Et juste après le bal. Ça n'est vraiment pas juste.

— Non, Frith.

— Il paraît qu'il va y avoir une enquête ?

— Oui. Oh ! une simple formalité.

— Bien sûr. Est-ce que l'un de nous sera appelé en témoignage ?

— Je ne crois pas.

— C'est bien volontiers que je ferai tout ce qui pourrait aider monsieur, il le sait.

— Oui, il le sait sûrement.

— Je leur ai dit à l'office de ne pas parler de cela, mais c'est difficile de les surveiller, surtout les jeunes filles. Je crains que la nouvelle n'ait été un grand choc pour Mrs. Danvers.

— Oui, Frith, je le pensais bien.

— Elle est remontée dans sa chambre tout de suite après le déjeuner et n'est pas redescendue. Alice est allée lui porter une tasse de thé et le journal il y a un instant ; elle dit que Mrs. Danvers a l'air vraiment malade.

— Il vaudrait mieux qu'elle continue à se reposer, dis-je. Il ne faut pas qu'elle se lève, si elle est malade. Qu'Alice le lui dise. Je peux très bien donner les ordres moi-même et m'arranger avec la cuisinière.

— Oh ! je ne crois pas, madame, qu'elle soit malade physiquement, c'est seulement le choc de la découverte de Mme de Winter. Mrs. Danvers était attachée à Mme de Winter.

— Oui, dis-je, oui, je sais. »

Frith sortit de la pièce et je me dépêchai de regarder le journal avant que Maxim redescendît. Il y avait une grande colonne sur l'événement, en première page, et une photographie de Maxim horriblement floue qui devait dater au moins de quinze ans. C'était terrible de le voir ainsi au milieu de la première page, me regardant. Et la petite phrase, à la fin de l'article, me concernant et disant qui Maxim avait épousé en secondes noces et comment il venait justement de donner un bal costumé à Manderley. Tout cela paraissait si sec et si grossier dans la typographie noire du journal. Rebecca qu'on décrivait belle, pleine de talents, aimée de tous ceux qui la connaissaient, noyée depuis un an, et Maxim se remariant au printemps suivant, ramenant directement sa jeune épouse à Manderley (c'était écrit) et donnant un grand bal costumé en son honneur. Puis, le lendemain matin, le corps de sa première femme retrouvé dans la cabine de son voilier au fond de la baie.

C'était vrai, évidemment, bien qu'assaisonné de quelques petites inexactitudes qui faisaient de cette histoire une nourriture pimentée pour les centaines de lecteurs qui en veulent pour leur argent. Maxim y apparaissait vil, une espèce de satyre, ramenant sa « jeune épouse », comme ils disaient, à Manderley et donnant un bal, comme si nous voulions nous exhiber devant le monde.

Je cachai le journal sous le coussin du fauteuil pour que Maxim ne le vît pas. Mais je ne pus lui cacher les éditions du matin suivant. On en parlait aussi dans nos journaux de Londres. Il y avait une photo de Manderley. Manderley était dans les journaux, et Maxim aussi. On l'appelait Max de Winter. Ça faisait affreusement snob. Tous les articles mettaient en vedette le fait que le corps de Rebecca avait été retrouvé après le bal, comme si le moment avait été délibérément choisi. Les deux journaux employaient la même expression : « Ironie du sort. » Oui, c'était une ironie du sort, sans doute. Cela faisait une belle histoire. Je voyais Maxim, à la table du petit déjeuner, devenir de plus en plus pâle en lisant ces journaux l'un après l'autre, et puis la feuille locale. Il ne dit rien. Il me regarda seulement et je lui tendis la main à travers la table.

« Quels salauds, murmura-t-il, quels salauds ! »

Je pensais à tout ce qu'ils pourraient dire s'ils savaient la vérité. Pas une colonne, mais cinq ou six. Des affiches à Londres. Des marchands de journaux criant dans les rues devant les entrées de métro. Le terrible mot de huit lettres au centre de la manchette, épais et noir.

Frank vint après le petit déjeuner. Il était pâle et fatigué comme s'il n'avait pas dormi.

« J'ai donné ordre au standard de brancher tous les appels pour Manderley sur le bureau, dit-il à Maxim. Comme cela, si les journalistes téléphonent, je m'en occuperai. Et les autres jours aussi. Je ne veux pas qu'on vous ennuie. Nous avons déjà reçu plusieurs communications du voisinage. J'ai répondu chaque fois la même chose, j'ai dit que M. et Mme de Winter étaient reconnaissants de toutes les marques de sympathie et qu'ils espéraient que leurs amis comprendraient qu'ils ne recevraient personne avant quelques jours. Mme Lacy a téléphoné à huit heures et demie. Elle voulait venir tout de suite.

— Bon Dieu ! s'écria Maxim.

— Ne vous inquiétez pas. Je lui ai dit très franchement que je ne croyais pas que sa présence serait d'aucun secours ici, que vous ne vouliez voir personne que Mme de Winter. Elle désirait savoir quand l'audience aurait lieu, je lui ai dit que je n'étais pas encore fixé. Mais je ne vois pas comment nous l'empêcherons d'y venir si elle le voit dans les journaux.

— Ces maudits journalistes, dit Maxim.

— C'est vrai, dit Frank. On voudrait tous les étrangler, mais il faut comprendre leur point de vue. C'est leur gagne-pain, à ces gens. D'ailleurs, vous n'aurez rien à faire avec eux, Maxim, je m'en occupe. Préparez en paix la déclaration que vous ferez au tribunal.

— Je sais ce que j'ai à dire.

— Bien sûr, mais rappelez-vous que le coroner est le vieux Horridge. C'est un type très strict, il entre dans des détails qui n'ont rien à voir avec l'affaire pour montrer au jury combien il est consciencieux. Il ne faudra pas vous laisser troubler par lui.

— Pourquoi diable serais-je troublé ? Il n'y a rien qui puisse me troubler.

— Bien sûr. Mais j'ai déjà assisté à ces interrogatoires de coroner et il est facile d'y perdre patience. Il ne faut pas l'indisposer, ce type.

— Frank a raison, dis-je. Je le comprends. Plus la chose ira vite et sans accroc, mieux cela vaudra pour tout le monde. Comme ça, quand cette affreuse histoire sera passée, nous l'oublierons tous, et les autres aussi, n'est-ce pas, Frank ?

— Mais naturellement », dit Frank.

Je continuais à éviter ses yeux, mais j'étais plus convaincue que jamais qu'il savait la vérité. Il l'avait toujours sue. Je me rappelais notre première rencontre, le jour où Béatrice, Giles et lui étaient venus déjeuner à Manderley et où Béatrice avait maladroitement insisté sur la santé de Maxim. Je me rappelais Frank et la façon dont il avait détourné la conversation, dont il était venu au secours de Maxim. Son étrange répugnance à parler de Rebecca. Je comprenais tout. Frank savait, mais Maxim ne savait pas qu'il savait. Et nous étions là tous les trois à nous regarder, avec ces petites barrières entre nous.

Le téléphone ne nous dérangea plus. Toutes les communications étaient branchées sur le bureau. Il n'y avait plus qu'à attendre, qu'à attendre le mardi.

Je ne revis pas Mrs. Danvers. Le menu m'était soumis par la voie habituelle et je n'y changeai rien. Je demandai de ses nouvelles à la petite Clarice qui me dit qu'elle faisait son travail comme de coutume, mais qu'elle ne parlait à personne. Elle prenait ses repas dans sa chambre.

Clarice ouvrait de grands yeux visiblement curieux, mais elle ne me posa pas de questions et je n'avais nulle envie de discuter les événements avec elle. C'était évidemment le grand sujet de conversation à l'office et sur le domaine, dans la loge des gardiens, dans les fermes. Je pense qu'on ne parlait que de cela à Kerrith. Nous restions dans le jardin, tout près de la maison. Nous n'allâmes même pas jusqu'aux bois. L'orage n'avait pas éclaté. Il faisait toujours aussi chaud, aussi lourd. L'air était chargé d'électricité et il y avait de la pluie dans le ciel morne et blanc, mais elle ne tombait pas. L'audience était fixée au mardi deux heures.

Nous déjeunâmes à une heure moins le quart. Frank était là. Grâce au ciel, Béatrice avait téléphoné qu'elle ne pouvait venir. Roger, son fils, était à la maison avec les oreillons ; ils étaient tous en quarantaine. Je ne pus m'empêcher de bénir les oreillons. Je ne crois pas que Maxim aurait pu supporter la présence de Béatrice, sincère, inquiète et affectueuse, mais posant des questions tout le temps. N'arrêtant pas de poser des questions.

Le déjeuner fut rapide et énervé. Nous ne parlions guère. Je sentais de nouveau cette crampe au creux de l'estomac. Je ne pouvais rien avaler. Ce fut un soulagement de voir arriver la fin de ce simulacre de repas et d'entendre Maxim aller chercher la voiture. Le bruit du moteur me réconforta. Cela signifiait qu'il fallait partir, que nous avions quelque chose à faire. Frank nous suivait dans sa petite voiture. Je laissai ma main sur le genou de Maxim tout le temps qu'il conduisit. Il semblait très calme. J'avais l'impression d'accompagner quelqu'un dans une clinique. Et de ne pas savoir ce qui allait se passer. Si l'opération réussirait. J'avais les mains très froides. Mon cœur battait d'une drôle de façon désordonnée. Et tout le temps cette petite crampe au creux de l'estomac. L'enquête devait avoir lieu à Lanyon, la ville principale, à cinq kilomètres au-delà de Kerrith. Nous rangeâmes la voiture sur la grande place du marché. L'auto du docteur Phillips était déjà là, de même que celle du colonel Julyan. Il y en avait d'autres encore. Je vis un passant regarder Maxim d'un air curieux et attirer sur lui l'attention de sa compagne.

« Je crois que je vais rester ici, dis-je. Je n'ai pas envie d'entrer.

— Je ne voulais pas que tu viennes, dit Maxim. J'étais contre, dès le début. Tu aurais beaucoup mieux fait de rester à Manderley.

— Non, non. Je serai très bien ici, dans la voiture. »

Frank s'approcha à la portière.

« Mme de Winter ne descend pas ? demanda-t-il.

— Non, répondit Maxim. Elle préfère rester dans la voiture.

— Je trouve qu'elle fait bien, dit Frank. Elle n'a vraiment aucune raison de venir. Nous ne resterons pas longtemps.

— Très bien, dis-je.

— Je vous garde une place, au cas où vous changeriez d'avis », dit Frank.

Ils s'éloignèrent, me laissant assise là. Je regardais les boutiques autour de moi, elles étaient sombres et ternes. Il n'y avait pas beaucoup de passage. Lanyon était trop loin de la mer pour être un centre de villégiature. Les minutes passaient. Je me demandais ce qu'ils étaient en train de faire, le coroner, Frank, Maxim, le colonel Julyan. Je sortis de la voiture et me mis à arpenter la place du marché. Je m'arrêtai à une devanture. Puis je repris ma promenade de long en large. Je remarquai qu'un agent de police me regardait curieusement. Je tournai le coin d'une rue pour l'éviter. Je m'aperçus que je me dirigeais sans le vouloir vers le bâtiment où l'audience avait lieu. On n'avait pas fait grande publicité quant à l'heure et aucune foule n'attendait à la porte ainsi que je l'avais cru et redouté. La place semblait déserte. Je montai le perron et m'arrêtai dans le vestibule.

Un agent de police surgit devant moi.

« Vous désirez quelque chose ? me demanda-t-il.

— Non, non, fis-je.

— Vous ne pouvez pas rester ici, dit-il.

— Oh ! je vous demande pardon, dis-je, et je me retournai, prête à descendre le perron.

— Excusez-moi, madame, reprit-il. Est-ce que vous n'êtes pas Mme de Winter ?

— Oui.

— Dans ce cas, c'est différent. Vous pouvez rester, si vous voulez. Voulez-vous vous asseoir par là ?

— Merci », dis-je.

Il me fit entrer dans une petite pièce nue avec un pupitre. Cela ressemblait à la salle d'attente d'une station d'omnibus. Je m'assis là, les mains sur mes genoux. Cinq minutes passèrent. Rien n'arrivait. C'était pire que d'attendre dehors, que d'être assise dans la voiture. Je me levai et sortis dans le vestibule. L'agent de police y était toujours.

« Est-ce que ce sera encore long ? dis-je.

— Je peux aller voir, si vous voulez. »

Il disparut dans un couloir. Il revint au bout d'un moment.

« Je ne pense pas que ça dure encore bien longtemps, dit-il. M. de Winter a déjà déposé. Le capitaine

Searle, le scaphandrier et le docteur Phillips aussi. Il n'y a plus qu'un témoin à entendre : M. Tabbe, le constructeur de bateaux de Kerrith.

— Alors, c'est presque fini, dis-je.

— Je crois, madame », fit-il. Puis il ajouta, comme mu par une soudaine pensée : « Voulez-vous écouter la fin ? Il y a une place vide tout près de l'entrée. Si vous vous mettez là, vous ne dérangerez personne.

— Oui, dis-je, oui, c'est une idée. »

C'était presque fini. Maxim avait fait sa déclaration. Cela m'était égal d'entendre le reste. C'est Maxim que je ne voulais pas entendre. Maintenant, cela n'avait plus d'importance. Son rôle était terminé.

Je suivis l'agent qui ouvrit une porte au fond du couloir. Je m'y glissai et m'assis tout près de l'entrée. La salle était plus petite que je n'aurais cru. Il y faisait une chaleur étouffante. J'avais imaginé une grande salle nue, avec des bancs, comme une église. Maxim et Frank étaient assis de l'autre côté. Le coroner était un vieil homme mince avec un pince-nez. Il y avait des gens que je ne connaissais pas. Mon cœur bondit soudain quand je vis Mrs. Danvers. Elle était assise tout au fond de la salle. Et Favell était à côté d'elle. Jack Favell, le cousin de Rebecca. Il était penché en avant, le menton dans les mains, les yeux fixés sur M. Horridge, le coroner. Je ne m'attendais pas à le trouver là. Je me demandais si Maxim l'avait vu. James Tabbe, le constructeur de bateaux, était debout maintenant, et le coroner lui posait une question.

« Oui, monsieur, répondait Tabbe. C'est moi qui ai transformé le petit bateau de Mme de Winter. C'était un bateau de pêche français, à l'origine, et Mme de Winter l'avait acheté pour très peu de chose en Bretagne. Elle m'avait chargé de le transformer pour en faire une espèce de petit yacht.

— Le bateau était-il en état de prendre la mer ? demanda le coroner.

— Il l'était quand je l'ai rendu en avril de l'année dernière. Mme de Winter l'avait remis dans mon chantier en octobre comme d'habitude ; puis en mars, j'ai reçu un mot d'elle me disant de l'appareiller comme d'habitude, ce que j'ai fait. C'était la quatrième saison que Mme de Winter naviguait sur ce bateau depuis que je l'avais transformé.

— Sait-on si ce bateau avait déjà chaviré ?

— Non, monsieur. Mme de Winter m'en aurait avisé aussitôt. Elle était enchantée de son bateau, à tous points de vue, d'après ce qu'elle me disait.

— Sans doute la manœuvre de ce bateau exigeait-elle une grande prudence ?

— Ecoutez, monsieur, il faut toujours une certaine présence d'esprit pour conduire un voilier, je ne dis pas le contraire. Mais le bateau de Mme de Winter n'était pas un de ces petits sabots qu'on ne peut pas quitter de l'œil une seconde, comme certains bateaux que vous voyez à Kerrith. C'était un bateau solide et qui pouvait tenir un grand vent. Mme de Winter y avait navigué par de plus gros temps que celui de cette nuit-là. Quoi ! le vent ne soufflait que par courtes rafales. C'est ce que j'ai toujours dit. Je n'ai jamais pu comprendre que le bateau de Mme de Winter ait fait naufrage par une nuit comme celle-là.

— Pourtant, si Mme de Winter était descendue chercher un manteau, comme on le suppose, et qu'une rafale ait soudain soufflé du promontoire, cela a suffi pour faire chavirer le bateau ? » demanda le coroner.

James Tabbe secoua la tête.

« Non, dit-il, têtu, je ne crois pas que cela ait suffi.

— C'est bien ce qui a dû se passer, pourtant, dit le coroner. Je ne pense pas que M. de Winter ni aucun de nous accuse le moins du monde votre travail de l'accident. Vous avez remis le bateau en état au début de la saison, vous l'avez déclaré sain et solide, c'est tout ce que je désirais savoir. Mme de Winter a malheureusement relâché sa surveillance un instant et y a perdu la vie, le bateau ayant coulé, avec elle à bord. Ce n'est pas le premier accident de ce genre qui ait eu lieu. Je vous répète que vous n'y êtes pour rien.

— Excusez-moi, monsieur, reprit le constructeur de bateaux, mais ce n'est pas exactement tout. Et je voudrais ajouter quelque chose, avec votre permission.

— Très bien, continuez, dit le coroner.

— Voilà, monsieur. L'année dernière, après l'accident, il y a beaucoup de gens à Kerrith qui ont dit des choses désagréables sur mon travail. Il y en a qui ont dit que j'avais laissé Mme de Winter commencer la saison sur un vieux bateau pourri. J'ai manqué deux ou trois commandes à cause de ça. C'était très injuste, mais le bateau avait coulé et je ne pouvais rien dire pour ma défense. Puis il y a eu le naufrage du grand bateau, comme vous savez, et le petit voilier de Mme de Winter a été retrouvé et ramené à la surface. Le capitaine Searle m'a donné l'autorisation hier d'aller l'examiner, et j'y ai été. Je voulais m'assurer que le travail que j'y avais fait était solide, en tenant compte du fait qu'il était resté douze mois et plus au fond de l'eau.

— C'était très naturel, dit le coroner. J'espère que vous avez été satisfait,

— Oui, monsieur. Il n'y avait rien de défectueux au voilier, par rapport au travail que j'y avais fait. Je l'ai examiné dans tous les coins sur le chaland où le capitaine Searle l'a fait hisser. Il avait chaviré sur un banc de sable, c'est le scaphandrier qui me l'a dit quand je lui ai demandé. Il n'avait pas touché le roc. Le récif était à un mètre cinquante au moins. Le bateau était sur le sable et il ne porte pas une seule marque faite par un rocher. »

Il s'arrêta. Le coroner le regarda interrogativement.

« Eh bien, fit-il. Est-ce là tout ce que vous aviez à dire ?

— Non, monsieur, répondit Tabbe avec emphase, ce n'est pas tout. Je désire savoir ceci : qui a fait des trous dans les planches ? Ce ne sont pas les rocs. Le roc le plus proche était à un mètre cinquante de là. D'ailleurs, ce n'est pas le genre de marques faites par des rocs. Ce sont des trous faits avec une pointe en métal. »

Je ne le regardais pas. Je regardais par terre. Il y avait du linoléum sur le plancher. Du linoléum vert. Je le regardais.

Je me demandais pourquoi le coroner ne répondait rien. Pourquoi ce silence se prolongeait-il ? Quand il parla enfin, sa voix paraissait lointaine.

« Que voulez-vous dire ? demanda-t-il, quelle espèce de trous ?

— Il y en a trois en tout, dit le constructeur de bateaux. Un en avant près de l'anneau, au-dessous de la ligne de flottaison. Les deux autres tout près l'un de l'autre au milieu de la quille. Et ce n'est pas tout. Les robinets de sûreté étaient ouverts.

— Les robinets de sûreté ? Qu'est-ce que c'est ? demanda le coroner.

— Le dispositif qui ferme les tuyaux venant d'un lavabo ou d'un lavatory, monsieur. Mme de Winter avait un petit cabinet de toilette dans son voilier. Et il y avait un robinet à l'avant pour le lavage. Il y en avait un là, et un autre dans le cabinet de toilette. On les tient toujours fermés quand on est en mer, sans quoi l'eau entrerait dans le bateau. Quand j'ai examiné le voilier, hier, les deux robinets de sûreté étaient grands ouverts. »

Il faisait chaud, beaucoup trop chaud. Pourquoi est-ce qu'on n'ouvrait pas une fenêtre ? Nous allions étouffer si nous restions dans cette atmosphère avec tant de gens respirant le même air, tant de gens.

« Avec ses trous dans sa coque et les robinets de sûreté ouverts, monsieur, il ne fallait pas longtemps à un petit bateau comme ça pour sombrer. Pas plus de dix minutes, à mon avis. Ces trous n'existaient pas quand le bateau a quitté mon chantier. J'étais content de mon travail, et Mme de Winter aussi. Mon opinion, monsieur, c'est que le bateau n'a jamais chaviré. On l'a coulé exprès. »

Il faut que j'essaie de gagner la porte. Il faut que j'essaie de retourner dans la salle d'attente... Il n'y avait pas d'air dans cette pièce et la personne à côté de moi prenait trop de place. Quelqu'un se leva devant moi et parlait aussi, tout le monde parlait. Je ne savais pas ce qui se passait. Je ne pouvais rien voir. Il faisait chaud, tellement chaud. Le coroner demandait à tout le monde de se taire et il dit quelque chose concernant « M. de Winter ». Je ne voyais rien. Cette femme devant moi avec son chapeau. Maintenant Maxim était debout. Je ne pouvais pas regarder. Je ne devais pas regarder. J'avais déjà éprouvé cela. Quand était-

300

ce ? Je ne sais pas. Je ne me rappelle pas. Oh ! si, avec Mrs. Danvers. Le jour où Mrs. Danvers était tout près de moi à la fenêtre. Mrs. Danvers était dans cette salle à présent, écoutant le coroner. Maxim était debout. La chaleur montait du sol vers moi, en ondes lentes. Elle atteignait mes mains humides et glissantes, elle touchait mon cou, mon menton, mon visage.

« Monsieur de Winter, vous avez entendu la déposition de James Tabbe à qui le bateau de Mme de Winter avait été confié ? Savez-vous quelque chose au sujet de ces trous faits dans la coque ?

— Absolument rien.

— Avez-vous idée de ce qui a pu les causer ?

— Evidemment non.

— C'est la première fois que vous en entendez parler ?

— Oui.

— Cela vous trouble ?

— Cela m'a déjà suffisamment troublé d'apprendre que j'avais fait une erreur d'identification il y a plus d'un an et voilà qu'on me dit maintenant que ma première femme ne s'est pas seulement noyée dans la cabine de son bateau, mais que des trous ont été percés dans la coque avec l'intention bien arrêtée de faire couler le bateau. Et vous vous étonnez que cela me trouble ? »

« Non, Maxim, non. Tu vas l'indisposer. Tu sais ce que Frank t'a dit. Il ne faut pas l'indisposer. Pas cette voix. Pas cette voix irritée, Maxim. Il ne comprendra pas. Je t'en prie, chéri, je t'en prie. Oh ! Dieu, fais que Maxim ne se mette pas en colère. Fais que Maxim ne se mette pas en colère. »

« Je vous prie de croire, monsieur de Winter, que nous compatissons tous profondément à votre épreuve. Certes, vous avez éprouvé une grave émotion en apprenant que votre femme avait été noyée dans sa cabine et non en nageant comme vous le supposiez. Et j'enquête pour vous à ce sujet. Je désire, pour votre bien, découvrir exactement comment et pourquoi elle est morte. Ce n'est pas pour mon plaisir que je dirige cette enquête.

— Je m'en doute.

— Espérons-le. James Tabbe vient de nous dire que le bateau qui contenait les restes de la première Mme de Winter avait trois trous dans sa coque. Et que les robinets de sûreté étaient ouverts. Mettez-vous son témoignage en doute ?

— Mais non, naturellement. Il est constructeur de bateaux et il sait ce qu'il dit.

— Qui s'occupait du bateau de Mme de Winter ?

— Elle-même.

— Elle n'employait pas de matelot ?

— Non, personne.

— Le bateau était à l'ancre dans le port privé de Manderley ?

— Oui.

— Si un étranger était venu saboter le bateau, on l'aurait vu ? Aucune voie publique ne donne accès au port ?

— Aucune.

— Ce port est isolé, n'est-ce pas, et entouré d'arbres ?

— Oui.

— Un malfaiteur aurait-il pu s'y introduire sans être vu ?

— Peut-être.

— Mais James Tabbe nous a dit, et nous n'avons aucune raison de ne pas le croire, qu'un bateau avec de tels trous dans sa coque et les robinets de sûreté ouverts ne pouvait pas voguer plus de dix à quinze minutes.

— C'est exact.

— Par conséquent, nous pouvons donc écarter l'idée que le bateau eût été saboté avant que Mme de Winter y embarquât pour sa promenade nocturne. Dans ce cas, le bateau aurait coulé à la sortie du port.

— En effet.

— Par conséquent, nous devons admettre que les trous ont été faits dans la coque, et les robinets de sûreté ouverts, cette nuit-là même, et alors que le bateau était déjà en mer.

— Je suppose.

— Vous nous avez déjà dit que la porte de la cabine était fermée, les hublots aussi, et que les restes de

302

votre femme étaient par terre. Est-ce que vous ne trouvez pas cela étrange, monsieur de Winter ?

— Assurément.

— Vous n'avez pas de suggestion à faire ?

— Non.

— Monsieur de Winter, aussi pénible que cela puisse être, je me vois obligé de vous poser une question très personnelle.

— Oui.

— Les relations entre la première Mme de Winter et vous étaient-elles parfaitement heureuses ? »

Elles devaient venir, évidemment, ces taches noires devant mes yeux, dansantes, vacillantes dans l'air trouble, et il faisait chaud, tellement chaud avec tous ces gens, tous ces visages, et pas une fenêtre ouverte. La porte qui m'avait semblé proche était bien plus éloignée de moi que je n'avais cru, et, tout le temps, le plancher qui venait à ma rencontre...

Et puis, dans l'étrange brume qui m'entourait, la voix de Maxim claire et forte : « Est-ce que quelqu'un pourrait aider ma femme à sortir ? Elle va se trouver mal. »

CHAPITRE XXII

J'étais de nouveau assise dans la petite pièce qui ressemblait à un bureau d'omnibus. L'agent de police était penché sur moi, me tendant un verre d'eau, et il y avait une main sur mon bras, la main de Frank.

« Je suis désolée, dis-je. C'est idiot. Il faisait si chaud dans cette salle.

— Il n'y a pas d'air là-dedans, dit l'agent, on s'est souvent plaint, mais on n'a jamais rien fait. Nous avons déjà eu des dames qui se sont évanouies.

— Vous vous sentez mieux ? dit Frank.

— Oui, oui, beaucoup mieux. Ça va aller. Ne m'attendez pas.

— Je vous ramène à Manderley.

— Non.

— Si. Maxim me l'a demandé.

— Non, il faut que vous restiez avec lui.

— Maxim m'a dit de vous reconduire à Manderley. »

Il passa son bras sous le mien.

« Pouvez-vous marcher jusqu'à la voiture ou voulez-vous que je l'amène jusqu'ici ?

— Je peux marcher. Mais je préférerais rester. Je voudrais attendre Maxim.

— Maxim peut être retenu longtemps. »

Pourquoi parlait-il ainsi ? Que voulait-il dire ? Pourquoi ne me regardait-il pas ? Il me prit le bras et me conduisit dans le vestibule et vers la sortie, puis il me fit descendre le perron. Maxim pouvait être retenu longtemps.

Nous ne parlions pas. Nous arrivâmes à la petite voiture de Frank. Il ouvrit la portière et m'aida à m'y installer. Puis il y monta et la mit en marche. Nous quittâmes la place du marché, traversâmes la ville déserte, et prîmes la route de Kerrith.

« Pourquoi est-ce que cela dure si longtemps ? Qu'est-ce qu'ils vont faire ?

— Il se peut qu'il faille réentendre les témoins. »

Frank regardait droit devant lui la route dure et blanche.

« Ils ont reçu toutes les dépositions, dis-je. Il n'y a plus rien à dire.

— On ne sait jamais, dit Frank. Le coroner peut poser d'autres questions. Tabbe a tout changé. Le coroner doit considérer la chose sous un autre angle.

— Quel angle ? Que voulez-vous dire ?

— Vous avez entendu la déposition ? Vous avez entendu ce que Tabbe a dit du bateau ? On ne croit plus à un accident.

— C'est absurde, Frank, c'est ridicule. On ne devrait pas écouter Tabbe. Comment peut-il savoir au bout de si longtemps de quelle façon des trous ont été percés dans un bateau ? Qu'est-ce qu'on veut prouver ?

— Je ne sais pas.

— Le coroner va continuer à harceler Maxim, il lui fera perdre patience, il lui fera dire des choses qu'il ne pense pas. Il va lui poser questions sur questions, Frank, et Maxim ne le supportera pas, je sais qu'il ne le supportera pas. »

Frank ne répondit pas. Il conduisait très vite. Pour la première fois depuis que je le connaissais, il ne trouvait pas de sujet anodin de conversation. Cela prouvait qu'il était préoccupé, très préoccupé. Et c'était d'ordinaire un chauffeur si lent et si prudent, qui s'arrêtait à tous les carrefours, regardant à droite puis à gauche et cornant à chaque courbe de la route.

« Ce type était là, dis-je, ce type qui était venu un jour à Manderley, voir Mrs. Danvers.

— Oui, je sais.

— Pourquoi est-ce qu'il assistait à l'enquête ? De quel droit ?

— C'était son cousin.

— Ce n'est pas bien que Mrs. Danvers et lui soient là et entendent les dépositions. Je n'ai pas confiance en eux, Frank. »

Une fois encore, Frank ne répondit pas. Je comprenais que sa fidélité à Maxim était telle qu'il ne voulait pas se laisser entraîner dans une discussion, même avec moi. Il ne savait pas jusqu'à quel point j'étais au courant. Nous étions alliés, nous suivions la même route, mais nous ne pouvions pas nous regarder. Aucun de nous n'osait risquer une confidence.

Nous arrivâmes enfin à la maison et tournâmes devant le perron.

« Ça va maintenant ? me demanda Frank. Vous allez vous étendre ?

— Oui, fis-je, peut-être.

— Je retourne à Lanyon, dit-il. Maxim peut avoir besoin de moi. »

Il remonta rapidement dans sa voiture qui s'éloigna. Maxim pouvait avoir besoin de lui. Pourquoi avait-il dit que Maxim pouvait avoir besoin de lui ? Peut-être le coroner allait-il interroger Frank également, le questionner sur cette soirée de l'an dernier où Maxim avait dîné chez Frank. Il voudrait savoir à quelle heure exactement Maxim était parti de chez Frank. Il voudrait savoir si personne n'avait vu Maxim rentrer à la maison. Si les domestiques savaient qu'il était là. Si quelqu'un pouvait prouver que Maxim était allé directement se coucher. Mrs. Danvers serait peut-être interrogée. On demanderait peut-être à Mrs. Danvers de témoigner. Et Maxim commençait à perdre patience, commençait à pâlir...

Je montai dans ma chambre et m'étendis sur mon lit comme Frank me l'avait conseillé. Je mis mes mains sur mes yeux. Je continuais à voir cette salle et tous les visages. Le visage ridé, appliqué et sévère du coroner, son pince-nez d'or.

« Ce n'est pas pour mon plaisir que je dirige cette enquête. » Son esprit lent et sérieux, son caractère susceptible. Qu'est-ce qu'ils disaient tous maintenant ? Qu'est-ce qui se passait ? Et si, dans un petit moment, Frank revenait à Manderley, seul ?

Je ne savais pas ce qui se passait. Je ne savais pas ce que les gens faisaient. Je me rappelais des photos dans des journaux montrant des hommes quittant des salles comme celle-là, et qu'on emmenait. Et si on emmenait Maxim ? On ne me laisserait pas auprès de lui. On ne me laisserait pas le voir. Je devrais rester ici à Manderley, les jours passeraient, les nuits passeraient, je continuerais à attendre comme j'attendais maintenant. Des gens, comme le colonel Julyan, me témoignant de la bonté. Des gens disant : « Il ne faut pas rester seule. Venez nous voir. » Le téléphone, les journaux, le téléphone. « Non. Mme de Winter ne peut recevoir personne. Mme de Winter n'a pas de déclaration à faire au *Country Chronicle*. » Et un autre jour. Et un autre jour. Des semaines rouillées et sans consistance, Frank enfin m'emmenant voir Maxim. Il serait amaigri, étrange, comme les gens à l'hôpital...

D'autres femmes avaient passé par là. Des femmes dont j'avais lu l'histoire dans les journaux. Elles envoyaient des lettres au garde des sceaux et cela ne servait à rien. Le garde des sceaux répondait toujours que la justice devait suivre son cours. Les amis envoyaient également des pétitions, tout le monde les signait, mais le garde des sceaux n'y pouvait toujours rien. Et les gens qui lisaient cela dans les journaux disaient : « Pourquoi ce type s'en sortirait-il, il a assassiné sa femme, oui ou non ? La pauvre femme assassinée, personne ne la plaint, elle ? La sentimentalité qui veut abolir la peine de mort ne fait qu'encourager le crime. Ce type n'avait qu'à penser à tout ça avant de tuer sa femme. Il sera pendu comme tous les assassins. Et c'est bien fait pour lui. Que cela serve d'avertissement aux autres. »

Je me rappelais avoir vu un jour une photo à la dernière page d'un journal, représentant une petite foule assemblée devant la grille d'une prison, tandis qu'un policeman y apposait une affiche. L'affiche parlait d'une exécution capitale. « Une exécution capitale a eu lieu ce matin à neuf heures, en présence du gouverneur, du médecin de la prison et du shérif. » La mort par pendaison était rapide. La mort par pendaison n'était pas douloureuse. On avait le cou rompu sur-le-champ. Non, ce n'était pas vrai. Quelqu'un avait dit un jour que ce n'était pas toujours immédiat, quelqu'un qui connaissait un directeur de prison. On a la tête dans un sac et on est debout sur la plateforme, et puis le sol se dérobe sous vos pieds. Il se passe exactement trois minutes entre le moment où l'on sort de la cellule et celui où l'on est pendu. Non, cinquante secondes, disait quelqu'un. Non, c'est idiot. Cela ne peut pas se passer en cinquante secondes. Il y a quelques marches sur le côté du hangar pour descendre au fond. Le médecin va voir. On meurt immédiatement. Non, ce n'est pas vrai. Le corps bouge un certain temps, le cou ne se rompt pas toujours. Oui, mais même comme cela, on ne sent rien. Quelqu'un disait que si. Quelqu'un qui avait un frère médecin d'une prison disait qu'on n'en parle pas parce que cela ferait un scandale, mais qu'ils ne meurent pas toujours tout de suite. Leurs yeux sont ouverts, ils restent ouverts très longtemps.

Dieu, fais que je ne pense plus à ça. Laisse-moi penser à autre chose. A Mrs. Van Hopper, par exemple, en Amérique. Elle doit être chez sa fille en ce moment, dans cette maison de Long Island qu'ils habitent l'été. Ils doivent jouer au bridge. Ils vont aux courses. Mrs. Van Hopper adorait les courses. Je me demande si elle porte toujours ce petit chapeau jaune. Il était trop petit pour sa grosse figure. Mrs. Van Hopper assise dans le jardin à Long Island, des magazines et des journaux sur ses genoux. Mrs. Van Hopper ouvrant son face-à-main et appelant sa fille : « Ecoute ça, Helen. Il paraît que Max de Winter avait assassiné sa première femme. J'ai toujours trouvé qu'il avait quelque chose de pas comme tout le monde. J'avais prévenu cette petite folle qu'elle faisait une grande faute mais elle ne m'a pas écoutée. Enfin, elle n'a pas mal mené sa barque après tout. Je pense qu'on va lui faire des ponts d'or au cinéma. »

Quelque chose me touchait la main. C'était Jasper. C'était Jasper qui enfouissait son nez humide et froid dans ma main. Il m'avait suivie quand j'étais montée. Pourquoi les chiens vous donnent-ils envie de pleurer ? Il y a quelque chose de tellement silencieux et de si désespéré dans leur pitié. Jasper devinant le malheur comme tous les chiens. Les malles qu'on ferme, les voitures devant la porte. Les chiens debout, la queue basse, les yeux désolés. Retournant à leurs corbeilles dans le vestibule quand le bruit des voitures s'est éteint...

Je devais m'être endormie, car je me réveillai en sursaut au premier coup de tonnerre. Je m'assis sur mon lit. La pendule marquait cinq heures. Je me levai et allai à la fenêtre. Il n'y avait pas un souffle de vent. Les feuilles pendaient aux arbres dans une attente immobile. Le ciel était d'un gris de plomb. Un éclair déchira le ciel. Un second roulement au loin. Pas de pluie. Je sortis dans le couloir et écoutai. Je n'entendis rien. J'allai jusqu'à la galerie. Aucun signe de vie. Le hall était assombri par la menace d'orage. Je descendis et allai sur la terrasse. Il y eut un nouveau coup de tonnerre. Une goutte de pluie tomba sur ma main. Une goutte, pas davantage. Il faisait très sombre. J'apercevais la mer au-delà de la vallée comme un lac noir. Une autre goutte tomba sur ma main, un autre coup de tonnerre retentit. Une femme de chambre fermait les fenêtres dans les pièces du premier étage. Robert vint fermer les fenêtres du salon derrière moi.

« Ces messieurs ne sont pas encore rentrés, Robert ? demandai-je.

— Non, madame, pas encore. Dois-je servir le thé ?

— Non, j'attendrai.

— On dirait que l'orage va enfin éclater, madame.

— Oui. »

La pluie ne tombait pas. Rien depuis ces deux gouttes sur ma main. Je rentrai et allai m'asseoir dans la bibliothèque. A cinq heures et demie, Robert vint me dire :

« La voiture vient d'entrer dans le parc, madame.

— Quelle voiture ? dis-je.

— La voiture de monsieur.

— Est-ce que c'est monsieur qui conduit ?

— Oui, madame. »

J'essayai de me lever mais mes jambes étaient de paille et ne me portaient pas. Je restai debout appuyée au divan. J'avais la gorge sèche. Au bout d'une minute, Maxim entra dans la pièce. Il s'arrêta sur le seuil.

Il avait l'air fatigué, vieux. Il y avait des rides au coin de ses lèvres que je n'avais jamais remarquées auparavant.

« C'est fini », dit-il.

J'attendis. Je ne pouvais toujours pas parler, ni aller à lui.

« Suicide, dit-il, sans preuves suffisantes pour définir l'état mental de la disparue. Ils n'y comprenaient rien, évidemment. »

Je m'assis sur le divan.

« Suicide, dis-je, mais pour quel motif ?

— Dieu le sait, dit-il. Ils n'ont pas eu l'air de croire qu'un motif était nécessaire. Le vieil Horridge me perçait de son regard en me demandant si Rebecca avait des ennuis d'argent. Des ennuis d'argent, Dieu du Ciel ! »

Il alla à la fenêtre, regarda les vertes pelouses.

« Il va pleuvoir, dit-il. Grâce au Ciel, il va enfin pleuvoir.

— Qu'est-ce qui s'est passé ? dis-je. Qu'est-ce que le coroner a dit ? Pourquoi es-tu resté tout ce temps ?

— Il a piétiné sur place, reprenant sans cesse les mêmes points, dit Maxim. Des petits détails du bateau qui n'intéressaient personne. Les robinets de sûreté étaient-ils durs à tourner ? Où se trouvait exactement le premier trou par rapport au second ? La porte de la cabine fermait-elle bien ? Quelle pression d'eau fallait-il pour pousser la porte ? Je croyais que je devenais fou. Mais j'ai gardé mon sang-froid. C'est de te voir là près de la porte qui m'a rappelé ce que j'avais à faire. Si tu ne t'étais pas évanouie là, je ne l'aurais jamais fait. Cela m'a ramené à moi-même. Je savais exactement ce que je dirais. J'ai tout le temps regardé Horridge en face, je n'ai pas quitté des yeux ses petits traits serrés et son pince-nez d'or. Je me rappellerai ce visage jusqu'à mon dernier jour. Je suis fatigué, chérie. Si fatigué, que je ne vois plus, que je n'entends plus, que je ne sens plus rien. »

Il s'assit sur le rebord de la fenêtre, penché en avant, la tête dans ses mains ; j'allai m'asseoir à côté de lui. Quelques minutes plus tard, Frith fit son entrée, suivi de Robert apportant la table à thé. Le rite solennel se déroula comme tous les jours. Le déploiement de la nappe blanche, la petite flamme allumée sous la bouilloire d'argent. Des scones, des sandwiches, trois sortes de gâteaux. Jasper s'assit près de la table, sa queue frappait le sol de temps à autre, ses yeux fixés sur moi avaient leur air d'attente. « C'est drôle, pensai-je, comme les habitudes de la vie suivent leur cours ; quoi qu'il arrive, nous accomplissons les mêmes gestes, nous mangeons, nous dormons, nous faisons notre toilette. Aucune crise n'entame l'armature des habitudes. » Je versai le thé de Maxim. Je le lui portai à la fenêtre, lui tendis son scone et en beurrai un pour moi.

« Où est Frank ? demandai-je.

— Il est passé chez le vicaire. J'aurais dû y aller aussi, mais j'avais hâte d'être près de toi. Je pensais continuellement à toi, attendant ici toute seule, sans savoir ce qui allait se passer.

— Pourquoi le vicaire ? demandai-je.

— Il y a quelque chose ce soir à l'église. »

Je le regardai stupéfaite. Puis je compris. On allait enterrer Rebecca.

« C'est pour six heures et demie, dit-il. Personne n'est au courant, sauf Frank, le colonel Julyan, le vicaire et moi. Il n'y aura aucun public. Cela avait été fixé ainsi hier. Le verdict n'y change rien.

« — A quelle heure dois-tu partir ?

— J'ai rendez-vous avec eux à l'église à six heures vingt-cinq. »

Je ne dis rien. Je continuai à boire mon thé. Maxim reposa son sandwich intact.

« Il fait encore très chaud, n'est-ce pas ? dit-il.

— C'est l'orage, dis-je. Il ne veut pas éclater. Il est dans l'air.

— Il y a eu un coup de tonnerre au moment où je quittais Lanyon, dit-il. Le ciel était comme de l'encre au-dessus de ma tête. Pourquoi est-ce qu'il ne pleut pas, pour l'amour du Ciel ! »

Les oiseaux se taisaient dans les arbres. Il faisait toujours très sombre.

« Cela m'ennuie que tu sortes encore », dis-je.

Il ne répondit pas. Il avait l'air las, mortellement las.

« Nous parlerons ce soir, quand je rentrerai, dit-il tout à coup. Nous avons tant de choses à faire ensemble, n'est-ce pas ? Nous avons tout à recommencer. J'ai été le pire des maris pour toi.

— Non, dis-je, non.

— Nous recommencerons du début, quand tout ceci sera passé. Nous pouvons le faire, toi et moi. Ce n'est pas comme si on était seul. Le passé ne peut pas nous atteindre du moment que nous sommes ensemble. Et puis, nous aurons des enfants. »

Au bout d'un instant, il regarda sa montre.

« Il est six heures dix, fit-il. Il faut que je m'en aille. Ça ne durera pas bien longtemps. Pas plus d'une demi-heure. Il faut que nous descendions dans la crypte. »

Je lui pris la main.

« Je vais avec toi, dis-je. Cela ne me fera rien. Laisse-moi venir avec toi.

— Non, non, je ne veux pas que tu viennes », dit-il.

Et il sortit. J'entendis le bruit de l'auto dans l'allée. Puis le bruit s'éteignit et je sus qu'il était parti.

Robert vint desservir. C'était comme n'importe quel autre jour. Rien n'était changé aux habitudes. Je me demandais s'il en eût été de même au cas où Maxim ne fût pas rentré de Lanyon.

Robert parti, je me mis à penser à l'église, à leur entrée, à leur descente du petit escalier de la crypte. Je n'y étais jamais allée. J'avais seulement vu la porte. Je me demandais comment une crypte pouvait bien être, s'il y avait des cercueils. Ceux du père et de la mère de Maxim. Je me demandais ce qu'on allait faire du cercueil de cette autre femme qu'on avait mise là par erreur. Je me demandais qui elle était, pauvre âme que personne ne réclamait, dénudée par le vent et la vague. Maintenant il y aurait un nouveau cercueil dans la crypte. Rebecca elle aussi y reposerait. Est-ce là que le vicaire était en train de lire le service funèbre, Maxim, Frank et le colonel Julyan à son côté ? Cendres qui retournent à la cendre. Poussière qui retourne à la poussière. Il me semblait que Rebecca n'avait plus aucune réalité. Elle s'était effritée quand on l'avait retrouvée, étendue dans la cabine. Ce n'était pas Rebecca qui reposait dans ce cercueil dans la crypte. Ce n'était que de la poussière.

La pluie se mit à tomber un peu après sept heures. Doucement d'abord, avec un petit bruissement dans les arbres, et si fine que je ne la voyais pas. Puis plus bruyamment et plus vite, comme un torrent tombant obliquement du ciel de plomb, comme l'eau d'une cataracte. Je laissai les fenêtres grandes ouvertes. Debout devant elles, j'aspirai l'air frais et propre. La pluie éclaboussait mon visage et mes mains. Je ne voyais pas plus loin que les pelouses, la pluie tombait rapide et serrée. Je l'entendais ruisseler dans les gouttières au-dessus de la fenêtre et rebondir sur les dalles de la terrasse. Il n'y avait plus de tonnerre. La pluie sentait la mousse et la terre et l'écorce noire des arbres.

Je n'entendis pas Frith entrer. J'étais à la fenêtre et je regardais pleuvoir. Je ne le vis que lorsqu'il fut près de moi.

« Pardon, madame, dit-il. Est-ce que monsieur rentrera tard ?

— Non, dis-je, non, pas très.

— Il y a un monsieur qui le demande, madame, dit

Frith avec un peu d'hésitation. Je ne savais pas ce qu'il fallait dire. Il insiste tellement pour voir monsieur.

— Qui est-ce ? demandai-je. Vous le connaissez ? »

Frith parut gêné.

« Oui, madame, dit-il. C'est un monsieur qui venait souvent ici, du vivant de Mme de Winter. Il s'appelle M. Favell. »

Je m'agenouillai sur le rebord de la fenêtre et rapprochai les battants. Il pleuvait sur les coussins. Puis je me retournai et dis à Frith :

« Faites entrer M. Favell.

— Bien, madame. »

J'allai m'adosser à la cheminée. Peut-être parviendrais-je à me débarrasser de Favell avant le retour de Maxim. Je ne savais pas ce que j'allais lui dire, mais je n'avais pas peur.

Au bout d'un instant, Frith revint, introduisant Favell. Il était bien tel que je l'avais vu, mais un peu plus brutal, si c'est possible, un peu plus négligé. Il appartenait à cette espèce d'hommes qui ne portent jamais de chapeau, ses cheveux étaient décolorés par le soleil de ces derniers jours et sa peau était très hâlée. Ses yeux étaient injectés de sang. Je me demandai s'il avait bu.

« Maxim n'est pas là malheureusement, dis-je. Et je ne sais quand il rentrera. Ne vaudrait-il pas mieux que vous preniez rendez-vous pour le voir un matin au bureau ?

— Ça ne me dérange pas d'attendre, dit Favell, et je ne pense pas d'ailleurs que j'aurai à attendre bien longtemps. J'ai jeté un regard en passant dans la salle à manger, et j'ai vu que le couvert de Maxim était mis pour le dîner.

— Nous avons changé nos projets, dis-je. Il est très possible que Maxim ne soit pas là de la soirée.

— Il a filé ? fit Favell avec un petit sourire qui me déplut. Je me demande si c'est vrai. Il faut dire que c'est ce qu'il aurait de mieux à faire, étant donné les circonstances. Il y a des gens qui ne supportent pas les commérages. Mieux vaut les éviter, ce n'est pas votre avis ?

— Je ne sais pas de quoi vous parlez, dis-je.

— Vraiment ? dit-il. Allons, allons, vous n'espérez pas me faire croire cela, n'est-ce pas ? Mais, dites-moi, vous allez mieux ? Ce n'est pas drôle pour vous cet évanouissement à l'audience. Je serais bien venu à votre secours, mais j'ai vu que vous aviez déjà un cavalier servant. Frank Crawley n'a pas dû s'embêter. Vous lui avez permis de vous reconduire. Vous n'aviez pas voulu faire un cent mètres dans ma voiture quand je vous l'ai proposé.

— A quel sujet désirez-vous voir Maxim ? » demandai-je.

Favell se pencha sur la table et prit une cigarette dans la boîte.

« Ça ne vous dérange pas que je fume ? dit-il. Vous ne craignez pas que ça vous donne mal au cœur ? On ne sait jamais avec les jeunes femmes. »

Il me regarda par-dessus son briquet.

« On dirait que vous avez un peu grandi depuis la dernière fois que je vous ai vue, dit-il. Je me demande ce que vous avez fait. Des balades au clair de lune avec Frank Crawley ? » Il souffla un nuage de fumée. « Dites-moi, cela vous dérangerait de demander à ce vieux Frith de m'apporter un whisky ? »

Je ne répondis rien. Je sonnai. Il s'assit sur le bord du divan en balançant les jambes, avec son petit sourire sur les lèvres. Ce fut Robert qui vint à mon appel.

« Du whisky pour M. Favell, dis-je.

— Eh bien, Robert ? dit Favell. Il y a bien long-temps que je ne t'ai vu. Est-ce que tu brises toujours le cœur des filles de Kerrith ? »

Robert rougit. Il me regarda, horriblement gêné.

« Ça va, mon vieux. Je ne te vendrai pas. File me chercher un double whisky. Et que ça barde ! »

Robert disparut. Favell riait en secouant la cendre de sa cigarette par terre.

« J'ai baladé Robert pendant un de ses jours de sortie, dit-il. Rebecca m'avait parié un louis que je ne le ferais pas. J'ai gagné mon louis. Une des soirées les plus drôles de ma vie. Ce que j'ai pu rire, Seigneur ! Robert déchaîné vaut son pesant d'or. Et je dois dire qu'il s'y connaît en femmes. Il a choisi la plus jolie de celles qu'on nous proposait ce soir-là. »

Robert revint avec le whisky et le soda sur un plateau. Il était encore très rougissant, très confus. Favell, souriant, le regarda verser le whisky, puis il se mit à rire en se renversant contre le bras du divan. Il siffla une chanson sans quitter Robert du regard.

« C'était celle-là, n'est-ce pas ? dit-il. C'était bien cet air-là ? Est-ce que tu aimes toujours les rousses, Robert ? »

Robert lui jeta un pauvre sourire. Il avait l'air très malheureux. Favell n'en rit que plus fort. Robert sortit.

« Pauvre gars, dit Favell. Je ne crois pas qu'il ait beaucoup fait la noce depuis. Ce vieil idiot de Frith le tient serré. »

Il se mit à boire en regardant autour de lui, arrêtant de temps à autre ses yeux sur moi avec un sourire.

« Je crois que je me ferai une raison, si Max ne rentre pas dîner, dit-il. Qu'en dites-vous ? »

Je ne répondis pas. J'étais debout contre la cheminée, les mains derrière le dos.

« Vous ne laisseriez pas cette place inoccupée à la table du dîner, n'est-ce pas ? » dit-il. Il me regarda, souriant toujours, la tête penchée.

« Monsieur Favell, dis-je. Je ne voudrais pas être impolie, mais je dois vous dire que je suis très fatiguée. J'ai eu une journée assez épuisante. Si vous ne pouvez pas me dire à quel sujet vous désirez voir Maxim, il ne sert à rien que vous restiez ici. Mieux vaudrait faire ce que je vous ai conseillé et passer au bureau demain matin. »

Il glissa du bras du divan et vint à moi, son verre à la main.

« Non, non, dit-il, non, non, ne soyez pas méchante. Moi aussi j'ai eu une journée épuisante. Ne me laissez pas tomber. Je suis tout à fait inoffensif, je vous assure. Maxim a dû vous raconter des tas d'histoires sur moi. »

Je ne répondis pas.

« Vous me prenez pour le loup-garou, n'est-ce pas ? dit-il. Mais ce n'est pas vrai du tout. Je suis un type comme tout le monde et parfaitement inoffensif. Et je trouve votre attitude magnifique dans toute l'histoire, absolument magnifique. Je vous tire mon chapeau, c'est vrai. »

Ces derniers propos étaient prononcés d'une voix pâteuse. Je regrettais d'avoir dit à Frith de le faire entrer.

« Vous arrivez ici à Manderley, dit-il en balançant mollement le bras. Vous recevez cette grande baraque sur le dos, vous faites la connaissance de centaines de gens que vous n'aviez jamais vus, vous supportez ce vieux Max et sa mauvaise humeur, vous vous fichez du tiers comme du quart et vous allez votre petit bonhomme de chemin. Je trouve que c'est un rudement bel effort et je le répéterai devant n'importe qui. Un rudement bel effort. » Il n'était pas tout à fait d'aplomb sur ses jambes. Il se redressa et posa le verre vide sur la table. « Cette affaire m'a donné un coup, vous savez, dit-il. Un sacré coup. Rebecca était ma cousine. Je l'aimais rudement bien.

— Oui, dis-je. Je vous plains beaucoup.

— Nous avions été élevés ensemble, continua-t-il. Toujours copains comme cochons. Aimant les mêmes choses, les mêmes gens. Riant des mêmes plaisanteries. Je crois que personne au monde ne l'a aimée plus que moi. Et elle m'aimait. Tout ça a été un sacré coup.

— Oui, dis-je, oui, naturellement.

— Et qu'est-ce que Maxim a l'intention de faire à propos de ça ? Voilà ce que je veux savoir. Est-ce qu'il croit qu'il n'a qu'à rester tranquille maintenant que cette enquête grotesque est terminée ? Dites-moi ? »

Il ne souriait plus. Il se pencha vers moi.

« Je demande justice pour Rebecca, et je l'obtiendrai, dit-il, parlant de plus en plus fort. Suicide !... Dieu tout-puissant, ce vieux gâteux de coroner a fait dire au jury que c'était un suicide. Nous savons, vous et moi, que ce n'était pas un suicide, hein ? » Il s'approcha encore de moi. « Hein ? » répéta-t-il lentement.

La porte s'ouvrit et Maxim entra avec Frank derrière lui. Maxim s'arrêta net, la porte ouverte, regardant Favell.

« Que diable faites-vous ici ? » dit-il.

Favell se retourna, les mains dans les poches. Il attendit un instant, puis se mit à sourire.

« Eh bien, Max, mon vieux, j'étais venu te féliciter du résultat de l'enquête.

— Voulez-vous quitter cette maison, dit Max, ou si vous préférez que Crawley et moi vous jetions dehors ?

— Un peu de calme, un peu de calme », dit Favell.

Il alluma une autre cigarette et s'assit de nouveau sur le bras du divan.

« Vous ne tenez sans doute pas à ce que Frith entende ce que j'ai à dire ? fit-il. C'est pourtant ce qui se passera si vous ne fermez pas cette porte. »

Maxim ne bougea pas. Je vis Frank fermer la porte très doucement.

« Maintenant, écoutez-moi, Max, dit Favell. Vous vous êtes admirablement tiré d'affaire, convenez-en. Mieux que vous n'espériez. Oui, oui, j'étais à l'audience cet après-midi et j'ose croire que vous m'avez vu. J'y ai assisté du commencement à la fin. J'ai vu votre femme s'évanouir à un moment critique et il y avait de quoi. C'était moins une, hein, Max, la façon dont l'enquête pouvait tourner ? Et vous avez de la chance qu'elle ait tourné comme ça ! Vous n'aviez pas fait la leçon à ces crétins du jury ? Non ? On aurait pu le croire. »

Maxim fit un pas vers Favell, mais celui-ci leva la main.

« Minute, vous permettez ? dit-il. Je n'ai pas tout à fait fini. Vous vous rendez compte, mon vieux Max, n'est-ce pas, que je pourrais rendre les choses assez déplaisantes pour vous, si je voulais ? Et quand je dis déplaisantes... dangereuses. »

Je m'assis dans le fauteuil à côté de la cheminée. Je tenais les bras du fauteuil très serrés. Frank s'approcha et se tint derrière moi. Mais Maxim ne bougeait pas. Son regard ne quittait pas Favell.

« Vraiment ? dit-il. Et comment cela, dangereuses ?

— Ecoutez, Max, dit Favell. Je suppose qu'il n'y a pas de secrets entre vous et votre femme et, si j'en crois les apparences, Crawley que voilà complète le trio. Je peux donc parler ouvertement, et c'est ce que je vais faire. Vons savez tous ce qu'il y avait entre Rebecca et moi. Nous étions amants. Je ne l'ai jamais nié et je ne commencerai pas. Je croyais jusqu'à présent, comme tous les autres crétins, que Rebecca s'était noyée dans la baie et qu'on avait retrouvé son corps à Edgecoombe plusieurs semaines après. Ç'a été un coup pour moi alors, un sacré coup. Mais je me suis dit : c'est bien une mort pour Rebecca, elle est partie comme elle a vécu, en luttant. » Il se tut ; il était assis là, sur le bord du divan, et nous regardait l'un après l'autre. « Et voilà que j'ouvre le journal du soir, il y a quelques jours, et j'apprends que le scaphandrier du pays est tombé sur le bateau de Rebecca et qu'il y avait un corps dans la cabine. Je n'y comprenais rien. Qui diable Rebecca avait-elle pu emmener dans son voilier ? Ça n'avait pas de sens. Je suis venu jusqu'ici, me suis installé dans une auberge près de Kerrith et ai vu Mrs. Danvers. Alors elle m'a dit que le corps retrouvé dans la cabine était celui de Rebecca. Comme ça encore, j'ai continué à croire comme tout le monde que le premier corps avait été reconnu par erreur, et que Rebecca s'était trouvée enfermée dans la cabine en descendant y prendre un manteau. Enfin, cet après-midi, j'assiste à l'audience, comme vous savez. Et tout va sur des roulettes, n'est-ce pas, jusqu'à la déposition de Tabbe. Mais après ? Hein, Max, mon vieux, qu'est-ce que vous avez à dire au sujet de ces trous dans la coque et de ces robinets de sûreté ouverts ?

— Vous figurez-vous, dit Maxim lentement, qu'après ces heures de discussion je m'en vais recommencer avec vous ? Vous avez entendu les dépositions, et vous avez entendu le verdict. Cela a suffi au coroner, et cela doit vous suffire.

— Un suicide, alors ? dit Favell. Rebecca se suicidant. Cela lui ressemble, n'est-ce pas ? Ecoutez-moi, vous ne saviez pas que je possédais cette lettre. Je l'ai gardée parce que c'est la dernière qu'elle m'ait écrite. Je m'en vais vous la lire. Je crois que ça vous intéressera. »

Il sortit une feuille de sa poche. Je reconnus cette écriture fine, aiguë et penchée.

« — J'ai essayé de te téléphoner de l'appartement, mais on ne répondait pas, lut-il. Je rentre directement à Manderley. Je serai ce soir à la maisonnette. Si tu reçois ce mot à temps, veux-tu prendre ta voiture et m'y rejoindre ? Je passerai la nuit à la maisonnette et laisserai la porte ouverte pour toi. J'ai quelque chose à te dire, et je voudrais te voir le plus tôt possible. Rebecca. »

Il remit la feuille dans sa poche.

« Ce n'est pas précisément la lettre d'une femme qui va se tuer, dit-il. Je l'ai trouvée en rentrant chez moi, vers quatre heures du matin. Je ne me doutais pas que Rebecca était venue à Londres ce jour-là, ou je me serais arrangé pour la voir. La déveine a voulu que j'aie été en soirée cette nuit-là. Quand j'ai lu cette lettre à quatre heures du matin, j'ai pensé qu'il était trop tard pour rouler pendant six heures jusqu'à Manderley. Je me suis couché avec l'idée de téléphoner dans la journée. C'est ce que j'ai fait. Vers midi. Et j'ai appris que Rebecca s'était noyée. »

Il était assis là, regardant Max. Aucun de nous ne parlait.

« Supposons que le coroner ait lu cette lettre cet après-midi, ça aurait un peu compliqué les choses pour vous, vous ne croyez pas, Max, mon vieux ?

— Alors, dit Max, pourquoi n'êtes-vous pas allé la lui remettre ?

— Du calme, mon vieux, du calme. Ne nous emballons pas. Je ne vous veux pas de mal, moi. Dieu sait que vous n'avez jamais été mon ami, mais je ne vous en garde pas rancune. Tous les maris des jolies femmes sont forcément jaloux. Et il y en a qui ne peuvent pas s'empêcher de jouer les Othello. C'est leur nature. Je ne leur en veux pas, je les plains. Je suis une espèce de socialiste à ma manière, moi, vous savez, et je n'arrive pas à comprendre pourquoi ces types ne partagent pas leurs femmes au lieu de les tuer. Qu'est-ce que ça peut bien faire ? On prend son plaisir quand même. Une jolie femme, ce n'est pas une bielle de moteur, ça ne s'use pas. Plus on s'en sert, mieux elle est en forme. Alors, Max, je joue cartes sur table. Pourquoi ne nous mettrions-nous pas d'accord ? Je ne suis pas riche. J'aime trop le jeu pour ça. Mais ce qui me met par terre, c'est de n'avoir pas le moindre capital derrière moi. Alors, si j'avais une rente assurée de deux ou trois mille livres par an pour le reste de mon existence, je pourrais m'en tirer très confortablement. Et je ne vous embêterais plus jamais. Je le jure devant Dieu, plus jamais.

— Je vous ai déjà demandé de quitter cette maison, dit Maxim. Je ne vous le demanderai plus. La porte est derrière vous. Vous pouvez l'ouvrir vous-même.

— Un instant, Maxim, dit Frank. Ce n'est pas si simple. »

Il se tourna vers Favell.

« Je vois où vous voulez en venir. Il est malheureusement vrai que vous pourriez, comme vous l'avez dit, compliquer les choses et causer des difficultés à Maxim. Je ne pense pas qu'il s'en rende compte aussi clairement que moi. Quelle est la somme exacte que vous proposez à Maxim de déposer pour vous ? »

Je vis Maxim devenir tout blanc, et une petite veine se gonfler sur son front.

« Ne vous mêlez pas de ça, Frank, dit-il. Cela me regarde entièrement. Je ne m'en vais pas céder à un chantage.

— Je ne pense pas que votre femme désire être montrée du doigt comme la veuve d'un assassin, d'un type qu'on a pendu, dit Favell, et il se mit à rire en me regardant.

— Vous croyez me faire peur ? dit Maxim. Eh bien, vous vous trompez. Faites ce que vous voulez. Je n'ai pas peur. Il y a un téléphone dans la pièce à côté. Voulez-vous que j'appelle le colonel Julyan et que je lui demande de venir ici ? C'est le juge. Votre histoire l'intéressera. »

Favell le regarda en riant.

« Bien joué, dit-il. Mais le bluff ne prend pas. Vous n'oserez pas téléphoner au vieux Julyan. J'ai assez de preuves pour vous faire pendre, mon bon Max. »

Maxim traversa lentement la bibliothèque et passa

dans la pièce voisine. J'entendis le déclic du téléphone.

« Arrêtez-le, dis-je à Frank. Arrêtez-le, au nom du Ciel. »

Frank me regarda et sortit vivement.

J'entendis la voix de Maxim, très froide, très assurée. « Donnez-moi le 17 à Kerrith », dit-il. Favell regardait la porte avec une expression intense.

Puis j'entendis Maxim dire à Frank : « Laissez-moi faire. » Et, deux minutes plus tard : « Le colonel Julyan ? Ici, de Winter. Oui, oui, je sais. Est-ce que vous pourriez venir tout de suite ? Oui, à Manderley. C'est assez urgent. Je ne peux pas vous expliquer pourquoi par téléphone, mais je vous mettrai immédiatement au courant. Je vous demande pardon de vous déranger comme ça. Oui. Merci beaucoup. Au revoir. »

Il sortit de la petite pièce.

« Julyan vient tout de suite », dit-il.

Il alla ouvrir les fenêtres toutes grandes. Il pleuvait toujours à torrents. Maxim était debout, immobile, et nous tournait le dos, aspirant l'air frais.

« Maxim, dit Frank doucement, Maxim. »

Il ne répondit pas. Favell se mit à rire et prit une nouvelle cigarette.

« Si vous tenez à être pendu, mon vieux, moi ça m'est égal », dit-il.

Il prit un journal sur la table et, se jetant sur le divan, croisa les jambes et se mit à tourner les pages. Frank hésitait, ses yeux allaient de moi à Maxim. Puis il s'approcha de mon fauteuil.

« Vous ne pouvez rien faire ? dis-je tout bas. Et si vous alliez à la rencontre du colonel pour l'empêcher d'entrer ici ? Vous lui expliqueriez que c'était une erreur. »

Maxim, à la fenêtre, dit sans se retourner :

« Frank ne quittera pas cette pièce. C'est moi qui décide en cette affaire. Le colonel Julyan sera ici dans dix minutes exactement. »

Nous ne parlions plus. Favell lisait son journal. Il n'y avait pas d'autre bruit que celui de la pluie continuelle. Elle tombait sans interruption, régulièrement, avec un son monotone. Je me sentais découragée, sans forces. Je ne pouvais rien faire. Frank non plus. Dans un livre ou une pièce, j'aurais trouvé un revolver et nous aurions tué Favell et caché son corps dans un placard. Il n'y avait pas de revolver. Il n'y avait pas de placard. Les choses ne se passent pas comme ça. Je ne pouvais pas non plus aller me mettre à genoux devant Maxim en le priant de donner l'argent à Favell. Je devais rester assise là, les mains croisées sur ma robe, regardant la pluie tomber, regardant Maxim de dos devant la fenêtre.

Il pleuvait trop fort pour qu'on entendît l'auto. Le bruit de la pluie couvrait tous les autres. Nous ne sûmes l'arrivée du colonel Julyan que lorsque la porte s'ouvrit et que Frith le fit entrer.

Maxim se retourna aussitôt, quittant la fenêtre.

« Bonsoir, dit-il. Nous nous rencontrons de nouveau. Vous êtes venu très vite.

— Oui, répondit le colonel Julyan. Vous m'avez dit que c'était urgent, alors je suis venu tout de suite. Heureusement, on n'avait pas rentré ma voiture. Quelle journée ! »

Il regarda Favell d'un air hésitant, puis vint à moi et me serra la main.

« C'est une bonne chose qu'il pleuve, dit-il. Cela menaçait depuis assez longtemps. J'espère que vous allez mieux. »

Je murmurai je ne sais quoi. Il restait debout, nous regardant les uns après les autres en se frottant les mains.

« Vous devez bien penser, commença Maxim, que je ne vous ai pas demandé de venir, un jour comme aujourd'hui, pour passer un moment à bavarder en attendant l'heure du dîner. Je vous présente Jack Favell, le cousin germain de ma première femme. Je ne sais si vous vous connaissez. »

Le colonel Julyan inclina la tête. « Votre visage m'est familier, dit-il. Je vous ai sans doute rencontré ici autrefois.

— Sûrement, dit Maxim. Allez-y, Favell. »

Favell se leva du divan et remit le journal chiffonné sur la table. Ces dix minutes semblaient l'avoir dégrisé. Il marchait droit. Il ne souriait plus. J'avais l'impression qu'il n'était pas absolument satisfait du cours que prenaient les événements, et il n'était pas préparé à la rencontre avec le colonel Julyan. Il commença d'une voix haute, assez autoritaire :

« Ecoutez, colonel, ce n'est pas la peine de tourner autour du pot. La raison qui m'amène ici c'est que je ne suis pas satisfait du verdict prononcé cet après-midi.

— Oh ! fit le colonel Julyan, est-ce que ce ne serait pas à de Winter à protester plutôt qu'à vous ?

— Je ne pense pas, dit Favell. J'ai le droit de parler, non seulement en qualité de cousin de Rebecca, mais en tant que son futur mari si elle avait vécu. »

Le colonel Julyan parut abasourdi.

« Oh ! dit-il. Oh ! dans ce cas, c'est différent. Est-ce vrai, de Winter ? »

Maxim haussa les épaules.

« C'est la première fois que j'en entends parler », dit-il.

Le colonel les regardait à tour de rôle sans savoir qui croire.

« Alors, Favell, dit-il, de quoi vous plaignez-vous ? »

Favell le regarda un instant. Je voyais qu'il élaborait dans son esprit une manœuvre, qu'il n'était pas encore assez dégrisé pour mener à bien. Il porta lentement la main à la poche de son gilet et en sortit la lettre de Rebecca.

« Cette lettre a été écrite quelques heures avant que Rebecca exécute son prétendu suicide en mer. La voici. Je vous prie de la lire et de dire si la femme qui a écrit cette lettre était décidée à se tuer. »

Le colonel Julyan sortit ses lunettes de leur étui et lut la lettre. Puis il la rendit à Favell.

« Non, dit-il, au premier abord, non. Mais je ne sais pas à quoi la lettre se rapporte. Vous le savez peut-être. Ou bien de Winter ? »

Maxim ne répondit pas. Favell roulait la feuille de papier entre ses doigts sans quitter des yeux le colonel.

« Ma cousine me donnait un rendez-vous précis

dans cette lettre, vous en convenez ? dit-il. Elle me demandait formellement de venir à Manderley cette nuit-là parce qu'elle avait quelque chose à me dire. Ce que ce pouvait être, je ne crois pas que nous le saurons jamais, mais c'est hors de la question. Elle a fixé le rendez-vous, et elle devait passer la nuit à la maisonnette afin de me voir seul. Le fait qu'elle fût partie en mer n'avait rien pour me surprendre. Elle faisait souvent ainsi une promenade d'une heure ou deux au retour d'une journée fatigante à Londres. Mais percer des trous dans sa cabine et se noyer volontairement, comme n'importe quelle petite femme neurasthénique, ça, non, colonel, par Dieu, non ! »

Il était rouge et il hurla les derniers mots. Son attitude le desservait et je voyais aux fines rides qui entouraient la bouche du colonel Julyan que celui-ci n'avait pas de sympathie pour Favell.

« Mon cher ami, lui dit-il, il est tout à fait inutile de vous emporter après moi. Je ne suis pas le coroner qui dirigeait l'enquête cet après-midi, ni un membre du jury qui prononça le verdict. Je ne suis que le magistrat du district. Je suis naturellement désireux de vous être utile de mon mieux, de même qu'à de Winter. Vous dites que vous vous refusez à croire que votre cousine se soit suicidée. D'autre part, vous avez entendu comme nous tous la déposition du constructeur de bateaux. Les robinets de sûreté étaient ouverts, il y avait des trous. Bien. Allons jusqu'au bout. Qu'est-ce qui s'est passé, selon vous ? »

Favell tourna la tête et regarda lentement Maxim. Il roulait toujours la lettre entre ses doigts

« Rebecca n'a jamais ouvert les robinets, ni fait ces trous dans la coque. Rebecca ne s'est jamais suicidée. Vous m'avez demandé mon avis et, par Dieu, vous l'aurez. Rebecca a été assassinée. Et si vous voulez savoir qui est l'assassin, il est là devant la fenêtre, avec ce satané sourire supérieur sur son visage. Il n'a même pas pu attendre le bout de l'an pour épouser la première fille qu'il a rencontrée. Le voilà, voilà l'assassin, il s'appelle M. Maximilien de Winter. Regardez-le bien. Il fera un beau pendu, n'est-ce pas ? »

Et Favell se mit à rire, d'un rire d'ivrogne, aigu et excessif, sans cesser de tourner la lettre de Rebecca entre ses doigts.

CHAPITRE XXIII

Dieu soit loué pour le rire de Favell. Dieu soit loué pour son doigt tendu, sa face congestionnée, ses yeux fixes injectés de sang. Dieu soit loué pour son attitude titubante. Car c'est cela qui lui aliéna le colonel Julyan et mit celui-ci de notre côté. Je vis le dégoût sur son visage, la rapide crispation de ses lèvres. Le colonel Julyan ne le croyait pas. Le colonel était pour nous.

« Cet homme est ivre, fit-il. Il ne sait ce qu'il dit.

— Je suis ivre ? hurla Favell. Oh ! non, mon bel ami. Vous avez beau être magistrat, et colonel par-dessus le marché, ça ne m'en impose pas. J'ai la loi avec moi pour une fois et je ne me laisserai pas faire. Il y a d'autres magistrats dans ce sale pays. Des types qui ont quelque chose dans la cervelle et qui comprennent ce que c'est que la justice. Pas des soldats mis à la retraite pour incompétence et qui se baladent avec une ferblanterie de médailles sur la poitrine. Max de Winter a assassiné Rebecca, et je le prouverai.

— Un instant, monsieur Favell, dit doucement le colonel Julyan. Vous assistiez à l'audience, n'est-ce pas ? Je me rappelle vous y avoir vu. Si vous avez eu, à ce point, le sentiment d'une injustice, pourquoi ne l'avez-vous pas dit tout de suite au jury, au coroner ? Pourquoi n'avez-vous pas produit cette lettre ? »

Favell le regarda et se mit à rire.

« Pourquoi ? dit-il. Parce que ça ne me plaisait pas, voilà. Je préférais en toucher un mot à de Winter personnellement.

— C'est pour cela que je vous ai téléphoné, dit Maxim quittant la fenêtre. Nous savions déjà les accusations de Favell. Je lui ai posé la même question. Pourquoi n'avait-il pas fait part de ses soupçons au coroner ? Il a répondu qu'il n'était pas riche et que si je prenais soin de lui assurer deux à trois mille livres de rente à vie, il me laisserait tranquille. Frank était là, et ma femme. Tous deux l'ont entendu. Vous pouvez leur demander.

— C'est parfaitement vrai, monsieur, dit Frank, c'est un chantage pur et simple.

— Evidemment, dit le colonel Julyan ; seulement le chantage n'est jamais très pur, ni particulièrement simple. Il peut causer une foule de désagréments à de nombreuses personnes, même si le maître chanteur se trouve en prison à la fin du compte. Parfois des innocents se trouvent eux aussi en prison. Nous voulons éviter cela, dans le cas présent. Je ne sais pas si vous êtes suffisamment sobre pour répondre à mes questions, Favell ; mais si vous modérez votre ton et évitez les digressions inutiles, nous pourrons venir rapidement à bout de cette affaire. Vous avez porté une accusation grave contre de Winter. Cette accusation repose-t-elle sur une preuve ?

— Une preuve ? dit Favell. Qu'est-ce qu'il vous faut ! Ces trous faits dans le bateau ne vous suffisent pas ?

— Certes non, à moins que vous ne puissiez citer un témoin qui l'ait vu les percer. Où est votre témoin ?

— Au diable les témoins ! dit Favell. Sûr que c'est de Winter qui l'a fait. Qui d'autre aurait tué Rebecca ?

— Kerrith a de nombreux habitants, dit le colonel Julyan. Vous n'avez pas plus de preuve contre de Winter que vous n'en auriez contre moi, par exemple.

— Je vois ce que c'est, dit Favell. Vous êtes pour lui. Vous ne voulez pas laisser tomber de Winter parce que vous dînez chez lui et qu'il dîne chez vous. C'est un grand homme dans le pays. C'est le propriétaire de Manderley. Pauvre petit snob !

— Attention, Favell, attention.

— Vous vous croyez les plus forts, hein ? Vous croyez que ma cause ne tient pas devant un tribunal. Je vous trouverai des preuves, n'ayez pas peur. Je vous dis que de Winter a tué Rebecca, à cause de moi. Il savait que j'étais son amant et il était jaloux, follement jaloux. Il savait qu'elle m'attendait dans la maisonnette de la plage, et il y est allé cette nuit-là, et il l'a tuée. Puis il a mis son corps dans le bateau et l'a coulé.

— C'est une hypothèse adroite à sa manière, Favell, mais je vous répète que vous n'avez pas de preuve. Produisez le témoin qui a vu la chose, et je commencerai à vous prendre au sérieux. Je connais cette maisonnette sur la plage. Une espèce de pavillon pour les pique-niques, n'est-ce pas ?

— Attendez, dit lentement Favell, attendez... Il y a une chance que de Winter ait été vu cette nuit-là. Une chance sérieuse. Cela vaudrait la peine de chercher de ce côté-là. Que diriez-vous si j'avais un témoin ? »

Le colonel Julyan haussa les épaules. Je vis Frank jeter un regard interrogateur vers Maxim. Maxim ne dit rien. Je regardai Favell. Soudain je compris ce qu'il voulait dire. Et dans un éclair de peur et d'horreur, je compris qu'il disait vrai. Il y avait eu un témoin cette nuit-là. De petites phrases revenaient à ma mémoire. Des mots que je n'avais pas compris, des paroles que j'avais prises pour les pensées fragmentaires d'un pauvre idiot : « Elle est au fond, n'est-ce pas ? Elle ne reviendra pas. » « Je ne l'ai dit à personne. » « On ne la retrouvera pas, n'est-ce pas ? Les poissons l'ont mangée, hein ? » « Elle ne reviendra plus. » Ben savait. Ben avait vu. Ben, avec sa bizarre cervelle fêlée, avait été témoin de tout. Il se cachait dans le bois, cette nuit-là. Il avait vu Maxim détacher le voilier en mer, et revenir seul dans le canot. Je sentais toute couleur quitter mon visage. Je m'adossai aux coussins du fauteuil.

« Il y a l'idiot du village qui passe son temps sur la plage, dit Favell. Il était toujours par là quand je venais retrouver Rebecca. Je l'ai souvent vu. Il dormait dans les bois ou sur la plage quand il faisait chaud. Le gars est cinglé, il ne serait jamais venu de lui-même. Mais je me charge de le faire parler, s'il a vu quelque chose cette nuit-là. Et il y a une belle chance pour qu'il ait vu quelque chose.

— Qui est-ce ? De quoi parle-t-il ? demanda le colonel Julyan.

— Il doit vouloir parler de Ben, dit Frank avec un nouveau regard à Maxim. C'est le fils d'un de nos fermiers. Mais il ne sait pas ce qu'il dit, ni ce qu'il fait. Il est idiot de naissance.

— Qu'est-ce que ça fait ? dit Favell. Il a des yeux, non ? Il sait ce qu'il voit. Il n'aura qu'à répondre oui ou non. Ça commence à vous embêter, hein ? Vous n'avez plus votre belle assurance !

— Pourrait-on trouver ce garçon et l'interroger ? demanda le colonel Julyan.

— Bien sûr, dit Maxim. Frank, dites à Robert de faire un saut jusqu'à la ferme et de le ramener. »

Frank hésita. Je vis qu'il me regardait du coin de l'œil.

« Allez-y, pour l'amour du Ciel, dit Maxim. Il faut en finir. »

Frank sortit. Je recommençais à sentir cette ancienne douleur dans la poitrine.

Frank revint au bout de quelques minutes.

« Robert a pris ma voiture, dit-il. Si Ben est chez lui, il n'en a pas pour plus de dix minutes.

— Il est sûrement chez lui, par cette pluie, dit Favell. Il va venir et vous verrez comment je le ferai parler. »

Il rit en regardant Maxim. Il était toujours très rouge. L'émotion le faisait transpirer ; il y avait de petites gouttes de sueur sur son front. Je remarquai que sa nuque faisait un bourrelet au-dessus de son col, et que ses oreilles étaient plantées très bas. Il ne garderait pas longtemps cette mine florissante. Il était déjà sur son déclin, bouffi. Il prit une nouvelle cigarette.

« Vous êtes un vrai petit syndicat, ici, à Manderley, dit-il. Personne ne trahit les autres. Jusqu'au magistrat du pays qui fait partie de la bande. Nous excuserons la jeune épouse, évidemment. Une femme ne témoigne pas contre son mari. On a naturellement fait la leçon à Crawley. Il sait qu'il perdrait sa place s'il disait la vérité. Et si je vois clair, il y a un peu de rancune dans son cœur contre moi. Vous n'avez pas eu beaucoup de succès avec Rebecca, hein, Crawley ? La promenade au clair de lune n'a pas donné ce que vous vouliez ? C'est plus facile, cette fois. La jeune épouse vous sera reconnaissante de lui tendre votre bras fra-

328

ternel chaque fois qu'elle s'évanouira. Il lui sera joliment commode, ce bras, lorsqu'elle entendra le juge condamner son mari à mort. »

Cela se passa très vite. Trop vite pour que je pusse comprendre ce que faisait Maxim. Mais je vis Favell chanceler, buter contre les bras du divan et tomber par terre. Et Maxim était debout tout près de lui. Je me sentais très mal à l'aise. Il y avait quelque chose d'humiliant dans le fait que Maxim eût frappé Favell. J'aurais préféré ne pas savoir. J'aurais préféré ne pas avoir assisté à ça. Le colonel Julyan ne dit rien. Il avait l'air très sombre. Il leur tourna le dos et vint près de moi.

« Je crois que vous feriez mieux de monter », me dit-il doucement.

Je secouai la tête. « Non, murmurai-je, non.

— Dans l'état où est ce typc, il est capable de dire n'importe quoi. Ce que vous venez de voir n'était pas bien joli, n'est-ce pas ? Votre mari a certes eu raison, mais c'est dommage que ça se soit passé en votre présence. »

Je ne répondis pas. Je regardais Favell qui se releva lentement puis s'assit lourdement sur le divan en portant son mouchoir à son visage.

« Quelque chose à boire, dit-il, donnez-moi quelque chose à boire. »

Maxim regarda Frank qui sortit. Aucun de nous ne parlait. Frank revint presque tout de suite avec le whisky et le soda sur un plateau. Il en mélangea dans un verre qu'il tendit à Favell. Favell but avidement, comme un animal. Il y avait une espèce de sensualité laide dans la manière dont il portait le verre à sa bouche. Ses lèvres se plissaient bizarrement sur le verre. Il y avait une marque pourpre sur sa mâchoire, à l'endroit où Maxim l'avait frappé. Maxim était retourné à la fenêtre. Je regardai le colonel Julyan et vis qu'il observait Maxim. Son regard était étrangement intense. Mon cœur se mit à battre très vite. Pourquoi le colonel Julyan regardait-il Maxim ? Cela signifiait-il qu'il commençait à douter, à soupçonner ?

Maxim ne le voyait pas. Il regardait la pluie. Elle

tombait toujours droite et serrée. Le bruit remplissait la pièce. Favell finit son whisky et remit le verre sur la table à côté du divan. Il respirait fort. Il ne regardait aucun de nous. Il regardait le tapis à ses pieds.

La sonnerie du téléphone retentit soudain dans la petite pièce. Frank alla répondre.

Il revint presque aussitôt et regarda le colonel Julyan. « C'est votre fille, dit-il. On demande s'il faut encore vous attendre pour dîner. »

Le colonel Julyan secoua la main avec impatience.

« Dites-leur de se mettre à table, fit-il, dites-leur que je ne sais pas quand je rentrerai. » Il regarda sa montre. « Quelle idée de téléphoner, marmonna-t-il. C'est le moment. »

Frank retourna dans la petite pièce pour faire la commission. Je pensais à la jeune fille, à l'autre bout du fil. Ce devait être celle qui jouait au golf. Je l'imaginais disant à sa sœur : « Papa dit qu'on se mette à table. Qu'est-ce qu'il peut bien faire ? Le bifteck sera de la semelle de botte. » Leur petit ménage désorganisé par notre faute. Leurs habitudes de chaque soir bouleversées. Tous ces fils absurdement emmêlés parce que Maxim avait tué Rebecca. Je regardai Frank. Son visage était pâle et grave.

« J'ai entendu Robert rentrer avec l'auto », dit-il au colonel Julyan.

Il sortit dans le hall. Favell avait levé la tête aux paroles de Frank. Il se leva et resta debout, les yeux fixés sur la porte. Il y avait un vilain sourire sur son visage.

La porte s'ouvrit et Frank entra. Il se retourna pour parler à quelqu'un resté dans le hall.

« Allons, Ben, dit-il doucement, M. de Winter veut vous donner des cigarettes. Il n'y a pas de quoi avoir peur. »

Ben entra timidement. Il tenait son suroît dans ses mains. Il avait l'air bizarre et nu sans chapeau. Je m'aperçus, pour la première fois, qu'il avait le crâne rasé. Il semblait différent, terrible.

On eût dit que la lumière l'éblouissait. Il regardait d'un air idiot autour de la pièce en clignant ses petits yeux. Il m'aperçut et me fit un sourire pâle et presque

tremblant... Je ne sais pas s'il m'avait ou non recon-
nue. Puis Favell s'avança lentement et resta debout
devant lui.

« Bonjour, lui dit-il. Qu'est-ce que tu es devenu
depuis notre dernière rencontre ? »

Ben le regarda. Il n'y avait aucune expression sur
son visage. Il ne répondit pas.

« Voyons, dit Favell. Tu sais bien qui je suis, non ? »

Ben continuait à rouler son suroît dans ses doigts.

« Hein ? fit-il.

— Prends une cigarette », dit Favell en lui tendant
la boîte.

Ben regarda Maxim et Frank.

« Oui, oui, dit Maxim, prends-en autant que tu en
veux. »

Ben prit quatre cigarettes et en glissa deux derrière
chaque oreille. Puis il recommença à rouler son
couvre-chef.

« Tu me reconnais, n'est-ce pas ? » insista Favell.

Mais Ben ne répondait toujours pas. Le colonel
Julyan s'approcha de lui. « Vous allez rentrer chez
vous dans un moment, Ben, dit-il. Personne ne vous
fera de mal. Nous voudrions seulement que vous
répondiez à une ou deux questions. Vous connaissez
M. Favell, n'est-ce pas ? »

Cette fois Ben secoua la tête.

« Je l'ai jamais vu, dit-il.

— Ne fais pas l'idiot, dit brutalement Favell. Tu
sais très bien que tu me connais. Tu m'as vu à la maisonnette de la plage, la maisonnette de Mme de Winter. Tu m'y as vu, n'est-ce pas ?

— Non, dit Ben. J'ai vu personne.

— Sale bougre d'idiot de menteur, dit Favell. Tu
diras encore que tu ne m'as jamais vu, l'année dernière, me promener dans ces bois, avec Mme de Winter et rentrer dans la maisonnette ? Est-ce que nous
ne t'avons pas surpris une fois à nous espionner par la
fenêtre ?

— Hein ? fit Ben.

— Voilà un témoin convaincant », dit le colonel
Julyan sarcastique.

Favell se tourna vers lui.

« C'est un coup monté, dit-il. Quelqu'un a donné de l'argent à cet idiot pour qu'il se taise. Je vous dis qu'il m'a vu des douzaines de fois. Là ! Est-ce que ça te rafraîchira la mémoire ? »

Il fouilla dans sa poche-revolver et en sortit un portefeuille. Il agita un billet d'une livre devant Ben.

« Tu me reconnais maintenant ? » dit-il.

Ben secoua la tête.

« J'ai jamais vu », dit-il, puis, saisissant le bras de Frank : « Est-ce qu'il est venu pour m'emmener à l'asile ? demanda-t-il.

— Mais non, dit Frank, bien sûr que non, Ben.

— Je ne veux pas aller à l'asile, dit Ben. Ils sont méchants avec le monde là-bas. Je veux rester à la maison. J'ai rien fait de mal.

— C'est très bien, Ben, dit le colonel Julyan. Personne ne veut vous mettre à l'asile. Etes-vous tout à fait sûr que vous n'avez jamais vu cet homme ?

— Non, dit Ben, je l'ai jamais vu.

— Vous vous rappelez Mme de Winter, n'est-ce pas ? continua le colonel Julyan.

Ben jeta un regard hésitant vers moi.

« Non, dit doucement le colonel, pas cette dame-là. L'autre dame qui allait à la maisonnette.

— Hein ? dit Ben.

— Vous vous rappelez la dame qui avait un bateau ? »

Ben cligna des yeux.

« Elle est partie, dit-il.

— Oui, nous savons cela, dit le colonel Julyan. Elle allait se promener en mer sur son bateau. Est-ce que vous étiez sur la plage quand elle est partie sur son bateau pour la dernière fois ? Un soir, il y a plus d'un an. Et qu'elle n'est plus revenue ? »

Ben jouait avec son suroît. Il regarda Frank, puis Maxim.

« Hein ? fit-il.

— Tu étais là, n'est-ce pas ? dit Favell en se penchant en avant. Tu as vu Mme de Winter entrer dans la maisonnette, et puis tu as vu M. de Winter aussi. Il l'a rejointe dans la maisonnette. Qu'est-ce qui s'est passé alors ? »

Ben recula jusqu'au mur.

« J'ai rien vu, dit-il. Je veux rester à la maison. J'irai pas à l'asile. Je vous ai jamais vu. Jamais. Je vous ai jamais vu avec elle dans les bois. »

Il commençait à sangloter comme un enfant.

« Salaud de crétin, dit Favell lentement, salaud de vermine. »

Ben s'essuyait les yeux avec sa manche.

« Votre témoin ne semble pas vous être d'un grand secours, dit le colonel Julyan. Cette comédie a plutôt été une perte de temps, que vous en semble ? Vous avez autre chose à lui demander ?

— C'est un complot, hurla Favell, un complot contre moi. Vous êtes tous dans le coup, tous. On a payé ce crétin, je vous dis. Payé pour qu'il débite ce sacré tissu de mensonges.

— Je crois qu'on peut laisser Ben rentrer chez lui, dit le colonel Julyan.

— Ça va, Ben, dit Maxim. Robert va vous reconduire. Et personne ne vous mettra à l'asile, ne craignez rien. Dites à Robert de lui servir quelque chose à l'office, ajouta-t-il à Frank. De la viande froide, ce qu'il voudra.

— Le prix du service rendu, dit Favell. Il a bien travaillé pour vous, Maxim. »

Frank emmena Ben. Le colonel Julyan regarda Maxim.

« Ce garçon était très effrayé, dit-il. Il tremblait comme une feuille. Je le regardais. Il n'a jamais été maltraité ?

— Non, dit Maxim, il est absolument inoffensif, et je l'ai toujours laissé tranquille.

— On a dû lui faire peur, une fois ou l'autre. Il faisait des yeux blancs comme un chien qui s'attend à être battu.

— Vous auriez dû le faire, dit Favell. Il se serait bien souvenu de moi, si vous l'aviez battu. Mais non, on va lui donner un bon souper pour sa peine. On ne le battra pas.

— Il n'a pas servi votre cause, dit le colonel avec calme. Nous en sommes toujours au même point. Vous ne possédez pas l'ombre d'une preuve contre de

Winter et vous le savez. Le motif que vous donnez ne résiste pas à l'examen. Vous dites que vous étiez le futur mari de Mme de Winter et que vous aviez des rendez-vous clandestins avec elle dans cette maisonnette sur la plage. Et même le pauvre idiot qui était ici à l'instant jure qu'il ne vous a jamais vu. Vous ne pouvez même pas prouver ce point.

— Je ne peux pas ? » dit Favell, et je le vis sourire. Il alla vers la cheminée et sonna.

« Que faites-vous ? demanda le colonel Julyan.

— Attendez, vous allez le savoir », dit Favell.

Je devinai tout de suite ce qui allait se passer. Frith répondit au coup de sonnette.

« Dites à Mrs. Danvers de venir », lui dit Favell.

Frith regarda Maxim, Maxim acquiesça de la tête. Frith sortit.

« Mrs. Danvers, est-ce que ce n'est pas la femme de charge ? demanda le colonel Julyan.

— C'était aussi une amie personnelle de Rebecca, dit Favell. Elle était auprès d'elle depuis des années, quand elle s'est mariée. On peut dire que c'est elle qui l'a élevée. Vous allez voir que Danny n'est pas un témoin de l'espèce de Ben. »

Frank revint dans la bibliothèque.

« Eté coucher Ben ? dit Favell. Vous lui avez donné un bon dîner et vous lui avez dit qu'il avait été bien sage ? Cette fois, ce sera moins commode pour le syndicat.

— Mrs. Danvers va venir, expliqua le colonel Julyan. Favell semble croire que nous tirerons quelque chose d'elle. »

Frank regarda rapidement Maxim. Le colonel Julyan vit ce regard. Je vis ses lèvres se serrer. Je n'aimais pas ça. Non, je n'aimais pas ça. Je me mis à manger mes ongles.

Nous attendions tous, regardant la porte. Et Mrs. Danvers entra. Peut-être était-ce parce que je la voyais généralement seule et que, à côté de moi, elle paraissait grande et osseuse, mais je la trouvai ce soir-là recroquevillée, rétrécie, et je remarquai qu'elle devait lever les yeux pour regarder Favell, Frank et

334

Maxim. Elle était debout sur le seuil, les mains croisées, nous regardant les uns après les autres.

« Bonsoir, Mrs. Danvers, dit le colonel Julyan.

— Bonsoir, monsieur, répondit-elle, de la voix vieille, morte, mécanique, que j'avais entendue si souvent.

— Tout d'abord, Mrs. Danvers, je voudrais vous poser une question, dit le colonel Julyan. Et cette question, la voici : étiez-vous au courant des relations de la première Mme de Winter et de M. Favell que voici ?

— Ils étaient cousins germains, dit Mrs. Danvers.

— Je ne parle pas de relations de famille, Mrs. Danvers. Je fais allusion à des rapports plus intimes.

— Je ne comprends pas très bien, monsieur.

— Allons, Danny, dit Favell, vous savez très bien où il veut en venir. Je l'ai déjà dit au colonel Julyan, mais il a l'air de ne pas me croire. Rebecca et moi, nous étions ensemble depuis des années, n'est-ce pas ? Elle était amoureuse de moi, n'est-ce pas ? »

A ma grande surprise, Mrs. Danvers le regarda un moment sans parler et il y avait du dédain dans son regard.

« Elle n'était pas amoureuse de vous, dit-elle.

— Espèce de vieille folle... », commença Favell, mais Mrs. Danvers l'interrompit.

« Elle n'était pas amoureuse de vous, ni de M. de Winter. Elle n'était amoureuse de personne. Elle méprisait tous les hommes. Elle était au-dessus de tout ça. »

Favell rougit de colère.

« Ecoutez-moi. Est-ce qu'elle ne descendait pas le sentier des bois pour me retrouver la nuit ? Est-ce qu'elle ne passait pas les week-ends à Londres avec moi ?

— Et alors ? dit Mrs. Danvers avec une soudaine violence. Et alors ? Elle avait bien le droit de s'amuser, peut-être. L'amour était un jeu pour elle, un jeu et c'est tout. Elle me l'a dit. Elle faisait tout ça pour s'amuser. Elle se moquait de vous comme des autres. Je l'ai vue rentrer, s'asseoir sur son lit et se tordre de rire en pensant à vous tous. »

Il y avait quelque chose d'horrible dans ce soudain torrent de paroles. Quelque chose d'horrible et d'inattendu. J'avais beau savoir cela, cela me révoltait. Maxim était devenu tout pâle. Favell le regardait fixement comme s'il n'avait pas compris. Le colonel Julyan tortillait sa petite moustache. Personne ne dit rien pendant quelques minutes. Et il n'y eut pas d'autre bruit que l'inévitable pluie. Puis Mrs. Danvers se mit à pleurer. Elle pleurait comme un certain matin dans la chambre à coucher. Je ne pouvais pas la regarder. Je dus me détourner. Personne ne disait rien. On n'entendait que deux bruits dans la pièce, la pluie qui tombait, et les pleurs de Mrs. Danvers. J'avais envie de crier. J'aurais voulu quitter la pièce en courant et crier, crier...

Personne n'alla vers elle pour lui parler ou la consoler. Elle pleurait toujours. Enfin, au bout d'une éternité, elle commença à se dominer. Peu à peu, ses sanglots cessèrent. Elle était debout, immobile, le visage crispé, les mains chiffonnant l'étoffe noire de sa jupe. A la fin, elle se tut. Le colonel Julyan lui parla, lentement, doucement.

« Mrs. Danvers, lui dit-il, auriez-vous idée d'une raison, si lointaine soit-elle, qui aurait pu inciter Mme de Winter à se suicider ? »

Mrs. Danvers avala sa salive. Elle continuait à froisser sa jupe. Elle secoua la tête.

« Non, dit-elle. Non.

— Vous voyez ? dit vivement Favell. C'est impossible. Elle le sait comme moi. Je vous l'ai déjà dit.

— Taisez-vous, je vous prie, dit le colonel Julyan. Laissez à Mrs. Danvers le temps de réfléchir. Nous convenons tous qu'au premier abord la chose paraît absurde et hors de question. Je ne discute pas la sincérité ni l'authenticité de cette lettre. Elle vous l'a écrite au cours des heures qu'elle a passées à Londres. Elle avait quelque chose à vous dire. Peut-être que si nous savions quelle était cette chose, nous saurions la solution de cet angoissant problème. Faites lire la lettre à Mrs. Danvers. Elle pourra peut-être nous éclairer. »

Favell haussa les épaules. Il sortit la lettre de sa

poche et la jeta par terre aux pieds de Mrs. Danvers. Elle se pencha et la ramassa. Nous regardions ses lèvres bouger tandis qu'elle la lisait. Elle la lut deux fois. Puis elle secoua la tête.

« Ça ne veut rien dire, fit-elle. Je ne sais pas à quoi elle faisait allusion. Si elle avait eu quelque chose d'important à confier à M. Jack, elle m'en aurait parlé d'abord.

— Vous ne l'avez pas vue ce soir-là ?

— Non, j'étais sortie. J'ai passé l'après-midi et la soirée à Kerrith. Je ne me le pardonnerai jamais. Jamais jusqu'à mon dernier jour.

— Ainsi, vous ne lui connaissiez aucune préoccupation, vous n'avez aucune suggestion à nous faire, Mrs. Danvers ? Ces mots : *J'ai quelque chose à te dire* n'évoquent rien pour vous ?

— Non, monsieur, répondit-elle. Rien du tout.

— Quelqu'un sait-il comme elle a passé cette journée à Londres ? »

Personne ne répondit. Maxim secoua la tête. Favell jurait tout bas.

« Ecoutez, dit-il, elle a déposé cette lettre chez moi à trois heures de l'après-midi. La concierge l'a vue. Elle a dû se mettre en route pour rentrer immédiatement après. Il a même fallu qu'elle roule à un train d'enfer.

— Mme de Winter avait rendez-vous chez le coiffeur de midi à une heure et demie, dit Mrs. Danvers. Je me le rappelle, parce que j'avais téléphoné quelques jours auparavant. De midi à une heure trente. Elle déjeunait toujours à son club quand elle sortait de chez le coiffeur, pour pouvoir garder les épingles. Il est à peu près certain qu'elle y a déjeuné ce jour-là aussi.

— Disons qu'elle a mis une demi-heure à déjeuner. Qu'a-t-elle fait de deux à trois ? Il faudrait vérifier cela, dit le colonel Julyan.

— Bonté du sort ! qu'est-ce que ça peut bien faire ? s'écria Favell. Elle ne s'est pas tuée, et c'est la seule chose qui compte.

— J'ai son agenda dans ma chambre, dit lentement Mrs. Danvers. J'ai gardé toutes ces choses. M. de Winter ne me les a jamais demandées. Il est possible qu'elle y ait noté ses rendez-vous pour ce jour-là. Elle avait de l'ordre pour ça. Elle inscrivait tout, et elle marquait d'une croix les choses qui étaient faites. Si vous pensez que cela peut servir à quelque chose, j'irai chercher cet agenda.

— Qu'en dites-vous, de Winter ? demanda le colonel Julyan. Voyez-vous une objection à ce que nous examinions cet agenda ?

— Bien sûr que non, dit Maxim. Quelle objection pourrait-il y avoir ? »

Une fois encore, je vis le colonel Julyan lui lancer un regard vif et curieux. Et cette fois, Frank le remarqua. Je vis Frank lui aussi regarder Maxim, puis tourner les yeux vers moi. Cette fois, ce fut moi qui me levai et m'approchai de la fenêtre. Il me sembla qu'il pleuvait moins fort. La furie du ciel était passée. La pluie qui tombait maintenant avait un bruit plus tranquille, et plus assourdi. La lumière grise du crépuscule s'étendait dans le ciel. Les pelouses étaient sombres et trempées. J'entendais la femme de chambre, au-dessus de moi, tirer les rideaux pour la nuit. La petite routine quotidienne se déroulait inévitablement. Les rideaux tirés, les souliers à nettoyer enlevés, le peignoir déployé sur la chaise de la salle de bains, le robinet de la baignoire ouvert. Les couvertures faites, les pantoufles devant les lits. Et nous étions là dans la bibliothèque, tous silencieux, sachant au fond de nos cœurs que le procès que l'on faisait à Maxim était une question de vie ou de mort.

Je me retournai en entendant le bruit de la porte doucement refermée. C'était Mrs. Danvers. Elle revenait, l'agenda à la main.

« J'avais raison, dit-elle tranquillement. Elle avait noté ses rendez-vous, comme je le disais. Les voilà à la date de sa mort. »

Elle ouvrit l'agenda, un petit carnet de cuir rouge. Elle le remit au colonel Julyan. Une fois encore, il sortit ses lunettes de leur étui. Il y eut un long silence tandis qu'il examinait la page. Il y avait quelque chose dans l'atmosphère à ce moment, tandis qu'il lisait la page de l'agenda et que nous attendions debout, qui m'effrayait plus que tout ce qui s'était passé au cours de cette soirée.

J'enfonçai mes ongles dans mes paumes. Je ne pouvais pas regarder Maxim. Le colonel Julyan n'entendait-il pas mon cœur battre et sauter dans ma poitrine ?

« Ah ! » fit-il, le doigt au milieu de la page.

« Il va se passer quelque chose, pensai-je, quelque chose de terrible. »

« Oui, reprit-il, c'est bien ça. Coiffeur à midi, comme Mrs. Danvers nous l'a dit. Et une croix. Elle avait donc été à ce rendez-vous. Déjeuner au club et une croix. Mais qu'est-ce que nous avons là ? Deux heures, Baker. Qui était-ce, Baker ? »

Il regarda Maxim qui secoua la tête, puis Mrs. Danvers.

« Baker ? répéta-t-elle. Elle ne connaissait pas de Baker. Je n'ai jamais entendu ce nom-là.

— Pourtant, il est noté là, dit le colonel Julyan en lui tendant l'agenda. Voyez vous-même : Baker. Elle a fait une grande croix à côté comme si elle avait voulu casser le crayon. Elle a certainement vu ce Baker, quel qu'il soit. »

Mrs. Danvers regardait le nom inscrit dans l'agenda et la croix noire à côté.

« Baker, dit-elle, Baker ?

— Je pense que si nous savions qui était Baker, nous toucherions au fond de la chose, dit le colonel Julyan. Elle n'était pas entre les mains d'usuriers, n'est-ce pas ? »

Mrs. Danvers le toisa avec dédain.

« Mme de Winter ? dit-elle.

— Ou alors de maîtres chanteurs ? » continua le colonel Julyan avec un regard vers Favell.

Mrs. Danvers secoua la tête.

« Baker, dit-elle, Baker ?

— Elle n'avait pas d'ennuis, personne qui l'eût menacée, personne dont elle eût peur ?

— Mme de Winter, peur ? dit Mrs. Danvers. Elle n'avait peur de rien, ni de personne. Il n'y avait qu'une chose qui la tourmentait, l'idée de vieillir, d'être malade, de mourir dans son lit. Elle me l'a dit cent fois. "Quand je m'en irai, Danny, je veux que ça aille vite, comme quand on souffle une bougie." C'est la seule chose qui m'ait consolée après sa mort. Il paraît qu'on ne souffre pas en se noyant, dites ? »

Le colonel Julyan ne répondit pas. Il hésitait, tordait sa moustache. Je le vis lancer un nouveau regard vers Maxim.

« A quoi bon toutes ces fariboles ? dit Favell en s'avançant. Nous nous écartons de la question. Qu'est-ce que Baker a à faire dans tout ça ? C'est probablement un marchand de bas de soie ou de produits de beauté. S'il avait eu la moindre importance, Danny l'aurait connu. Rebecca n'avait pas de secrets pour Danny. »

Mais je regardais Mrs. Danvers. Elle tenait le carnet et en tournait les pages. Soudain, elle eut une exclamation :

« Il y a quelque chose là, dit-elle, à la dernière page avec les numéros de téléphone : Baker. Et un numéro à côté : 0488, mais il n'y a pas le nom du bureau.

— Bravo, Danny ! dit Favell. Vous devenez maligne sur vos vieux jours. Mais c'est un an trop tard.

— Oui, dit le colonel Julyan ; voilà le numéro 0488 à côté de Baker. Pourquoi n'a-t-elle pas mis le nom du bureau ?

— Essayez tous les bureaux de Londres, ricana Favell. Cela vous prendra toute la nuit, mais nous ne sommes pas pressés. Max ne regarde pas à la note du téléphone, n'est-ce pas, Max ? Vous voulez gagner du temps, et c'est ce que je ferais si j'étais à votre place.

— Il y a quelque chose à côté du numéro mais on ne voit pas très bien ce que ça veut dire, fit le colonel Julyan. Jetez un coup d'œil, Mrs. Danvers. Est-ce que ce ne serait pas une M ? »

Mrs. Danvers reprit l'agenda.

« Peut-être, dit-elle, d'un air de doute. Ce n'est pas comme ça qu'elle faisait les M en général mais elle a peut-être griffonné ça vite. Oui, ce pourrait être une M.

— Mayfair 0488, dit Favell, quel cerveau, quel génie !

— Alors ? dit Maxim allumant sa première cigarette. Il faut faire quelque chose. Frank, allez téléphoner à Londres et demandez Mayfair 0488. »

La douleur était aiguë dans ma poitrine. Je me tenais immobile, les mains tombantes. Maxim ne me regardait pas.

« Allez, Frank, dit-il. Qu'est-ce que vous attendez ? »

Frank alla dans la petite pièce. Nous attendîmes tandis qu'il demandait le numéro. Il revint au bout d'un moment. « On me rappellera », dit-il à mi-voix. Le colonel Julyan croisa ses mains derrière son dos et se mit à marcher de long en large dans la pièce. Personne ne disait rien. Au bout de quatre minutes à peu près, la sonnerie du téléphone se mit à retentir, aiguë, insistante, sur cette note agaçante et monotone qui annonce les communications interurbaines. Frank alla répondre : « Mayfair 0488 ? dit-il. Pouvez-vous me dire si vous avez ici quelqu'un du nom de Baker ? Ah ? Excusez-moi. Oui, j'ai dû me tromper de numéro. Merci beaucoup. »

Le petit déclic du récepteur raccroché. Puis il revint dans la bibliothèque. « C'est une Lady Eastleigh qui a le numéro Mayfair 0488. C'est une maison de Grosvenor Street. On n'a jamais entendu parler de Baker. »

Favell eut un grand rire gloussant.

« Eh bien, il faut continuer, monsieur le détective en chef. Quel est le bureau suivant sur votre liste ?

— Essayez à Museum », dit Mrs. Danvers.

Frank regarda Maxim.

« Allez-y », dit Maxim.

La comédie recommença. Le colonel Julyan reprit sa promenade à travers la pièce. De nouveau, cinq minutes se passèrent et la sonnerie du téléphone recommença à tinter. Frank alla répondre. Il avait laissé la porte grande ouverte ; je le voyais penché sur la table du téléphone.

« Allô ? Museum 0488 ? Pourriez-vous me dire si vous avez ici quelqu'un du nom de Baker ? Oh !... Ah ! Qui parle ? Un gardien de nuit ? Oui. Oui, je comprends. Pas de bureaux. Non, naturellement. Pourriez-vous me donner l'adresse ? Oui, c'est assez important. » Il s'interrompit. Il nous dit par-dessus son épaule : « Je crois que nous le tenons. »

Oh ! Dieu, fais que ce ne soit pas vrai. Fais qu'on ne trouve pas Baker. Mon Dieu, je t'en prie, fais que Baker soit mort. Je savais qui était Baker. Je l'avais su tout de suite. Je regardais Frank à travers la porte, je le vis se pencher tout à coup, saisir un crayon et un bout de papier. « Allô ? Non, je ne quitte pas. Pourriez-vous épeler ? Merci. Merci beaucoup. Bonsoir. » Il revint dans la bibliothèque, le bout de papier à la main. Frank qui aimait Maxim, et qui ne savait pas que ce bout de papier qu'il tenait était le seul élément de preuve qui eût quelque valeur dans tout le cauchemar de cette soirée, et qu'en le produisant il pouvait détruire Maxim aussi sûrement que s'il avait eu un poignard à la main et qu'il l'eût frappé dans le dos !

« C'était le gardien de nuit d'une maison de Bloomsbury, dit-il. Personne n'y habite. Elle était louée par un docteur qui y donnait ses consultations dans la journée. Il paraît que Baker a cessé d'exercer et quitté la maison il y a six mois. Mais nous le retrouverons facilement. Le gardien m'a donné son adresse. Je l'ai inscrite sur ce papier. »

CHAPITRE XXIV

Ce fut à ce moment que Maxim me regarda. Il me regarda pour la première fois de la soirée. Et je lus l'adieu dans ses yeux. C'était comme s'il avait été accoudé au bastingage d'un paquebot et que je fusse restée au-dessous de lui sur le quai. D'autres gens toucheraient son épaule, toucheraient la mienne, mais nous ne les verrions pas. Et nous ne nous parlerions plus, car le vent et la distance dissiperaient le son de nos voix. Mais je verrais ses yeux et il verrait les miens avant que le paquebot quittât le quai. Favell, Mrs. Danvers, le colonel Julyan, Frank avec son bout de papier à la main, n'existeraient plus en cet instant.

Elle était à nous, inviolée, cette fraction de temps suspendue entre deux secondes. Puis il se détourna et tendit la main vers Frank.

« Parfait, dit-il. Et quelle est cette adresse ?

— Quelque part près de Barnet, dans la banlieue nord de Londres, dit Frank en lui remettant le papier. Mais il n'y a pas de téléphone. Nous ne pouvons pas l'appeler.

— Bien travaillé, Crawley, dit le colonel Julyan, et vous aussi, Mrs. Danvers. Est-ce que la chose s'en trouve un peu éclaircie pour vous à présent ? »

Mrs. Danvers secoua la tête.

« Mme de Winter n'a jamais eu besoin de docteur. Comme tous les gens forts, elle les méprisait. Nous avons juste fait venir une fois le docteur Phillips de Kerrith quand elle s'est foulé le poignet. Je n'ai jamais entendu parler de ce docteur Baker, elle n'a jamais prononcé son nom devant moi.

— Je vous ai dit que ce devait être un fabricant de produits de beauté, dit Favell. Et qu'est-ce que ça peut bien faire ? Si c'était important, Danny le saurait. Je vous dis que ça doit être une espèce de fou qui a découvert un nouveau procédé pour teindre les cheveux ou blanchir la peau ; on aura donné son adresse à Rebecca ce matin-là chez le coiffeur et elle y aura été après le déjeuner par pure curiosité.

— Non, dit Frank, je crois que vous vous trompez. Baker n'était pas un charlatan. Le gardien de nuit du Museum 0488 m'a dit que c'était un gynécologue très connu.

— Hum, dit le colonel Julyan, tirant sur sa moustache, elle aurait donc eu quelque chose tout de même. C'est curieux qu'elle n'en ait dit mot à personne, pas même à vous, Mrs. Danvers.

— Elle était trop maigre, dit Favell. Je le lui disais, mais elle ne faisait qu'en rire. Elle disait que ça lui allait. Peut-être a-t-elle consulté ce Baker pour lui demander un régime.

— Cela vous paraît-il possible, Mrs. Danvers ? » demanda le colonel Julyan.

Mrs. Danvers secoua doucement la tête. Elle semblait abasourdie par ce que nous venions d'apprendre sur Baker.

« Je ne comprends pas, dit-elle. Je ne sais pas ce que cela signifie. Baker. Un docteur Baker. Pourquoi ne m'a-t-elle rien dit ? Pourquoi me l'a-t-elle caché ? Elle me racontait tout.

— Peut-être ne voulait-elle pas vous inquiéter, dit le colonel Julyan. Sans doute avait-elle pris rendez-vous avec lui, l'a-t-elle consulté, et vous aurait-elle mise au courant à son retour.

— Et la lettre à M. Jack ? dit soudain Mrs. Danvers. Cette lettre à M. Jack : "J'ai quelque chose à te dire. Il faut que je te voie." Elle voulait le mettre au courant lui aussi ?

— C'est vrai, dit lentement Favell. Nous oublions la lettre. » Il la sortit une fois encore de sa poche et lut tout haut : "J'ai quelque chose à te dire et je voudrais te voir le plus tôt possible. Rebecca."

— Il n'y a aucun doute, dit le colonel Julyan en se tournant vers Maxim. Je parierais mille livres là-dessus. Elle voulait raconter à Favell le résultat de la consultation chez le docteur Baker.

— Vous devez avoir raison après tout, dit Favell. Il semble qu'il y ait un rapport entre la lettre et ce rendez-vous. Mais de quoi s'agissait-il, bon Dieu ? C'est ça que je voudrais savoir ? Qu'est-ce qu'elle avait ? »

La vérité éclatait devant eux et ils ne la voyaient pas. Ils étaient tous là debout à se regarder, et ils ne comprenaient pas. Je n'osais pas les regarder. Je n'osais pas bouger, de crainte de trahir ce que je savais. Maxim ne disait rien. Il était retourné à la fenêtre et regardait dans le jardin qui était silencieux, sombre et tranquille. La pluie avait enfin cessé, mais des gouttes tombaient des feuilles trempées et de la gouttière au-dessus des fenêtres.

« Ce doit être facile à vérifier, dit Frank. Voici l'adresse actuelle du docteur. Je peux lui écrire et lui demander s'il se rappelle un rendez-vous de l'an dernier avec Mme de Winter ?

— Je ne sais s'il en tiendrait compte, dit le colonel Julyan. Le secret professionnel, vous savez. La seule façon d'en tirer quelque chose serait que de Winter le vît en particulier et lui expliquât les circonstances. Qu'en dites-vous, de Winter ? »

Maxim quitta la fenêtre.

« Je suis prêt à faire tout ce que vous jugerez utile, dit-il tranquillement.

— Autant de temps de gagné, hein ? dit Favell. On peut faire bien des choses en vingt-quatre heures. Attraper un train, monter dans un paquebot, s'envoler en avion. »

Je vis le regard intense de Mrs. Danvers aller vivement de Favell à Maxim et je m'aperçus alors que Mrs. Danvers n'était pas au courant de l'accusation de Favell. Elle commençait enfin à comprendre. Je le lisais sur son visage. Le doute y était inscrit, puis l'étonnement et la haine mêlés, puis la certitude. Une fois de plus ses longues mains osseuses serrèrent convulsivement l'étoffe de sa robe et elle passa sa langue sur ses lèvres. Elle continuait à regarder Maxim. Elle ne le quittait pas des yeux. C'est trop tard, pensai-je, elle ne peut plus rien contre nous, le mal est fait. Maxim parlait au colonel Julyan.

« Que proposez-vous ? dit-il. Dois-je aller demain matin à cette adresse à Barnet ? Je peux télégraphier à Baker pour qu'il m'attende.

— Il n'ira pas seul, dit Favell avec un rire bref. J'ai le droit d'exiger cela, non ? Envoyez-le avec l'inspecteur Welch et je ne ferai aucune objection. »

Si seulement Mrs. Danvers ne regardait pas Maxim comme ça. Frank aussi l'avait remarqué. Il la considérait, perplexe, anxieux. Je le vis jeter un coup d'œil sur le bout de papier où il avait noté l'adresse du docteur Baker. Puis il considéra Maxim. Je pense qu'une intuition de la vérité dut se faire jour à ce moment dans sa conscience, car il devint très pâle et posa le papier sur la table.

« Je ne vois pas la nécessité de faire intervenir l'inspecteur Welch dans cette affaire... pour le moment », dit le colonel Julyan.

Sa voix était différente, plus rude. Je n'aimai pas la façon dont il dit « pour le moment ». Pourquoi avait-il dit ça ? « Si j'accompagne de Winter, reste avec lui tout le temps et le ramène ici, cela vous suffira-t-il ? » demanda-t-il.

Favell regarda Maxim, puis le colonel Julyan. L'expression de son visage était laide, calculatrice, et il y avait aussi une lueur de triomphe dans ses yeux bleu clair.

« Oui, fit-il lentement. Je pense que oui. Mais pour plus de sûreté, ça ne vous ferait rien que je vienne aussi ?

— Non, dit le colonel Julyan. Je crois malheureusement que vous avez le droit de demander ça. Mais si vous venez, j'ai le droit, moi, d'exiger que vous ne soyez pas ivre.

— Ne vous en faites pas pour ça, dit Favell qui se mit à sourire. Je serai très sobre. Sobre comme le juge quand il condamnera Maxim dans trois mois. Je commence à croire que ce docteur Baker va nous donner la preuve de ma thèse. »

Il nous regarda l'un après l'autre et se mit à rire. Je crois que lui aussi avait enfin compris le sens de cette visite au docteur.

« Eh bien, dit-il, à quelle heure partons-nous demain matin ? »

Le colonel Julyan regarda Maxim.

« A quelle heure pouvez-vous être prêt ?

— A l'heure que vous voudrez, dit Maxim.

— Neuf heures ?

— Neuf heures, dit Maxim.

— Et comment savoir s'il ne filera pas cette nuit ? dit Favell. Il n'aurait qu'à aller au garage et prendre sa voiture.

— Ma parole vous suffit-elle ? » dit Maxim en se tournant vers le colonel Julyan. Et pour la première fois, le colonel Julyan hésita. Je le vis regarder Frank. Et une rougeur couvrit le visage de Maxim. Je vis la petite veine battre sur son front.

« Mrs. Danvers, dit-il lentement, lorsque Mme de Winter et moi monterons nous coucher ce soir, voudrez-vous venir vous-même fermer la porte à clef, de l'extérieur ? Et vous nous réveillerez demain à sept heures.

— Oui, monsieur », dit Mrs. Danvers. Elle avait

toujours les yeux fixés sur lui et ses mains continuaient à chiffonner sa jupe.

« Entendu comme cela, dit le colonel Julyan avec brusquerie. Je serai là à neuf heures précises. Vous aurez de la place pour moi dans votre voiture, de Winter ?

— Oui, dit Maxim.

— Et Favell nous suivra dans la sienne ?

— Sur vos talons, mon cher ami, sur vos talons », dit Favell.

Le colonel Julyan vint à moi et me prit la main.

« Bonne nuit, dit-il. Je n'ai pas besoin de vous dire ce que j'éprouve pour vous en ce moment. Tâchez de faire coucher votre mari de bonne heure. Il aura une journée fatigante. »

Il garda ma main un instant puis s'éloigna. Il évitait mes yeux. Il regardait mon menton. Frank tint la porte ouverte pour le laisser sortir. Favell se pencha et prit dans la boîte à cigarettes de quoi remplir son étui.

« Je ne pense pas qu'on me garde à dîner », dit-il.

Personne ne répondit. Il alluma une des cigarettes et souffla un nuage de fumée.

« Je passerai donc une soirée très calme à l'auberge du Grand-Chemin, dit-il, et la servante louche. Quelle nuit, bon Dieu ! Ça ne fait rien, je penserai à demain. Bonne nuit, Danny, ma vieille, n'oubliez pas d'enfermer M. de Winter, n'est-ce pas ? »

Il vint à moi, la main tendue.

Comme une enfant mal élevée, je mis les miennes derrière mon dos. Il rit et s'inclina.

« Quel dommage, n'est-ce pas ? dit-il. Un vilain monsieur comme moi qui vient tout vous gâter. Ne vous en faites pas, ce sera passionnant pour vous quand la presse à scandale commencera à publier l'histoire de votre vie et que vous verrez en manchette : De Monte-Carlo à Manderley. Les aventures de la femme d'un assassin. Meilleure chance la prochaine fois. »

Il s'en alla en faisant un signe de la main vers Maxim resté près de la fenêtre.

« A bientôt, mon vieux, dit-il. Faites de beaux rêves

et profitez bien de votre nuit derrière la porte verrouillée. »

Il se retourna vers moi en riant puis sortit. Mrs. Danvers le suivit. Maxim et moi nous étions seuls. Il restait près de la fenêtre. Il ne s'approchait pas de moi. Jasper vint du hall en trottinant. Il avait été tenu à l'écart toute la soirée. Il s'élança vers moi, mordillant le bord de ma jupe.

« J'irai avec toi demain, dis-je à Maxim. J'irai à Londres avec toi en voiture. »

Il ne répondit pas tout de suite. Il continuait à regarder par la fenêtre. Puis : « Oui, dit-il, d'une voix sans expression. Oui, il faut rester ensemble. »

Frank revint. Il s'arrêta, la main sur la poignée de la porte.

« Ils sont partis, dit-il. Favell et le colonel Julyan.

— C'est bien, Frank, dit Maxim.

— Est-ce que je peux faire quelque chose pour vous ? dit Frank. Télégraphier, arranger quelque chose ? Je ne demande pas mieux que de veiller toute la nuit si cela peut vous être utile. Ah ! je vais envoyer cette dépêche à Baker.

— Ne vous tourmentez pas, dit Maxim. Il n'y a rien à faire... pour l'instant. Plus tard, peut-être. Nous verrons ça, le moment venu. Ce soir nous voulons être seuls. Vous nous comprenez, n'est-ce pas ?

— Oui, dit Frank, bien sûr. »

Il attendit un instant, sur le seuil.

« Bonsoir, dit-il.

— Bonsoir », fit Maxim.

Quand Frank fut parti, la porte refermée sur lui, Maxim vint à moi près de la cheminée. J'ouvris mes bras et il s'abattit contre moi comme un enfant. Je refermai mes bras sur lui. Nous restâmes longtemps ainsi sans rien dire. Je le tenais contre moi et le consolais comme j'aurais consolé Jasper si Jasper s'était blessé et était venu se plaindre à moi.

« Tu viendras à côté de moi dans la voiture, dit-il.

— Oui, fis-je.

— Julyan ne dira rien.

— Non.

— Nous aurons aussi la nuit de demain, dit-il. Ils

ne feront rien tout de suite, peut-être pas avant vingt-quatre heures.

— Non, dis-je.

— On n'est plus si strict, maintenant, dit-il. On vous laisse voir des gens. Et ça dure très longtemps. Je tâcherai d'avoir Hastings, si je peux. C'est le meilleur. Hastings ou Birkett. Hastings connaissait mon père.

— Oui, dis-je.

— Il faudra que je lui dise la vérité, dit-il. C'est plus commode pour eux. Ils savent où ils en sont. »

La porte s'ouvrit et Frith entra. J'écartai Maxim. J'étais debout, raide et conventionnelle, arrangeant mes cheveux.

« Est-ce que je peux servir ? demanda-t-il.

— Oui, Frith, nous ne nous habillerons pas ce soir.

— Bien, madame. »

Il laissa la porte ouverte. Robert vint fermer les rideaux. Il arrangea les coussins, remit en ordre les livres et les journaux sur la table. Il emporta le whisky et le soda et les cendriers sales. Je l'avais vu faire ces choses qu'il accomplissait comme un rite, presque tous les soirs depuis que j'étais à Manderley, mais ce soir, ces gestes prenaient un sens particulier, comme si leur souvenir devait durer toujours pour que je puisse dire longtemps après, dans une autre existence : « Je me rappelle cet instant. »

Puis Frith vint annoncer le dîner.

Je me rappelle tous les détails de cette soirée. Je me rappelle le consommé glacé en tasses et les filets de sole et l'épaule d'agneau.

Je me rappelle la crème et le goût âcre du caramel.

Il y avait des bougies neuves dans les flambeaux d'argent, elles étaient blanches, minces et très hautes. Ici aussi, les rideaux fermés éloignaient la lueur morne et grise du soir. Cela semblait étrange d'être assis dans la salle à manger et de ne pas voir les pelouses. C'était comme un début d'automne.

Nous prenions le café dans la bibliothèque quand la sonnerie du téléphone retentit. Cette fois, ce fut moi qui répondis. Je reconnus la voix de Béatrice à l'autre bout du fil.

« C'est vous ? dit-elle, j'ai essayé plusieurs fois de téléphoner. Ce n'était pas libre.

— Oh ! dis-je, comme c'est ennuyeux.

— Nous avons reçu les journaux du soir, il y a environ deux heures, dit-elle, et le verdict nous a donné un coup. Qu'en dit Maxim ?

— Ç'a été un choc pour tout le monde, dis-je.

— Mais, ma chère, la chose est absurde. Pourquoi Rebecca se serait-elle suicidée ? C'était la dernière personne au monde à faire une chose pareille. Il doit y avoir une méprise.

— Je ne sais pas, dis-je.

— Qu'est-ce que Maxim en dit ? Où est-il ?

— Nous avons eu du monde, le colonel Julyan et d'autres gens. Maxim est très fatigué. Nous allons à Londres demain.

— Pour quoi faire, grand Dieu ?

— C'est en rapport avec le verdict. Je ne peux pas très bien vous expliquer.

— Vous devriez le faire casser, dit-elle. C'est ridicule, complètement ridicule. Et c'est si mauvais pour Maxim, toute cette affreuse publicité. Cela va lui faire du mal.

— Oui, dis-je.

— Le colonel y peut sûrement quelque chose, dit-elle. C'est un magistrat. A quoi servent les magistrats ? Le vieil Horridge de Lanyon doit avoir perdu la tête. Et quel est le motif supposé ? C'est la chose la plus absurde que j'aie entendue de ma vie. Il faudrait parler à Tabbe. Comment peut-il savoir si ces trous dans le bateau ont été faits exprès ou non ? Giles dit que ce sont sûrement les rochers.

— Ils ont l'air de penser que non.

— Si seulement j'avais pu y aller, dit-elle. J'aurais exigé qu'on m'entende. Personne ne semble avoir fait aucun effort. Maxim est-il très bouleversé ?

— Il est fatigué, dis-je. Surtout fatigué.

— Je voudrais pouvoir venir à Londres avec vous, dit-elle, mais cela ne me paraît guère possible. Roger a une grosse fièvre, le pauvre gosse, et l'infirmière que nous avons est complètement idiote, il la déteste. Je ne peux absolument pas le quitter.

— Bien sûr, dis-je, il ne faut pas.

— Où serez-vous à Londres ?

— Je ne sais pas. Tout ça est assez vague.

— Dites à Maxim qu'il essaie d'obtenir qu'on change ce verdict. C'est si désagréable pour la famille. Je dis à tout le monde que c'est archifaux. Rebecca ne se serait jamais tuée. Ce n'était pas la femme à ça. J'ai bien envie d'écrire moi-même au coroner.

— C'est trop tard, dis-je, Il vaut mieux ne pas s'en occuper. Cela ne servirait à rien.

— Je suis suffoquée par tant de bêtise, dit-elle. Giles et moi pensons que si ces trous n'ont pas été faits par les rochers, alors ils sont l'œuvre d'un vagabond, ou autre. Un communiste peut-être. Il y en a des tas par ici. C'est assez dans la manière communiste. »

Maxim m'appela de la bibliothèque.

« Tu ne peux pas l'envoyer promener ? De quoi est-ce qu'elle parle ?

— Béatrice, dis-je à bout de patience, j'essaierai de vous téléphoner de Londres.

— Et si j'avisais Dick Godolphin ? dit-elle. C'est votre député. Je le connais très bien, beaucoup mieux que Maxim. Il a été à Oxford avec Giles. Demandez à Maxim s'il veut que je téléphone à Dick et voie si on peut faire casser ce verdict. Demandez à Maxim ce qu'il en pense de mon idée du communiste.

— Ce n'est pas la peine, dis-je. Ça ne servira à rien. Je vous en prie, Béatrice, n'entreprenez rien. Cela ne pourrait que faire du mal, beaucoup de mal. Rebecca pouvait avoir un motif que nous ignorons. Et je ne crois pas que les communistes percent des trous dans les bateaux, pour quoi faire ? Je vous en prie, Béatrice, ne vous occupez de rien. »

Quelle chance qu'elle ne soit pas venue avec nous aujourd'hui. Dieu soit loué au moins pour cela. Quelque chose bourdonnait dans le téléphone. J'entendis Béatrice crier : « Allô, allô, ne coupez pas ! » puis il y eut un déclic, et le silence.

Je revins exténuée dans la bibliothèque. Quelques minutes plus tard, le téléphone se remit à sonner. Je ne bougeai pas. Je le laissai sonner. J'étais assise aux pieds de Maxim. La sonnerie continuait. Je ne me levai pas. Elle finit par se taire comme dans un sursaut d'exaspération. Maxim m'enlaça et m'attira à lui. Nous nous mîmes à nous embrasser fébrilement, désespérément, comme deux amants coupables qui s'embrassent pour la première fois.

CHAPITRE XXV

Quand je m'éveillai le lendemain un peu après six heures, me levai et allai à la fenêtre, il y avait un brouillard de rosée comme de la gelée sur le gazon, et les arbres étaient enveloppés de brume blanche. Il y avait une fraîcheur dans l'air, un petit vent vif et l'odeur froide et calme de l'automne.

Agenouillée sur le rebord de la fenêtre, regardant la roseraie où les fleurs se penchaient sur leurs tiges, les pétales bruns et fripés par la pluie du soir, je voyais les événements de la veille dans un lointain irréel. Ici, à Manderley, un jour nouveau commençait, les choses du jardin n'étaient pas atteintes par nos soucis. Un merle vola au-dessus de la roseraie vers les pelouses, à coups d'ailes courts et rapides, descendant de temps à autre pour picorer la terre de son bec jaune. Une grive, elle aussi, vaquait à ses affaires, de même que deux petits hochequeues se poursuivant et qu'un groupe bruyant de moineaux.

Une mouette planait haut dans l'air, silencieuse et solitaire, puis elle agita ses ailes et disparut vers les bois et la Vallée Heureuse. Ces choses continuaient, nos soucis, nos angoisses ne pouvaient les altérer. Bientôt les jardiniers apparaîtraient qui balaieraient des pelouses les premières feuilles tombées et ratisseraient les allées. Des seaux tinteraient dans la cour derrière la maison, la petite fille de cuisine commencerait à bavarder à travers la porte ouverte avec les hommes de la ferme. L'odeur chaude du jambon monterait dans la cuisine. Les femmes de chambre ouvriraient la maison, écarteraient les battants des fenêtres, sépareraient les rideaux.

Les chiens sortiraient de leur corbeille en rampant, bâilleraient, s'étireraient, courraient sur la terrasse et cligneraient des yeux en regardant les premiers efforts du soleil pâle pour sortir de la brume. Robert mettrait le couvert pour le petit déjeuner, apporterait les scones, les œufs, les assiettes de cristal pleines de miel ou de confitures, la coupe de pêches, la corbeille de raisins noirs tout frais cueillis dans la serre et couverts encore de buée.

Les femmes de chambre balayant le petit salon, le salon ; l'air pur et frais entrant par les hautes fenêtres. La fumée montant des cheminées, et le brouillard d'automne se dissipant peu à peu ; les arbres, les talus et les bois dégageant leurs formes ; la surface de la mer luisant au soleil au-delà de la vallée ; le phare haut dressé sur le promontoire.

La paix de Manderley. Quiétude et grâce. Quelque vie qui s'écoulât dans ses murs, quelque souci qui y rampât, quelque malaise et quelque odeur qu'on y éprouvât, quelques larmes qu'on y versât, la paix de Manderley ne pouvait pas être abolie, ni sa beauté détruite. Les fleurs mortes s'épanouiraient une autre année, les mêmes oiseaux bâtiraient leurs nids, les mêmes arbres refleuriraient. Cette vieille et calme odeur de mousse s'épandrait dans l'air, et les abeilles reviendraient et les grillons s'installeraient dans la profondeur des bois. Il y aurait toujours des lilas et des chèvrefeuilles, et les boutons du magnolia blanc s'ouvriraient lentement sous les fenêtres de la salle à manger. Rien n'atteindrait jamais Manderley. Il reposerait toujours dans sa coupe comme une chose enchantée, gardé par les bois, préservé, tandis que la mer se briserait, s'éloignerait et reviendrait sur la petite plage de galets.

Maxim continuait à dormir et je ne le réveillai pas. Notre journée allait être longue et fatigante. La grand-route avec les poteaux télégraphiques, puis les lents encombrements de Londres. Nous ne savions pas ce qui nous attendait à la fin du voyage. Quelque part, au nord de Londres, vivait un homme nommé

Baker qui n'avait jamais entendu parler de nous, mais qui tenait notre avenir dans le creux de sa main. Bientôt, il s'éveillerait lui aussi, s'étirant, bâillant, vaquant à ses occupations quotidiennes. Je quittai la fenêtre et m'en allai préparer mon bain. Ces menues besognes prenaient pour moi la même signification que les gestes de Robert rangeant la bibliothèque, la veille au soir. J'avais fait ces choses automatiquement bien des fois mais c'est avec conscience aujourd'hui que je plongeai mon éponge dans l'eau, que je disposai mon peignoir sur la chaise, que je m'étendis dans la baignoire et laissai couler l'eau sur mon corps. Chaque instant était précieux, contenait une essence d'infini.

Quand je revins dans la chambre pour m'habiller, j'entendis un pas léger s'arrêter devant la porte, et la clef tourner doucement dans la serrure. Il y eut un instant de silence, et le pas s'éloigna. C'était Mrs. Danvers.

Elle n'avait pas oublié. J'avais entendu le même bruit la veille au soir, quand nous étions remontés de la bibliothèque. Elle n'avait pas frappé à la porte, elle ne s'était pas fait connaître ; il n'y avait eu que le bruit des pas et le mouvement de la clef dans la serrure. Cela me ramena à la réalité et au sentiment de l'avenir imminent.

Je finis de m'habiller et allai préparer le bain de Maxim. Clarice apportait notre thé. Je réveillai Maxim. Il me regarda tout d'abord comme un enfant étonné, puis il me tendit les bras. Nous bûmes notre thé. Il se leva pour aller prendre son bain, et je me mis à faire méthodiquement ma valise. Peut-être serions-nous obligés de coucher à Londres.

J'emballai les brosses que Maxim m'avait données, une chemise de nuit, un peignoir et mes pantoufles, une robe et une paire de souliers de rechange. Ma valise avait un air incongru quand je la sortis du fond d'un placard. Il me semblait que je ne m'en étais pas servie depuis très longtemps ; pourtant, il n'y avait que quatre mois. Elle portait encore la marque à la craie de la douane de Calais. Je retrouvai dans une des poches un billet de concert du casino de Monte-Carlo.

Je le chiffonnai et le jetai dans la corbeille à papier. Il appartenait à une autre époque, à un autre univers.

Ma chambre commençait à ressembler à toutes les chambres que l'on quitte. La coiffeuse était nue sans mes brosses. Il y avait du papier de soie et une vieille étiquette par terre. Les lits où nous avions dormi avaient un air terriblement vacant. Les serviettes froissées encombraient le sol de la salle de bains. Je mis mon chapeau pour n'avoir pas à remonter, et pris mon sac, mes gants, ma valise. Je regardai autour de moi afin de m'assurer que je n'avais rien oublié. La brume se dissipait, le soleil perçait à travers et lançait des dessins sur le tapis. Arrivée à mi-chemin dans le couloir, j'eus l'impression bizarre, inexplicable, que je devais retourner en arrière et regarder encore dans ma chambre. Je restai un moment à contempler le placard ouvert et le lit vide, et le plateau du thé sur la table. Je les regardai, les enregistrant à jamais dans ma pensée, me demandant d'où ces choses tenaient leur pouvoir de me toucher, de m'attrister, comme des enfants qui voudraient m'empêcher de partir.

Je descendis déjeuner. Il faisait froid dans la salle à manger dont le soleil n'atteignait pas encore les fenêtres, et le café bouillant, le jambon réconfortant étaient les bienvenus.

Maxim et moi mangions en silence. De temps à autre, il regardait la pendule. J'entendis Robert poser les valises dans le hall avec la couverture, puis le bruit de l'auto qu'on amenait devant le perron.

Je sortis sur la terrasse La pluie avait purifié l'atmosphère, et le gazon avait une odeur fraîche et douce. Il ferait bon quand le soleil serait plus haut. Je songeai à la promenade que nous aurions pu faire dans la vallée avant le déjeuner, et au repos sous le marronnier, avec des livres et des journaux. Je fermai les yeux une minute et sentis la tiédeur du soleil sur mon visage et mes mains.

Maxim m'appela. Je rentrai et Frith m'aida à mettre mon manteau. J'entendis le bruit d'une seconde voiture. C'était Frank.

« Le colonel Julyan vous attend à la grille, dit-il. Il a jugé inutile de monter jusqu'à la maison.

— Bien, dit Maxim.

— Je serai au bureau toute la journée, et j'attendrai votre coup de téléphone, dit Frank. Vous aurez peut-être besoin de moi à Londres, après avoir vu ce Baker.

— Oui, dit Maxim. Peut-être.

— Il est neuf heures juste. Vous êtes exacts. Il va faire beau. Vous aurez une belle route.

— Oui.

— J'espère que ça ne vous fatiguera pas trop, madame, me dit-il. C'est un long trajet pour vous.

— Oh ! ça ira, dis-je.

— Nous ferions mieux de partir, dit Maxim. Le vieux Julyan va s'impatienter. Au revoir, Frank. »

Je grimpai dans la voiture à côté de Maxim. Frank ferma la portière.

« Vous téléphonerez, n'est-ce pas ? dit-il.

— Naturellement », dit Maxim.

Je regardai la maison. Frith était debout sur le perron, Robert derrière lui. Mes yeux, sans raison, se remplirent de larmes. Je me penchai pour arranger ma valise à mes pieds afin que personne ne me vît pleurer. Puis Maxim mit la voiture en marche, nous tournâmes dans l'allée et la maison disparut.

Nous nous arrêtâmes à la grille pour accueillir le colonel Julyan. Il monta dans le fond de la voiture. Il parut étonné de me voir.

« Ce sera une journée fatigante, dit-il. Vous n'auriez pas dû venir. Vous pouviez me confier votre mari, vous savez.

— J'ai voulu venir », dis-je.

Il s'installa dans le coin.

« Il fait beau, c'est toujours ça, dit-il.

— Oui, fit Maxim.

— Ce type, Favell, a dit qu'il nous rejoindrait au carrefour. S'il n'y est pas, ne l'attendez pas ; nous nous passerons fort bien de lui. Je souhaite que ce garçon de malheur ne se soit pas réveillé à temps. »

Mais quand nous arrivâmes au carrefour, je vis le long capot vert de sa voiture et mon cœur se serra. J'espérais qu'il ne serait pas à l'heure. Favell était assis au volant, sans chapeau, une cigarette aux lèvres. Il grimaça un sourire en nous voyant et agita la main. Je m'installai pour la longue route, ma main sur le genou de Maxim. Les heures passèrent et les kilomètres se succédaient. Je regardai la route devant moi, dans une espèce de torpeur. Dans le fond de la voiture, le colonel Julyan dormait ; quand je me retournais, je voyais sa tête renversée dans les coussins, la bouche ouverte. L'auto verte nous suivait de près, parfois nous dépassait, parfois se laissait distancer. Mais nous ne la perdîmes jamais. A une heure, nous fîmes halte pour déjeuner dans une de ces inévitables auberges démodées de sous-préfecture. Le colonel Julyan se fit servir le menu au complet : potage, poisson, rosbif et pudding. Maxim et moi prîmes du jambon et du café.

Je m'attendais presque à voir Favell nous rejoindre dans le restaurant, mais quand nous en sortîmes, j'aperçus sa voiture devant un café de l'autre côté de la route. Il dut nous voir par la fenêtre, car nous ne roulions pas depuis trois minutes qu'il était de nouveau derrière nous.

Nous atteignîmes les faubourgs de Londres vers trois heures. C'est à ce moment que je commençais à me sentir fatiguée ; le bruit et le mouvement réglé des voitures bourdonnaient dans ma tête. Et puis il faisait très chaud à Londres. Les rues avaient leur aspect fané et poussiéreux du mois d'août et les feuilles pendaient sans vie aux branches des arbres ternes. Notre orage avait dû être local ; il n'avait pas plu ici.

Les femmes étaient en robes légères et les hommes sans chapeau. Cela sentait les vieux papiers, les pelures d'orange, la transpiration et l'herbe desséchée. Les autobus roulaient lentement et les taxis se traînaient. Il me semblait que ma robe collait après moi et que mes bras me brûlaient.

Le colonel Julyan se redressa et regarda par la portière.

« Il n'a pas plu ici, dit-il.

— Non, fit Maxim.

— Pourtant, ça ne ferait pas de mal.

— Non.

— Nous n'avons pas réussi à semer Favell. Il est toujours derrière nous.

— Oui. »

Les rues commerçantes des faubourgs étaient congestionnées. Des femmes lasses, avec des bébés pleurant dans leur voiture, regardaient les vitrines, des camelots criaient, des gamins s'accrochaient derrière les camions. Il y avait trop de monde, trop de bruit. L'air même était énervé, épuisé, déjà respiré.

La traversée de Londres me parut interminable, et quand nous retrouvâmes l'espace libre au-delà de Hampstead, il y avait une espèce de battement dans ma tête et mes yeux étaient brûlants.

Je me demandai à quel point Maxim était fatigué. Il était pâle et il y avait des cernes sous ses yeux, mais il ne disait rien. Le colonel Julyan bâillait derrière nous. Il ouvrait la bouche toute grande et bâillait bruyamment, puis poussait un profond soupir. Il faisait ça toutes les quelques minutes. Je sentais une irritation stupide m'envahir et j'avais peine à m'empêcher de me retourner en lui criant de s'arrêter.

Quand nous eûmes passé Hampstead, il sortit une carte à grande échelle de la poche de son veston et se mit en devoir de diriger Maxim vers Barnet. La route était facile et il y avait des poteaux indicateurs, mais il tenait à nous signaler chaque tournant, et si Maxim avait une seconde d'hésitation, le colonel Julyan se mettait à la portière et demandait la route à un passant.

Barnet atteint, il faisait arrêter Maxim à chaque instant. « Pourriez-vous nous dire où se trouve la villa Roseland ? Elle appartient à un docteur Baker, qui est retiré et est venu s'installer ici depuis peu » ; alors le passant s'arrêtait, fronçait les sourcils, visiblement perdu, l'ignorance inscrite en clair sur ses traits.

« Le docteur Baker ? Je ne connais pas de docteur Baker. Il y a bien une villa des Roses près de l'église, mais elle est habitée par un M. Wilson.

— Non, c'est la villa Roseland que nous demandons, la maison du docteur Baker », disait le colonel Julyan, et nous repartions pour nous arrêter de nouveau devant une nurse et une voiture d'enfant.

« Pourriez-vous nous indiquer la villa Roseland ?

— Je regrette, je suis nouvelle dans le pays.

« — Vous ne connaissez pas le docteur Baker ?

— Non, le docteur Davidson, je connais le docteur Davidson.

— Non, c'est le docteur Baker que nous cherchons. »

Je regardai Maxim. Il avait l'air très fatigué. Sa bouche était serrée. Favell se traînait derrière nous, sa voiture verte couverte de poussière.

Ce fut un facteur qui, finalement, nous indiqua la maison. Une maison carrée, couverte de lierre, sans nom sur la grille et devant laquelle nous étions déjà passés deux fois.

Machinalement, je pris mon sac et me mis sur le visage ce qui restait de poudre dans la houppette. Maxim rangea la voiture sur le bord de la route. Il ne la fit pas entrer dans le jardin.

« Eh bien, nous voici arrivés, dit le colonel Julyan, et il est exactement cinq heures douze. Nous allons les déranger au milieu de leur thé. Il vaut mieux attendre un peu. »

Maxim alluma une cigarette, puis me tendit la main. Il ne dit rien. J'entendis le colonel Julyan déplier sa carte.

« Nous aurions pu venir tout droit, sans passer par Londres, dit-il. Cela nous aurait gagné quarante minutes au moins. Nous avons bien roulé pendant les deux cents premiers kilomètres. C'est après Chiswick que nous avons perdu du temps. »

Un livreur nous dépassa, en sifflant, sur sa bicyclette. Un autocar s'arrêta au coin et deux femmes en descendirent. Une horloge, quelque part, sonna le quart. J'apercevais Favell à demi étendu dans sa voiture derrière nous, fumant une cigarette. Il me semblait que je ne sentais plus rien. Je restais assise à regarder les petites choses sans importance. Les deux femmes de l'autocar marchent le long de la route. Le cycliste disparaît au tournant. Un moineau sautille au milieu de la chaussée, picorant du crottin.

« Ce Baker ne doit pas être grand jardinier, dit le colonel Julyan. Regardez ces branches qui surplombent le mur. Elles auraient dû être taillées. » Il replia la carte et la remit dans sa poche. « Drôle de coin pour s'y retirer, dit-il. A deux pas de la grande route et avec des maisons de tous les côtés. Je n'aimerais pas ça. Mais ça a dû être assez joli autrefois, avant qu'on commence à construire. Il doit y avoir un bon golf dans les environs. »

Il se tut un instant, puis ouvrit la portière et descendit de voiture.

« Allons, de Winter, dit-il. Qu'en pensez-vous ?

— Je suis prêt », dit Maxim.

Nous sortîmes de la voiture. Favell nous rejoignit.

« Qu'est-ce que vous attendiez ? Vous aviez les foies ? » demanda-t-il.

Personne ne lui répondit. Nous entrâmes dans le jardin et suivîmes l'allée qui menait à la maison. Nous faisions un drôle de petit groupe. J'aperçus un tennis derrière la maison, et j'entendis le rebondissement d'une balle. Une voix de garçon cria : « Quarante-quinze, et pas trente. Tu ne te rappelles pas que tu as joué out, ballot ? »

« Ils doivent avoir fini leur thé », dit le colonel Julyan.

Il hésita un instant en regardant Maxim. Puis il appuya sur la sonnette.

Elle retentit quelque part, vers le fond de la demeure. Nous attendîmes longtemps. Une très jeune servante vint nous ouvrir. Elle parut surprise de nous voir si nombreux.

« Docteur Baker ? demanda le colonel Julyan.

— Oui, monsieur. Si vous voulez entrer. »

Elle ouvrit une porte à gauche du vestibule. Ce devait être le salon, peu habité en été. Il y avait au mur le portrait d'une femme brune, très laide. Je me demandai si c'était Mme Baker. Le chintz qui recouvrait les fauteuils et le divan était neuf et brillant. Les photos de deux collégiens aux visages ronds et souriants ornaient la cheminée. Il y avait une volumineuse T. S. F. dans le coin près de la fenêtre. Favell se mit à examiner le portrait de femme. Le colonel Julyan alla s'adosser à la cheminée. Maxim et moi regardions par la fenêtre. J'apercevais une chaise longue et le dos d'une tête de femme. Le court de tennis devait être de l'autre côté. J'entendais les cris des garçons. Un vieux fox-terrier se grattait au milieu d'une allée. Nous attendîmes environ cinq minutes. Il me semblait que je vivais la vie de quelqu'un d'autre et que j'étais venue dans cette maison pour y présenter une liste de souscriptions charitables. Cela ne ressemblait à rien de ce que je connaissais. Je n'éprouvais aucun sentiment, aucune peine.

La porte s'ouvrit enfin et un homme entra. Il était de taille moyenne, avec un visage plutôt allongé et un menton hardi. Les cheveux couleur de sable grisonnaient. Il portait un pantalon de flanelle et un blazer bleu foncé.

« Excusez-moi de vous avoir fait attendre, dit-il, un peu surpris, comme la servante, de nous voir si nombreux. J'ai dû monter me laver les mains. J'étais en train de jouer au tennis quand vous avez sonné. Asseyez-vous donc. » Il se tourna vers moi. Je pris le fauteuil le plus proche et attendis.

« Vous devez trouver que c'est une véritable invasion, docteur, dit le colonel Julyan. Je m'excuse bien sincèrement de vous déranger de la sorte. Je m'appelle Julyan. Je vous présente M. de Winter, Mme de Winter et M. Favell. Vous avez peut-être vu le nom de M. de Winter dans les journaux, ces temps-ci.

— Oh ! fit le docteur Baker, oui, oui, il me semble. A propos d'une enquête, n'est-ce pas ? Ma femme lit tout ça.

— Le jury a prononcé un verdict de suicide, dit Favell en s'avançant, que je déclare absolument hors de question. Mme de Winter était ma cousine. Je la connaissais intimement. Elle n'aurait jamais rien fait de pareil, et, qui plus est, elle n'en avait aucune raison. Ce que nous désirons savoir, c'est pourquoi diable elle était venue vous voir le jour même de sa mort ?

— Vous feriez mieux de laisser cela à Julyan ou à moi, dit Maxim doucement. Le docteur Baker ne comprend pas un mot de ce que vous lui racontez là. »

Il se tourna vers le docteur qui se tenait debout entre eux deux, une ride entre les sourcils et son sourire de bienvenue gelé sur ses lèvres. « Le cousin de ma première femme n'est pas satisfait du verdict, dit

Maxim, et nous sommes venus vous voir aujourd'hui parce que nous avons trouvé votre nom et le numéro de téléphone de votre ancien cabinet de consultation dans l'agenda de ma femme. Il semble qu'elle eût pris rendez-vous avec vous et s'y fût rendue à deux heures le dernier jour qu'elle devait passer à Londres. Pourriez-vous vérifier cela pour nous ? »

Le docteur Baker écoutait avec le plus grand intérêt, mais quand Maxim eut fini, il secoua la tête. « Je regrette infiniment, dit-il, mais vous devez vous tromper. Je me rappellerais le nom de Winter. Je n'ai jamais de ma vie soigné une Mme de Winter. »

Le colonel Julyan sortit son portefeuille et lui tendit la page qu'il avait arrachée à l'agenda. « Voilà, dit-il, c'est écrit. Baker, deux heures, et une grande croix à côté indiquant que le rendez-vous avait eu lieu. Et voici le numéro de téléphone. Museum 0488. »

Le docteur Baker examina le feuillet. « C'est curieux, très curieux. Oui, le numéro est exact.

— Ne pouvait-elle pas vous avoir consulté sous un faux nom ? dit le colonel Julyan.

— C'est certes possible. Mais cela ne se fait guère. Je n'ai jamais encouragé ce genre de choses. Il n'est pas bon pour la profession que les gens croient pouvoir nous traiter de la sorte.

— Auriez-vous quelque trace de cette visite dans vos fiches ? dit le colonel Julyan. Je sais que ma question est contraire aux usages, mais les circonstances elles-mêmes sont très exceptionnelles. Nous avons l'impression que son rendez-vous avec vous peut avoir quelque rapport avec le cas qui nous occupe et son... suicide.

— Assassinat », dit Favell.

Le docteur Baker leva les sourcils et regarda interrogativement Maxim. « Je ne savais pas qu'il était question de cela, dit-il doucement. Dans ce cas, je comprends et je vais faire tout mon possible pour vous aider. Si vous voulez bien m'excuser quelques minutes, je vais aller consulter mes fiches. Servez-vous de cigarettes, je vous prie. Il est trop tôt pour le porto, n'est-ce pas ? »

Le colonel Julyan et Maxim secouèrent la tête. Je

pensais que Favell allait dire quelque chose, mais le docteur Baker avait quitté la pièce avant qu'il eût le temps de prononcer un mot.

« Ça a l'air d'un type bien, dit le colonel Julyan.

— Pourquoi ne nous a-t-il pas offert de whisky ? fit Favell. Il doit le garder sous clef. Il ne me plaît pas trop. Je ne pense pas qu'il nous serve à grand-chose. »

Maxim ne disait rien. J'entendais le bruit de la balle de tennis. Le fox-terrier aboyait. Une voix de femme lui cria de se taire. Vacances d'été. Baker jouait avec ses fils. Nous avions interrompu leurs habitudes. Une pendule dorée sous globe faisait tic tac très fort sur la cheminée. Il y avait une carte postale du lac Léman à côté. Les Baker avaient des amis en Suisse.

Le docteur Baker revint dans la pièce portant un grand registre et une boîte de fiches. Il les posa sur la table.

« J'ai descendu le fichier de l'année dernière, dit-il. Je ne l'ai pas feuilleté depuis que nous avons déménagé. Je n'ai abandonné la médecine que depuis six mois. » Il ouvrit le registre et se mit à en tourner les pages. Je le regardais, fascinée. Il allait sûrement trouver. Ce n'était plus à présent qu'une question de secondes. « Le sept, le huit, le neuf, murmura-t-il, rien ici. Le douze, dites-vous ? A deux heures ? Ah ! »

Aucun de nous ne bougea. Nous regardions tous son visage.

« J'ai vu Mme Danvers le douze à deux heures, dit-il.

— Danny ? Ça, par exemple », commença Favell, mais Maxim lui coupa la parole.

« Elle avait naturellement donné un faux nom, dit-il. C'était évident depuis le début. Vous rappelez-vous cette visite, docteur ? »

Mais le docteur Baker feuilletait ses fiches. Je vis ses doigts plonger dans la case marquée D. Il trouva presque tout de suite. Il parcourut rapidement sa propre écriture.

« Oui, dit-il lentement. Oui, Mme Danvers. Maintenant, je me rappelle.

— Grande, mince, brune, très élégante ? dit le colonel Julyan doucement.

— Oui, fit le docteur, oui. »

Il lut ses fiches, puis les remit dans le casier.

« Evidemment, dit-il, en regardant Maxim, ceci est contraire à nos usages professionnels. Nous recevons les malades comme au confessionnal. Mais votre femme est morte, et je comprends bien que les circonstances sont exceptionnelles. Vous désirez savoir si je conçois quelque motif pour lequel votre femme se serait tuée ? Je pense que oui. La femme qui se faisait appeler Mme Danvers était gravement malade. »

Il s'arrêta. Il nous regarda tous l'un après l'autre.

« Je me la rappelle parfaitement, dit-il en reprenant ses fiches. Elle était venue me voir, pour la première fois, une semaine avant la date que vous indiquez. Elle se plaignait de certains symptômes et je l'ai radiographiée. L'objet de sa seconde visite était de connaître le résultat de la radiographie. Je n'ai pas ces radios ici, mais j'en ai la description. Je la revois debout dans mon cabinet, tendant la main vers les radios. "Je veux savoir la vérité, m'a-t-elle dit. Je ne veux pas de ménagements et de bonnes paroles. Si je suis fichue, vous pouvez me le dire." »

Il se tut et consulta de nouveau ses fiches.

J'attendais, j'attendais. Pourquoi n'en finissait-il pas et ne nous laissait-il pas partir ? Nous étions forcés de rester là, à attendre, les yeux fixés sur son visage.

« Donc, dit-il, elle demandait la vérité, et je la lui ai dite. Certains malades s'en trouvent mieux. Cette Mme Danvers, ou plutôt Mme de Winter, n'était pas femme à se contenter d'un mensonge. Vous devez le savoir. Elle a très bien supporté le coup. Elle n'a pas flanché. Elle m'a dit qu'elle s'en doutait depuis un certain temps. Puis elle m'a payé mes honoraires et elle est partie. Je ne l'ai jamais revue. »

Il referma le fichier et le registre.

« La douleur était encore légère, mais le mal était profondément enraciné, dit-il, et à trois ou quatre mois de là, elle n'aurait plus vécu qu'avec de la morphine. Une opération n'aurait servi à rien. Je le lui ai dit. La chose était trop ancrée. Il n'y a rien d'autre à faire dans les cas de ce genre que de donner de la morphine et d'attendre. »

Personne ne dit un mot. La petite pendule faisait tic tac sur la cheminée et les garçons jouaient au tennis dans le jardin. Un avion bourdonnait dans le ciel.

« D'aspect, évidemment, dit-il, elle était parfaitement saine. Un peu maigre, je me rappelle, un peu pâle, mais c'est la mode, bien que ce soit dommage. Mais la douleur se serait accrue de semaine en semaine, et, comme je vous l'ai dit, à quatre ou cinq mois de là, elle en aurait été à la morphine. La radio accusait une certaine déformation de l'utérus, je me rappelle, qui la rendait incapable d'avoir un enfant ; mais c'était autre chose, ça n'avait rien à faire avec la maladie. »

Je me rappelle avoir entendu le colonel Julyan parler, dire quelque chose sur l'amabilité du docteur Baker et la peine qu'il avait prise.

« Vous nous avez appris tout ce que nous désirions savoir, fit-il. Et si nous pouvions avoir la copie de ces fiches, cela nous serait très utile.

— Mais naturellement », dit le docteur.

Tout le monde était debout. Je quittai également mon fauteuil. Je serrai la main du docteur Baker. Nous lui serrâmes tous la main. Nous le suivîmes dans le vestibule.

Une femme ouvrit une porte de l'autre côté du vestibule et recula en nous voyant. On préparait un bain au premier étage, l'eau coulait bruyamment. Le fox-terrier monta du jardin et se mit à flairer mes talons.

« Faudra-t-il envoyer le rapport à vous, ou à M. de Winter ? demanda le docteur.

— Nous n'en aurons peut-être pas besoin, dit le colonel Julyan. L'un de nous, de Winter ou moi, vous écrira. Voici ma carte.

— Je suis heureux d'avoir pu vous rendre service, dit le docteur Baker. Je n'avais pas la moindre idée que Mme de Winter et Mme Danvers pussent être la même personne.

— Naturellement, dit le colonel Julyan.

— Vous retournez sans doute à Londres ?

— Oui, probablement.

— Le chemin le plus rapide est de tourner à gauche tout de suite après la boîte aux lettres et d'aller jusqu'à l'église. Après ça, c'est tout droit.

— Merci, merci beaucoup. »

Nous traversâmes le jardin et retrouvâmes les voitures.

Le docteur Baker rentra dans sa maison en tirant le fox par son collier. J'entendis la porte se fermer. Un homme qui n'avait qu'une jambe et portait un orgue de Barbarie se mit à jouer *Roses de Picardie* à l'autre bout de la route.

CHAPITRE XXVI

Nous étions debout près de la voiture. Pendant quelques minutes, personne ne dit rien. Le colonel Julyan passa son étui à cigarettes à la ronde. Favell avait le teint gris et semblait très secoué. Je remarquai que ses mains tremblaient en allumant sa cigarette. L'homme à l'orgue de Barbarie s'arrêta de jouer un instant et sautilla vers nous, sa casquette à la main. Maxim lui donna deux shillings. Puis il retourna à son orgue de Barbarie et commença une autre chanson. L'horloge de l'église sonna six heures. Favell se mit à parler. Sa voix était hachée, désinvolte, mais son visage était toujours gris. Il ne regardait aucun de nous, il regardait sa cigarette qu'il tournait entre ses doigts.

« Un cancer, dit-il. Est-ce qu'on sait si c'est contagieux ? »

Personne ne lui répondit. Le colonel Julyan haussa les épaules.

« Je ne m'étais jamais douté, dit Favell. Elle n'avait rien dit à personne, même à Danny. Quelle histoire effroyable, hein ? Qui aurait pensé ça de Rebecca ? Vous n'avez pas envie de boire quelque chose ? Moi je suis complètement à plat et je l'avoue. Un cancer ! Bon Dieu ! »

Il s'adossa au côté de sa voiture et mit ses mains sur ses yeux.

« Dites à ce crétin avec son orgue de Barbarie de foutre le camp, dit-il. Je ne peux pas supporter sa sacrée musique.

— Ne serait-il pas plus simple que nous nous en allions nous-mêmes ? dit Maxim. Pouvez-vous conduire votre voiture, ou voulez-vous que Julyan s'en charge ?

— Laissez-moi une minute, murmura Favell. Ça va aller. Vous ne pouvez pas comprendre. Ça m'a fait un de ces coups.

— Tenez-vous, pour l'amour du Ciel, dit le colonel Julyan. S'il vous faut de l'alcool, rentrez dans la maison et demandez à Baker. Il doit savoir traiter les cas de ce genre. Mais ne vous donnez pas en spectacle dans la rue.

— Oh ! vous êtes magnifique, vous, dit Favell en se redressant et en regardant le colonel Julyan et Maxim. Vous n'avez plus à vous en faire. Maxim est en bonne posture, maintenant, hein ? Vous le tenez, votre motif, et Baker vous le fournira noir sur blanc sans frais de port, dès que vous le lui demanderez. Vous pourrez dîner à Manderley une fois par semaine, pour la peine, et vous vous sentirez fier de vous. Sûr que Maxim vous demandera d'être le parrain de son premier enfant.

— Si nous montions en voiture ? dit le colonel Julyan à Maxim. Nous pourrons faire nos plans tout en roulant. »

Maxim ouvrit la portière et le colonel Julyan monta. Je repris ma place devant. Favell était toujours adossé à sa voiture et ne bougeait pas.

« Je vous conseille de rentrer directement chez vous et de vous mettre au lit, dit sèchement le colonel Julyan, et conduisez doucement, sinon vous vous retrouverez en prison pour homicide. Je puis aussi vous prévenir maintenant, car je ne vous reverrai plus, que j'ai, en ma qualité de magistrat, certains pouvoirs que vous constaterez si vous remettez jamais les pieds à Kerrith ou aux envirions. Le chantage n'est pas un bien beau métier, monsieur Favell.

Et nous savons comment traiter ceux qui l'exercent, si étrange que cela puisse vous paraître. »

Favell regardait Maxim. La teinte grise de son visage s'effaçait, et son ancien et déplaisant sourire revenait à ses lèvres.

« Oui, ç'a été un coup de veine pour vous, Max, n'est-ce pas ? dit-il lentement. Vous croyez avoir gagné, hein ? Mais la loi peut vous rattraper, et moi aussi... »

Maxim mit la voiture en marche.

« Vous avez encore quelque chose à dire ? lui demanda-t-il. Parce que, dans ce cas, vous feriez mieux de vous dépêcher.

— Non, dit Favell, je ne vous retiens pas. Vous pouvez partir. »

Il recula vers le trottoir, toujours souriant. La voiture partit. Au moment de tourner le coin de la rue, je regardai derrière moi et je le vis debout qui nous suivait des yeux ; il agita la main, il riait.

Nous roulâmes quelque temps en silence. Puis le colonel Julyan prit la parole.

« Il ne peut rien faire, dit-il. Ce sourire et ce salut font partie de son bluff. Tous ces types se ressemblent. Il n'a pas l'ombre d'une preuve où accrocher sa thèse. Le témoignage de Baker en aurait vite raison. »

Maxim ne répondit pas. Je le regardai de côté, mais son visage ne m'apprit rien.

« J'avais bien l'impression que Baker nous donnerait la solution, dit le colonel Julyan ; l'allure clandestine de ce rendez-vous et le fait qu'elle n'en eût rien dit à Mrs. Danvers. Elle avait ses doutes, vous voyez. Elle savait qu'il y avait quelque chose de mauvais. C'est terrible, évidemment. Terrible. Cela pouvait suffire à faire perdre la tête à une jeune et jolie femme. »

Nous roulions sur la grande route droite. Poteaux télégraphiques, autocars, voitures de sport, petites villas isolées dans leurs jardins tout neufs. Tout cela filait devant mes yeux en laissant dans ma pensée des images dont je me souviendrais toujours.

« Je pense que vous ne vous étiez jamais douté de rien, Winter ? dit le colonel Julyan.

— Non, répondit Maxim. Non.

— Il y a des gens qui en ont une peur morbide, continua le colonel Julyan. Les femmes surtout. Ça a dû être le cas. Elle avait du courage pour tout. Sauf pour ça. Elle ne pouvait accepter l'idée de souffrir. Enfin, ça lui a été au moins épargné.

— Oui, dit Maxim.

— Je pense qu'il ne serait pas mauvais que je laisse entendre à Kerrith et dans le comté qu'un médecin de Londres nous a donné le motif du suicide. Au cas où on bavarderait. On ne peut jamais prévoir, vous savez. Les gens sont drôles, parfois. S'ils savent la maladie de Mme de Winter, cela vaudra mieux pour vous.

— Oui, dit Maxim, je comprends. »

Nous traversions les faubourgs du nord et repassions par Finchley et Hampstead.

« Six heures et demie, dit le colonel Julyan. Quelles sont vos intentions ? J'ai une sœur qui habite St. John's Wood et j'ai bien envie d'aller lui demander à dîner à l'improviste, après quoi je prendrai le dernier train à Paddington. Je sais qu'elle est là. Je suis sûr qu'elle sera également ravie de vous voir tous les deux. »

Maxim hésita et me regarda.

« C'est très aimable à vous, lui répondit-il, mais je crois que nous préférons aller de notre côté. Il faut que je téléphone à Frank, et j'ai encore certaines choses à faire. Je pense que nous dînerons tranquillement n'importe où et que nous passerons la nuit dans une auberge sur la route. Oui, je crois que c'est ce que nous allons faire.

— Parfait, dit le colonel. Je vous comprends. Ça vous ennuierait de me déposer chez ma sœur ? C'est dans une de ces avenues-là. »

Maxim arrêta la voiture un peu au-delà de la grille.

« Il est impossible de vous remercier pour tout ce que vous avez fait aujourd'hui, dit-il. Vous devinez ce que j'éprouve sans que j'aie besoin de vous le dire.

— Mon cher, dit le colonel Julyan, je suis trop heureux. Si seulement nous avions su ce que Baker savait, rien de tout cela ne serait arrivé. Mais n'y pensez plus. Il faut oublier tout ça comme un épisode désagréable et malheureux. Je suis bien sûr que

Favell ne vous causera plus d'ennuis. S'il recommençait, je compte sur vous pour m'en aviser aussitôt. Je sais comment en venir à bout. » Il descendit de voiture, rassemblant son pardessus et sa carte. « A votre place, dit-il sans nous regarder, je partirais un peu. Prenez des vacances. »

Nous ne répondîmes pas. Le colonel Julyan s'efforçait de replier sa carte.

« La Suisse est très agréable en cette saison, dit-il. Je me rappelle y avoir passé des vacances avec mes filles. Nous nous sommes très bien amusés. Il y a des promenades ravissantes. » Il hésita, s'éclaircit la voix. « Il est possible que certaines petites difficultés surgissent, dit-il, non du côté de Favell, mais de quelques personnes du pays. On ne sait pas au juste ce que Tabbe a pu dire, ce qu'on a colporté, *et cætera*. C'est absurde, évidemment. Mais vous connaissez le dicton : Loin des yeux, loin du cœur... Quand les gens ne sont pas là, on ne parle pas d'eux. C'est ainsi. »

Il resta un moment à compter ses accessoires.

« Je crois que j'ai bien tout. Carte, lunettes, canne, pardessus. Tout y est. Alors, au revoir, tous les deux. Ne vous fatiguez pas trop. La journée a été dure. »

Il entra par la grille et monta le perron. Je vis une femme s'approcher de la fenêtre, sourire et agiter la main. Nous reprîmes notre route et tournâmes le coin de l'avenue. Je m'étendis à demi sur mon siège et fermai les yeux. Maintenant que nous étions de nouveau seuls et que l'angoisse s'était dissipée, j'éprouvais une sensation de soulagement presque trop forte. C'était comme la percée d'un abcès. Maxim ne disait rien. Je sentis sa main couvrir la mienne. Nous roulions au milieu des véhicules et je ne les voyais pas. J'entendais le bourdonnement des autobus, la trompe des taxis, l'inlassable grondement de Londres, mais je n'en faisais pas partie. Je reposais dans quelque autre lieu, frais, calme et silencieux. Plus rien ne pouvait nous atteindre. Nous étions sortis de notre crise.

Quand Maxim arrêta la voiture, j'ouvris les yeux et me redressai. Nous étions devant un des innombrables petits restaurants des rues étroites de Soho. Je regardai autour de moi, engourdie, stupide.

« Tu es fatiguée, dit Maxim. Vide et fatiguée et bonne à rien. Tu te sentiras mieux après avoir mangé. Moi aussi. Entrons ici et commandons tout de suite à dîner. En même temps, je pourrai téléphoner à Frank. »

Nous descendîmes d'auto. Il n'y avait personne dans le restaurant que le maître d'hôtel, un garçon et une jeune femme derrière la caisse. Il faisait sombre et frais. Nous prîmes une table dans un coin. Maxim fit le menu.

« Favell avait raison de réclamer de l'alcool, dit-il. J'en ai besoin et toi aussi. Tu vas prendre du brandy. »

Le maître d'hôtel était gros et souriant. Il nous servit de petits pains croustillants. Je me mis à en dévorer un. Mon brandy était doux, chaleureux, étrangement réconfortant.

« Après le dîner, nous repartirons tout doucement, dit Maxim. Il fera déjà plus frais. Nous trouverons un village sur la route où passer la nuit. Et nous serons à Manderley demain matin.

— Oui, dis-je.

— Tu n'avais pas envie de dîner chez la sœur de Julyan ?

— Non. »

Maxim vida son verre. Ses yeux cernés paraissaient plus grands. Ils étaient sombres dans la pâleur de son visage.

« Est-ce que tu crois que Julyan a deviné la vérité ? » dit-il.

Je le regardai par-dessus le bord de mon verre et ne dis rien.

« Il sait, dit Maxim lentement. Il sait sûrement.

— S'il le sait, il n'en dira jamais rien. Jamais, jamais.

— Non », dit Maxim.

Il commanda un second brandy au maître d'hôtel. Nous restions paisibles et silencieux dans notre coin sombre.

« Je pense, reprit Maxim, que Rebecca m'avait menti exprès. Un bluff suprême. Elle voulait que je la tue. Elle avait tout prévu. C'est pour ça qu'elle riait. C'est pour ça qu'elle est morte en riant. »

Je ne dis rien. Je buvais mon brandy à l'eau. Tout était fini, tout était réglé. Cela n'avait plus d'importance. Ce n'était pas la peine que Maxim fût si pâle et ému.

« Ç'a été sa dernière farce, dit Maxim. La meilleure. Et je ne suis pas sûr qu'elle n'ait pas gagné, même maintenant.

— Qu'est-ce que tu veux dire ? Comment peut-elle avoir gagné ?

— Je ne sais pas, dit-il. Je ne sais pas. » Il vida son second verre. Puis il se leva de table. « Je vais téléphoner à Frank », dit-il.

Je restai assise dans mon coin et le garçon m'apporta un plat de langouste. C'était chaud et très bon. Je pris aussi un second brandy à l'eau. J'étais bien là, et rien n'avait beaucoup d'importance. Je souris au garçon. Je redemandai du pain en français sans savoir pourquoi. Ce restaurant était agréable et intime. Maxim et moi étions ensemble. Tout était arrangé. Rebecca était morte. Rebecca ne pouvait plus nous faire de mal. Elle avait fait sa dernière farce, comme disait Maxim. Elle ne pouvait plus rien nous faire à présent. Au bout de dix minutes, Maxim revint.

« Eh bien, dis-je d'une voix qui sonnait lointaine à mes oreilles. Comment va Frank ?

— Frank va très bien, dit Maxim. Il attendait au bureau, il attendait mon coup de téléphone depuis quatre heures déjà. Je lui ai raconté ce qui s'était passé. Il a paru content, soulagé.

— Oui, dis-je.

— Mais il y a quelque chose de bizarre, dit Maxim lentement, un pli entre les sourcils. Il croit que Mrs. Danvers est partie. Elle a disparu. Elle n'a rien dit à personne, mais elle a dû passer la journée à faire ses malles ; sa chambre est vide et le porteur de la gare est venu chercher ses bagages vers quatre heures. Frith a téléphoné à Frank à ce moment-là, et Frank lui a dit de lui envoyer Mrs. Danvers au bureau. Il l'a attendue, mais elle n'est pas venue. Dix minutes environ avant que je l'appelle, Frith avait appelé Frank pour lui dire qu'on avait téléphoné de Londres pour Mrs.

Danvers, qu'il avait branché la communication sur la chambre de celle-ci et qu'elle avait répondu. Ce devait être vers six heures dix. A sept heures moins le quart, il avait frappé à sa porte et trouvé la chambre vide. On l'a cherchée partout sans la trouver. On pense qu'elle est partie. Elle a dû quitter la maison directement par les bois. Elle n'est pas passée par la grille.

— Est-ce que ce n'est pas une bonne chose ? dis-je. Cela nous évite des tas d'ennuis. Il aurait fallu la congédier de toute façon. Je pense qu'elle avait deviné, elle aussi. Elle avait une drôle d'expression hier soir. J'y pensais dans la voiture en venant ce matin.

— Je n'aime pas ça, dit Maxim. Je n'aime pas ça.

— Elle ne peut rien faire, insistai-je. Si elle est partie, tant mieux. C'est Favell, évidemment, qui lui a téléphoné. Il a dû lui raconter ce que Baker avait dit, et aussi ce que le colonel Julyan avait dit. Le colonel Julyan lui a dit que s'il y avait la moindre tentative de chantage, nous devrions l'en aviser. Ils n'oseront pas. Ils ne peuvent pas. C'est trop dangereux.

— Je ne pensais pas à un chantage, dit Maxim.

— Qu'est-ce qu'ils peuvent faire d'autre ? Il faut suivre le conseil du colonel Julyan. Il faut oublier tout cela. N'y pensons plus. C'est fini, chéri, fini. Nous devrions en remercier Dieu à genoux. »

Maxim ne répondit pas. Il regardait devant lui dans le vide.

« Ta langouste refroidit, dis-je. Mange, chéri ! Cela te fera du bien. Tu as besoin de manger. Tu es fatigué. »

Je lui disais les mots qu'il m'avait dits. Je me sentais mieux, plus forte. C'était moi, maintenant, qui prenais soin de lui. Il était fatigué, pâle. Mais il n'y avait pas à se tourmenter. Mrs. Danvers était partie. De cela aussi nous devions remercier Dieu.

« Mange », lui dis-je.

Tout allait changer. Je ne serais plus intimidée par les domestiques. Mrs. Danvers partie, j'apprendrai peu à peu à diriger la maison. J'irais parler au chef à la cuisine. On m'aimerait, on me respecterait. On oublierait bientôt que Mrs. Danvers eût jamais commandé. J'apprendrais aussi à diriger le domaine. Je demanderais à Frank de m'expliquer les choses. Ce qu'on faisait à la ferme. Comment on décidait les travaux du parc. Je me mettrais aussi à jardiner et ferais faire des transformations, avec le temps. Cette petite pelouse carrée, avec la statue du faune devant la fenêtre du petit salon. Je ne l'aimais pas. On enlèverait le faune. Il y avait des tas de choses que je pourrais faire peu à peu. Des gens viendraient en visite et je n'en souffrirais pas. Ce serait intéressant d'arranger leurs chambres, d'y mettre des fleurs et des livres, de commander les menus. Nous allions avoir des enfants. Sûrement, nous allions avoir des enfants.

« Tu as fini ? demanda soudain Maxim. Je ne veux plus que du café. Noir, très fort, s'il vous plaît, et l'addition », ajouta-t-il s'adressant au maître d'hôtel.

Je me demandais pourquoi il fallait partir si tôt. On était bien dans ce restaurant et rien ne nous réclamait ailleurs. Je me plaisais là, la tête contre le dossier de la banquette, rêvant d'un avenir aimable. J'aurais pu rester ainsi très longtemps.

Je suivis Maxim d'une démarche pas très assurée et en bâillant.

« Ecoute, dit-il, quand nous fûmes dehors. Est-ce que tu crois que tu pourrais dormir dans la voiture si je t'enveloppais dans la couverture et t'installais derrière ? Il y a des coussins et aussi mon pardessus.

— Je croyais que nous coucherions en route ? dis-je. Dans un hôtel.

— Je sais, mais j'ai l'impression qu'il faut rentrer cette nuit. Est-ce que tu crois que tu pourras dormir dans la voiture ?

— Oui, dis-je en hésitant. Peut-être.

— Il est huit heures moins le quart. En partant tout de suite, nous pouvons être là à deux heures et demie. La route ne doit pas être très encombrée.

— Tu vas être fatigué, dis-je, tellement fatigué.

— Non. » Il secoua la tête. « Je serai très bien. Je veux rentrer. Il y a quelque chose de grave. Je le sais. Je veux rentrer. »

Son visage était anxieux, étrange. Il ouvrit la portière et se mit à disposer la couverture et les coussins dans le fond de la voiture.

« Qu'est-ce qu'il peut y avoir de grave ? dis-je. C'est drôle de se tourmenter ainsi quand tout est arrangé. Je ne te comprends pas. »

Il ne répondit pas. Je grimpai dans le fond de la voiture et m'étendis en chien de fusil. Il m'enveloppa dans la couverture. C'était beaucoup plus confortable que je n'aurais cru.

« Tu es bien ? dit-il. Tu es sûre que ça t'est égal ?

— Oui, dis-je en souriant. Je suis très bien. Je vais dormir. Je ne tiens pas à m'arrêter dans un hôtel. C'est beaucoup mieux de rentrer directement. Nous serons à Manderley avant le lever du soleil. »

Il s'installa au volant. Je fermai les yeux. La voiture partit et je sentais le léger balancement des ressorts sous moi. J'enfouis mon visage dans un coussin. Le mouvement de la voiture était régulier et mon esprit suivait son rythme. Les images défilaient par centaines derrière mes yeux fermés, choses vues, choses sues et choses oubliées. Elles se suivaient dans un dessin irraisonné. La plume du chapeau de Mrs. Van Hopper, les chaises au dossier droit de la salle à manger de Frank, la grande fenêtre de l'aile ouest à Manderley, la robe rose de la dame souriante au bal costumé, une paysanne sur une route près de Monte-Carlo.

Parfois, je voyais Jasper chassant les papillons sur la pelouse, parfois c'était le fox-terrier du docteur Baker se grattant l'oreille à côté d'une chaise longue. Je sentais l'odeur des bois, la mousse humide et les pétales des azalées flétries. Je tombai dans un bizarre sommeil sans suite, revins de temps à autre à la réalité de ma posture recroquevillée et au dos de Maxim devant moi. Le crépuscule était devenu obscurité. Il y avait des autos éclairées qui passaient sur la route. Il y avait des villages avec des petites lumières derrière des rideaux fermés. Je me retournai et me rendormis.

Je voyais l'escalier de Manderley et Mrs. Danvers en noir qui m'attendait. Comme je grimpais l'escalier, elle recula sous la voûte et disparut. Je la cherchai et ne la trouvai pas. Puis son visage me regarda à travers une porte et je criai et elle disparut de nouveau.

« Quelle heure est-il ? » dis-je.

Maxim se retourna. Son visage était pâle et fantomatique dans l'ombre de la voiture.

« Il est onze heures et demie, dit-il. Nous avons fait plus de la moitié du chemin. Essaie de dormir encore.

— J'ai soif », dis-je.

Il s'arrêta à la ville suivante. L'homme du garage dit que sa femme n'était pas couchée et qu'elle allait nous faire du thé. Nous descendîmes de voiture et entrâmes dans le garage. Je tapais des pieds pour y ramener le sang. Maxim fumait. Il faisait froid. Un vent aigre soufflait par la porte ouverte et battait le toit de fer. Je frissonnai et boutonnai mon manteau.

« Oui, il fait frisquet, ce soir, dit le garagiste en manœuvrant la pompe à essence. La vague de chaleur est finie et c'est la dernière de l'été. On pensera bientôt à faire du feu.

— Il faisait très chaud à Londres », dis-je.

Sa femme nous apporta du thé. Il sentait le bois, mais il était chaud. Je le bus avidement, avec plaisir. Maxim regardait déjà sa montre.

« Nous devrions partir, dit-il. Il est minuit dix. »

Je quittai à regret l'abri du garage. Le vent froid me soufflait au visage. Il y avait des nuages parmi les étoiles.

« Oui, dit le garagiste, voilà la fin de l'été. »

Nous remontâmes en voiture. Je me réinstallai sous la couverture. La voiture partit, je fermai les yeux. L'homme à la jambe de bois tournait la manivelle de son orgue de Barbarie et l'air de *Roses de Picardie* bourdonna dans ma tête au balancement des ressorts. Frith et Robert apportaient le thé dans la bibliothèque. La gardienne me saluait sèchement et appelait son petit garçon. Je voyais les modèles de bateaux dans la maisonnette de la crique. Je voyais les toiles d'araignées accrochées aux mâts. J'entendais la pluie sur le toit, et le bruit de la mer. Je voulais aller dans la Vallée Heureuse et elle n'était pas là. Il y avait des bois tout autour de moi, il n'y avait pas de Vallée Heureuse. Rien que des arbres sombres et de jeunes fourrés. Les hiboux ululaient. La lune luisait sur les fenêtres de Manderley. Il y avait des orties dans le jardin.

« Maxim, criai-je, Maxim !

— Oui, fit-il. Je suis là.

— J'ai eu un rêve, dis-je, un rêve.

— Qu'est-ce que c'était ?

— Je ne sais pas. »

Je retombai dans des profondeurs inquiètes et mouvantes. J'écrivais des lettres dans le petit salon. C'était des invitations que j'envoyais. Je les écrivais toutes moi-même avec une grosse plume noire. Et quand je regardai ce que j'avais écrit, ce n'est pas ma petite écriture carrée que je vis, mais une longue écriture penchée avec des pointes curieusement aiguisées. Je repoussai les cartes et les cachai. Je me levai et allai au miroir. Un visage me regardait qui n'était pas le mien. Il était très pâle, très joli, auréolé de cheveux sombres. Les yeux se plissèrent et sourirent. Les lèvres s'écartèrent. Le visage dans le miroir me regardait et riait. Et je vis qu'elle était assise devant la coiffeuse de sa chambre et que Maxim lui brossait les cheveux. Il tenait les cheveux dans ses mains et, tout en les brossant, les roulait pour en faire une épaisse et longue corde. Elle s'enroula comme un serpent et il la prit à deux mains et, tout en souriant à Rebecca, la mit autour de son cou.

« Non, hurlai-je. Non, non. Allons en Suisse. Le colonel Julyan a dit qu'il fallait que nous allions en Suisse. »

Je sentis la main de Maxim sur mon visage.

« Qu'est-ce qu'il y a ? dit-il. Qu'est-ce qu'il se passe ? »

Je m'assis et rejetai mes cheveux qui couvraient mon front.

« Je ne peux pas dormir, dis-je. Ce n'est pas la peine.

— Tu as dormi, dit-il. Tu as dormi deux heures. Il est deux heures et quart. Nous sommes à trois kilomètres au-delà de Lanyon. »

Il faisait encore plus froid qu'avant. Je frissonnais dans l'ombre de la voiture.

« Je viens à côté de toi, dis-je. Nous serons à la maison à trois heures. »

Je grimpai au-dessus du dossier et m'assis à côté de lui, regardant devant moi à travers le pare-brise. Je posai la main sur son genou. Je claquais des dents.

« Tu as froid, dit-il.

— Oui. »

Les collines s'élevaient devant nous et plongeaient et s'élevaient de nouveau. Il faisait très sombre. Les étoiles étaient parties.

« Quelle heure as-tu dit qu'il était ? demandai-je.

— Deux heures vingt.

— C'est drôle. On dirait que l'aube va poindre par là, derrière les collines. Mais ce n'est pas possible, il est trop tôt.

— Ce n'est pas par là, dit-il. Tu regardes à l'ouest.

— Je sais, dis-je. C'est drôle, n'est-ce pas ? »

Il ne répondit pas et je continuai à observer le ciel. Il semblait s'éclairer à mesure que je le regardais. C'était comme la première lueur rouge du levant. Peu à peu, elle s'étendit à travers le ciel.

« C'est en hiver qu'on voit l'aurore boréale, n'est-ce pas ? dis-je. Pas en été ?

— Ce n'est pas l'aurore boréale, dit-il. C'est Manderley. »

Je le regardai et vis son visage. Je vis ses yeux.

« Maxim, dis-je. Maxim, qu'y a-t-il ? »

Il conduisait de plus en plus vite. Nous gravîmes la colline devant nous et vîmes Lanyon étendue dans un creux à nos pieds. A notre gauche il y avait le fil argenté de la rivière qui s'élargissait vers l'estuaire de Kerrith à cinq kilomètres de là. La route de Manderley était devant nous. Il n'y avait pas de lune. Le ciel au-dessus de nos têtes était d'un noir d'encre. Mais le ciel à l'horizon n'était pas noir du tout. Il était éclaboussé de pourpre, comme taché de sang. Et des cendres volaient à notre rencontre avec le vent salé de la mer.

Le Livre de Poche Biblio

Extrait du catalogue

Composition réalisée par JOUVE

Imprimé en France sur Presse Offset par

BRODARD & TAUPIN

GROUPE CPI

La Flèche (Sarthe).
N° d'imprimeur : 6693 – Dépôt légal Edit. 10818-04/2001
LIBRAIRIE GÉNÉRALE FRANÇAISE – 43, quai de Grenelle – 75015 Paris.

ISBN : 2 - 253 - 00673 - 4 ❖ 30/0529/5